血祭

万松——著

中国言实出版社

图书在版编目（CIP）数据

血祭 / 万松著 . -- 北京：中国言实出版社，
2024.5

ISBN 978-7-5171-4803-6

Ⅰ. ①血… Ⅱ. ①万… Ⅲ. ①长篇小说—中国—当代
Ⅳ. ①I247.5

中国国家版本馆 CIP 数据核字（2024）第 078128 号

血祭

责任编辑：王君宁　　王建玲
责任校对：史会美

出版发行：中国言实出版社
　　地　　址：北京市朝阳区北苑路180号加利大厦5号楼105室
　　邮　　编：100101
　　编辑部：北京市海淀区花园路6号院B座6层
　　邮　　编：100088
　　电　　话：010-64924853（总编室）　　010-64924716（发行部）
　　网　　址：www.zgyscbs.cn　　电子邮箱：zgyscbs@263.net

经　　销：新华书店
印　　刷：三河市华东印刷有限公司
版　　次：2024年5月第1版　　2024年5月第1次印刷
规　　格：710毫米×1000毫米　　1/16　　20.25印张
字　　数：320千字

定　　价：56.00元
书　　号：ISBN 978-7-5171-4803-6

目录

第1章 年少志壮

01

"喔——喔——喔！"

"喔——喔——喔！"

"快起，快起，鸡都叫两遍了！"

清光绪十九年（1893）某夜，贵州兴义府安龙县普坪街上王发荣家屋旁鸡圈里的公鸡刚叫两遍，穿上练功服的王发荣就朝屋里睡在床上的几个儿子大声催唤。

每天到这个时候，王发荣都要和几个儿子在院子里练武，这似乎已成了父子几人的生活习惯。

"生逢乱世，练点武功是件好事情，一来可以防身，二来万一哪天还能派得上大用场！"王发荣时常这样教育自家几个儿子。

"马上，马上！"听到父亲在催，王发荣的几个儿子赶紧从床上翻爬起来，用手揉揉惺忪的双眼在床上应道。

"嗨！嗨！……"

几个儿子穿好练功服系上练功带从屋里走出来，见他们的爹已经在坝子里练上了，赶紧跟着练起来。

父子几人刀棍拳术练了一通，身上已是大汗淋漓。见儿子们一个两个气喘呼呼得有些招架不住了，王发荣收了把式说："好啦好啦，今日就练到这儿，明日再继续操练，谁也不准偷懒！"

"好喽，可以休息喽！"见父亲允许休息了，兄弟几个高兴地一窝蜂朝屋里奔去。

"应贤，时候不早了，把脸洗了快去上学！"儿子应贤正高兴着准备离去，被王发荣叫住。

"嗯，知道了！"王应贤点头应答父亲，然后进屋去洗漱一番，背上书包赶紧到私塾上课去了。

王发荣和妻子以务农为业，由于匪盗猖獗，世道太乱，为了防身保家，年轻时他就跟着一位老者习练武功。有些功夫在身上，当地许多人都不敢欺负他，再加上他性格豪爽，时常替乡邻们打抱不平，所以乡里人很敬重他，平时都称他为王大哥。咸同年间，战乱纷起，不时有兵和土匪来乡里骚扰，乡邻们知道王发荣有一身好武艺，便一齐推举他为团首，组织乡民进行自保。见乡邻们如此信任自己，王发荣爽快地应了他们的请求，做起了地方上的团首。

王发荣和妻子韦氏一共生有八个子女。在这八个子女中，最聪明的要数他这第八个儿子王应贤，也就是后来的王宪章。见这个儿子天资聪颖而且好学，王发荣一边教他习练武功，一边将他送入乡里的私塾跟先生学文化，希望他今后成为一个文武双全的人。

王宪章非常好学，成绩又好，在私塾里，教他的先生很是喜欢他，常常当着家长和学生的面夸奖他。见儿子有些出息，王发荣和妻子韦氏心里也是十分高兴。

读完私塾，王宪章以优异的成绩考进了安龙县城的兴义府中学堂。到了兴义府中学堂，王宪章学习更加努力，在众多学子中成绩常常是名列前茅，校长和老师见他如此用功，又取得了这么好的成绩，觉得这孩子将来必定能做大事，也就对他关爱有加。

王宪章继承了父亲王发荣的性格，加上又有些武功，平常遇到柔弱之人被欺负，他总是两肋插刀，爱上前替人家打抱不平，为此也常常受到同学和老师的称赞。

"救命啊！"

一日，在兴义府中学堂念书的王宪章上街去买生活用品，遇到几个地痞流氓在调戏一个小女孩，小女孩哭着向路人发出呼救。也许是怕惹这几个地痞流氓，旁边路过的人虽然不少，但这些人都装作没看见，没人敢上前来管这事。

"住手！"

　　王宪章见状怒不可遏，走上前去喝住这几个地痞流氓。

　　见是一个毛头小伙，几个地痞流氓仗着人多势众，将王宪章团团围住准备殴打他。

　　一个个子不是很高的小流氓，歪着脑袋盯着王宪章问："哪儿钻出来的毛毛虫？"

　　"坏我好事，你这不是找死吗？"一个个子高大的流氓说罢一拳朝王宪章脸上打来。

　　王宪章不愧是练过武的人，将身子一倾，随后猛起身挥着右拳朝这流氓的心窝就是一拳，顿时，这个流氓抱着肚子蹲在地上说不出话来。

　　"哼，他居然敢动手打我们大哥？兄弟们，上！"其他几个小流氓见他们的大哥被王宪章一拳打得蹲在地上出不了声，一齐张牙舞爪地号叫着扑向王宪章。

　　小女孩吓得站在一旁不敢说话。

　　王宪章见这伙流氓要对自己动手，决定教训他们一下。

　　这时，一个流氓飞起一脚朝他裆下踢来。王宪章见了，将身子微微一侧，双手抓住此人的脚，自己右腿向前迈出变成弓步，再双手往前猛地一送，这个流氓一下子摔了个狗吃屎。

　　"好！"站在旁边的小女孩见了，高兴地呼喊起来。

　　见王宪章有些功夫，几个小流氓一齐朝他拳打脚踢，王宪章左一拳右一腿地打了一阵，几个流氓全趴在地上喊爹叫娘。

　　王宪章沉下脸朝他们吼道："还不快给老子滚！"

　　"算你狠！"几个小流氓爬起来假意号了一下，夹着尾巴一溜烟跑开了。

　　"大哥，你真棒！"小女孩咧着嘴夸奖王宪章。

　　见小女孩夸奖自己，王宪章也有些得意，笑着说："对付几个小混混，对我来说不过就是小菜一碟！"

　　随后他对小女孩说："你赶紧回去，要不再遇到他们怕会出事！"

　　"好的，谢谢大哥！"小女孩说完转身走了。

　　"哎，大哥，能把你的名字告诉我吗？"小女孩走了几步突然转过身来脸红红地问王宪章。

"我叫王宪章！"见小女孩回过身问自己，王宪章将两手合成筒状放在嘴巴边朝她应道。

"好，知道了，后会有期！"

"好的！"

02

兴义府中学堂位于安龙县县城，是刚来这儿任兴义知府的李祖章创办的，这所学堂的堂长叫李润庵。李润庵和李祖章是同乡，都是湖南新化人，而且两人志趣相投，看着眼前纷乱的时局，两人不顾清廷的打压，一致赞同康有为和梁启超的维新变法，思想很是激进。

在学堂里，李润庵叫人从街上的书店里购置了《礼运注》《大同书》等一些内容激进的文化书刊，供学堂里的老师和学生阅读，以此来传播科学文化，抨击清政府的封建专制政体，大力宣扬康有为和梁启超的变法图强思想，借以振兴民族和国家。

当课余时间别的同学在玩时，王宪章却总是钻进阅览室里孜孜不倦地阅读着这些进步书刊。不看则罢，一看王宪章就被这些书刊上的新思想、新知识深深地吸引住了，不仅眼界大开，还萌生了以身许国的凌云壮志。

堂长李润庵发现王宪章经常到阅览室翻阅这些进步书刊，知道他是个有血性的中华男儿，打心眼儿里喜欢他。一天晚上，李润庵见王宪章一个人在阅览室里阅读《大同书》，便走过去问他："王宪章，你经常看这种书，就不怕有一天掉脑袋？"

王宪章笑着说："堂长，这都是些好书啊！再说，堂长您都敢叫人买来放在学堂里，我为何不敢看呢？"

"嗯，有志气！"李润庵拍了拍王宪章的肩膀，微笑着夸奖他。

王宪章问李润庵："堂长，外国列强这么欺压咱们国家，不少同胞遭受他们的欺辱，可咱们的政府缘何不管呀？"

听王宪章这么问，李润庵气愤地说："这都源于清政府的无能，宪章啊，今后能挽救国家和民族的，我看就只能靠你们了！"

"堂长，我们能行吗？"王宪章仰头疑惑地看着李润庵。

李润庵深吸了一口气后，说："能，我相信一定能！"

李润庵的话像生长在黄山岩缝中的千年老松，在王宪章心里深深地扎下了根，他朝李润庵点了点头，然后笃定地说："堂长，等我长大后，我和其他同学一定要将外国列强赶出咱们的国门！"

"嗯，堂长和老师们没看错你！"见王宪章非常有志气，李润庵高兴地再次拍了拍他的肩膀，"好吧，别看得太晚，明天还要上课，早点回寝室休息！"

"堂长，您先回去休息，我再看一会儿就回寝室！"王宪章说。

"好！"李润庵说完走出了阅览室。

王宪章接着又看了半个小时的书，才回寝室休息。

一晃两年中学就读完了，光绪三十一年（1905），时年十七岁的王宪章因为学习成绩特别优秀，被兴义府中学堂保举到省城贵阳师范学堂去加以深造。

在去省城前，懂事的王宪章来与学堂的堂长和老师们告别。堂长李润庵拉着他的手语重心长地说："宪章啊，到了省城一定要好好学习，学成后回咱们学堂任教，我和老师们都等着你！"

"学生一定不负堂长和老师们的厚望！"见李堂长对自己寄予这么大的厚望，王宪章十分感动，频频地朝他点头。

听王宪章这么说，李润庵非常高兴："我就知道你会这样做的，好吧，时间也不早了，你还要去收拾行囊，我就不耽误你的时间了！"

"感谢堂长对学生的关爱，堂长您休息，宪章就此别过！"王宪章给李润庵行礼。

李润庵说："好吧，你先回去，到时候我和老师们来给你送行！"

王宪章说："堂长，您和老师们这么忙，就不要来送我了！"

"来来来，一定要来，你是咱们兴义府中学堂的骄傲，我和老师们一定要来送你！"李润庵说。

"既然这样，那学生就先感谢堂长和老师们了！"王宪章又给李润庵行礼。

李润庵见了急忙说："行啦，你还是赶紧回去吧！"

"好！"王宪章说完，转身走出李润庵的房门。

再过两日王宪章就要去省城贵阳了，因为王宪章年纪尚小，王发荣自己又走不开，便叫王宪章哥哥家的儿子王元生送他去。

王宪章这么有出息，王家人自然都很高兴。这天中午，待收拾停当，王宪章爹娘和他的几个哥哥都来为他送行。

"去贵阳路途遥远，你们一定要注意安全！"王发荣叮嘱王宪章和孙子王元生。

王元生回复道："爷，您放心，有我在，宪章叔叔不会有事的！"

"爹，没事，我都快成大人了！"王宪章说。

母亲韦氏说："儿子，还是小心点好！"

"母亲您放心，我们会注意的！"王宪章安慰道。

王发荣说："好吧，时候不早了，你们赶快上路吧！"

"那儿子就走了，爹，娘，你们保重！"王宪章与父母道别，然后和侄儿王元生转身准备离去。

"等一等！"

叔侄二人正准备上路，却听见前面路口传来一声呼唤，一家人往前面一看，只见李润庵和学堂的两位老师一起从对面急匆匆走来。

王宪章和侄儿赶紧停下来。

"哎呀，不好意思，不好意思，有点急事耽误了！"李润庵双手合十，抱歉地对王宪章和他的家人说。

王宪章见状，赶紧说道："堂长，我不是说了嘛，您和老师们这么忙，就不要来送我了！"

"是啊，李堂长，你们这么忙，就不要来送小儿了！"

"我说过，一定要来给宪章送行的！"李润庵说完，从身边一位老师手里接过一个包裹递给王宪章，"米，宪章，我和老师们没啥好送你的，知道你爱看这些书，就特意给你带来了，你把它们带上吧！"

王宪章从李润庵手中接过包裹，打开一看，全是他平时最爱阅读的那些进步书刊，心里高兴极了，赶紧放下包裹向李润庵和两位老师行拱手礼："谢谢堂长！谢谢两位老师！这是你们给我的最厚重的礼物，学生一定要将它们带去省城！”

“宪章，能有这么个机会到省城深造，是你多年来努力的结果，老师们替你高兴啊！但凡能到省城深造的，都是地方上各个学堂的精英，你去了之后，一定要加倍努力，力争学点真本领回来！”一位姓吕的老师说。

另一位姓陈的老师也说：“宪章啊，你是兴义府中学堂的希望，也是兴义府人的希望，老师相信你到了省城之后，一定会刻苦学习，学出好成绩来！”

“记住了，应贤，到贵阳一定要好好学，千万别辜负了李堂长和老师们的期望！”王发荣叮嘱儿子道。

“儿子啊，一定要听你爹和堂长，还有老师的话，去省城后多学点东西，千万别贪玩！”韦氏边给儿子理整身上的衣裳边叮嘱。

“爹、娘，你们放心，儿子一定不会让二老和李堂长他们失望！”王宪章脸上透出一股坚毅。

李润庵笑着对王发荣夫妇说：“我们相信宪章，他一定会替我们兴义府中学堂争光的！”

“好吧，时候也不早了，路途遥远，就别再耽搁宪章他们的行程了！”见大家说个没完，怕误了王宪章和他侄儿赶路，姓吕的老师赶紧说。

“爹、娘、李堂长、吕老师、陈老师，那宪章走了！”王宪章说完，朝众人深深鞠了一躬。

“孩子，你去吧！”想到儿子这一去不知何时才能相见，韦氏眼里的泪花在打转。

“宪章，记住我说的话！”李润庵叮嘱王宪章。

“我会记住的，李堂长，吕老师，陈老师，再见！”王宪章朝李润庵等人挥手。

随后，王宪章背着简单的行囊，与他的侄儿王元生转身往省城贵阳方向走去。

“老王，能有这样的好儿子，我们真是替你们家高兴啊！”待王宪章和他侄儿走后，李润庵笑着对王发荣夫妇说。

王发荣感激地说：“犬子有此造化，都是李堂长和老师们教育有方！”

李润庵说：“这是他自己有天分，我们不过是尽到了应尽的责任罢了！”

"李堂长说得对，是宪章他自己有出息！"

"宪章是个聪明的孩子，我们不过是引导引导而已！"

两位老师谦虚地说。

王发荣说："古人说得好，玉不琢不成器，没有您李堂长和老师们的悉心教导，宪章他就是有天大的本事，也是徒劳的！"

韦氏见丈夫和李堂长他们站在门外谈论儿子，赶紧说："哎，孩子他爹，怎么能让李堂长他们站在这儿说话呢？走，请李堂长他们去家里坐！"

"对对对，你们看，我光顾高兴，忘记了这事儿，走，进家里去坐！"王发荣有些不好意思地对李润庵和两位老师说。

李润庵说："家里就不去了，学堂里还有个急事需要去处理，我还得赶回学堂！"

韦氏说："你们这样关心孩子，都到家门口了，哪能连家里都不去坐一会儿呢？"

"谢谢了，实在是有事！"李润庵赶紧说。

"夫人，既然李堂长都这么说了，那我们也不好留他们，改天再请他们来家里坐，喝点小酒！"王发荣对妻子说。

李润庵听罢说："对对对，改天来你们家喝酒！"

然后，李润庵和两位老师告别王发荣夫妇，往兴义府学堂赶去。

03

在赶往省城贵阳的路上，王宪章和侄儿边走边聊。

路上，王元生问王宪章："叔，其他人都没办法到省里读书，你咋能去呢？"

"嘿嘿，叔平时叫你好生读书你偏不听，老是想去掏八哥来玩，这下知道叔的厉害了吧！"王宪章笑着说。

王元生长叹道："唉，早知这样，我就不会去掏那八哥了！"

"现在知道后悔了？"王宪章看着他问。

王元生摇摇头，说："就是知道后悔也来不及喽，好在我们王家还有你。

叔，你去了省城一定要努力又努力，今后我们王家人可就指望你了！"

王宪章坚定地对侄儿说："你放心，叔一定会加倍努力学习，绝对不给我们王家人丢脸！"

叔侄二人说罢继续往前赶路。

几经辗转，半个月后王宪章和他侄儿王元生终于来到了省城贵阳。因为是第一次来省城，虽说之前李堂长他们给了地址，但王宪章和侄儿还是在省城转了好半天才找到贵阳师范学堂。

进了学堂，在侄儿王元生的陪同下，王宪章报到登记注册，找教室和寝室，忙活了好一阵子，一切准备就绪，就等着明日开学听老师授课了。

把叔送到了学堂，手续也办好了，王元生觉得爷爷交给自己的光荣使命完成了，便对王宪章说："叔，我已经把你安全地送到了贵阳，入学的手续也都办好了，没其他事，我也该回去了。"

"难得来一趟省城，你不多玩两天再走？"王宪章说。

王元生摆摆手："不了，我得赶紧回去给爷爷'复命'。"

王宪章说："明日我就要开始上课，也没时间陪你玩，既是这样那我也不留你，你回去后告诉你爷和奶，叫他们不要牵挂我，我会照顾好自己的。"

"嗯！"王元生点头。

当天晚上，叔侄二人一夜没睡，一直聊到天亮。第二天一早，王元生告别王宪章，从贵阳往安龙老家赶路，而王宪章呢，也去学堂上他的课去了。

"把你叔送到了吗？"王元生一回到老家，王发荣就着急地问他。

"送到了！"王元生高兴地告诉他爷。

王发荣接着问道："哎，他们那学堂大不大？"

"大得很咯！不但大，人还多得很呢！"王元生兴奋地告诉爷爷。

随后王元生又说："爷，我叔叫我告诉您和奶奶，不要牵挂他，他会照顾好自己的。"

"这就好，这就好！"王发荣为有这样的儿子感到骄傲，随后对孙子说，"跑这么远的路，真是辛苦你了！"

"爷，这是元生应该做的，再说，我应贤叔叔这么有能力，能送他去省城，我高兴还来不及呢！"王元生开心地说。

在贵阳师范学堂深造的王宪章心里非常明白，能来这儿深造的人自然是全省各个学堂的精英，倘若自己不努力，很快就会落在人家的后面。王宪章暗中叮嘱自己，决不能辜负父母和李堂长他们的期望，一定要加倍努力，学出点名堂来好为家人和堂长他们争光。

有了这番雄心壮志，王宪章每天除了上课就往学堂的图书馆里跑，从不浪费自己的时光。到底是省城的大学堂，这儿的图书比兴义府中学堂的图书要多若干倍，王宪章见了高兴得不得了，每天都是到图书馆关门的时间才回宿舍休息。

这日下午，王宪章有事上街，回到寝室的时候他突然发现穿在身上的大衣口袋多了一样东西，摸出来一看，是革命家陈天华写的《猛回头》一书。

欣喜若狂的王宪章来不及细想这书是谁给他的，见这时寝室里没有其他人，赶紧翻开诵读起来："大地沉沦几百秋，烽烟滚滚血横流。伤心细数当时事，同种何人雪耻仇？"

文章开头的诗句如同一针兴奋剂，让王宪章读得热血沸腾，越读越想读。

　　拿鼓板，坐长街，高声大唱；尊一声，众同胞，细听端详：我中华，原是个，有名大国；不比那，弹丸地，僻处偏方。论方里，四千万，五洲无比；论人口……还须要，把生死，十分看透；杀国仇，保同族，效命疆场……瓜分豆剖逼人来，同种沉沦剧可哀。太息神州今去矣，劝君猛省莫徘徊！

读完这篇文章，站在床前的王宪章早已泪流满面。过后，王宪章一遍又一遍地读着这本书，每读一遍，他的心就颤抖一次。他在想，若有机会，自己一定会像陈天华那样，报效祖国，不畏牺牲。

到了星期六下午，王宪章见寝室里的人都出去玩了，又拿出这本书来读，同样是读得泪流满面。

突然，睡在他上铺的同学尤磊从门外走了进来，王宪章怕被他发现，慌忙把书藏到背后。

尤磊见他神色甚为慌张，觉得有些奇怪，便问他："宪章，你手里拿的是什么呀？"

"没什么，没什么！"王宪章慌张地说。

"没什么？没什么见了我你慌啥？快，赶紧拿出来我看看！"尤磊边说边走过来抢他手上的书。

"我给你，我给你！"王宪章知道藏不住了，赶紧把手上的书递给他。

"啊，你敢看这种书，是不是不想活了？"尤磊将书翻了几下，见是朝廷规定的禁书，惊讶地看着王宪章大声问道。

"嘘！"王宪章赶紧竖起一根指头，示意他不要声张。

尤磊意会，马上不出声。

王宪章沉下脸严肃地警告他："这事到此为止，别乱声张！"

尤磊低声问他："宪章，看这种书，学堂知道了是要被开除的，难道你不知道吗？"

"这我知道！"王宪章说。

"知道你还看？！"尤磊两眼盯着王宪章。

王宪章也两眼盯着他，说："这样，你先拿去仔细读一下，然后再问我，好吗？"

"我怕……"尤磊心虚地看着王宪章。

"怕就别看了！"王宪章说着要从他手上把书抢回来。

"好好好，我看我看！"尤磊说罢将书藏到背后。

"注意别被其他人发现！"王宪章叮嘱道。

尤磊轻点了一下头，然后拿着书上床一口气将它读完。

"痛快！这书读来的确让人痛快，真是相见恨晚啊！"尤磊读了之后也深受感染，大呼痛快，随后又问王宪章，"哎，你是从哪儿弄到这书的呀？"

王宪章把这书的来历告诉了他。

听了王宪章的话，尤磊觉得这事有些蹊跷。

"哎，我听说贵阳有革命党，莫非这书是他们的人趁你上街的时候，塞进你衣袋里的？"尤磊坐在床上问王宪章。

"也许吧！"王宪章也是一头雾水。

"可他们为何……"

这时，另一位同学回来了。见有人来，王宪章赶紧给尤磊递眼色，暗示他不要说话，把书藏好。

尤磊赶紧将书藏到枕头底下，装作若无其事的样子。

"哎，刚才我在门外听到你俩在说什么革命党，这是怎么回事啊？"进来的同学问王宪章和尤磊。

王宪章说："啥子革命党呀，是你听错了，我和尤磊在说明日去哪儿游玩的事情！"

"好吧，就算是我听错了吧！"这位同学见他俩不肯告诉自己，也不想再问。

后来尤磊也和王宪章一样，成了革命党中的一员。

学堂是清政府办的，学堂里的负责人对这类革命书籍查得很严，一旦发现谁在读就会报告给衙门里的人，衙门里的人知道后，轻则罚打重则开除学籍，所以王宪章和尤磊都得保守秘密，绝不能让人知道他们在读禁书，更不能让禁书落到学堂负责人或其他人的手里，否则大祸就会临头。

04

"救命！救命啊！"

一日傍晚，王宪章上街去买风衣，当他走到大西门交叉路口时，突然听到前面十几米远的地方有个女人在呼叫。

他抬头一看，只见一个女学生正在被三个日本浪人强行拉走。王宪章怒火中烧，仗着自己习过武，跑上前去三拳两脚就将几个日本浪人打倒在地。

几个日本浪人见敌不过王宪章，翻爬起来赶紧溜掉。

"哎，怎么是你？没事吧？"待日本浪人走了，王宪章这才认出被救下的女学生竟是自己的同学陈兰卿。

"宪章，你怎么会在这儿呀？"这时陈兰卿也认出了王宪章，惊愕地问道。

王宪章告诉她，自己从老家来时没带衣裳，想出来买一件风衣，走到前边突然听到有人呼喊救命，就跑过来了。

"谢谢你救了我！"陈兰卿含情脉脉地看着王宪章。

"你一个人出来干吗？"王宪章这才想起问陈兰卿。

陈兰卿告诉他，她出来是想去书店买本书的。

"什么书啊？"

"《少年中国说》。"

"故今日之责任，不在他人，而全在我少年。少年智则国智，少年富则国富；少年强则国强，少年独立则国独立……"早在兴义府中学堂上学时王宪章就读过这本书，这时一听陈兰卿提起，随口就诵出了一大段。

见他一下子诵出了一大段，陈兰卿惊讶地问他："你读过这本书？"

"读过，这是戊戌变法的领导人之一梁启超先生逃亡日本后，于1900年在日本写的一本开启民智、呼唤国人觉醒的好书，我辈是得好好读一读！"王宪章告诉陈兰卿。

"是啊，少年强则国强，少年独立则国独立，梁先生说的没错！"陈兰卿不无感慨。

"我先陪你去书店。"王宪章对陈兰卿说。

"谢谢！"见王宪章要陪自己去买书，陈兰卿高兴极了，赶紧向他道谢。

随后，两人一起往前面的书店走去。

买完书，陈兰卿又陪王宪章去买了风衣。在两人回贵阳师范学堂的路上，陈兰卿看着手上的书说："回去我一定要好好读它！"

"好！"王宪章微笑着朝她点头。

这事过后，王宪章和陈兰卿的感情逐步加深，两人经常到南明河边一起散步，一起聊天。

05

国家处于危难之中，省城贵阳也逃脱不了这般厄运。面对这种局势，在贵阳师范学堂深造的王宪章心潮澎湃，他思索了一番之后，决心弃笔从戎报效国家。

星期天下午，王宪章独自一人来到省城大十字这个地方，见驻扎在贵阳贡院北部的新军正在招募兵员，便上前打听了一下。王宪章准备报名应招，但又觉得还是先去和陈兰卿说一声为好，于是就先回了贵阳师范学堂。

傍晚，王宪章和陈兰卿来到南明河边。王宪章告诉陈兰卿："我准备去新军的军营里当兵，你觉得行吗？"

"刚来师范学堂几天呀，你就要走！"听王宪章说他准备去新军军营里当兵，陈兰卿睁大眼睛看着他。

王宪章说："时下中国内忧外患，时局极为动荡，列强入侵国境，烧杀抢掠无恶不作，清政府却无能力抵抗，华夏大地一片狼藉，国人处于水深火热之中，苦不堪言，中华民族已经濒临危亡，孙中山、黄兴等一批进步人士纷纷起来组织进步团体，号召血性男儿拯救中华，我等青年岂可坐视不管？"

"在师范学堂学好文化，不也能救国吗？干吗要跑去军营里当兵呢？"陈兰卿不解道。

王宪章摇摇头，说："有志男儿应该在军营，我志不在这儿！"

"为什么？"陈兰卿问。

王宪章激动地说："列强入侵我中华，靠的是火枪和大炮，而清政府之所以无力抵抗，就是因为民弱而国不强，我要到军营去，有朝一日和这些列强真刀真枪地干，这才是我一生的志向和目标！"

眼下国内形势的确令人担忧，陈兰卿觉得他有此想法也是对的，但她不想让他去当兵，于是侧过身问他："你真要去新军军营里当兵？"

"我主意已定！"王宪章掉过脸凝视着陈兰卿，坚定地告诉她。

陈兰卿问他："那日我见你枕头底下藏了本革命家陈天华写的《猛回头》，你是不是受了这本书的影响？"

"怎么？你看到我那本书了？"王宪章心头一惊。

"嗯！"陈兰卿点头。

王宪章说："不瞒你说，我要去军营，的确是受了它的影响，但也不完全是，打那天我救你起，我就觉得自己应该到军营里去当兵，做一个真正的男子汉！"

陈兰卿想了想，说："我还是希望你不要去，好好在师范学堂学点文化知识，学好文化知识一样可以报效国家！"

王宪章说："可我一看到那些外国人在咱们国家的土地上欺负咱们的同胞，我心里就来气！"

"你的心情我非常理解，但报效国家挽救民族危亡不只有当兵一条路！"陈兰卿认为当兵的都是些没文化的粗鲁汉子，一天到晚只知道打打杀杀，不能真正挽救国家危难，只有学好了文化知识才能将国民从水深火热中救出。

王宪章说："兰卿，你咋这么固执！去当兵的人这么多，你咋就不让我去呢？"

陈兰卿噘着个小嘴，娇嗔道："反正我就是不让你去当兵，你要去了我们就分手！"

"好了好了，先不说这个事了，咱们回去吧，时候也不早了！"见陈兰卿生气了，王宪章只好岔开话题。

于是两人往贵阳师范学堂走去。

第2章 弃文从武

01

自己要去当兵，王宪章原以为陈兰卿会支持他，没想到她会是这么个态度，到底是去还是不去，王宪章心里觉得很烦恼。

王宪章考虑再三，还是决定去当兵。他想，先去报名了再慢慢做她的思想工作，也许，到时候她会支持自己的选择。

两日后王宪章果真来到省城大十字这儿，向新军招兵处报名应招。

应召入伍的年轻人很多，在招兵军官的前面排了长长的一队。

一个小时过后，终于轮到了王宪章。

"叫什么名字？"招兵的军官问他。

"报告长官，我叫王宪章！"王宪章声音洪亮而有礼节地回答。

招募新兵的军官见王宪章身材魁梧，又长得一表人才，用手往他身上拍了拍，觉得他身体也很结实，是块儿当兵的料，侧身和旁边另外一名军官耳语了一下，然后说："好，小伙子，你已经被录用了，明日一早到南厂兵营二营那儿去报到吧！"

"谢谢长官！"听招兵的军官说自己被录用了，王宪章非常激动，赶紧给招兵的军官道谢。

甲午战争以后，清政府开始仿效国外编练新式陆军，也就是人们常说的新军。清政府陆军部还准备在全国编练三十六个镇，也就是三十六个师的新军，并计划以北洋新军为中央军，各省新军为地方军，以此来巩固清政府垂危的封建统治。按照清政府陆军部的编练计划，在其统治的中心省份编练四个镇的新军，可在贵州则明令只编练一个镇，说是一个镇，其实到后来也只是编练了一标，也就是一个旅。为了区别于其他部队，陆军部把这个标的新军称为贵州常备步兵第一标，也称新军第一标，驻扎地点就在贵阳南厂兵营，标统由袁义保担任，在这儿招兵的，便是袁义保的副官等人。

高兴得忘乎所以的王宪章，急忙赶回贵阳师范学堂，因为明天一早就要去军营报到，他得赶紧去收拾一下自己的东西。他本想去给陈兰卿说一声的，说他已经报了名并被军营录用了，但他怕陈兰卿不同意，也就没去。他想等过一阵陈兰卿想通了再来告诉她，但他万万没想到，自己一进军营里就出不来了。

新军第一标下面共下辖三个营，每个营有五百人，营里的长官设管带一人，管辖左、右、前、后四个队，也就是四个连，每个队设队官即连长一人。每一个队有三个排，每个排设排长一人。一个排又分三个棚，也就是三个班，每个棚设正目和副目各一人。除此之外，新军第一标还设有一个炮队。就其人数来说，这个标共有军官一百零七人，士兵一千八百四十六人。

报名入伍后，王宪章分到第二营当了一名学兵。

但凡当兵的人，除了打仗就是操练，王宪章一入军营就投入艰苦的操练中，好几天没出来。陈兰卿不知道王宪章已经报名去当兵了，来男生宿舍找了他好几次都没见着，心里难免有些着急。

陈兰卿询问和王宪章在一个寝室的尤磊，尤磊告诉他，王宪章已经不在这儿好几天了，他已经离开学堂去新军里做了一名学兵。

"这个王宪章，硬要去当一名学兵！"向尤磊道谢后，陈兰卿嘟着嘴走了，她心里明白，自己已经离不开王宪章了。

她决定去新军兵营里找他。

经过一番打听，陈兰卿找到南厂新军二营兵营。她问在营门口的一名士兵认不认识一个叫王宪章的新兵，这名士兵告诉她，王宪章正在操场上和其他士兵进行军事操练。

陈兰卿说："大哥，能不能麻烦你帮我给他递个话，就说贵阳师范学堂有个姓陈的女生来找他！"

"没问题，我马上就去给你叫他！"士兵说罢朝操场走去。

这名士兵叫杨二龙，是和王宪章一道进的军营，和王宪章比较熟。他走过去对着正在跑步操练的王宪章开玩笑地说："宪章，你小子艳福不浅啊！"

"二龙，你在瞎说什么？"王宪章边跑步边说。

杨二龙说："营门外有位女生找你，她说她是贵阳师范学堂的！"

听杨二龙这么说，王宪章知道是陈兰卿来找他了，于是对杨二龙说："你叫她在那儿稍等一会儿，操练马上就结束，等结束了我就去找她！"

"好！"杨二龙说完往营房门口走去。

见杨二龙回来了，陈兰卿迫不及待地问道："大哥，怎么样？王宪章他能过来吗？"

杨二龙说："操练马上结束，宪章说他操练完了就过来找你！这样，你先进来等他！"

"好，谢谢大哥！"

"不用客气！"

杨二龙说完给她开了门，陈兰卿进来找个地方坐下等王宪章。

不多一会儿，王宪章来了。

"兰卿，你怎么找到这儿来了？"见到陈兰卿，王宪章问她。

"还好意说，来了也不告诉人家一声！"见到王宪章，陈兰卿埋怨道。

见陈兰卿话里有些怨气，王宪章赶紧笑着给她赔罪："对不起，兰卿，本来想着报名后就去告诉你的，但怕你不同意，就想过几天等你想通了再去告诉你，没想到一到这儿就天天操练，没机会出去！"

"那你是不是不想管我了？"陈兰卿两眼含情脉脉地望着王宪章。

王宪章赶紧说："管，咋不管？你好好修你的学业，等毕业了我马上来接你！"

听王宪章这么说，陈兰卿像吃了颗定心丸，这才高兴地说："你都这样说了，我还有啥要说的呢！"

两人聊了一会儿，陈兰卿说："你忙，我就不打搅你了，我先回学堂去，哪天有空再来找你。"

"马上又要操练了，我就不送你了，等有空我就去贵阳师范学堂找你！"王宪章说。

陈兰卿"嗯"了一声，转身回了贵阳师范学堂。

之后，陈兰卿经常来军营里看王宪章，王宪章一有时间也会去贵阳师范学堂找她。

在南厂新军一标二营当了一段时间学兵，王宪章感到很失望，他发觉这里的军官和士兵都没他原先想象得那么好，当官的见钱就捞，见女人就玩，当兵的也跟着效仿，但见了外国兵士个个都做缩头乌龟，整个军营一团糟。王宪章觉得，这儿也不是自己的久留之地。

此时国内反清风潮席卷而来，在省城贵阳这个地方，许多热血青年都投入了火热的反清斗争中，这些人的革命言行深深感染着王宪章。

一天傍晚，王宪章独自一人到军营外散步。

"小兄弟，一个人出来散步啊？"突然，后面一个五十多岁的老者跟上来和他打招呼。

这老者叫张忞。

"您是？"王宪章不认识张忞，见他主动和自己打招呼，睁大眼睛看着他问道。

"我叫张忞，乐群小学的副校长！"来人自我介绍。

"我叫王宪章！"见此人虽然年长自己许多，但看上去精神非常好，说话又很谦和，王宪章便将自己的名字告诉了他。

随后两人边走边交谈起来，话题从当下的国内国际形势到国人的愤慨，无所不谈，而且越谈越投机，都觉得有些相见恨晚。

走了很长一段路，聊了许多话后，张忞说他还有些事要去办，得先回学校去了。

"好的，日后见！"王宪章与张忞握手道别。

"一定会相见的！"张忞说完，朝王宪章摆摆手，转身回乐群小学去了。

王宪章独自往军营走。

02

在军营，王宪章养成了散步的习惯，第二天傍晚他又来这地方散步。

"哎，怎么又遇到你了？"王宪章没想到，又遇到了那个叫张忞的老者。

张忞笑着对王宪章说："大概是我俩有缘吧！"

其实这并不是什么缘分，而是张忞有意为之，他来这儿是想和王宪章说事。

"走，去那边，那边人少，空气也好些！"张忞说。

王宪章点头同意，于是两人边走边聊，朝着行人稀少的林荫小道走去。

张忞真名叫张铭，字悁普，生于咸丰元年（1851），老家在贵州贵筑县。此人小时候读过不少经史子集，虽未考中举人，但学识极为渊博，人称老名士，他和一位叫平刚的人创办了一所小学，也就是寻常小学，由于方方面面的原因，这所小学不久更名为乐群小学。因为受到康有为、梁启超维新变法思想的影响，两人思想都非常激进，明面上看张忞是个小学教员，实际上他是一名进步人士。列强的入侵和清政府的无能，让他感到非常愤慨，于是与校长平刚暗中组织了一个叫科学会的进步团体，在学员中积极宣传反清革命思想，并以此为纽带暗中发展会员，让他们奋发起来同清政府以及列强作坚决的斗争，以此拯救民族和国家。

张忞听闻贵阳新军一标二营中的王宪章是个有血性的青年士兵，便想将他发展成科学会的会员，与他一道开展革命活动。昨天傍晚，他是有意来接触王宪章的，想先试探一下王宪章的思想动态和倾向，没想到会和他谈得那么投机。他打听到王宪章每天都要来这儿散步，便又来这儿等他。

两人走到僻静的地方，张忞直接向王宪章摊牌，说他是秘密组织科学会的发起人之一。他说："宪章老弟，干脆你也加入科学会，和我们一起拯救咱们这个国家和民族吧！"

"先生，您这样称呼宪章，宪章可不敢领受，我看您还是叫我宪章吧！"张忞要大王宪章三十余岁，听他称自己为老弟，王宪章赶忙说道。

张忞说："无妨无妨，四海之内皆兄弟，我和平刚发起组织这个科学会，目的就是建立一个人人平等的大同社会，只要是志同道合，五湖四海皆兄弟！"

"恭敬不如从命，既然先生都这么说了，宪章要是再推脱就显得虚伪了！"王宪章真诚地说。

"这就对了嘛！"张忞笑着说。

来省城这么久，王宪章已经看透了清政府腐朽的本质和他们的无能，知道再不组织起人来同这些腐败官员做不懈的斗争，那中华民族真是要灭亡了。

"好！"王宪章正愁找不到一个革命组织，见张忞言辞很是诚恳，二话不说，马上就同意加入科学会，与张忞、平刚一起，组织其他热血青年同腐败无能的清廷以及外国列强作长久的革命斗争，以拯救危亡在即的中华民族。

见王宪章这么爽快就答应了自己，张忞高兴极了，紧握着他的手说："宪章老弟，谢谢你能够加入我们的团体，我代表科学会的全体同志欢迎你的加入。这样，明日找个时间我带你去见平刚先生，我相信他见了你，一定会和我一样非常高兴！"

"好，谢谢先生！"能够加入进步团体，王宪章兴奋得不得了，赶紧给张忞行礼。

"都是革命同志，不必客气！"张忞说。

两人沿着这条林荫小道又走了一段路，谈论了一些事。临分手时，张忞低声说："明日傍晚七时，我带平刚他们几个到这条林荫小道上来见你，希望你准时到这儿来！"

"好！"王宪章低声回答张忞。

沟通完明日的接头事宜，两人各自往回走。

第二天傍晚七时，王宪章按约定的时间准时来到林荫小道。

张忞和平刚早已到达。随张忞和平刚而来的还有漆运钧、彭述文、乐嘉藻三人，这三人也是科学会的会员。

见王宪章如约而至，张忞走过来和他握手，并笑着说："宪章老弟，你很准时嘛！"

"不好意思，让大家久等了！"见他们已经到了，王宪章觉得有些愧疚。

"没事，我们也刚到！"寒暄过后，张忞向平刚等人介绍道，"这就是我和诸位提起的宪章老弟！"

"嗯，一表人才，真是青年才俊呀！"平刚夸王宪章。

"先生过奖了！"王宪章一脸谦虚。

张忞对王宪章说："我来给你介绍一下！"

"还是我自己来介绍吧！"平刚见张忞要给王宪章介绍自己，赶紧止住他。

随后平刚自我介绍道："本人平刚，字少璜，光绪四年（1878）生于贵阳花溪青岩，后来到省城贵阳求学与张忞兄等人相遇，因看不惯清政府的腐败无能和列强对我中华民族的侵辱，就和大家一起在乐群小学组织了这个科学会，暗中动员有志青年站出来拯救咱们的民族和国家。"

平刚介绍完毕，笑着对王宪章说："以后我就叫你宪章老弟，你就叫我平刚兄吧！"

"好的！"王宪章高兴地回答，然后说，"我也向大家介绍一下我自己吧！"

平刚笑着说："不用了，来之前张忞先生已经给我们介绍过了！"

紧接着，张忞又给王宪章介绍在场的其他三位同志："这位是漆运钧，这位是彭述文，这位是乐嘉藻，他们都是科学会的发起人。"

"你的情况张忞兄已经告知我们了，欢迎宪章老弟加入我们这个组织！"

待张忞介绍完毕，王宪章与漆运钧、彭述文和乐嘉藻分别一一握手寒暄。

之后，平刚向王宪章介绍道："科学会于去年十二月底在城内的华严寺成立，当初只有我和张忞兄、漆运钧、彭述文、乐嘉藻五人，后来不断发展了一些会员，现在我们这个团体已经发展到了上百人。学会的活动据点就在华严寺，宗旨主要是宣传科学和革命主张，号召大家起来一道推翻清廷和赶走列强，拯救我们这个民族和国家……"

"科学会倡导科学和革命，是个进步团体，不少热血青年和仁人志士都在向我们靠拢！"漆运钧插话道。

"是啊，咱们这个团体在不断壮大！"乐嘉藻附和道。

彭述文说："吾国吾民正在遭受外国列强的践踏，而清政府却无能抵御，我中华民族正处于水深火热之中，但凡有点血性的吾国青年都不会坐视不管!"

"彭兄说得好,但凡有点血性的吾国青年,都不会坐视不管的!"王宪章非常赞赏彭述文刚才说的话。

平刚说:"宪章老弟,经过与张忞兄等几位会员商议,今日我等代表科学会正式接纳你为这个团体的成员,希望你能用自己的热情和行动替科学会多做点事,与我们一道开展革命活动,推翻腐败无能的清政府,驱除列强,为拯救咱们的民族和国家出力!"

"本人愿意以毕生精力和心血,甚至是不惜牺牲自己的生命,为科学会做出应有的贡献,与大家一道拯救我们即将走向危亡的民族和国家!"王宪章当即表态。

就这样,在张忞和平刚等人的介绍下,王宪章正式加入了在贵阳的革命进步团体科学会,并成了这个团体的中坚力量。

03

几个月后的一天,也就是光绪三十年(1904)的十月初十,远在紫禁城内的慈禧太后不顾国势危急和民生维艰,竟然下令全国各地的大小官员和老百姓轰轰烈烈地为她庆祝七十大寿。

贵阳虽说离京师十万八千里,但贵阳的知府严隽熙为了借机吹捧慈禧太后,也让知府所有的大小官员在城里各个主要街道张灯结彩地搭起"万寿台",准备为慈禧太后大张旗鼓地祝寿。一时间,贵阳城中笙瑟迭起爆竹声声,看上去一派喜庆景象,可老百姓却怨声载道,因为老佛爷祝寿的钱都是官府搜刮来的民脂民膏,不但如此,地方上的贪官污吏还趁此机会敲诈勒索老百姓,搜刮民财中饱私囊,弄得百姓苦不堪言。

见严隽熙把省城贵阳搞得乌烟瘴气,一些有识之士义愤填膺,纷纷采取不同形式进行反对。

清廷的统治者如此荒淫无道,不顾百姓死活,平刚愤怒至极,率先将自己的长辫剪掉,以此来表达他的强烈抗议。剪掉长辫,是对朝廷的大不敬,平刚这一举动立即轰动了整个贵阳城,人们在大街小巷议论纷纷,贵阳知府的官员将平刚此举视为大逆不道。

不仅如此，平刚还在慈禧庆寿这一天挥笔写下了一副嘲讽她的对联贴在万寿台之侧，联曰："东望日本西观意，卅年来人皆进化；北惩俄罗南戒党，七旬后我亦维新"。

平刚这副对联的意思是说，从东看日本，从西看意大利，这些国家都因维新而变得富强，慈禧却在北面对付俄国，南面对付革命党，而且忙得不亦乐乎，而他平刚七十岁之后还支持维新。

这副对联字句虽然平淡，却辛辣地讽刺了慈禧太后荒唐至极的行为。

这一天，前来为慈禧太后贺寿的人，堵满了整条大街，可说是盛况空前。

"哎，你们看，那儿有一副对联！"忽然有人发现了平刚写的对联。人们顿时一片哗然，同情革命和愤恨清廷的人暗地里拍手叫好，觉得平刚这副对联犀利尖刻，读来痛快淋漓，佩服平刚不畏权势，敢于站出来为民众鼓与呼。

这事让当地官府惊恐万状，有人把平刚写的这副对联告诉了知府严隽熙，严隽熙大为光火，恼羞成怒地命令手下人："如此忤逆，这还了得？快，快去把这个平刚给本官抓起来，本官要治他大罪！"

平刚被抓捕归案后，严隽熙准备以骚乱的罪名治他重罪。科学会的成员于德楷、乐嘉藻等人听闻后，多方奔走并大力劝说严隽熙，说他平刚不过就是写了一副对联，不至于要治他的罪。严隽熙没办法，只好叫人责打平刚手心四十大板，革去他的秀才功名，然后将他放了。

对联事件之后，清廷加紧了对科学会成员的打击和迫害，张忞和平刚见清廷要对科学会的革命志士下手，赶紧联络省城陆军小学的监督赵均腾、教员胡成久、文崇高、廖谦、谌祖式，学生魏维新、凌霄、萧健之等人，让他们做好防范，防止遭到清廷的迫害，同时请武术大师铁肩和尚传授青年们武功，让他们能做到自我保护。不仅如此，张忞和平刚等人还与在日本东京的革命党人进行联系，希望一旦发动起义，能够得到他们的大力支持。

不久，在日本东京的革命党人给张忞和平刚传来消息，说一定会全力支持他们，并叫他们继续暗中发展革命力量，做好一切准备，适当的时候在贵阳发动反抗清廷的革命武装起义。

经过一段时间的准备，十二月某日下午，张忞、平刚、王宪章等科学会会员在东山垭口背风亭秘密召开会议，商议起义的日期和部署起义行动计划。

秘密会议由张忞主持，参加人员除了平刚、王宪章，还有漆运钧、彭述文、乐嘉藻等一些革命志士。

"既然大家都到了，那我就说说今天的会议议程吧！"张忞扫视了一下会场低声说道，"诸位，今天的会议，议程主要有两个：一是商议并决定这次武装起义的具体时间；二是研究一下具体的行动部署计划。现在，请平刚先生先说一下起义的相关准备情况。"

平刚看了一眼在座的人，说道："诸位，前一段时间我们与在日本东京的革命党人取得联系，为了推动革命向前发展，决定在贵阳发动一次旨在推翻清政府的革命武装起义。但何时起义为好？如何起义？这些事都没有定下来，这些事不定下来，到时就会乱套，今天请大家来，就是想定一下这些事情。依目前的形势来看，我们革命党人……"

"快，快，冲进去，不要让他们跑了！"

平刚话还没说到一半，突然听到外面闹哄哄的，张忞将窗帘拉开一条缝，伸头往窗外一看，见有不少清兵包围了这栋楼，这才知道起义的消息已经被人泄露，清兵正朝这儿来抓捕革命党人。

"清兵来了，大家赶紧逃！"张忞朝其他会员低声喊道，然后和平刚、王宪章说，"快，从后面跳窗走！"

平刚和王宪章愣了一下，张忞着急地说："快走啊！"随后，三人急忙从后面的窗户跳窗而逃。

其他会员见状，也赶紧跟着逃走。

跳窗出逃之后，王宪章由于得到他人的保护，躲到了警政学堂。张忞在会员王国军的陪同下，连夜逃到修文县城，在会员阎崇阶家暂时躲藏起来。平刚也逃到一位朋友家躲了起来。而一些来不及逃走的革命党人，则落入了清兵手里。

清兵见抓不到张忞、平刚和王宪章这些革命党人，就前往张忞家里进行搜查。

清兵在搜查张忞家时，张忞的父亲因为恐惧而当场吓得丢了性命，而他的母亲，也因为有病当场猝死。张忞的大哥见两位老人当场死去，也被活活气死在家。

躲在阎崇阶家的张忞听到这些噩耗，气得当场晕了过去，几经抢救才苏醒过来。后来，张忞逃亡至武汉、南京、上海、北京和昆明等地，最后在贵阳人熊范舆的介绍下，到云南一所师范学校任教员藏身。在此期间，张忞有幸结识了蔡锷、李根源、唐继尧等一些军界人物。由于张忞在学校里不停地宣传革命，不久又被迫辞去教员职务逃回贵州兴义，在这儿被王文华、何辑武等人收留。张忞看不惯王文华的军阀作风，与他发生了争执，后来被王文华设计杀害。

起义失败，平刚盛怒之下离家出走，并开始流亡日本。

陈兰卿听说因有人泄密，不少革命党人已经被抓，她非常担忧王宪章的安危，就赶紧到处找他。后来有人悄悄告诉她，说王宪章已经跑进警政学堂，有人把他悄悄保护起来了，他暂时没事，陈兰卿心里那块石头这才落下。可毕竟没见到王宪章，她心里还是不踏实，但没办法，为了保密，人家不可能告诉她王宪章在哪儿。

待风波基本平息了，王宪章才现身。王宪章听说陈兰卿来找过他，知道她在替自己担心，便马上去贵阳师范学堂找她。

"宪章，这段时间你去哪儿了？我都担心死了！"见到王宪章后，陈兰卿哭诉道。

王宪章逗她："没事，没事，猫有九条命，我也有九条，死不了的！"

"人家都担心死了，你还有心思逗人家！"陈兰卿握着粉拳边擂打王宪章边娇嗔道。

两人卿卿我我地细聊了半天后，王宪章说他得回军营了。陈兰卿问他："你这会儿回军营，清兵不抓你？"

王宪章说："没事了！"

听他这么说，陈兰卿这才依依不舍地和他分别。

04

此时的清朝军营到处弥漫着腐败气息，大官欺压小官，小官欺压士兵，士兵欺压百姓，可对列强的入侵他们却充耳不闻，这与王宪章报国救民的志向格格不入，他心里充满着压抑、烦闷和苦恼。

一天晚上，王宪章去贵阳师范学堂找陈兰卿，说他不想做学兵了，想去报考贵州警政学堂。

先前劝他不要去当兵，他无论如何都要去，现在又不想当兵了，这是为啥呢？陈兰卿真搞不懂王宪章是咋想的，于是便问他："在军营待得好好的，干吗又不想当兵了呢？"

王宪章气愤地说："原本我以为军营是个干净的地方，官兵会替老百姓做些事，可通过这段时间的军营生活，我发现军营里并非如我想象的那样，这里就是一摊污泥，到处充斥着腐败，根本不是我王宪章想待的地方！"

陈兰卿说："只要做的是正派的事情，你做什么我都支持你！"

听她这么说，王宪章很是感动。

没过多久，王宪章果真考入了贵州警政学堂。

贵州警政学堂是清政府创办的，这里的警察不过是他们手里的工具而已，进入警政学堂，王宪章有种逃出狼窝又入虎穴的感觉，但王宪章的革命意志没有因此而减弱，反而更加激烈。上次革命失败之后，他一直在积极寻找着革命党人的组织，试图与其他革命党人取得联系。

有天下午，王宪章躲在教室里偷看收缴来的一本进步书刊，不小心被一名学员看到，举报给学堂堂长。

"王宪章，你好大胆子，身为警政学堂学员，不好好学习警务报效朝廷，却躲在教室里偷看这种反动书籍，你知道这是什么罪名吗？"警政学堂的堂长把王宪章叫到办公室狠狠地臭骂了一顿，并威胁王宪章要开除他。

警政学堂堂长本以为王宪章会怕被开除，没想到王宪章不屑一顾地说："不就是看了一下收缴来的书吗？有何大惊小怪的？"

"大胆，你竟敢顶撞堂长，我看你是真想脱下这身警服！"警政学堂堂长朝王宪章怒吼。

"脱就脱，你以为我想穿这身黑狗皮！"年轻气盛的王宪章一气之下将身上的警服脱掉甩在堂长的办公桌上，转身摔门离去。

见王宪章脱下警服摔门而去，警政学堂堂长更是恼羞成怒，追到门边朝王宪章号叫道："王宪章，你目无尊长，辱骂长官，本堂长明日就将你开除，永远不准你再回警政学堂！"

"开除就开除，此等学堂不在也罢！"王宪章边走边回头回应学堂堂长。

"啪！"警政学堂堂长气得发疯，转身进屋拎起他的座椅摔砸在地上，然后骂骂咧咧地一屁股坐到沙发上生闷气。

次日，学堂堂长果真除去了王宪章的学籍，将他驱赶出贵阳警政学堂。下午，王宪章回寝室收拾完自己日常用的东西后走出了贵阳警政学堂。

走出警政学堂大门，王宪章心里一片茫然：不在警政学堂了，自己这下要去哪儿？能去哪儿呢？

"走，去找陈兰卿！"王宪章想了一下，便急匆匆地朝贵阳师范学堂走去。陈兰卿是他现在唯一的依靠了。

王宪章在贵阳师范学堂找到陈兰卿。

"宪章，你这是……"见王宪章一副没精打采的样子，手上又拎着包裹，陈兰卿惊讶地问。

王宪章将包裹丢在地上，说："我被警政学堂开除了！"

"被学堂开除了？为啥呀？"陈兰卿惊奇地问他。

王宪章心里很烦，说："你别问了，过后再告诉你！"

陈兰卿知道他心情不好，便不再问。见已经到了吃晚饭的时间，便说："你待在这儿，我去给你打饭。"

"嗯。"王宪章点头。

陈兰卿拿着两个饭盒去学堂的食堂打饭。

王宪章躺在床上发愣。

不一会儿，陈兰卿拎着两个盒饭走了进来。王宪章从床上撑起身坐在床边。陈兰卿将饭盒放到桌上，拿了两把勺子，递一把给王宪章，柔声地说：

"来，吃饭！"

两人端着饭吃起来。

"走，我陪你去外面走走！"陈兰卿知道王宪章心里难受，吃过饭想带他出去散散心，消消他心里的烦恼。

两人走出学堂，到附近的公园里找了个僻静的地方坐下，王宪章这才将他被警政学堂开除的始末告诉了陈兰卿。

"那你今后有什么打算？"陈兰卿侧过脸问他。

王宪章想了一下，说："我要继续去找在贵阳城里的革命党人，和他们再次发动起义。"

"可你现在无职无业的，生活怎么办？"陈兰卿担心地问。

王宪章告诉她，天无绝人之路，到时再慢慢想办法。

陈兰卿说："这样，这段时间你就在我这儿吃，只是你得自己找个住的地方，学堂是不允许男女生同宿的。"

"行！"王宪章点头。

"参加革命活动，难道你就不怕死吗？"陈兰卿突然问他。

王宪章告诉她，死，没有人不怕，但要看是怎么死的，是为谁而死的。参加革命活动，是为了推翻清廷的腐朽统治，是为了中华民族和民众的生存，是为了挽救我们的国家，就算是死了，也是值得的。

陈兰卿说："既然你有如此伟大的理想和目标，那你就放心去干，我完全支持你！"

"谢谢！"王宪章深情地望着陈兰卿，陈兰卿的鼓励让他更加坚定了革命的信心。

陈兰卿突然说："我也想参加革命，你给我做介绍人吧？"

王宪章听了，严肃地说："革命是男人们的事，一个女人家，革什么命？"

陈兰卿说："女人怎么啦？女人照样可以参加革命，照样可以为了国家和民族的自由抛头颅洒热血。"

王宪章说："这革命是要流血是要丢命的，不是小孩子过家家闹着玩的！不管你怎么说，一句话，我是不会让你参加革命的！"

"你这是独断！"陈兰卿有些生气。

王宪章说:"我这是为你好!"

陈兰卿怕弄僵了不好收场,只好软下来,说:"好好好,今日不说这事,以后再说!"

随后两人站起来往师范学堂方向走去。

到了师范学堂女生宿舍,陈兰卿问王宪章:"你去哪儿住?"

王宪章叫她别管,他自己会找住处。

"好,那我不管你了,你自己小心点儿!"陈兰卿关切地说。

王宪章点了点头,然后转身离开,消失在人群中。

05

王宪章在到处寻找革命党人。

自上次起义失败后,为了保存实力,科学会的革命党人大都躲藏了起来,王宪章找了很长一段时间,终于找到了科学会的一些同志,但因为受到的打击太大,这些同志大多已心灰意冷,不再想干革命了。

经过王宪章的一再劝说,这些同志才答应和他一道再次发动起义。在王宪章等人的努力下,又联络到了不少革命党人,并准备再度发动起义。

一日,王宪章和几位革命党人正在商议再次发动武装起义,攻打城里的清政府衙门,突然,接到清廷当局派人到处搜查和抓捕他们的消息。王宪章知道,肯定是有人泄露了他们准备再次起义的消息,清兵才会到处搜捕他们这些革命党人。

接到报信,王宪章知道起义的事又要流产了。

"快,将所有的文件和旗帜、袖套烧了,千万不能让这些东西落到清兵手里,否则我们都会没命!"王宪章叫大家赶紧将起义用的有关文件和物品销毁,然后和大家一块儿迅速撤离。

王宪章他们刚刚撤离出去,清兵就包围了他们开会的地方,并对革命党人进行大肆搜捕。

"好险哪!"

"若不是有人来给咱们报信,这时大家恐怕都被那些狗日的清兵抓走了！"

"是啊，若不是宪章及时得到信息，肯定大家都会没命！"

"哎，这些清兵又是怎么知道咱们要起义的呢？"

"我看情况很复杂，咱们革命党人的队伍里什么人都有！"

"你的意思是说咱们中间有叛徒？"

"这说不准！"

逃出来的革命党人边叹息边议论。

"现在是逃出来了，但下一步咱们怎么办？"一位革命党人问。

另一位革命党人气馁地说："哼，还能怎么办？就此散了呗！"

一位革命党人问："不革命了？"

"还革什么命啊？保命要紧！"另外一名革命党人似乎也被吓破了胆。

见大家对革命失去信心，王宪章知道，短时期内想再组织他们起来革命是不可能了，只好对他们说："鉴于目前这种形势，大家就先逃命吧，一旦有了机会，咱们再开展行动！"

见王宪章这么说，一位革命党人说："对，先逃命再说！"

另一位革命党人说："也行，留得青山在，不怕没柴烧！"

王宪章说："既是这样，那大家就先散了！"

于是众人各自逃命去了，王宪章也找个地方暂时躲藏了起来。

第3章 奔赴武昌

01

再度发动起义失败，王宪章心里感到有些迷茫，他想，难道就这样算了？革命就没有出路了？要是这样，那起初还和平刚、张忞他们闹什么革命呢？不，绝对不能就这样算了！一定要把腐败无能的清廷推翻！一定要把那些肆意践踏咱们国土的列强赶出国门！

既然在这儿干不下去，那就去其他地方另谋出路。

王宪章有了去外地另谋革命出路的想法。

不久，一位朋友告诉王宪章，湖北武昌有支新军部队正在招募士兵，这支部队不仅训练认真，听说里面还有不少革命党人在暗中开展活动，你如果去到那边，说不定还真能干出番事业来。

听了这位朋友的话，王宪章欣喜若狂，他决定去湖北武昌参加这支新军。他简单备了点盘缠，第二天就往武昌赶去。

王宪章本想去贵阳师范学堂跟陈兰卿告别，但时间来不及了。他想，等自己在湖北武昌稳定下来了，再写信告诉她，请求她原谅自己的不辞而别。

还在贵阳师范学堂上学的陈兰卿，见这两天王宪章没来她这儿吃饭，觉得有点奇怪，就去王宪章住的地方找了几次，却总是见不着他。陈兰卿心里一下子急起来。

过了一段时间，陈兰卿才听人说王宪章去了湖北武昌。她想去找王宪章，无奈自己的学业还没有完成，只好等毕业了再去找他。

从贵阳出来之后，王宪章几经辗转，终于来到了湖北武昌这座大城市。王宪章出来的时候带的盘缠本身就少，一路走来，身上的盘缠已经花光，就连吃饭的钱都没有了。这可怎么办呀？王宪章难免着急起来。

"对，去找一下他！"这时，王宪章突然想到他有一个乡友吴萧就住在武昌城里，而且这人以前和自己交往还不错。

可茫茫人海，偌大个武昌城去哪儿找吴萧？王宪章回想了一下，一次吴萧来贵阳的时候曾经告诉过他，说他在黄鹤楼附近经营着一家杂货店。顺着这个线索，王宪章就到黄鹤楼附近的几条街道去寻找。找了一整天，腿都快累断了才在一条街上找到了他这位乡友的家。

在山下一条街的一家小杂货店门前，王宪章伸手敲门。门开了，吴萧从里门伸出头来。

"吴萧兄弟，你叫我找得好苦啊！"见是吴萧，王宪章上前拥抱。

"哎，你不是在贵州吗？怎么突然来武昌了啊？！"吴萧惊奇地问王宪章，随后招呼道，"快，进屋来坐，你看我们都有两年没见面了！"

进了吴萧家，王宪章这才把自己的情况如实地告诉了他。

听了王宪章的遭遇，吴萧和妻子何玉兰很是同情，吴萧叹息道："唉，看来宪章兄弟真是吃了不少苦啊！"

吴萧和妻子热情地接待了王宪章。

吃过晚饭，王宪章问吴萧两口子能不能借点钱给他。吴萧虽说来武昌多年，两口子开家杂货店，但这些年战乱迭起生意也不好做，赚的那点钱只能够一家人的生活，也拿不出钱来资助王宪章。但吴萧为人耿直而且仗义，他看了一下身上穿着的呢子大衣，说："这样，我将身上这件大衣拿去当了，兴许能当些银两让你生活一段时间。"

听吴萧这么说，王宪章急忙摇头："怎么能让老弟去典当衣裳来供我生活呢？使不得，使不得，这事绝对使不得！"

"别的没有，你吴萧兄弟就是乐于助人，你就依了他吧！"一旁的何玉兰劝说王宪章。

"你们这样帮我这个当哥的，我怎么……"王宪章一脸的歉意。

"这没什么，我家里还有其他衣裳！"吴萧边说边将大衣从身上脱下来，"你稍等我一下，我去换件衣裳然后咱俩去当铺！"

见他这么诚心诚意，自己的确又需要钱，王宪章只好依了他。

吴萧从卧室换了衣服出来，抱起先前脱下的呢子大衣，笑着说："走吧！"

"谢谢你了，吴萧老弟，你的大恩大德宪章来日定会报答！"对吴萧的倾囊相助，王宪章感激万分。

不到二十分钟，两人来到街上的一家当铺，吴萧将呢子大衣交给当铺老板，然后问道："老板，我这件大衣可当多少银子？"

"我看也就能当四两！"当铺老板拿着大衣翻看了一下，漫不经心地说。

吴萧说："老板，我这大衣是呢子的，还是九成新，当时花了我八两银子，若不是急着用钱我也不会拿来找你当，你看能不能多给点？"

当铺老板摇了摇头，将呢子大衣递还给吴萧，硬邦邦地甩出一句话："就四两，你愿意当就当，不愿意当拉倒！"

见当铺老板的确不想多给，王宪章说："多给五钱，你看行吗？"

"一钱也多不了，不愿意当你们拿走，我可要关门了！"当铺老板边说边抬起门板准备关铺子的门。

吴萧见了赶紧将呢子大衣交给他，狠下心来说："行行行，四两就四两。"

当铺老板提醒吴萧："当期就二十天，到时候准时来赎，不来赎就是死当！"

"行，把银子给我！"吴萧说。

当铺老板将呢子大衣收了，从柜台下面的抽屉里拿出四两银子递给吴萧。

吴萧马上将银子塞到王宪章手上，说："走！"

王宪章接过银子，眼里的泪花早已在打转。路上，王宪章问吴萧："什么叫死当？"

吴萧告诉他，就是把衣裳卖给了他。

王宪章一惊："那到时候……"

"你怕到时候赎不回来是不是？"吴萧问王宪章。

"嗯！"王宪章朝他点了点头。

吴萧一脸无所谓的样子，说："没事，不就是件大衣嘛，赎不回来就不赎吧！"

"这……"王宪章不知道说什么好。

吴萧理解他此时的心情，说："好了，别说这事了，走，快回家！"

"大恩不言谢，既是这样我也不再说什么了！"王宪章说。

吴萧笑着说："没事没事，谁叫咱俩是同乡，又是好朋友呢！"

"行，你的恩情老哥记住了！"王宪章深情地说。

随后，王宪章问吴萧新军在什么地方，吴萧把新军在的所在地告诉了王宪章。但吴萧补充道，听说这些人只招本省人，若是没有本省户籍人家是不收的。

听他这么一说，王宪章着急起来，说："那怎么办啊？我大老远地从贵州跑来这儿就是要加入这支新军，吴萧老弟，你看能不能想办法帮我弄一个户口？"

吴萧想了一下，给他出点子："要不这样，明日我和你去，若是他们问起，我就说你是来投靠我们家的亲戚，这样他们有可能会收下你。"

"谢谢，谢谢，要不我还真是白来武昌了啊！"听吴萧这样说，王宪章赶紧拱手向他道谢。

次日一早，吴萧陪着王宪章去找这支新军的招兵处——湖北常备军第一镇招兵处。找了好半天，王宪章才在武昌城中的一个地方看到一块醒目的牌子，牌子旁边的两张桌子后面，几名军官正在招募新兵，有不少年轻人正在排着队报名应招。

见在这儿报名的人很多，王宪章急忙跟上前去排队。吴萧也跟着排在王宪章后面，到时好为他解释户口的事情。

半个小时之后，终于轮到王宪章了。

"叫什么名字？"一名招兵的军官问王宪章。

"王宪章！"王宪章气宇昂扬地回答。

"户籍？"

"哦，军爷，他是来投靠我家的亲戚！"

听到招兵的军官问王宪章户籍，后面的吴萧急忙接过话。

招兵的军官听吴萧这么说，转过身与他身后的军官嘀咕了一下，回过身问吴萧："他在你家住多久了？"

"半年了！"吴萧赔着笑脸回答。

"你在他家是不是住了半年？"招兵的军官又问王宪章。

"是！"精明的王宪章顺着杆子爬。

招兵的军官仔细打量了一下王宪章，见他身体素质很不错，便说："行，你通过了，明日上午到工程营报到听从安排！"

"谢谢长官！"见招兵的军官答应要自己了，王宪章十分高兴，赶紧跟这名军官道谢。

"谢谢！"吴萧也跟着向招兵的军官道谢。

"终于成了！"离开招兵处，吴萧和王宪章高兴得不得了，两人不约而同地说，并击掌相庆。

回到吴萧家，何玉兰见他俩一副乐呵呵的样子，问道："看你俩这么高兴，是不是宪章兄当兵的事弄成了？"

"成了！"吴萧告诉妻子。

王宪章说："全靠吴萧老弟帮忙，要不然我这兵还当不成，老哥我万分感谢，将来一定会报答你们！"

"乡里乡亲的，能帮就帮呗，说什么感谢。"吴萧说。

"行，那我就不再说了！"王宪章说。

"不说，不说，吃饭吃饭！"吴萧妻子说。

饭桌上，吴萧吩咐妻子："晚上做点好吃的，给宪章老哥饯别！"

"好的！"何玉兰应道。

见夫妇俩这么客气，王宪章说："当哥的已经够感激的了，你们夫妇俩还特意为我饯别，我真是不知该如何报答你们了！"

吴萧说："不说这个事了，下午也没事，我带你到一些地方去逛逛，吃了晚饭你好生休息，明日好去军营里报到！"

"好！"王宪章高兴地点头。

下午，吴萧陪王宪章到武昌城里转了一大圈，见天色不早了，两人才回到家里。

这天晚上，吴萧妻子做了好几个可口的菜。吃饭的时候，吴萧还拿出他收藏多年的一瓶陈年老酒，与王宪章边喝边聊。

吃完晚饭，坐了一会儿，王宪章便早早上床休息了。

02

第二天早晨，王宪章告别乡友吴萧和他的妻子何玉兰，朝新军的军营赶去。当日，王宪章被安排在第一镇工兵营里当了一名士兵。

不久，清政府陆军部对全国所有新军的番号进行统编，湖北常备军第一镇也改称为陆军第八镇。陆军第八镇共辖十五个协三十个标，王宪章就在该镇的第十五协第三十标工兵营。

接下来便是高强度的训练，王宪章练过武，身体素质硬，加上出操认真刻苦，他的操课在全营士兵中一直都很优良。来工兵营还不到一个月，长官就擢升他为本棚的正目，也就是一个班的班长，而且让他进入随营学堂深造。

进入随营学堂深造，是很多士兵梦寐以求的事，王宪章非常珍惜这个来之不易的机会，到了随营学堂他操练更加刻苦。功夫不负有心人，经过一段时间的紧张操练，王宪章的操课更加出类拔萃，学堂每次举行操课考评他都是名列前茅。这事在随营学堂内外引起了不小的轰动，加之王宪章性情耿直豪爽又疾恶如仇，一些小人见了他无不避而远之。王宪章为人正直重情重义，平时对手下关爱有加，人缘非常好，营里的士兵都愿意与他接近，使得他在军中的声望越来越高，这为他日后从事革命活动奠定了人脉基础。

在刻苦操练军事的同时，王宪章没有忘记他要做的事，他在暗中寻找革命党人，可这些革命党人到底在何处？王宪章寻找了好久，还是不见革命党人的影子。

终于，功夫不负有心人。一日，士兵在操练结束后休息，在三十标三营右队任排长的张廷辅走过来挨着他坐下，悄声说："吃过晚饭来我那儿一下！"

"有事？"见张廷辅面露神秘，王宪章压低声音问。

张廷辅说："你来就知道了。"

"好！"王宪章点头。

"嘀嘀嘀，嘀嘀嘀……"

不多一会儿，军哨响起，士兵们集合继续操练。

王宪章边操练边想，这张廷辅叫我晚上去他那儿做啥子？他到底是什么人？莫非他就是革命党人？

王宪章没猜错，这张廷辅就是刚参加日知会不久的革命党人。

张廷辅是直隶邯郸县裴家堡人，字清臣，生于一个士绅家庭，他的父亲叫张金华，是位贡生，也是邯郸县的最后一名贡生。张金华曾经协助县令筹办过官车局，后来便供职于官车局。张廷辅自幼性格刚烈，不喜欢清政府主张的八股取士，讨厌经义之学，但对军事十分感兴趣，平时自己买些兵书来阅读。就在他参考取贡生那年，他也考进了袁世凯在姚村办的陆军小学堂。在军校学习期间，张廷辅对清政府的腐败无能逐步有所认识，而且非常痛恨。此时孙中山在日本领导的革命运动正进行得如火如荼，由于受到革命思潮的影响，张廷辅便与吴樾等革命党人一起步入革命洪流之中，后来因为言论过激被军校开除，他只好找人帮忙去天津同文书局谋了份差事。在天津同文书局，张廷辅专门销售具有革命先进思想的秘密书籍，借以宣传和扩大革命活动，但没多久就被官方查封，张廷辅不得不回到老家。可他并不灰心，他通过学习不久又在保定考入了北洋武备速成学校。从北洋武备速成学校一毕业，他便被分到了湖北鄂军做见习士官，见习期满后到了第八镇十五协三十标三营右队任排长。就在这个时候，张廷辅和其他一些官兵加入了在武昌的日知会，并成为日知会的一名骨干人员，在军营里暗中发展一些激进的士兵加入革命党人的组织里来，借以壮大革命党队伍。

吃过晚饭，按之前的约定王宪章找到三营右队张廷辅住的八号宿舍。

张廷辅是排长，这八号宿舍就他一个人住，但此时屋里已经有好几个人，他们都是张廷辅叫过来的。

"快快快，进来坐，宪章老弟！"见王宪章来了，张廷辅赶紧招呼他进屋。

"廷辅兄不必客气！"王宪章赶忙回礼，瞧见屋里有好几个人，心里顿觉有些纳闷。

张廷辅向在场的其他几人介绍道："这就是我时常给你们提起的王宪章，来，大家相互认识一下！"

"各位好，我叫王宪章，贵州安龙人，刚从贵阳那边来到这儿，今后还望各位弟兄多多关照！"听张廷辅这么说，王宪章先双手抱拳，向在场的人做自我介绍，希望他们日后对自己加以关照。

"你是贵州人？贵州哪儿的？"旁边一名士兵模样的人问王宪章。

"没错，我是贵州来的，老家是贵州兴义府安龙县，你呢，是哪儿的呀？"

这位士兵伸出手来和王宪章握手，说："我叫罗良骏，也是从贵州来的！"

见是老乡，王宪章有些惊喜，赶紧问罗良骏："你老家是贵州哪儿的？"

"石阡。"罗良骏告诉王宪章。

见罗良骏如此爽快，王宪章笑着拍了拍他的肩膀："这么说，咱俩还真是老乡！"

"一点不假，地地道道的老乡！"罗良骏微笑道。

王宪章说："以后多关照！"

"彼此关照！"

"好！"

"你好，我叫王文锦，三十标书生！"

"我叫吴醒汉，也是三十标的，第一营排长！"

"我叫蔡济民，二十九标排长！"

……

随后，王宪章又和三十标的王文锦、吴醒汉，还有二十九标的蔡济民等人相互握手打招呼。

待大家相互认识之后，张廷辅这才告诉王宪章："宪章老弟，今晚约你来我这儿，是有一事想征求一下你的意见，不知你……"

"等等，廷辅兄，你让兄弟我猜猜！"王宪章没等张廷辅说完，打断他，表示自己想猜一下。

"好，那你猜一猜我到底要对你说些什么！"见王宪章这么幽默，张廷辅笑着说。

王宪章笑着说："让我猜啊，你们都是日知会的革命党人，想让兄弟我加入你们的组织，对不对？"

王宪章说完，两眼望着张廷辅和王文锦、吴醒汉等人。

张廷辅扫视了在场的人一眼,见罗良骏、王文锦、蔡济民他们都在笑,知道他们都觉得这王宪章非常聪明,而且也愿意让他加入日知会,便说:"没错,宪章老弟,今日叫你来我这儿,一是让你认识一下我们日知会的这几位同志,二是想请你加入我们日知会一起来干革命,不知宪章兄弟是否愿意?"

"现如今,列强侵扰我华夏大地,清廷又这么腐败无能,不敢对这些外国人做任何抵抗,中华之民众处于水深火热之中,国将不国,凡有志之士无不愤慨!不瞒各位,我王宪章在贵州科学会与张忞、平刚等人起事,因有人泄密导致两次起义皆失败,我从贵州千辛万苦辗转来到湖北武昌,就是来寻求新的组织参加革命的,这下找到了组织,岂有不参加之理?"王宪章慷慨陈词,并表态愿意加入日知会。

"我等就知道宪章老弟会加入我们日知会,与我等一道起来反抗列强和懦弱无能的清廷!"听了王宪章这番慷慨陈词,吴醒汉高兴地说。

张廷辅十分兴奋地说:"有兄弟这句话就够了,这样,明日我带你到个地方去履行入会手续!"

"好的!"王宪章点头。

"欢迎你加入我们的革命队伍,宪章兄!"罗良骏再次伸出手来和王宪章握在一起。

"谢谢!"王宪章和罗良骏握手回礼。

王文锦也伸出手来和王宪章握在一起:"欢迎宪章兄加入咱们日知会这个革命阵营里来!"

"多多关照!"王宪章谦虚地说。

"欢迎加入我们的革命组织,这下我们日知会又多了一份力量!"蔡济民说。

王宪章握着他的手谦虚地说:"能加入日知会是我的荣幸,我一定会尽心尽力做好自己应该做的事!"

"好!"蔡济民说。

见到这场景,张廷辅说:"各位弟兄,宪章老弟愿意加入我们日知会和我们一起革命,我觉得这是件值得庆贺的事情,这样,我这儿还有一瓶白云边,我提议大家共饮一杯庆贺庆贺,你们觉得怎么样?"

"同意！"

"同意！"

"完全赞同！"

听张廷辅说要喝酒祝贺，罗良骏、王文锦和蔡济民等人一齐鼓掌。

张廷辅转身从背后的柜子里拿出一瓶湖北产的白云边，然后拿来六个吃饭的小碗，将酒分倒在碗中，对罗良骏和王文锦他们说："来，一人端一个！"

罗良骏、王文锦、蔡济民、吴醒汉、王宪章伸手从桌上一人端起一个酒碗。

待大家都端起酒了，张廷辅也端起自己面前的那一碗酒，说："来，其他的话就不多说了，为宪章老弟加入咱们的日知会干杯，干了这碗酒，今后咱们就是生死与共的弟兄了！"

"谢谢各位，谢谢廷辅兄，宪章愿与各位一起革命，同生共死！"王宪章端着酒碗豪迈地说。

张廷辅说："宪章老弟说得对，一起革命，同生共死，来，干！"

"一起革命，同生共死，干！"

"干！"

……

嘭嘭嘭，六人将酒碗往中间一碰，昂头一口气把酒喝下肚去。六人坐下又聊了一些关于革命党人活动的事情后才离开回到各自住处。

03

次日傍晚，吃过晚饭王宪章正要出门去找张廷辅，没想到张廷辅却来他营房里了。

张廷辅说："走，我带你去见一个人。"

王宪章跟着张廷辅来到武昌候补街高家巷一栋洋房前，这儿是圣公会救世主教堂。张廷辅领着王宪章进了教堂的书报阅览室。这个书报阅览室是日知会的秘密办公场所，日知会会员入会均在这儿进行宣誓。

"来了啊，廷辅！"这时，从里面走出来一个人，和张廷辅打招呼。

这人叫余诚，是中国同盟会在日本东京成立时的首批会员，也是同盟会的一位骨干人员。1906年4月，余诚受孙中山先生委派，回国来到湖北武昌发展会员和从事革命宣传工作，并任中国同盟会湖北分会会长。自打来到湖北武昌，他就一直住在这儿，与湖北武昌日知会的同志一起发展会员，同时也将他们吸收进同盟会。

"会长您好！"张廷辅赶紧和他打招呼，接着给王宪章介绍，"这位是中国同盟会湖北分会的余诚会长！"

"会长您好！"王宪章和余诚打招呼。

"你好！"余诚回礼。

张廷辅指着王宪章向余诚介绍："会长，他叫王宪章，在新军第一镇第三十标工兵营任正目，是我们日知会刚发展起来的会员，现在我带他来履行一下入会手续！"

"哦，是这样啊！欢迎，欢迎！"余诚微笑着说。

"谢谢会长！"王宪章向余诚道谢。

随后，张廷辅从旁边的文件柜里拿出一张加入日知会的志愿书递给王宪章，叫他先填写。

王宪章填好志愿书后，将它交给张廷辅。

张廷辅看了之后说："按入会规定程序，你还得对着日知会的会标进行入会宣誓。"

"没问题！"王宪章说。

张廷辅又从另外一个柜子里拿出一面日知会的会标，与王宪章一起挂在墙壁上。张廷辅将入会誓词拿在手上，叫王宪章站在他旁边举起右手，面对会标跟着他宣誓。

就这样，在张廷辅等人的介绍下，王宪章秘密加入了在湖北武昌地区的革命团体日知会。之后，王宪章与张廷辅、蔡济民、罗良骏、吴醒汉等革命党人一起积极开展旨在推翻清王朝的一系列革命活动。

一年后的一个晚上，张廷辅将王宪章叫到他的住所。

张廷辅告诉他，日知会是由刘静庵、曹亚伯等人发起，1905年在武昌成立。主要进行革命宣传，从事革命活动。遗憾的是，一年多前，因会员郭尧阶贪财向清廷巡警道冯启钧和总兵张彪告密，清兵对日知会会所进行搜捕，导致日知会的会员刘静庵、朱子龙、胡瑛、张难先等九名革命党人被抓捕，现在一直关押在清廷的大牢里。

"郭尧阶这个败类，若让我王宪章抓住，我一定将他千刀万剐！"听了张廷辅的话，王宪章气得直咬牙。

张廷辅说："你先别激动，听我把话说完。"

"好！"王宪章点头。

张廷辅继续说："刘静庵、朱子龙、胡瑛等九名革命同志入狱以后，清廷原准备将他们全部斩首示众，但在外边的革命党人多方周旋打点，对他们积极进行营救，黄吉亭会长又以事关教会为名，请教堂里的牧师孟良佐、主教吴德、博士施以及等人出面与清廷交涉，并致电在北京的美国公使乐克希，由他给清政府施加压力，让清廷不要杀害刘静庵、朱子龙他们。与此同时，在同盟会负责人之一黄兴的授意下，打入北京清军练兵处军学司训练科任马队监督的吴禄贞和邮传部主事程家柽，听闻刘静庵、朱子龙等人被清廷逮捕并准备杀害，也赶紧去劝说庆亲王奕劻，叫他不要滥杀党人，以免造成种族仇恨。清廷迫于种种压力，这才不得不对刘静庵、朱子龙等人进行改判。可在清廷改判之前，朱子龙就因受到清兵非人的折磨而死在牢里了……"

张廷辅话还没说完，却早已满脸是泪。

"清廷这帮狗东西，列强入侵我中华大地他们丝毫不抵抗，反倒对我同胞下起毒手来了，实在是太可恨！"王宪章骂道。

张廷辅擦了把脸上的眼泪，接着告诉王宪章："清廷改判以后，张难先和季雨霖两名同志因病获得保释，其他六名同志均被判刑。吴贡三被判十五年，并押回黄州监狱实行监禁；梁钟汉被判三年，押回汉川监狱实行监禁。殷子衡被判监禁十年，李亚东被判监禁五年，而胡瑛和刘静庵则被判终身监禁，这四名同志都被关押在武昌文昌门附近的模范监狱里。如今，胡瑛、刘静庵、吴贡三、殷子衡、李亚东、梁钟汉等几名同志都还在清廷的监狱里受着非人的折磨。"

"怎么？咱们日知会没组织人去营救他们？"王宪章睁大眼睛望着张

廷辅。

张廷辅一脸无奈地说："对这些革命同志，我们也组织人进行过多次营救，但由于清兵看守极严无从下手。今日我找你来，就是想告诉你，我们准备再次组织人去模范监狱营救胡瑛、刘静庵、殷子衡和李亚东这四位革命同志，并想让你参加这次营救活动，不知你同不同意？"

"我一定参加！"听他这么说，王宪章赶紧表态，随后又问："其他的同志呢？就不营救了？"

张廷辅告诉他，其他几名同志不是不救，只是得一步一步来，不能操之过急，不然会坏事。

王宪章点头。

张廷辅说："既然你同意参加营救活动，那我们明晚就到日知会的办公地点，与文锦、良骏和济民他们一起商议一下行动方案。"

"行，明晚见！"王宪章说完走出张廷辅住所，回到自己的营房。

04

第二天晚上，张廷辅、王宪章、罗良骏、王文锦、蔡济民等人聚集在武昌候补街高家巷圣公会救世主教堂书报阅览室。

"人怎么去救，大家有没有想过？"待人到齐后，张廷辅问王宪章、罗良骏、王文锦他们。

罗良骏摇着头说："想倒是想过了，但还是没琢磨出好的办法。"

"关在监狱里面的人实在是太多，清兵又层层把守，难以进到里面去，这事的确有些烫手！"蔡济民摸着下巴说。

王文锦火气十足地说："实在不行，就趁夜黑硬闯进清兵的监狱里去救人！"

蔡济民听了赶紧制止他："万万不可，这事得好生谋划，切不可鲁莽！"

"宪章，你呢？有什么可行的办法吗？"见王宪章不说话，张廷辅点名问他。

王宪章说："我赞成济民兄的意见，这事得好好谋划一番，否则不但救不了人，还会害了胡瑛和刘静庵这些老同志。"

张廷辅点头说："嗯，你和济民说得有道理，这事若不谋划好，还真是不行！"

王宪章想了一下，说："人多不好办事，我看要不这样，我会些武功，良骏、文锦也会，我带他们两人趁黑摸进去救人，其余的同志由廷辅兄带着在外边接应，你们觉得如何？"

"我看宪章这办法可行！"蔡济民赞同王宪章的意见。

罗良骏说："我也赞同！"

"同意！"王文锦表态。

见大家都同意王宪章提出的救人办法，张廷辅说："行，既然大家都觉得宪章这个办法可行，那就按宪章说的，由他带着良骏和文锦两位同志去里面救人，其他同志由我带着在外边接应。时间嘛，我看就定在今晚十二点，大家看这个时间行吗？"

王文锦说："这个时间监狱里看门的清兵要交班，会有一定的空当，我看这个时间可以。"

"行，那就这样定下了，各位还有没有要补充的？"张廷辅问大家。

"没有了！"

"没有！"

……

"既然都没其他意见，那今晚十二点准时行动，各位回去做好救人准备！"

随后，张廷辅、王宪章、蔡济民等人先后离开圣公会救世主教堂，各自为晚上去模范监狱救人做准备。

十二点未到，王宪章和罗良骏、王文锦等人早已来到监狱附近。

见时间已到，王宪章低声告诉罗良骏和王文锦："行动！"

三人迅速翻越监狱围墙进入监狱，趁监狱的看守换班之际悄悄溜进关押刘静庵、胡瑛等人的地方，准备救走他们。

这时张廷辅和蔡济民他们也带着人来到监狱门外附近，只等王宪章和罗良骏、王文锦三人救出人后马上进行接应。

王宪章和罗良骏、王文锦三人先来到关押刘静庵的地方。刘静庵见他们冒着生命危险来救自己，赶紧暗示他们清兵已经设下埋伏，叫他们赶快离开这儿，不然会被清兵一锅端。

"抓住他们，别让他们跑了！"正在三人迟疑之际，监狱里的灯突然全亮了起来，埋伏在里面的清兵大喊大叫。

"不好，果真有埋伏，快逃！"感到情况不妙，三人赶紧越墙逃出。

在外边接应的张廷辅和蔡济民等人，见监狱里面突然发生变故，也赶紧带着人撤离。二十分钟后，大家回到候补街高家巷圣公会救世主教堂会合。

"他娘的，真没想到这帮清兵会设下埋伏！"回到教堂后，王文锦气愤地骂道。

"是谁走漏了消息？！"罗良骏虎着脸，气愤地大声责问在场的人。

是啊，是谁走漏了消息呢？张廷辅、王宪章、蔡济民他们都在想这个问题。

"怪了，这么保密的计划，居然也会泄露出去，这到底是什么人干的呢？"张廷辅在一旁边自言自语。

罗良骏咬牙切齿地说："若是让我罗良骏逮着了，我一定会将他碎尸万段！"

可王宪章、张廷辅他们想破了头，也想不出到底消息是从哪儿泄露出去的。

吴醒汉摇了摇头说："也许是清兵早就有防备，不一定是咱们的人泄露的消息。"

"醒汉说的不无道理，清兵有可能早就对咱们有防备了！"张廷辅说。

蔡济民叹息道："唉，这次救不出静庵和胡瑛他们，以后恐怕就再也没机会了！"

"是啊，恐怕以会再也没机会救他们了！"张廷辅一脸忧伤。

王宪章说："我看大家也不必过分忧伤，以后再慢慢寻找机会营救。只是，胡瑛他们在里面受苦了！"

"我看难喽！"吴醒汉摇头叹息。

　　张廷辅说："这事以后再说，快散了吧，时间长了清兵和巡警会找上门来的！"

　　于是几人赶紧离开这儿。

　　张廷辅、王宪章、蔡济民他们刚离开，清兵就来了，若是再晚走一步，他们全都要落入清兵手里。

　　"狗日的清兵，狗鼻子真灵！"

　　"险，真是太险了！"

　　"真是不幸中的万幸啊！"

　　这次营救失败之后，张廷辅和王宪章、蔡济民、王文锦他们又对胡瑛、刘静庵等人营救过几次，可都因清兵把守过严，终是没有将他们救出。

　　张廷辅和王宪章他们心急如焚，但没办法。

05

　　1906年12月4日，湖南革命党人刘道一等人在湖南的浏阳、醴陵和江西的萍乡三县发动武装起义，清廷听闻后十分震惊，马上下令让江西臬司秦炳直率领四川各路清兵立即奔赴这三个地方相机围捕革命军，同时清廷还命令江西巡抚吴重熹、湖南巡抚岑春蓂、湖广总督张之洞先后派出精锐部队和端方的新军第九镇统制徐绍祯率领步兵、炮兵、马队和辎重，一同前往江西围捕革命军。

　　在湖北的日知会革命党人，听闻湖南浏阳、醴陵和江西萍乡三县发动起义，准备在湖北一地发动起义给予积极响应，湖北当局得知这个消息，慌忙派出清军严密搜查日知会革命党人。没多久，在湖北武昌的日知会总部被清军查获，清兵大肆搜捕革命党人，日知会遭到严重打击和破坏。为了实施推翻清廷大业，在日知会遭到破坏以后，日知会的老会员任重远等人经过一番商议和准备，又于1908年7月26日在洪山罗公祠成立了湖北军队同盟会，遗憾的是因某些原因军队同盟会不久就被迫解散。

　　三个月后，新军第四十一标的革命党人利用在安徽太湖会操的机会，再次讨论成立新的革命团体。经过革命党人多次商讨，最后决定将原来的军队同盟会改组为新的革命社团群治学社。

待部队回到武昌，任重远等革命党人就在武昌小东门外金台茶馆召开成立大会，组建新的革命组织群治学社，日知会原来的会员也集体转入这一革命团体，于是王宪章和蒋翊武等人又成了群治学社中的一员。

一日，王宪章和蔡济民来上海与宋教仁、于右任等人商议革命事宜。几人刚交谈了一会儿，在门外放哨的小郭推开门带着一个人进来，说："宋先生，这位客人说他要见您！"

"哎，正铭，你怎么来了？"见是湖北武昌陆军第三中学学生、黄汉光复会会长席正铭，宋教仁有些惊讶，赶紧站起来和他握手打招呼。

席正铭伸出手来和他紧紧地握在一起，并笑着说："无事不登三宝殿，有事才登宝殿门，今日前来拜见宋先生，自然是有事呀！"

于右任也伸出手来和席正铭握在一起："真没想到是你！"

"临时说起过来的，是有些唐突，见谅！"席正铭笑着对于右任说。

"来，我给你介绍一下！这两位分别是王宪章和蔡济民。"宋教仁指着已经站起来的王宪章和蔡济民对席正铭说。

席正铭见是王宪章和蔡济民，赶紧说："宋先生不用介绍，他们两位的大名，我早已如雷贯耳！再说，我和宪章还是贵州老乡呢！"

"听闻过席兄，但未曾谋面，今日得见席兄，实是三生有幸！"王宪章伸出手来准备和席正铭握手。

"是啊，大家都忙于革命，很难遇在一起啊！"席正铭也伸出手来和王宪章握在一起。

"你好，席兄！"蔡济民也伸过手来和他握手。

见大家都站着，宋教仁赶紧说："哎，大家都坐下，别站着！"

随后几人分别坐了下来。

"席兄是何时来武昌的啊？"王宪章开口问他。

席正铭说："我是年初才到的武昌陆军第三中学！"

王宪章问他："现在还在陆军第三中学？"

"不在还能去哪儿呀？"席正铭笑着回复王宪章。

王宪章说："我在武昌新军第三十标工兵营，大家都在武昌，有时间过来交流交流！"

"好！"席正铭点头。

宋教仁说："宪章啊，你知道他在武昌陆军第三中学，但你知道吗？正铭还组织了两个革命团体，也就是竞存社和黄汉光复会，正铭还亲自任社长和会长！"

席正铭告诉宋教仁："这事宪章确实不知道！"

"那你们两个老乡得找个时间好生聊聊！"宋教仁说。

席正铭说："在一个革命阵营，又都在武昌这个地方，机会有的是！"

"哎，正铭，你这次来找我，有什么事呀？"宋教仁突然问席正铭。

席正铭看了看在座的人，知道都不是外人，便告诉宋教仁："我想率领我的人员加入同盟会！"

"这是件天大的喜事呀，我代表同盟会热烈欢迎你们！"听席正铭说要率领他手下的人加入同盟会，宋教仁非常高兴，随后问他，"你们何时来？"

席正铭说："只要你和孙先生同意，我们随时都可以加入！"

"那好，欢迎加入！"宋教仁站起来与席正铭握手。

于右任说："太好了，这下同盟会又增添了不少新鲜血液！"

几人坐下，宋教仁对席正铭说："今日我和于老把宪章和济民他俩叫来，是想商议一下下一步如何开展革命，反正你也不是外人，坐下来一起听听，帮我们出出主意！"

"好！"席正铭说。

接着几人又继续商议起下一步开展革命的事宜。

不久，席正铭和王宪章都将他们手下的人拉入了孙中山和黄兴领导的同盟会，这让同盟会一下子增添了不少力量。

第4章 组建社团

01

几次起义失败，王宪章等人不得不谋求新的革命出路。

这时，湖北、湖南、江西等地都涌现出了像安静公益社、集贤学社、天锡会这样一些革命团体，这些革命团体有大有小，组成人员也极为复杂，但他们的宗旨和目标却都一样，都是为了推翻腐败无能的清政府和驱逐列强，这些团体在各地广泛开展革命活动，一下子壮大了革命党人的队伍和声威。

这天晚上，躺在床上的王宪章翻来覆去睡不着，他在想：这些人都能组建革命社团开展活动，咱们为何不能在军营里联合各个标营的党人，组建一个革命社团，以此来联络和团结军营里那些思想激进、有革命倾向的仁人志士暗中开展革命活动呢？对，像他们一样组建一个革命社团。

可组建一个什么样的社团？这个社团如何组建？社团成立后要开展哪些活动？王宪章一夜未眠。

无独有偶，就在王宪章煞费苦心想着如何组建革命社团的时候，在第三十标也有一个人在想着这个问题。这个人不是别人，正是第三营右队排长张廷辅。张廷辅在想，日知会瘫痪以后，三十标和二十九标的革命党人似乎一下子失去了主心骨，革命党成了一盘散沙，甚至连最基本的革命活动都无法正常开展，如果再没有一个很好的团体来组织领导，那这些党人就会失去革命的信心，这对党人来说是极其危险的事，看来不得不早作打算。

与王宪章一样，张廷辅也是翻来覆去地睡不着，好不容易挨到天亮，张廷辅就急不可待地来找王宪章。

"宪章，才起床呀？"来到工兵营宿舍，见王宪章还在洗漱台那儿漱口刷牙，张廷辅朝他喊道。

王宪章知道张廷辅有事来找他，边刷牙边说："你稍等我一下！"

"好！"张廷辅说着往王宪章寝室走去。

几分钟后，王宪章洗漱好回到屋里，他一进门便问道："廷辅兄，有事找我？"

张廷辅说："你先坐下来，我再给你说！"

待王宪章坐下来后，张廷辅把门掩上，低声说道："自从日知会被清廷破坏以后，军营中的革命党人就失去了主心骨，许多人找不到组织，我想，再这样下去是不行的！"

王宪章说："廷辅兄，不瞒你说，昨晚我也一直在思考这件事情。"

"真的？"张廷辅一脸的不相信。

王宪章说："真的，我没骗你！"

"那你觉得这事该怎么办？"张廷辅看着王宪章。

王宪章说："我觉得，咱们得赶快在军营中建立一个新的革命社团，以此来联络军营中的党人，要不然他们还真找不到组织了。"

张廷辅笑道："真是英雄所见略同，我也是这么想的！"

两人伸出手掌合击在一起。

"但建什么社团？建成的社团由哪些人组成？"王宪章两眼望着张廷辅。

张廷辅说他也在考虑这个问题。

王宪章想了一下，说："你看，咱们能不能借助研究军事的名义，将军营里那些有革命思想倾向的下级军官和兵士组织起来，成立一个将校研究团？"

张廷辅看了王宪章一眼，说："你的意思是说，假借研究军事的名义将大家组织起来，然后暗中向他们宣传革命思想和开展革命活动？"

"就是这个意思！"王宪章告诉张廷辅。

张廷辅思索了一下，肯定了王宪章的这个想法。

见马上就要上早操了，张廷辅说："这样，明晚我把罗良骏和王文锦二人叫来，咱们再商量一下，看如何来做这件事。"

"还有蔡济民、吴醒汉、谢元恺、沈权，把他们几个也一起叫来，多些人多些主意，你看如何？"王宪章问张廷辅。

"行！"张廷辅点头。

"在哪儿集中？"王宪章又问。

张廷辅想了一下，说："干脆就去我那儿吧，安全一些。"

"好，那明日我俩就分头通知他们！"王宪章说。

张廷辅说："告诉他们，明晚七点，准时到我那儿！"

"好！"王宪章朝他点头。

"我得走了！"张廷辅说完，急匆匆地离开了王宪章住处。

第二天白天，王宪章和张廷辅利用出操休息和就餐时间，以传递纸条的方式分别通知了蔡济民、吴醒汉、王文锦等人。

02

蔡济民、吴醒汉、王文锦等人吃过晚餐就陆陆续续地来到张廷辅住的地方，几人见面相互低声打着招呼。

见人都到齐了，张廷辅说道："诸位，鉴于革命形势的发展变化，咱们急需组建一个新的革命社团来联络党人开展革命活动。昨天晚上我和宪章同志都在思考这件事，早晨我和宪章同志商量了一下，提议在军营中组建一个将校研究团，借研究军事的名义，向军营中的下级军官和士兵们宣传和开展革命活动，大家看有没有这个必要？"

"这个提议很好，是应该将各标和各营里的下级军官和士兵组织起来，成立一个将校团，带领营里的士兵们一起来开展党人的革命活动！"罗良骏第一个站出来发言。

王宪章沉思了一下，说："成立将校研究团势在必行，关键是研究团的主旨是什么，团员如何入团，入团有些什么条件和要求，这些都得明确才行。"

"对，宪章说得没错，这个将校研究团的宗旨是什么，将校研究团组建后要干些什么，入团有哪些具体规定，这些都得明确，否则就是成立了也还是一盘散沙，没有多大意义！"蔡济民附和。

张廷辅说："这些具体的事我都已经考虑过了，人员就由我们三十标和二十九标的下级军官和士兵来组成。至于说这个团体组建后要研究些什么，这我也思考过，成立这个将校研究团的目的，不外乎就是借研究军事这个幌子，便于大家联络和开展活动。"

吴醒汉说:"三十标和二十九标的下级军官和士兵多半是些热血青年,不少人都想参加革命,而且咱们日知会原有的会员也有不少,我看这事是可行的。"

"我同意这个提议,但将校研究团如何成立,何时成立,恐怕还得有个具体的方案才行!"王文锦说。

张廷辅告诉他,这事他心里已经有了一个初步的构想,但还不是很成熟,今日只是告知大家他和王宪章有组建将校研究团这个想法,看大家是什么意见,如果大家都觉得有必要成立这个将校研究团,他和王宪章再拿出一个初步方案,到时候再召集大家来一起讨论。

沈权说:"既是这样,那就组建吧!"

谢元恺也说:"同意组建!"

"我也赞成!"

"同意!"

"同意!"

……

见大家都赞成这个主张,张廷辅说:"既然大家都觉得这个将校研究团有必要建立,那我就先拿出一个初步方案,待我把初步方案拟出来和宪章先看一下,再通知大家来集中讨论,然后再根据方案来组建这个社团,你们说好不好?"

"好!"

在场的同志一致赞同。

"虽说这是个将校研究团,但革命的力量主要是各标各营的下级军官和士兵,在方案里要体现以下级军官和士兵为主。"王宪章向张廷辅建议。

蔡济民说:"宪章说得对,方案里一定要体现社团的建立是以下级军官和士兵为主。"

王文锦、罗良骏、吴醒汉、谢元恺、沈权等人就如何建立这个将校研究团也给张廷辅提出了一些可行性的建议和意见,供他回去制订方案时参考。

张廷辅对众人说:"各位提的建议和意见都很好,我在拟写方案时一定会吸纳进去。"

讨论结束后大家各自散去。

两日后，张廷辅拟出了将校研究团成立的初步方案，他先和王宪章、蔡济民交流了一下，然后再把王文锦、罗良骏、吴醒汉、谢元恺、沈权等人召集在一块儿共同讨论。

人到齐之后，张廷辅拿出他起草的初步方案，对王宪章、蔡济民、王文锦、罗良骏、吴醒汉他们说："经过两日的准备，我已经把建立将校研究团的初步方案草拟了出来，现在请大家来讨论一下，如有需要修改的地方，就请提出来！"

"真是辛苦廷辅兄了！"王宪章不无感慨。

吴醒汉也说："为了革命，廷辅做了不少工作！"

"应该的，应该的！好，不说这个了，现在我给各位念一下这个方案，各位看下哪些地方要修改！"说罢张廷辅开始给大家念他起草的方案。

"……鉴于目前的革命形势，我等认为有必要在军营里组织一个新的革命社团'将校研究团'，将校研究团名义上是研究军事问题，实则是以研究军事为掩护，在军营中向下级军官和士兵们宣传革命思想，联络各标各营的士兵，借此发展革命力量，开展革命活动。就社团的组成人员来说，此社团暂由三十标和二十九标的下级军官和士兵组成，以后视其情况进行发展。将校研究团附设下士班一个，负责……将校研究团的成立时间，暂定为下周一下午……各位，这就是我起草的方案，大家若有什么想法和建议请立即提出，以便于修改后实施！"

"哦，还有一件事，将校研究团成立之后，我建议由王宪章同志来担任团长，负责研究团之一切事宜，大家看如何？"张廷辅补充道。

"嗯，方案制订得比较细，我看是可以的。宪章来做这个研究团的团长，我看也很适合，我没意见，就看其他同志有没有什么想法！"王文锦首先站出来发言。

吴醒汉接着说："我赞同这个方案，宪章来做这个团长很好，没什么意见！"

"我也没啥意见！"罗良骏表态。

"方案我看是可行的，我没什么意见，但我觉得团长还是由廷辅兄来担任比较合适一些。"王宪章提出他的看法。

张廷辅对王宪章说："你来做这个团长，我是经过仔细考虑的，宪章老弟，你就不要推辞了。"

"不是我推辞，实在是我没资格来担任这个团长，论资历，也应该是由你廷辅兄来担任！"王宪章急忙解释道。

"依我看，这个将校研究团的团长非你莫属！"罗良骏对王宪章说。

谢元恺说："宪章虽说人年轻，但做事沉稳，这个团长应该你来当！当然，廷辅兄也不错，但他既然提出让贤，那一定有他的道理。"

"宪章，廷辅兄都提出由你来做这个团长了，我看你就不要再推辞了！"沈权对王宪章说。

蔡济民也说："宪章，你来做这个团长是众望所归，我看你就不要再推辞了，担起这个责来，带领大家一同干革命，早日将清廷推翻，将列强赶出国门！"

"是啊，宪章，担起这个责来！"张廷辅说。

见大家都这么说，王宪章不好再推辞，只好说："既然大家都这么信任我，那我就来做这个团长吧！不过我有言在先，我先干一段时间，如果干不好，那就由其他同志来担任！"

"行，答应你，但我们大家都相信你能干好这个团长！"张廷辅笑着说。

"对，宪章兄，我们都相信你能干得好！"罗良骏附和。

"既然诸位都这么说了，我还能说什么呢？干就干吧！希望大家日后多多支持我的工作，如果我有做得不对的地方，请各位直言！"王宪章对在座的人说。

"好！"

在场的人一齐鼓掌。

见王宪章答应来做将校研究团的团长，张廷辅说："好吧，现在大家再来定一下成立的时间！"

"成立的时间定在下周一下午，是不是急了点？"王宪章沉思了一下问张廷辅。

"是啊，只有两三天时间，我也觉得仓促了些！"蔡济民说。

王文锦说："不行就定在下周三傍晚六时，大家看如何？"

"我看可以，多两天时间，准备充足一些！"罗良骏接过王文锦的话。

王宪章点了一下头，说："我看可以！"

谢元恺说："行，那就定在下周三傍晚六时！"

吴醒汉、沈权、罗良骏等人也表示同意。

紧接着，张廷辅、王宪章、蔡济民他们又研究了将校研究团的章程和相关事宜。

见事情研究得差不多了，张廷辅说："今天的讨论就到这里，到时请大家准时到场参加成立大会！"

"成立大会的地点定在何处？"吴醒汉问。

蔡济民说："对啊，地点还没定呢！"

张廷辅听了赶紧对大家说："对不起大家，这是我和宪章的失误！"

"对不起，对不起，一下子忽略了这个问题！"王宪章也站起来给大家道歉。

张廷辅想了一下，说："这样吧，我看成立大会的地点就定在原日知会的秘密办公场所武昌候补街高家巷圣公会救世主教堂书报阅览室，大家看行吗？"

"我看可以！"王宪章说。

蔡济民说："那儿虽说被清兵搜查过，但还相对安全，可以在那儿召开这个成立大会。"

"可以！"

"同意！"

……

"那就这样定了，散会！"

随后，王宪章、蔡济民、王文锦、罗良骏、吴醒汉、谢元恺、沈权等人陆陆续续退出张廷辅住处，回到各自居所。

03

经过几天紧锣密鼓的准备，由王宪章、张廷辅、罗良骏、吴醒汉等人发起组织的将校研究团就要成立了。

周三这天傍晚，王宪章、张廷辅、蔡济民、王文锦、罗良骏、吴醒汉、谢元恺、沈权等人陆陆续续来到武昌候补街高家巷圣公会救世主教堂书报阅览室，准备召开将校研究团成立大会。

为了防止像以往那样有人泄露消息而遭到清兵和巡捕搜查，王宪章他们早已安排人在附近做好警戒。

傍晚六时，成立大会准时召开。会议由张廷辅主持。

"现在我宣布，旨在开展革命活动的将校研究团成立大会现在开始！"

"啪啪啪……"

参会的同志一齐鼓掌。

张廷辅接着说："现在我先向大家介绍一下咱们这个将校研究团成立的背景和筹备的过程，等会儿由济民同志来宣读一下成立的方案。

"诸位，鉴于目前革命形势发展需要，我等党人认为，有必要在军营里组织一个新的革命团体来联络军中革命志士开展革命活动，推翻腐朽的清廷，于是'将校研究团'就应运而生了。在此之前，我们召开过两次会议，我和王宪章、蔡济民、王文锦等人对将校研究团的成立进行了反复研究，经过几日的努力，今天终于在这里召开成立大会……下面，就请济民同志给大家宣读一下组建方案！"

接着，蔡济民给参会的同志宣读组建将校研究团的方案。

"……将校研究团以研究军事为掩护，实际上是在军营中向中下级官兵宣传革命思想，联络标营的士兵，借以发展革命力量，开展革命活动。目前，团体由三十标和二十九标的下级军官和士兵组成，等发展到一定程度，我们再吸收其他标营的同志进来，扩大这个团体。将校研究团内附设下士班……"

待蔡济民宣读完方案，张廷辅对大家说："下面，我们请大家对将校研究团的领导人员及职员进行推选。"

张廷辅拿出一个名单，对参会的同志说："诸位，根据前两次的会议研究，拟由王宪章同志来任将校研究团的团长，我和蔡济民、王文锦、罗良骏担任将校研究团的职员，下面就请大家分别对团长和职员的任职进行举手表决。"

"王宪章来做这个团长我看可以！"

"嗯，人年轻，谦和，也很有能力！"

"我看是可以的！"

张廷辅话刚落地，下面一些同志就悄声议论起来。

张廷辅说："现在，请大家对王宪章同志任团长一职进行举手表决，同意的请举手！"

参会人员一齐举起右手。

张廷辅扫了会场一眼，说："不同意的请举手！"

没人举手。

"弃权的请举手！"张廷辅又说。

仍然没人举手。

"好，全票通过！"

"啪啪啪……"

张廷辅带头鼓掌。

会场掌声雷动，王宪章担任将校研究团团长一职全票通过。

接着，张廷辅又对大家说："下面请大家再对将校研究团其他职员任职情况进行举手表决。"

"同意张廷辅、王文锦、罗良骏等人任职的，请举手！"

参会人员又一齐举起右手。

张廷辅扫了会场一眼，说："不同意的请举手！"

没人举手。

"弃权的请举手！"

仍然没人举手。

"好，全票通过！"

"啪啪啪……"

会场又响起一片热烈的掌声，将校研究团其他职员任职通过。

掌声过后，张廷辅对参会的党人说："现在，请王宪章团长做表态发言，并宣读将校研究团章程。"

王宪章喝了一口放在面前桌子上的茶水，开始发言："诸位兄弟，多余的话我就不说了，只说三句话。第一句话，感谢各位对我王宪章的信任和支持，让我来担任这个团长，在此，我对大家表示衷心的感谢！"

"啪啪啪……"

会场又响起一阵掌声。

"第二句话，希望在座的各位今后全力支持我的工作，如果我王宪章有做得不对或做得不够到位的地方，请大家多多包涵和谅解，并给予指正和批评，以便于我改正！第三句话，我也在这儿表个态，我会尽我的全力去完成组织交给我的任务，绝不辜负组织对我的信任和支持！革命是我们党人共同的事业，不是哪一个人的事，我也希望在座的各位尽心尽力做好自己应该做的事情，为早日推翻腐朽的清政府和赶出列强而努力！革命难免有流血牺牲，但我们既然选择了它，就要不怕苦不怕累，甚至是牺牲自己和家人的性命！"

"啪啪啪……"

会场掌声又起。

"下面我宣读一下章程。"

王宪章拿起放在桌上的将校研究团章程，开始宣读："……军中诸位军人，不论是官员还是士兵，但凡同意和拥护将校研究团章程，志愿加入将校研究团的，均同意加入。加入将校研究团，必须按相关程序履行入团手续……章程宣读完毕！"

随后大会对相关事宜进行了安排。

04

将校研究团成立之后，发展团员成为首要任务，只要发现军营中有革命倾向、思想进步的下级军官和士兵，王宪章就暗中去做这些人的动员工作，将他们拉进将校研究团这个革命社团里来，以此发展壮大将校研究团的革命力量。

一天，蔡济民悄悄告诉王宪章，他们二十九标一营有个名叫张悦的正目，此人一向正直，对时局常露出不满情绪，有加入革命的思想倾向，希望能把他拉进将校研究团里来。

"平时这人如何？"王宪章谨慎地问蔡济民。

蔡济民告诉他："这人平时思想比较激进，很有革命激情。"

王宪章说："找个时间我俩去会会这个张悦。"

"你看明天晚上如何？"蔡济民问道。

王宪章说："急了点吧？"

蔡济民摇头："不急，现在革命到了最需要人的时候，发展团员得抓紧一些，不能拖拖拉拉！"

"行，那就依你说的，明天晚上我俩就去会会此人！"王宪章说。

蔡济民说："好！明晚我来叫你。"

第二天晚上吃过晚饭，蔡济民按头天的约定来找王宪章，随后两人一同去二十九标宿舍找这名正目。

"你好，我是二十九标二营排长蔡济民！"见到张悦，蔡济民主动自报家门，并伸出手和他握手。

"你好，蔡排长！"张悦伸出手来和他握在一起。

"你好，我叫王……"

"哦，我来给你介绍一下，这是第三十标一营的正目王宪章。"

王宪章正要做自我介绍，蔡济民却为张悦介绍起来。

"你好，王正目！"

张悦伸出手来和王宪章握手。

"坐坐坐，请坐！"张悦招呼王宪章和蔡济民坐下。

待三人坐下后，张悦说："冒昧问一下，两位今日前来，是……"

张悦没把话说完，而是两眼看着王宪章和蔡济民。蔡济民和王宪章对视了一眼，对张悦说："你先把门关上。"

张悦将门关上回到座位，心里直犯嘀咕。

见他把门关上，王宪章朝蔡济民轻点了下头，示意他把此行的目的告诉张悦。蔡济民这才对张悦说："张正目，实话告诉你吧，我和王正目都是革命党人，而且我们还组织了一个革命团体，王正目是这个团的团长！"

"什么？你们是革命党人？"蔡济民的话让张悦惊讶不已，睁大眼睛望着他和王宪章。

"是的！"蔡济民说。

"你们组织了一个革命团体，什么革命团体啊？"张悦问蔡济民和王宪章。

王宪章告诉他，是将校研究团。

张悦问："我能参加吗？"

王宪章笑着说："当然能！"

蔡济民说："今日我和王团长过来找你，就是想问你愿不愿意加入我们将校研究团这个革命阵营里来。"

"愿意，咋不愿意呀？我正在到处寻找党人组织呢，这下可好了，你们来了我就加入你们这个将校研究团！"张悦一脸的高兴劲儿。

王宪章严肃地说："加入将校研究团可不是件容易的事，还得履行一定的手续和程序。"

"只要让我加入，不管什么手续和程序，我保证履行就是！"张悦赶紧向王宪章表态。

见张悦急成这个样子，蔡济民和王宪章对视了一眼后笑着说："也不瞒你，我已经对你进行过多次观察，知道你有革命激情，也很想加入党人的组织，要不然我和王正目也不会来找你，今日和你接触后，确定你是我们要找的人，现批准你加入将校研究团，咱们一同革命，早日将腐朽的清廷推翻，将列强赶出国门！"

"感谢二位！你们就是我革命的引路人！"张悦向蔡济民和王宪章道谢，随后问道，"如何履行入团手续？"

"这样，你晚上去我那儿，我给你具体说！"蔡济民对张悦说，随后又叮嘱他，"记住，不能带其他人，就你一个人来，也不能让其他人知道这件事！"

"还有一个问题，得注意保密！"王宪章提醒道。

张悦点头："好！"

晚上，张悦按约定去了蔡济民那儿，蔡济民将加入将校研究团的相关事宜告诉他，让他填写入团志愿书，并找时间带他进行入团宣誓。

就这样，张悦成了将校研究团的一员。

除了发展团员，王宪章还经常利用给士兵讲授军事知识的机会向他们宣传革命道理，激发和鼓励他们的革命热情。

这天晚上，王宪章和蔡济民等人又把一些思想进步的士兵召集到一起，给他们讲解时政形势。

见士兵们都到了，王宪章开始给士兵们讲课。

"弟兄们，今日我来给诸位讲讲目前的形势。弟兄们，你们都知道，自从英军打开了吾国的国门，列强就开始对吾国国土进行蚕食和鲸吞，大片的国土在他们的铁蹄下沦丧，这些侵略者，这些强盗对吾国国民大肆欺压，咱们的同胞们处于水深火热之中，而咱们的政府呢？他们在干什么？他们软弱无能，对列强的侵略毫无抵抗之力，任由列强践踏咱们的国土，蹂躏咱们的人民……少年留学生邹容在《革命军》中说过，'有起死回生、还魂返魄、出十八层地狱、升三十三天堂、郁郁勃勃、莽莽苍苍、至尊极高、独一无二、伟大绝伦之一目的，曰革命。巍巍哉，革命也。皇皇哉，革命也。吾于是沿万里长城，登昆仑，游扬子江上下，溯黄河，竖独立之旗，撞自由之钟，呼天吁地，破颡裂喉，以鸣于我同胞前曰：呜呼，我中国今日不可不革命！'弟兄们，军人之职责，主要在护国，国之不护，何以为军人？我等成立将校研究团，目的就是要大家起来革命，推翻腐败无能的清廷，将外国列强驱赶出国门，让……"

"狗来了！"

正当王宪章激情澎湃地给士兵们讲解形势和时政的时候，在门外放哨的人进来报信，王宪章赶紧换了一个讲解内容："对于这个阵形，其要义主要是如何布阵……"

转瞬，一个队官带着几名督兵进来巡查。

"你们聚集在一起干啥？"进来的队官见有这么多人聚集在一起，朝王宪章、蔡济民和士兵们吼道。

蔡济民告诉他："我们在讨论阵形！"

"真的在讨论阵形？"队官不放心地问。

王宪章说："长官，我正是在给士兵们讲解布阵技巧！"

"学习军事可以，但不能乱来！"队官警告蔡济民和王宪章等人。

"好的，长官！"王宪章说。

见没什么异样，队官便带着人走了。

"我等身为军人，使命和职责就是要捍卫好国家领土和民族的尊严，弟兄们，我们要用实际行动……"见这些人走了，王宪章又继续鼓动士兵们积极参加革命。

"加入革命，做有尊严的军人！"

"推翻清廷，驱除列强！"

"誓死捍卫国土和民族尊严！"

……

在座的士兵情绪激昂，跃跃欲试。

待王宪章讲完，蔡济民又给士兵们讲解了一些与时局有关的内容。

在王宪章等人的努力下，将校研究团的人员一下子增加了不少，达到数百人之多，一度成为新军中影响较大的一个革命社团。

第 5 章　任副社长

01

新军第四十一标革命党人起义失败后，杨王鹏和蒋翊武等人集合留在湖北的革命党人，在黄土坡开一天酒馆重新组建了一个新的革命社团，也就是振武学社。

"哎，你们听说了吗？杨王鹏和蒋翊武他们在黄土坡开一天酒店成立了振武学社！"

一天傍晚，王宪章和罗良骏、王文锦、吴醒汉等人正在商讨如何重新组织社团开展革命活动的事，四十二标第一营士兵黄家麟从外边走进来兴奋地告诉他们。

"你听谁说的？"王文锦问黄家麟。

"这个消息准确吗？"王宪章抚摸着下巴问黄家麟。

黄家麟说："是营里一位兄弟告诉我的，他刚从黄土坡回来，消息绝对准确！"

"你是想……"吴醒汉看着王宪章。他看出来了，王宪章想让弟兄们一起加入这个社团，与其他党人一起开展革命活动。

罗良骏接过吴醒汉的话，问王宪章："宪章兄，你是想让大家与杨王鹏和蒋翊武他们一起干？"

王宪章点了点头。

见王宪章有这个想法，黄家麟说："咱们之前的社团已经被清廷查封，加入振武学社，跟着杨王鹏和蒋翊武他们干，我看是可以的。"

"良骏、醒汉、文锦，你们觉得如何？"王宪章问道。

"蒋翊武原来也是咱们群治学社的人，他们成立了新的社团，我们应该支持他们才对，我同意！"王文锦第一个站出来表态。

"我也同意！"罗良骏说。

吴醒汉说："既然大家都愿意，我也没说的，同意！"

"好，既然大家都愿意加入杨王鹏和蒋翊武他们成立的这个社团，那我就联系一下他们，然后再告诉大家是什么情况！"王宪章说。

次日，王宪章前往黄土坡找杨王鹏和蒋翊武，杨王鹏没在，只有蒋翊武在，王宪章将自己的来意告诉了他。

"好啊，有你们的加入，振武学社的力量将壮大不少，我代表振武学社和杨王鹏社长热烈欢迎你们到来！"对王宪章，蒋翊武早已有所耳闻，听说他要和原群治学社的一些革命党人一起投奔振武学社，心里高兴得不得了，马上答应了他的请求。

虽说蒋翊武原来也是群治学社的社员，但那时他和王宪章接触不是很多，彼此不是十分了解，没想到这次两人一见如故无所不谈。蒋翊武问王宪章："哎，听说你是贵州的，那儿不是也有革命党吗？你怎么跑到湖北来了呢？"

王宪章说："这事说来话长！"

"能给我说说吗？"蒋翊武问。

王宪章说："当然可以！"

随后，王宪章把他如何在贵州遇到张忞、平刚他们，如何离开贵州来到湖北，如何遇到张廷辅、罗良骏、王文锦、吴醒汉他们，又如何加入日知会，以及组织将校研究团的经历毫无保留地告诉了蒋翊武。

"一个人大老远从贵州历尽艰辛跑到湖北来革命，精神实为可嘉，只是辛苦了宪章老弟！"听了王宪章的讲述，蒋翊武对王宪章大加赞赏。

"蒋兄过奖了！"王宪章赶紧双手抱拳行礼，随后问道："哎，伯夔兄，你又是怎么来到湖北的呢？"

蒋翊武告诉他："我家本是湖南澧州的，十八岁时我考上县立高等小学，后来升到常德师范。1904年秋，黄兴在长沙起事，派宋教仁来常德联络湘西的会党，我得以认识宋教仁先生并参与起事筹备，起事失败后我被开除学籍，于是又与刘复基一起专门从事革命、联络会党。后来，由于清兵追捕甚急无法开展活动，这才决意经上海去日本避难。可到了上海我却生病了，只好留了下来。在此期间，我与杨卓林等人利用报刊积极宣传革命，后来杨卓林被清廷抓捕杀害，我只好暂时回归故里避难。1909年秋天，我和刘复基一道来到了湖北武汉。因为湖北新军中有不少革命志士，经湖南同乡黄贞元介绍，我用'蒋伯夔'这个名字投奔到新军第二十一混成协第四十一标第三营左队当了一名士兵。当时队里已经成立群治学社，我也加入了这个社团。后来的事，你也知道，我就不用说了！"

"原来是这样！"王宪章说。

蒋翊武问王宪章："你们的人什么时候可以加入我们振武学社？"

王宪章说："我回去后马上告诉王文锦和罗良骏他们，叫他们一两日后就过来履行入社手续。"

"好！"听王宪章这么说，蒋翊武很是高兴。

"那行，我就此告辞，改日再见！"王宪章说完起身与蒋翊武握手告别。王宪章没想到，后来自己和蒋翊武会成为生死与共的革命兄弟。

王宪章回来后，告诉罗良骏、王文锦、吴醒汉、黄家麟等人，他已经和蒋翊武取得联系，蒋翊武非常欢迎他们加入振武学社，与振武学社的同志一道开展革命活动。

"好，非常好！"

"这下咱们又可以干一番事了！"

"什么时候能加入，他说了没有？"

"过两日就去他们那儿履行入社手续！"

罗良骏、王文锦、吴醒汉等人听说振武学社答应接收他们，心里非常高兴。

两日后，王宪章、罗良骏、王文锦、吴醒汉和黄家麟等人一起加入了振武学社，成了振武学社的社员。

可就像一阵风似的，振武学社刚建立不久又被协统黎元洪的人侦查到了，见王宪章他们在军营里暗地发展党人并开展革命活动，黎元洪非常恼怒，立即派时任第四十一标左队队官的施化龙前往查办。最后，振武学社的社长杨王鹏被撤职，骨干分子李抱良被开除，振武学社的社务只好暂时交由蒋翊武来维持，文书、庶务由邹毓琳接管，振武学社一下子陷入瘫痪状态。但党人的革命激情和斗志并未就此熄灭。两个月后的一天，蒋翊武把詹大悲、刘复基、章裕昆等人约到阅马场集贤酒馆，再度商议成立新的革命社团。

待人到齐后，蒋翊武说："诸位，你们都知道，由于施化龙的破坏，振武学社被迫停止革命活动已经两月有余，但革命不可能就此罢休，而且各标各营的党人都有恢复这一革命社团、继续开展革命活动的意愿，故今日将各位召集来商议一下，看如何来恢复咱们这个革命组织，各位心中如有良策，稍后请充分发表意见！"

听了蒋翊武的话，没有人发言。蒋翊武见状，说："这样，我先来说说我的想法吧。我主张原来的社团名称和宗旨都不改变，也就是说，将原来的振武学社恢复起来继续开展革命活动，不知各位意下如何？"

"我认为可以！"刘复基先站出来表态。

章裕昆说："恢复原来的社团名称，继承原来的宗旨继续开展革命活动，我同意翊武的这个主张！"

"我也赞成！"

"同意！"

多位同志都觉得蒋翊武的这个建议可行，一致赞成。

"振武学社已经被清廷侦知，'振武'二字容易引起清兵和租界巡捕的注意，既不安全又不便于开展革命活动。我认为，还不如另取其他名称，筹建新的社团，这样做隐蔽一些，也便于开展活动。我等革命，重在精神，不在于社团名称是什么！"詹大悲思考了一下，站出来提出自己的意见和建议。

"这倒也是！"刘复基想了想，点头表示赞同。

章裕昆说："嗯，大悲说的不无道理，如果继续用原来的名称，容易被清廷侦查到，是该换个新名称！"

"那就按大悲说的来办！"蒋翊武当即表态。

"行！"大家都觉得詹大悲说得有道理，同意按他说的意思来办。

蒋翊武问在场的人："诸位想过没有，不用'振武学社'这个名称，那用什么来做新的社团名称呢？"

"是啊，用什么名称来代替'振武学社'这个名称才最为妥帖呢？"章裕昆也在问。

詹大悲沉思了一下，说："我看干脆就用'文学社'三个字来做新成立的社团名称，这样敌人看不出什么名堂来。"

听詹大悲说用"文学社"三个字来做新的社团名称，刘复基觉得很好，高兴地说："文学社，文学社，让人一看就是研究文学的社团，没有半点革命的迹象，我看，这个名称很不错！"

"我看大悲这个提法非常好！"蒋翊武笑着夸奖詹大悲。

刘复基说："既是如此，那就将新的革命社团定为'文学社'吧！"

"同意！"章裕昆表态。

"我也同意！"

"同意！"

……

见大家一致赞同用"文学社"这几个字来做新的革命社团名称，蒋翊武说："既然各位都同意用这个名称，那就这样定下不再改变。"

1月30日，经过一番筹备，蒋翊武、刘复基、王守愚等党人以新军团拜名义在湖北武昌黄鹤楼风度楼召开大会，宣布文学社正式成立。

参加大会的人员除了蒋翊武、章裕昆、詹大悲、刘复基、王守愚、邹毓琳、蔡大辅以外，还有第八镇第十五协第二十九标的代表张哲夫，副代表李达五；第三营的代表李济臣。步队第三十标代表王文锦，第三营代表彭纪麟。第二十六协步队第三十一标代表江光国，第一营代表清天祥。步队第三十二标代表单道康，第二营代表孙长福，第三营代表潘五峰。马队第八标代表黄冠群，副代表熊伟。第一营代表黄维汉，第二营代表喻连元，第三营代表颜正朝。炮队第八标代表黄驾白，副代表李慕尧。工程第八营代表马荣，宪兵第八营代表彭楚藩。第二十一混成协步队四十一标代表廖湘芸，第一营代表钟伟宾，第二营代表顾鸿，第三营代表阙龙。步队第四十二标代表胡玉珍，副代表邱文彬，第一营代表陈建章，第二营代表赵承武，第三营代表刘化欧。炮队第十一营代表晏柏青，辎重队代表余凤斋。湖北工艺学校代表陈磊，汉阳工农中学代表张皇炎等人。

会上，与会代表一致推举蒋翊武为主席。

　　蒋翊武首先向代表们报告将振武学社更改为文学社的原因、意义以及文学社的章程，与会人员均无异议，一致赞同。

　　随后，蒋翊武提议选举文学社职员。

　　在推选之前，章裕昆提议："鉴于文学社刚刚成立，人员还不是很多，暂时不设副社长一职，待范围扩大到相当程度后再增设，还有就是各标的代表不用再重新改选。"

　　"对对对，代表就不用再重新改选了！"

　　"副社长以后再增选我看也是可以的！"

　　"嗯，这个提议好！"

　　……

　　章裕昆的提议得到与会代表的认同。

　　经代表们认真推选，由蒋翊武担任文学社社长，詹大悲担任文书部部长，刘复基担任评议部长，蔡大辅、王守愚担任文书员，邹毓琳担任会计兼庶务。

　　会议还讨论了其他相关事宜。

　　加入文学社手续很简单，经人介绍后由文学社的主要领导加以审查，符合条件则由入社人员填写志愿书。志愿书不是正规印刷的，填写的内容也只是经某人介绍，自己愿意加入本社为社员，开展革命、服从组织纪律，等等。为确保本社机密不被泄露，以防被清兵或巡捕搜查到惹来麻烦，社员填写的志愿书经过文学社的同志登记之后立即进行销毁，不留下任何痕迹。社员碰头时间，定在每个星期天下午六时做游戏的时候。一旦有什么消息或任务布置，社员与社员之间就采用各种各样的游戏方式来传达。

02

　　文学社成立之后，蒋翊武心里有个打算，他想将王宪章等人的将校研究团合并过来，以此壮大文学社的革命力量。

　　一日，蒋翊武和刘复基来找将校研究团团长王宪章。

　　见到王宪章后，蒋翊武开门见山地说："宪章，我想让你把将校研究团的人合并到文学社来，不知你是否愿意？"

刘复基也说:"若是能把你的将校研究团归并到文学社,革命的力量就大得多了,宪章,你考虑一下吧!"

见他俩态度很是诚恳,王宪章想了一下,说:"虽说我是将校研究团团长,但这事我一个人表不了态,请容我和张廷辅、王文锦他们商量一下再回复你们,好不好?"

"行!"见王宪章说得有理,蒋翊武回道。

刘复基问王宪章:"如果能归并过来,你有些什么要求?"

王宪章爽快地说:"都是为了革命,我没什么要求,就看廷辅和文锦他们有没有什么要求。"

"好,那我和复基等你回话。"蒋翊武说。

王宪章说:"明日我就找他们来商议此事,有了结果再回复二位。"

三人接着聊了一会儿党人当前的革命形势以及对今后发展的一些想法。

第二天晚上,王宪章把将校研究团的主要成员张廷辅、王文锦、蔡济民、罗良骏、吴醒汉等人找来,将昨天文学社社长蒋翊武和评议部长刘复基来找他的始末,以及两人希望把将校研究团合并到文学社去的想法传达给众人。

"好啊,这是个好事,加入就是!"听了王宪章的话,张廷辅极为高兴。

吴醒汉说:"以前的群治学社和振武学社,包括我们现在的将校研究团,都不过是第四十一标一个队的革命组织,而文学社却是以整个湖北新军为对象的革命社团,依我看,将校研究团加入他们这个组织,还真是件好事,也是必然趋势!"

王文锦问王宪章:"他们提什么要求没有?"

王宪章说:"没有,他们问我,如果将校研究团归并过去我有什么要求,我觉得大家都是为了革命,都是为了推翻不作为的清政府,赶走外国侵略者,于是就告诉他们,我没什么要求,就看你们几位对他们有没有什么要求,有就提出来,我好回复人家。"

蔡济民说:"你说得对,大家都是为了革命,这还能提什么要求呢?合并过去就是!"

"我也是这么想的!"王文锦说。

王宪章又征求了吴醒汉、罗良骏的意见。

吴醒汉问："合并过去，你这团长怎么办？他们给你安排什么职务？"

"是啊，在团里任职的同志，他们如何安排？不可能就是一般的社员吧？"罗良骏问王宪章。

王宪章说："这个事我倒是没考虑过，我想，合并过去后蒋社长应该会有所安排。再说，大家参加革命的初衷都是为了推翻腐朽的清政府，驱除入侵的列强，都不是为了当官发财而来，我个人觉得这无所谓！"

张廷辅接过王宪章的话："宪章说得对，我们搞革命，目的就是为了拯救国家和民族于危亡之中，绝不是为了升官发财，合并过去后蒋社长他怎么安排，我觉得都是可以的，不用过多计较这些事情！"

"我同意将将校研究团合并到文学社！"张廷辅话音刚落，吴醒汉接着表态。

"我也同意！"见吴醒汉表了态，罗良骏也赶紧表态。

王宪章说："既然大家都没异议，那我明日就给蒋翊武社长回话，同意将咱们的将校研究团合并到他们的文学社去。"

"行！"

在场的人一致表态。

得到大家的赞同，次日王宪章便给蒋翊武和刘复基二人回了话，蒋翊武和刘复基听了非常高兴。

一个月后，将校研究团并入了文学社。

将校研究团本来人员就多，归并入文学社后，一下子壮大了文学社这支革命队伍。

不久，蒋翊武召集文学社各位代表在黄土坡招鹤楼召开会议。会上，蒋翊武说："将校研究团合并到文学社之后，文学社的社员一下子增加了不少，文学社的社务活动也随之频繁起来，我一个人精力非常有限，感觉自己实在是难以支撑下去，我提议推举第三十标的王宪章为副社长，让他协助我处理文学社的社务，不知各位代表是否同意？"

"翊武说的是事实！"

"是啊，将校研究团并进来后，文学社一下子增加不少人，事务肯定繁多!"

"光靠翊武一个人,的确是忙不过来!"

"宪章来做他的帮手,我看是可以的!"

"那就让宪章来当副社长,协助他工作!"

詹大悲、刘复基、王守愚等人在议论,随后率先表态同意蒋翊武的提议。

"我没意见!"

"赞成翊武的提议!"

"同意!"

……

其他与会代表也一致赞成。

蒋翊武说:"好,一致通过!"

会上,新当选的副社长王宪章做了表态发言,他说:"作为革命党人,我王宪章誓死忠于革命,承蒙蒋社长和各位代表的信任,推举我为文学社这一革命团体的副社长,我感到非常荣幸!请各位代表放心,我一定不会辜负蒋社长和各位代表的厚望,努力协助蒋社长搞好社务,力争为文学社、为革命多做些事情,谢谢大家!"

"啪啪,啪啪……"下面传来阵阵掌声。

待掌声停下,蒋翊武站起来说:"谢谢,谢谢!谢谢宪章能够出来协助我的工作!我想,有你协助,我们文学社各项工作定会迎来更好的发展,革命也一定会取得成功,再次感谢宪章老弟对我和文学社的支持!"

蒋翊武说完,站起来朝王宪章两手一拱,给他行了个抱拳礼。王宪章见状也赶紧站起来,两手一拱朝蒋翊武还礼:"蒋社长过奖了!"

就这样,王宪章当上了文学社的副社长。

两个月后,文学社根据社务发展需要,又成立了内部机构总务部,张廷辅被推举为参议兼任总务部长,协助蒋翊武和王宪章管理好文学社的内部事务。至此,张廷辅也成为文学社的主要领导成员之一。

03

自从当上文学社副社长以后，王宪章更是忙得不可开交，他一方面协助社长蒋翊武抓好文学社的社务，另一方面又以讲授军事知识和革命道理等形式在第二十九标、第三十标和第三十一标的下级军官和士兵中开展革命宣传活动，联络并发展新社员。

这天下午，第三十标三营的正目彭纪麟来找王宪章："我们营的鲁祖轸，我看可将其发展为社员。"

王宪章问："此人如何？是什么背景？可靠吗？"

彭纪麟告诉王宪章："此人是河南新野人，因为家里贫穷想出来混碗饭吃，就到第三十标三营来当了兵。因为受我和佐黄的影响，逐渐有了革命思想倾向，我觉得此人非常可靠！"

发展新社员是件严肃的事情，弄不好会给文学社带来灭顶之灾，万万不可大意，所以王宪章非常慎重，他想了一下，说："这样，晚上你把他带来我这儿，我先了解一下他的情况。"

"好！"彭纪麟说。

王宪章叮嘱彭纪麟："这件事得注意保密，社里有规定，在没有发展为社员之前，绝对不允许向其透露社里的任何情况！"

"这我明白，请副社长放心！"彭纪麟向王宪章保证。

晚餐的时候，彭纪麟见鲁祖轸拿着饭盒到食堂排队打饭，有意跟在他后面。

打好饭，彭纪麟对鲁祖轸说："走，到那边吃去，顺便聊一聊！"

"有事，正目？"鲁祖轸端着饭边吃边问彭纪麟。

彭纪麟笑着说："看你说的，没事就不能聊了？"

"我不是这个意思！"鲁祖轸赶紧说。

两人端着饭来到坝子边的草坪上盘腿坐下，边吃饭边聊起来。

彭纪麟往嘴里送了一勺饭，问鲁祖轸："你觉得在这儿当兵怎么样？舒心不舒心？"

"唉，你别说了，一天到晚尽受队官的气！"鲁祖轸停下正要送往嘴边的饭，带着怨气回答彭纪麟。

彭纪麟说："别说你们士兵，就连我们这些正目都受他们的气，可你知道为什么吗？"

"为什么？还不是因为上面有人替他们撑着！"鲁祖轸一脸气恼。

彭纪麟扫了四周一眼，见没有其他人，压低声音问道："想不想不受他们的气？"

"正目，你这话是什么意思啊？"鲁祖轸觉得彭纪麟话里有话，睁大眼睛问道。

彭纪麟说："吃过饭你马上来我这儿，我带你去见一个人。"

"好！"鲁祖轸点头。

不多一会儿，两人把饭吃完了，彭纪麟站起来对鲁祖轸说："我在门口等你，你把饭盒放好就过来。"

"嗯！"鲁祖轸轻点了一下头。

两人来到营房门口，鲁祖轸问："去哪儿？"

"一营！"彭纪麟告诉他，然后带着他朝一营王宪章住的地方走去。

鲁祖轸觉得很奇怪，边走边低声问彭纪麟："没事去一营干啥？"

彭纪麟说："去了你就知道了。"

见他这么说，鲁祖轸不再说话。

两人来到一营王宪章住的地方，王宪章已经在等着他们。彭纪麟赶紧向鲁祖轸介绍道："这是一营的正目王宪章。"

"你好，王正目！"鲁祖轸将手伸出来。

彭纪麟告诉王宪章："这就是我跟你说的鲁祖轸！"

"哦，你好，你好！"王宪章边和鲁祖轸打招呼边伸手过去和他握在一起，"坐，随便坐！"

彭纪麟和鲁祖轸分别在凳子上坐下，王宪章转身给他俩斟上茶水，将门关上，然后笑着问鲁祖轸："怎么样？在营里过得还好吧？"

鲁祖轸回答："回王正目的话，还可以！"

王宪章看了彭纪麟一眼，然后说道："这样吧，我们都是军人，军人的性格就是直爽，我也不绕什么弯子了。"

见他这么说，鲁祖轸赶紧说："王正目有话不妨直说。"

"好，我就喜欢你这种性格！"王宪章笑着说，"祖轸，日知会、群治学社、振武学社，还有将校研究团、文学社，这些你听说过吗？"

鲁祖轸直话直说："听倒是听说过，但不知道里面都有谁。"

"那我不妨告诉你，这些社团我和彭正目都参加过，而且我们现在就在文学社。"王宪章盯着鲁祖轸，想看他是什么反应。

"什么？你和彭正目都参加过这些社团？"鲁祖轸很是吃惊。

王宪章说："实话告诉你，这些都是革命团体，都在暗中开展革命活动。"

"原来是这样啊！难怪有时候不见彭正目和陈佐黄他们在营里，原来他们是……"鲁祖轸似乎明白了。

王宪章接着说："你的情况彭正目都告诉我了，听说你思想激进，有革命的想法，今天找你来，就是想和你谈谈，问你愿不愿意加入我们文学社这个革命组织。"

鲁祖轸看了彭纪麟一眼，彭纪麟微笑着朝他点了下头，鲁祖轸这才激动地说："王正目，我愿意加入这个组织，与大家一起开展革命！"

听他这么说，王宪章和彭纪麟都非常高兴，王宪章站起来说："鲁祖轸同志，我代表文学社欢迎你的到来！"

"你代表文学社？"鲁祖轸不解地看着王宪章。

彭纪麟见状，赶紧笑着告诉他："王正目是文学社的副社长！"

"原来是这样，彭正目，你咋不早说？"鲁祖轸轻轻朝彭纪麟胸前擂了一拳。

"现在告诉你也不晚嘛！"彭纪麟笑着说，"现在我们就算是革命同志了！"

王宪章告诉鲁祖轸，按社里的规矩，加入文学社要履行一定的程序和手续，待宣誓后才能正式成为社员。

"需要履行些什么手续？"鲁祖轸迫不及待地问。

王宪章拿出一张纸，让彭纪麟指导鲁祖轸写一份自愿加入文学社的志愿书。

鲁祖轸按照彭纪麟的指示写好入社志愿书，交给王宪章。王宪章看了之后说："行，明天我就带你到一个地方去进行宣誓！"

"好！"鲁祖轸非常兴奋。

随后，王宪章又向鲁祖轸交代了一些纪律方面的问题和应该履行的职责义务，鲁祖轸说他完全接受。

第二天下午，王宪章、彭纪麟将鲁祖轸带到文学社的机关部进行了宣誓。就这样，鲁祖轸成了文学社的一员。

鲁祖轸加入文学社后，不仅与其他党人共同宣传革命思想，还积极与彭纪麟、陈佐黄一道，在他所在的后队发展了许多社员，为壮大革命力量做出了不小的贡献。

之后，王宪章又和蒋翊武、陈佐黄等人将第三十标第三营的正目王耀东、士兵冯中兴等人发展为文学社的社员。后来，这些人都成了革命的重要力量。

两个多月后，文学社召开代表会议商议相关事宜，会议决定由刘复基负责日常事务，并由王守愚、蔡大辅两人协助。

会上，刘复基对蒋翊武、詹大悲、王守愚说："鉴于文学社人员增多，社务频繁，我建议在武昌租一间房屋作为社里开展革命活动的办公地点，大家有没有意见？"

王宪章听了赶紧说："我曾经听张廷辅说过，他在武昌小朝街八十五号有一套房子是空着的，大家如果觉得可以的话，就租他那儿来办公。"

"那个地方我知道，比较隐蔽，我看作为办公地点是可以的。"刘复基附和。

王守愚说："既是如此，那就租他那儿。"

蒋翊武说："行，那就租这个地方来作文学社开展革命活动的机关部，至于租金问题，就请宪章去与廷辅相商。"

"好！"王宪章回答。

同时，会议还商议和决定了其他有关事宜。

当天晚上，王宪章就去找张廷辅落实租房的事。

"廷辅兄，为了方便同志们联络和汇报工作，今日经社领导研究，准备在武昌城里租一套房屋作为社里机关部办公用房，我听你说过，你在小朝街八十五号有套房子空着，就向他们推荐租你那房子，你看租一年要多少钱？"见到张廷辅后，王宪章把来意告诉了他。

"没问题，这事好说，反正房子也是空着，别提钱，同志们搬进来办公就是！"张廷辅听王宪章这么一说，满口答应，而且连房租都不要。

王宪章说："这是组织定下的，不要租金肯定不行，你不要租金我们就不租，租金一定要付，你优惠点就行！"

见他这么说，张廷辅说："那这样吧，在以往我租给别人的基础上，我少要三分之一的租金，你看行吗？"

"可以！"王宪章爽快地答应，然后又说，"廷辅兄，把房子租给党人，可不比租给老百姓，一旦被清兵或巡捕查到，会给你带来危险，甚至会累及你的家人，你可得考虑好啊！"

"宪章，看你说的，我和你嫂子为了革命连命都不要了，把个房子租给大家倒还怕了？没事，你们尽管来租就是！"张廷辅毅然允诺。

王宪章说："那我也不多说了，我代表同志们谢过廷辅兄！"

"跟我还客气！"张廷辅笑着说。

突然，王宪章一脸严肃地说："可说清楚了，租金要过一段时间才给你！"

"不是问题！"张廷辅豪爽地说。

"那就多谢了！"王宪章朝他抱拳行礼。

两天后，刘复基将文学社搬到张廷辅的楼上来办公，而张廷辅和他妻子徐昭一同住在楼下，王守愚、蔡大辅时不时来这儿协助刘复基办公。

04

一日，王宪章正在和蒋翊武、张廷辅、蔡济民、罗良骏、王文锦等人商量着革命的事情，突然有个人着急忙慌地闯进门来。

王宪章一看，发现是模范监狱里负责守卫的兵目潘季贞。

"不好了，刘……刘静庵先生他……"潘季贞由于着急，结巴得连话都说不出来。

见潘季贞急成这个样子，王宪章问他："刘静庵先生他怎么了？"

"他……他死在监狱里了！"潘季贞流着眼泪，悲伤地告诉王宪章和蒋翊武、蔡济民他们。

"不是好好的吗？怎么就死了啊？"蒋翊武像是在问自己，又像在问王宪章、蔡济民、王文锦和报信的人。

"是啊，怎么一下子就死在监狱里了呢？"对刘静庵的死，王宪章也很不理解。

潘季贞气愤地说："张彪和冯启钧那帮狗日的天天折磨他，他能不死吗？蒋社长、王副社长，你们有所不知，张彪和冯启钧那两个杂皮想用高官厚禄收买刘先生，刘先生宁愿死也不肯接受，张彪和冯启钧就对他进行百般恐吓，可先生他还是不肯，他们就命手下天天对他进行毒打，他们……他们打了刘先生一千四百多鞭，连骨头都打现了呀！"

潘季贞说完已是泪流满面。

"血债要用血来还，这帮狗日的，我王宪章绝对不会饶过你们！"王宪章两眼燃烧着怒火。

罗良骏怒吼道："干脆我今晚就带人去把这帮龟孙子给宰了！"

"切莫冲动，良骏！"见罗良骏这个样子，张廷辅赶紧说他。

罗良骏说："那刘先生的死就这样算了？"

"肯定不会！"张廷辅咬牙切齿地说。

"是的，刘先生的死，肯定不会就这样算了，就如宪章刚才说的，我们一定会让张彪和冯启钧他们血债血还，但不是现在，得从长计议！"张廷辅正要给罗良骏解释，在旁边的蒋翊武发话了。

潘季贞接过蒋翊武的话说："蒋社长说得对，这事得从长计议，清兵防范极严，千万不可鲁莽！"

"张彪和冯启钧这帮狗日的，看我哪天不把他俩的狗头砍来当瓢使！"罗良骏怒气未消。

潘季贞对蒋翊武和王宪章他们说："蒋社长，王副社长，我是偷跑出来给你们报信的，不能在这儿待太长时间，得马上回监狱，要不然他们会怀疑我的！"

蒋翊武走过来握着他的手说："好，谢谢你了。季贞，你赶紧回去，万一被他们发现麻烦就大了！"

"你自己小心一些！"王宪章也叮嘱道。

出于安全考虑，刘静庵死后革命党人未对他进行安葬，而是由教会的人对他进行安葬。

刘静庵惨死清廷监狱，更加激起了革命党人对清廷的愤恨，不少革命党人要求主动打击清兵，给清廷一点厉害看看，但就像蒋翊武说的，不是现在，还得从长计议，若此时去找清廷的人复仇，那无异于拿鸡蛋去碰石头，不但伤不了那些人半根毫毛，反而会让自己粉身碎骨。

就这样，革命党人将对清廷的愤恨埋藏在心底，等待着爆发的一天。

第6章 意欲起事

01

文学社刚刚建立二十天，湖北汉口就发生了一件说大也大说小也小的事情。

一天，在汉口英租界汉舞台等着拉客的人力车夫吴一狗，等了半天也没拉到一个客人。

半天都拉不到个客人，一家老小还要吃饭，这可怎么办？吴一狗将擦汗用的脸帕往肩膀上一搭，站起身来拉着空车往怡园方向跑去，准备去那儿碰碰运气。

说来也是巧合，半路上吴一狗遇到了英租界的巡捕保正。

"长官，坐车吗？"吴一狗侧过脸问朝他走来的保正。

保正斜着眼睛乜了吴一狗一眼，没说话，而是手拿警棍敲打着吴一狗的人力车，吴一狗以为他真要坐车，便将车放下来。

吴一狗放车的时候，车轮子不小心碰到了保正的脚后跟。

"妈的，你眼瞎啦？"

也许是被碰疼了，抑或是碰脏了他的裤子，保正异常愤怒，一边破口大骂一边用警棍使劲击打吴一狗。

吴一狗当场被击倒在地，可保正嘴上仍在骂个不停。

"你……你怎么打人？"被击倒在地的吴一狗边说边挣扎着想爬起来。

"我看你眼瞎！我看你眼瞎！"保正还不解气，见吴一狗要爬起来，边骂边上前朝他身上狠命地踢了几脚。

因为下脚太狠，保正这几脚竟将吴一狗踢死了。

"哎，你干吗乱打人？"

"他一个卖苦力的人力车夫，你咋这么打他？"

"不就是不小心碰了一下你的脚吗，你咋就这样狠命地打人家？"

"光天化日之下打人，你们巡捕还讲不讲理？"

恰好这时旁边经过四位华人，见巡捕保正在踢吴一狗，便一齐上前与他理论，替吴一狗打抱不平。

"干吗？想闹事啊？"保正觉得这几名华人是狗拿耗子多管闲事。

"人被他打死了！"一位华人蹲下去扶吴一狗，见吴一狗已经没气了，赶紧告诉站在旁边与保正理论的其他三位华人。

"怎么？死了？"三位华人听同伴说吴一狗已经被保正踢死了，大吃一惊。

一位华人怒睁着眼睛质问保正："你怎么能打死他？"

保正也没想到吴一狗会被他踢死，他心里一惊，但很快就镇静下来，说："这是他自找的！"

一位华人愤怒地说："打死人你就得偿命！"

另外几名华人情绪激昂，说："是的，打死人就得偿命！"

"死了活该，谁叫他眼瞎？"保正心里有点虚，想一溜了之。

几名华人马上将他围住，其中一位华人朝他吼道："你不能走！"

"怎么？你们想闹事不成？"见几名华人不让他走，保正急了，虚张声势地问他们，并赶紧吹口哨呼叫其他巡捕过来帮忙。

经这一闹，一下子围拢了不少人。

不远处有一队巡捕正在巡逻，听到保正的哨声赶紧持枪跑了过来，领头的巡捕问保正："怎么回事？"

"这几人想闹事，赶紧将他们抓了送巡捕房审讯！"保正对领头的巡捕说。

"谁闹事了？是你踢死了人！"一位华人大声地说保正。

保正对巡捕说："别听他的，赶紧抓了送巡捕房！"

"是！"巡捕们立即扑向几位华人，以故意闹事为借口将这几位华人进行拘捕，并扭送去巡捕房。

被扭送的华人回头质问巡捕："你们还讲不讲道理？"

"别啰唆，快走！"巡捕用枪杆捅几名华人。

围观的人群中有一老者，摇头叹息道："唉，这是什么世道啊？"

一汉子对他说："老头子，不想丢命就赶紧走开！"

老者和汉子慌忙走开。

从汉口大智门到码头，人力车夫有三千多人，这些车夫听说他们的同行吴一狗被英租界的巡捕保正打死，而地方官员却没人去替吴一狗申诉一下，心里非常愤怒。当天晚上，一位很有血性的车夫在华景街鸣锣，邀约其他车夫次日去巡捕房找捕头理论。车夫们听到锣声，一齐聚集到街头，并约定第二天一早去找捕头讲理。

次日一大早，四百多名人力车夫愤怒地喊叫着涌向英租界巡捕房，巡长见这些车夫来巡捕房闹事，赶紧叫巡捕将他们堵在门口。

见巡捕们不让进去，车夫们便用石头投掷巡捕，没想到一个在看热闹的英国人被车夫们抛掷的石头擦破了头皮。这名英国人是附近太平洋行的一位员工，他用手擦了擦头上的血，然后恼怒地跑回洋行取来一支枪朝车夫们射击，一名车夫当场被打死。其他车夫见了，更是愤慨到了极点，一齐朝这名英国人投掷石头。

围观的人越来越多，场面极为混乱，巡捕们见场面失控，马上叫人去英国领事馆向领事报告。英国领事接到巡捕的报告，知道事态闹大了，急忙调来一队水兵进行弹压。这些水兵来后，不问缘由便朝车夫们开枪射击，有七名车夫被当场打死，另有十四名车夫被打伤。

江汉关的关道齐耀珊知道这件事后，急匆匆率领一群军警赶到现场。

"散开！快散开！再不散开一切后果由你们自负！"胆小怕事的齐耀珊怕得罪了洋人，赶紧喝令车夫们退走，叫他们不要惹事。

车夫们见齐耀珊不但不替中国人做主，反而去袒护洋人，心里非常气愤，于是又用石头怒砸齐耀珊。

齐耀珊左眼被砸伤，脸部流血并肿大，他恼羞成怒，朝车夫们大声喊叫道："反了！都反了！"

一名军警见状，急忙去电话亭给总督府打电话。

"敢打洋人，这还得了！"清廷总督瑞澂接到军警的电话大发雷霆，立即命令第八镇统制张彪率领一队清兵前来弹压，意欲驱散这些车夫。

张彪带着人来后，一边驱逐这些车夫，一边命令手下在墙上贴出告示，要车夫们赶紧退出散去，如有不听者格杀勿论。张彪还亲自率领清兵驻扎在各个华洋交界街口，指挥清兵保护华洋教堂。

更让车夫们气愤的是，清政府的军机处也完全站在洋人一边，诬陷车夫们的正义抗议行动是革命党人有意挑起的，并命令湖北军政当局加以镇压。

这些人力车夫当然不服气，他们觉得清廷实在是懦弱无能，任由洋人欺负自己的同胞，更是激起了反抗之心。但要大家起来推翻满政府，还得有一根导火线。

这根导火线很快就找到了，那就是争夺铁路权的四川保路运动。

02

20世纪初，清政府官员意识到了在国内修建铁路的重要性，但修建铁路需要大量的资金，眼下清政府财政十分不济，要修建铁路，唯一的出路就是向外国人借钱，但外国人的钱并不是那么好借的，如果没有东西做抵押担保，他们是一分钱也不会借的。

可拿什么做抵押担保？时下这些外国人在中国境内最感兴趣的事，就是投资修建铁路，因为修建铁路投入的资金不是一般工矿业所能比拟的，再说外国人来中国投资修建铁路，不仅仅是为了赚点钱，还隐藏着巨大的政治阴谋，也就是说，他们要得到一定的政治利益，而清政府拿不出什么东西来给外国人做抵押担保，只好出让路权。

在清政府的授意下，1898年铁路督办大臣盛宣怀治下的铁路总公司率先与美商华美合兴公司订立合同，以出让修建粤汉铁路和川汉铁路权做抵押担保，向美商华美合兴公司借款四千万美元。可他们在拿到修路权以后，只是象征性地修建了三水一段十五里长的铁路，大部分修路权被他们转手倒卖给了比利时人。美国人的这种做法，很明显是一种投机活动，清廷当局一些正直有为的大臣也发现了这个问题，并向清廷当局提出建议，希望当政者防备这些外国人的阴谋诡计。

1905 年，湖广总督张之洞以铁路的收入一年比一年大为由，建议清政府废除与美国人订立的筑路合同，将铁路权收回来由国人自办。张之洞的这一想法得到了各省督抚的赞成和大力支持，清政府高层也表示同意。

铁路由国人自办，这个政策一出，国内有钱的商人纷纷将资金投入铁路建设，国内一下子就有十三个省设立了公司承办铁路建设。

粤汉铁路和川汉铁路改归国人自办以后，由于国家财政出现短缺，清政府不得不改为官督商办，并在四川、湖北、湖南、广东四省募集股民，然后由官厅在税收项下附抽租股、米捐股、盐捐股和房捐股。这样一来，这四省无论是绅商、地主或农民都成了持有铁道股票的股东，在四川、广东两省，股款的收取已达半数以上，就算是较少的湖南，股款也有三百多万元。

粤汉铁路早就开始修建，川汉铁路中的宜昌万县一段也开工建设，由于资金短缺，这两条铁路修建了好几年也修不好。

1911 年 1 月，盛宣怀接任邮传部尚书。盛宣怀历来是个阿谀谄媚之人，为迎合内阁总理大臣奕劻推行新政，他以利用外资开发实业的名义先后向日本正金银行借款一千万日元，随后又向英美德法四国银行借款一千六百万英镑，而借款的前提是以粤汉、川汉铁路修建权作为抵押担保，可粤汉、川汉两条铁路清政府已经允许国人商办，清政府要与这些国家签订这笔巨额借款合同，就得先将铁路收归国有。于是，盛宣怀向清政府高层建议实行铁路国有政策，也就是要将全国的铁路统一收归国有。

清政府高层采纳了盛宣怀的这一建议，并于 1911 年 5 月 9 日由载沣代表清政府发出通令，全国铁路一律收归国有，任何人不得违抗。

按理说铁路收归国有是无可厚非的事，可这个所谓的国有不过是清政府便于将它转手，使之成为列强的所有品的方式，说穿了就是在出卖国家的铁路权。

清政府高层的这一决策，引起了国人的极大不满，可清政府又采取了还本不还息等一系列办法敲诈铁路商股，这更引起了商股们的极大愤慨，各省的绅商纷纷起来反对，其中反响最为强烈的是四川民众。这些人觉得要赶走列强和抵抗清政府的胡乱作为，救中华民族于水火之中，只能靠国民自行起来抵抗。至此，在国内一些省份便掀起了保路运动。

当年 6 月，清政府邮传部尚书盛宣怀、督办粤汉和川汉铁路的大臣端方突然致电护理四川总督王人文，要他将公司股票一律更换成国家铁路股票，这一做法无疑是在对商人们进行公然抢劫，更激起了商人们对清政府的巨大愤慨。

半个月以后，川汉铁路公司率先召开会议反对总督王人文的这一做法，为保护自己的合理权益不受损失，他们还成立了四川省保路同志会。紧接着，四川省内各县也纷纷成立了同样的护路组织，并号召民众起来保护铁路不被清政府出卖。

四川地区历来会党盛行，哥老会和同盟会在保路运动期间已经建立起了联系，大批会党分子参加了保路同志会，所以后来起义时的同志军大多是会党分子，这让清廷当局感到非常麻烦。

保路运动发展到大规模的武装起义，对湖北等地的震动都是前所未有的，国内本就十分紧张的政治气氛陡然变得更加紧张，甚至成了引发武昌起义的一根导火线。

在这期间，詹大悲等革命党人开办的《大江报》等新闻舆论阵地，对武昌起义的爆发也起到了很大的催化作用。詹大悲听闻洋人打死人力车夫吴一狗事件后极为愤慨，马上对这件事的真相进行了报道和披露，并对洋人和清政府加以严厉谴责。

"披露得好啊，就是要让世人知道真相！"

"对，对这类事情就是要大张旗鼓地进行报道和鞭挞！"

文学社社长蒋翊武和副社长王宪章等人，对《大江报》披露吴一狗这件事给予了高度赞扬，称赞詹大悲披露得好，让世人知道了事件的真相，极大激发了国人的革命热情。

九天以后，一个署名为奇谈的作者又在《大江报》发表了一篇题为《大乱者，救中国之妙药也》的文章。这篇文章一出，数千名商人和士兵聚集到湖北省咨议局痛哭流涕大呼救国，立宪派当场推选代表去北京向清政府请愿，要清政府高层马上收回成命，但清政府不予理睬。《大江报》除了对端方、盛宣怀等清廷官员的一些恶劣做法进行了猛烈抨击，还发表了副编辑何海鸣撰写的《亡中国者和平也》的短论，以此揭示立宪派叩头上书请命清政府的改良主义做法是于事无补，警告国民如果不赶紧起来革命，必然会招致亡国的危险。评论一出，更是激起了国人对清廷黑白不分、偏袒洋人打压国民的巨大愤怒，武汉市民将反抗帝国主义侵略和清政府卖国的斗争推向了又一个高潮，为武昌起义奠定了坚实的基础。

《大江报》的这些文章，让清廷感到极端的恐惧和仇恨，湖广总督瑞澂以"宗旨不纯、立意嚣张"和"淆乱政体、扰乱治安"的罪名，命清兵和巡捕强行查封了《大江报》报馆，并派军警抓走詹大悲、何海鸣等报社的主要负责人。

《大江报》是被清廷查封了，但它对革命的宣传早已浸入武汉三镇市民的肺腑，为武昌起义做好了充分的舆论准备。

03

湖北的革命形势已经到了一触即发的地步，清政府高层和地方官府都是非常清楚的，四川保路运动的兴起更是让清廷当局着急万分，慌忙让湖广总督瑞澂调兵遣将，以防发生重大变故而无法掌控局面。

清军在武汉的新军原本驻扎在汉口、汉阳、武昌三镇，在这些新军里面，隐藏着不少革命党人，若不及时采取措施加以防范，无异于积薪自焚，这事瑞澂是知道的。瑞澂与铁忠等人经过一番密谋，使出了一招恶毒之计，也就是立即将在湖北、湖南的新军打乱重新调防。这样一来，不仅分散了隐藏在湖北新军军营里的革命党人的力量，还可以利用这些革命党人去镇压其他地方革命党人的暴动，可谓一举两得。

从瑞澂对湖北清军的调动，可以看出瑞澂心里的歹毒：他将第八镇第二十九标第三营调防郧阳；第三十标第二营移防汉口，其中一队驻扎钟洋；第三十一标全标由第十八协统领邓承拔、标统曾广大率领开往四川；第三十二标第一营作为端方卫队随行；第三十二标第二营驻扎宜昌；第三十二标第三营开赴恩施待命；第八标第一营左右卫队从南湖移驻城内督署附近；第八标第二营以两个队出防枣阳；第八标第三营开往襄阳、双沟一带换防；第二十一混成协所属第四十一标第一营出防宜昌；第二十一混成协所属第四十一标第二营两个队驻防沔阳；一队驻防湖南岳州；第四十二标驻防汉口、汉阳以迄京汉铁路线黄河南岸为止。

四川保路运动变成革命党人领导的武装起义之后，清廷更加恐慌，立即任命端方为铁路大臣赴四川进行镇压，端方请求由他将在湖北的新军第三十一标和第三十二标第二营带到四川。

瑞澂和端方虽说都是清廷的重要人物，但二人面和心不和，从这次清军的调防就可以看得出来。瑞澂本来就担心端方驻进湖北之后会影响到他的地位，听说朝廷要调端方去四川弹压保路运动，心里自然乐开了花，也就主动调了一部分新军随他去四川。

针对清军的调防情况，革命党人这边也做了相应的部署：驻扎在郧阳的第二十九标第三营由革命党人代表樊精纯负责联系其他同志注意就地响应；第三十一标进入四川后注意联络，时机一到就地起事；第三十二标进入四川的第一营与第三十一标进行联络；驻扎宜昌和施南两营分别与第四十一标和地方仁人志士合作；第四十一标驻扎宜昌的唐牺支部，与第三十二标的同志取得一致行动；马八标第三营由黄维汉、刘斌一共同负责，届时响应武昌；派向炳煜赶回施南加强军队与会党之间的联系；在蒋翊武未回湖北以前，其总指挥职务由王宪章、刘复基二人共同负责。

革命党人的这些安排，为下一步发动起义做好了准备。

对武昌起义的筹划，其实湖北革命党人早在响应广州起义时就开始了，只不过因为广州起义失败，革命党人不得不取消原来的计划罢了。瑞澂以为调动湖北的新军就能够消灭革命党人，殊不知新军中的革命党人不管移驻到什么地方，只要武昌起义的炮声一响，他们都会就地起义给予积极响应。

瑞澂将湖北的新军调到四川和湖南等地去后，湖北清军的兵力一下子变得十分空虚，王宪章和刘复基觉得这是发动起义的最佳时机，于是将军务部部长孙武找来商议，准备发动起义。

孙武来后，王宪章说："孙部长，瑞澂将湖北的新军调到四川和湖南后，清军在湖北的兵力很是空虚，我和复基觉得这是发动起义的好时机，准备发动大家实施起义计划，不知你是否同意？"

"宪章说得没错，这的确是一个千载难逢的好时机，孙部长，千万不能错过啊！"刘复基也说。

孙武犹豫不决，他踱着方步摸着下巴想了一会儿，说："你们说得不错，机会是难得，但……"

"机不可失，时不再来，孙部长，这可是个千载难逢的机会，若是错过了，就再难找机会了！"见他有些犹豫，王宪章焦急地说。

"是啊，孙部长，机会实在是难得呀！"刘复基望着孙武说。

孙武问王宪章和刘复基："对这次起义你们有何打算？"

王宪章告诉他："马上通知相关同志召开会议，对起义进行具体安排和部署，然后再联络湖南、江西等其他各省同志响应武昌。"

"对，马上通知相关同志召开会议，商讨起义的有关事宜！"刘复基也说。

孙武觉得起义的条件还不成熟，他本不想同意在这个时候发动起义，但事情已经到了这个地步，不同意也不行了，只好说："行吧，那就抓紧分头通知大家来这里召开会议，商讨起义的相关事宜。"

"哎，会议的具体时间还没定呢！"刘复基突然说。

"就定在明日傍晚六点半吧？"王宪章望着孙武和刘复基说。

孙武说："可以！"

随后，三人分别去通知指挥机关的其他几位同志。

次日傍晚六点半，指挥机关的几位同志陆陆续续来到王宪章他们住的地方。

由于蒋翊武被调到湖南岳州驻防还没回来，这里的一切事务就由王宪章和刘复基具体负责，今日的会议由王宪章来主持。

"各位，今日把人家请来，是有件急迫的事要和大家共同商讨！"见人都到了，王宪章说。

"嗯，急迫的事？什么急迫的事啊？"

"莫非是要……"

"是不是要起事？"

王宪章刚开口，有的同志就悄声议论起来。

"听宪章先把话说完！"孙武对在议论的几位同志说。

听孙武这么说，先前在议论的几位同志不再说话。

王宪章继续说："诸位，四川的保路运动发生以后，清廷总督瑞澂将湖北的大部分新军调到四川去镇压那里的革命活动，我和复基觉得这是咱们发动起义的大好时机，准备邀约各地的革命党人一同起事。经和孙武部长相商，我们决定实施起义。今天把大家召集起来，就是议一议起义的具体计划和部署事宜。下面，就请各位商讨一下这次起义的有关计划和部署吧！"

"果真要起事了？"

"嗯！"

"是不是急了点啊？"

……

一些同志又议论起来。

"这样，我先来说一下吧！"孙武第一个发言，他说："各位，说句实在话，在这个时候发动起义，我本来是不同意的。为什么呢？是因为我觉得时机还不够成熟，各方面的准备还不够充分，这样仓促地发动起义，容易导致失败。但既要发动起义，就要做好充分准备，怎么来发动？具体要做些什么事情？我想大家心里一定要有杆秤，不能稀里糊涂！至于说起义怎么发动？我的想法是首先得将起义的……"

"我也来说点我的意见！"孙武话刚说完，邓玉麟接着发言，"我个人认为，现在的确是咱们实施起义的大好时机，是得抓住这个机会进行起义，但就像刚才孙武部长说的，起义怎么来发动？具体需要大家来做什么？怎么个分工法？这些，都要有一个明确的方案。"

"好，下面也请复基说一下你的想法！"待邓玉麟发言完，王宪章说。

刘复基笑着说："好吧，既然宪章都点名了，那我就来说说我个人的一点想法吧，如有说得不对的地方，请大家批评指正！"

"刚才孙武部长所担忧的，我和宪章也不是没考虑过，但说实话，这个时机的确是难得。大家想一下，现在湖北的清军几乎都调出去了，出现了如此空虚的状况，如果我们不趁这个机会起事，等清军将四川、湖南、江西等地的革命党人一网打尽了，调回来才去起义，不仅更加困难，而且对四川、湖南、江西几省的革命同志也非常不利。如果我们这边现在就发动起义，清军就会感到十分恐慌，清廷就有可能将调出去的清军拉一部分回到湖北来对付咱们，这样他们就会出现首尾难以相顾的局面，而我们呢？不仅不惧怕他们调回来的清军，也让四川、湖南、江西等地的革命党人减少了压力，能够更大限度地保证两边起义的成功，我认为这是两全其美的大好事。基于这样的分析，我和宪章一致同意马上发动起义。再有一点，同盟会总部的领导已经批准了咱们的请求，我觉得这是好事。接下来我要说的是，这次起义事关重大，一定要做好充分的准备，要确保起义取得成功，否则以后想再发动起义就困难了。下面，就请宪章给大家说说他对这次起义的总体打算。"

王宪章说道："各位同人，听了大家刚才的发言，我觉得我们现在面对两个方面的问题：一是该不该这个时候发动起义？二是怎么发动起义？对于第一个问题，具体的情况刚才孙武部长和复基、玉麟也说了很多，我就不再细说了，一句话，起义是肯定的。关于怎么起义的问题，现在我来给大家说一下我的想法。为了保证这次起义取得成功，我和复基等人反反复复做了分析，我们觉得，这次起义首先要解决的是联络起义人员的问题，如果人员保证不了或人员不多，那起义就是空谈，就算是起义了也难以获得成功。其次是如何攻打敌人的问题。也就是说，先攻打哪儿，由哪些人去攻打，由谁来指挥，这些都得有个具体的分工和安排部署，否则到时候难免会陷入一片混乱、无人指挥的局面。第三就是武器问题……"

王宪章一口气将他的想法向大家和盘托出。

"说得好，必须要有一个具体的方案才行！"待王宪章把话说完，孙武补充道。

王宪章说："这个方案如何制订，就请大家群策群力，提出你们的意见和建议，这样，才能使制订出来的方案有效可行。"

随后，与会人员分别就起义的相关事宜提出了各自的意见和建议，并着手制订起义方案。

应该说，这次起义王宪章和刘复基他们是做了大量的准备工作的，可受某些客观因素的影响，不得不令王宪章和刘复基、孙武他们取消了这次起义的计划，这不能不让人觉得有些遗憾。

第7章　团体分裂

01

令王宪章、刘复基和蔡济民等人没有想到的是，共进会和文学社这两个革命团体会出现裂痕，而且裂痕越来越大。

事情的起因是这样的，这天下午，文学社副社长王宪章和评论部部长刘复基、参议部部长蔡济民正在小朝街八十五号商量着军事问题，章裕昆黑着脸走进门来嘀咕道："哼，还瞧不起咱们这些当兵的，呸，老子还看不上你们那些穿长衫的呢！"

"裕昆，你一个人在嘀咕什么呀？"听章裕昆在嘀咕，又见他一脸的愤慨，刘复基笑着问他。

章裕昆愤然道："哼，昨天在军营里，共进会居然有人说咱们文学社的人都是土拉八几的，成不了大事！"

见章裕昆情绪有些不对，王宪章说："裕昆，你给我和复基、济民详细说说，这到底是咋回事？"

章裕昆这才告诉王宪章和蔡济民、刘复基，昨天傍晚他在第八标第三营营房里听到共进会的几个人在议论，说文学社的人都是些武棒子，文化不大，眼界不高，一个个看上去土拉八几的干不成大事，言下之意就是说文学社这些人，共进会的人根本瞧不起，不愿意与他们这些人为伍。

"那几个人真是这么说的？"蔡济民问章裕昆。蔡济民身份特殊，他既是文学社社员又是共进会会员，他不想看到两家革命社团出现分崩离析的局面，如果两家闹起来，那么对党人的革命是非常危险的。

章裕昆两手一摊，说："蔡部长，你想想，我章裕昆还能骗你吗？我告诉你们，不但这些人这样说，这些人还说他们的会长孙武也是这么认为的！"

听章裕昆这么说，刘复基一下子恼羞成怒："他们共进会的人怎么能这样说咱们文学社呢？文学社的人是没有他们有文化，但咱们文学社的人干事脚踏实地，哪儿差他们了？"

蔡济民怕引起王宪章和刘复基的误会，不好说什么，只好叹息道："唉，这个孙武，他是咋回事呀？大家都是为了革命，他怎么能生出这种想法呢？按理说不应该呀！"

"刘部长、蔡部长，这是我亲耳听到的，你们要不信可以亲自去问问共进会的那些人！"章裕昆生怕刘复基和蔡济民不相信。

王宪章担心事情闹大了不好收场，赶紧说："好啦，好啦，这种不利于团结的话大家都不要说了，说了会加深两个团体间的矛盾，这不利于革命。蔡部长，你是共进会的会员，劳你明日去那边了解一下，看究竟是怎么一回事。如果方便的话，你去找一下孙武，看他到底是怎么想的！"

"好！"蔡济民点头。

章裕昆不再说话，王宪章说："我正和刘部长、蔡部长商量准备起义的事情，你来了正好，咱们一起商量吧。"

"你们商量，我还有点事情急着去处理！"章裕昆说。

王宪章说："既是这样，那你先去办你的事，过后我再把今天商议的情况告诉你！"

"嗯！"章裕昆说完走了。

王宪章、刘复基、蔡济民三人继续商量起义的事情。

在湖北武汉地区，孙武领导的共进会是与文学社并立的革命团体，为了避免两个团体之间出现裂痕影响革命活动的开展，第二天晚上蔡济民来到第八标第三营找到共进会的一些同志，从侧面打听了一下情况，证实了章裕昆说的话一点不假。

"兄弟们啊，文学社和共进会都是革命团体，就算是文学社的人文化不如咱们共进会的，也不能私底下议论人家文学社的长短，你们这一议论，就引起了双方之间的误会，这样一来，两个原本很团结的革命社团就会出现分崩离析的局面，这对革命是一种巨大的影响，弄不好还有可能让清廷把两个团体都干掉，所以我希望大家管好自己的嘴，不要再闲得无事乱议论，更不能让文学社的同志听到这种不和谐的声音。我有言在先，如果谁再瞎议论，那他责任自负！"

经过蔡济民一番苦口婆心的劝说，共进会的几位同志表示今后不会再议论这种事，可事实上这些人心底里还是瞧不起文学社的人，他们觉得文学社的人不过是一帮文化不高、没有远大理想的武夫罢了，不足和他们同谋革命之事。

问题的关键还是在孙武，作为共进会的会长，假若孙武没有这个想法，其他会员也不敢生出这种想法，更不敢在军营里议论。这样一想，蔡济民告别共进会的几位同志去找孙武。

见到孙武，蔡济民把这件事跟他说过后，没想到孙武不以为然地说："这有什么？本来就是这么回事嘛！怎么，你觉得那几个兄弟说得不对吗？"

见孙武是这个态度，蔡济民严肃地批评他："孙部长，共进会的其他兄弟有这种想法本来就不对，可你身为共进会的会长，如果也是这种想法那就更不对了。不可否认，文学社的同志是没有共进会同志的文化高，但他们做事实实在在，这大家也是有目共睹的，你说是不是？"

听了蔡济民的话，孙武很不高兴，沉下脸问他："济民，你也是共进会的人，怎么胳膊肘往外拐呢？"

"孙部长，不是我胳膊肘往外拐，我这是实话实说。再说，文学社和共进会有一个共同的目的，就是团结天下的仁人志士，一起来推翻腐败无能的清廷，驱除侵入国境的列强，一旦共进会和文学社闹分裂，甚至是大动干戈自相残杀，那岂不是剥减自身革命力量，便宜了清廷和洋人吗？"

"行，今天不说这事，以后再说吧！"孙武不耐烦地打断蔡济民的话。

蔡济民知道孙武从心底里瞧不起蒋翊武和文学社那帮人，但为了革命，他还是想让孙武放弃他那种错误的想法，于是耐着性子劝说他："孙部长，这是个大事情，我建议你还是好好想想，共进会和文学社真不能闹分裂啊，一旦分裂了，那咱们党人的革命就算是完了！"

"你不用再说了，这事就这样！"孙武说完站起身来。

蔡济民见状，知道他是听不进自己的劝说，心头也窝着火，于是沉下脸说："行，既是这样，那今日就说到这儿，我还有事，先走一步！"

"不送！"孙武一脸不高兴。

02

　　离开孙武住处，蔡济民赶紧回来给王宪章和刘复基通报他所了解到的情况。

　　"怎么样？"见蔡济民回来了，刘复基赶忙问他。

　　蔡济民坐下后告诉刘复基："是有这么回事！"

　　听了蔡济民的话，一旁的王宪章心情十分沉重，自言自语道："怎么会这样呢？"

　　"孙武呢？你去找他了吗？"王宪章问蔡济民。

　　蔡济民声音低沉地说："找过了！"

　　王宪章问："对这事他孙武是什么态度？"

　　蔡济民脸色凝重，告诉王宪章："共进会里议论这件事的几个兄弟，我已经找他们谈过话，也对他们进行了严厉批评，叫他们今后不要再乱议论此事，以免伤了和气影响革命，他们已经答应了我的要求。可他孙武，我没想到他会是那么个态度！"

　　"他什么态度啊？"王宪章和刘复基问。

　　蔡济民告诉他们，就像章裕昆说的那样，孙武真还瞧不起文学社的人，觉得文学社的人文化不高，也没有什么远大理想，似乎不想和文学社的同志共事。

　　"这个孙武，他怎么能这样？"刘复基拍着桌子说。

　　蔡济民说："说穿了他就是想争权！"

　　王宪章沉着脸不说话，他心里明白，自从两家联合以来孙武就一直在争夺领导权，他觉得这事有点棘手。

　　刘复基征询王宪章的意见："副社长，你看这事要不要告诉蒋翊武社长？"

　　王宪章沉思了一下，说："翊武社长性子急，这事暂时先不要告诉他，过一段时间再找机会跟他说。"

　　"嗯，也行！"刘复基点头，随后又问王宪章，"那裕昆那边咋办，得给他消消气啊！"

"裕昆那边我去做工作！"王宪章说。

"好！"刘复基点头。

次日，王宪章将章裕昆叫到他住处，关上门后说："裕昆，你说得没错，蔡部长已经去了解过了，共进会的人是有那个想法。"

"这下你信了？"章裕昆瞪大眼睛说。

"信！"王宪章点头，然后说，"但这件事我和刘部长、蔡部长商量过了，不宜把事情扩大，否则会影响两家团结，不利于革命。"

"我是觉得他们共进会的人欺人太甚！"章裕昆非常气愤。

王宪章开导他："裕昆，你的心情我特别理解，我何尝不是这样的感受呢？但时下清廷紧逼，如果我们文学社和共进会闹个四分五裂，弄得两败俱伤，那得利的是谁啊？还不是清廷那帮子人，所以我们得顾全大局，先忍一忍，再想办法与他们沟通，我相信，咱们文学社和共进会之间的矛盾是完全可以化解的！"

"既然副社长都这么说了，那我还有什么可说的呢？听你的就是。不过，这事蒋社长他会不会也有想法？"章裕昆问王宪章。

王宪章说："蒋社长的脾气你又不是不知道，这事若是告诉了他，他还不发脾气？暂时不告诉他，以后再找机会告诉他也不迟。"

"好！"章裕昆点头。

王宪章说："行，那就这样，如果其他同志问起这事，你也要做做他们的思想工作，就说一切以大局为重。"

"放心吧，我会的！"章裕昆告诉王宪章。

世上没有不透风的墙，共进会的人看不起文学社同志这件事还是传到了在湖南岳州驻防的蒋翊武耳朵里。蒋翊武大发雷霆："哼，嫌我们土拉八几的，我还嫌他们碍手碍脚的呢！"

蒋翊武叫人带话给王宪章和刘复基、蔡济民他们："既然孙武和共进会的人不买咱们文学社的账，那咱们也没必要去巴结他们，以后各干各的事好了！"

没几日，孙武和共进会的人也听到了蒋翊武对王宪章和刘复基、蔡济民他们说的话，孙武铁青着脸对共进会的成员说："这有什么，各干各的就各干各的，难道离开他文学社，我孙武和共进会的弟兄们就不干革命了？"

"对，离开他们我们照样要干！"

"这帮土瘪子，还真以为我们共进会离不开他们了！"

"羊子不和狗搭伙，咱们自家干自家的，别去理那帮武棒子！"

见孙武会长这么说，共进会的一些同志更是高兴，但也有人觉得这种做法实在是不妥当，只是他们不好说也不敢说。

眼看文学社和共进会这两大革命阵营就要分崩离析各自为政，王宪章、刘复基和蔡济民心里急得像猫抓一样不安。蔡济民焦急地问王宪章和刘复基："这怎么办啊？"

"我赞成翊武社长的意见，实在不行就各干各的！"刘复基还在生气。

见刘复基持这种态度，王宪章赶紧严肃地说："使不得，这万万使不得！要是这样的话，那革命的力量不就分散了？这不正好中了清廷那些人的下怀？不行，咱们得想办法阻止这件事，绝对不能让文学社和共进会分裂！"

"宪章说得对，坚决不能让文学社和共进会分裂！一旦两家分裂了，那清军就很容易把两家都消灭掉，要是这样，那咱们还闹什么革命，不如俯首就擒算了。看来咱们是真得想办法化解两家的矛盾才行！"蔡济民很是激动。

王宪章对刘复基说："复基，济民说得对，绝对不能让文学社和共进会分裂，咱们要想办法化解两家的矛盾，让两家一定团结和联合起来，这样才能形成强大的革命合力，才能很好地打击清军，要不然大家都得死在清军的屠刀下！"

听了王宪章的话，刘复基表态："行，为了党人的革命能够取得成功，咱们不与孙武和共进会计较！"

"不但不能计较，还要去做化解矛盾、促使两家联合的具体工作！"王宪章说。

"行！"刘复基答应王宪章。

蔡济民说："那就立即行动！"

"对，立即行动！"王宪章点头。

随后，三人分头去做共进会的思想工作。

03

孙武和共进会的人为何会对文学社的人产生这种想法呢？这得先说一说共进会这个革命团体和孙武这个人。

最初，共进会是在同盟会成立两年之后，由一部分同盟会会员和旅日学生在日本东京成立的一个革命会团，其发起人有刘公、居正、孙武、杨时杰、焦达峰等人。这个共进会，尊孙中山为领袖，以同盟会的总理为总理，以同盟会的纲领为纲领，但将"平均地权"改为了"平均人权"，会团所用的旗帜为九角十八星旗，他们组织群众主要是采取会党形式，而会员之间的联络则以山水堂香为暗号。

1908年冬天，孙武、焦达峰等人从日本回到国内，分头到湖北、湖南等地开展革命活动。焦达峰在湖南开展革命活动，而孙武则负责湖北地区的活动。

孙武回到湖北武汉时，从东京带来了一些革命党人的应用文件、印信和旗帜样式等物品。到家的第二天，孙武就邀约其亲友组织共进会并发展了一些会员。第一批加入湖北共进会的，有刘玉堂、丁立中、汪性唐、钟雨亭等一些革命党人。到了1910年春天，第三十一标士兵邓玉麟和第三十二标的士兵黄申芗，经人介绍也加入了共进会，这两人非常有活动能力，而且与会党有着密切联系，后来经他俩介绍加入湖北共进会的士兵和会党人员还真是不少。没想到就在这一年的5月，共进会的革命活动受到了极大阻挠，作为共进会首领的孙武不得不前往广西避难，直到第二年夏天才重新回到湖北武汉。在这期间，邓玉麟前往江苏扬州开展活动，而黄申芗则因响应长沙饥民抢米风潮失败而避走他乡，湖北共进会一度陷入停顿状态。瑞澂接任湖广总督之后，冯启钧被他革职查办，而著名侦探徐升因为与瑞澂有私怨，也被他派人暗杀，武汉的紧张气氛这才稍稍有点好转。

在广东避难的孙武听闻之后，觉得这是个机会，便准备潜回湖北重振共进会这一革命团体，而此时刘公刘仲文也从日本回到了湖北襄阳，并替共进会积极筹措开展活动的经费。孙武听说刘公回湖北替共进会积极筹款，心里更加高兴，决定立即启程回湖北。

孙武，原名葆仁，自幼喜欢武术，后来就把自己的名字改为孙武。孙中山先生字逸仙，孙武想追随孙中山先生，便将自己的字改为遥仙，称自己与孙中山先生是同宗同姓的兄弟，而且他在革命活动中所用名片上都是称自己为孙武遥仙。正因为孙武的姓和字与孙中山很接近，在湖北还真有不少人把他当成了孙中山的同胞弟弟，而孙武为了搭借孙中山先生这艘大船从事革命活动，当有人问起这事时他也不置可否。

孙武一回到湖北，马上就设立新的革命机关，并赶紧派人将武汉近期的情况告知在长沙的焦达峰，同时派人告知在宜昌的潘级升，在襄阳的刘公，在京山的刘英以及在湖南岳州的潘平界，另以书面方式联络在奉天的任本昭、周斌、张天华、李德安、陈锦章，在长春的徐竹坪、黎本唐和在四川的吴香墀、何起义等人。

会党纪律本来就很散漫，想要统一并非是件容易的事情，因而孙武等人决定将湖北共进会的工作重心转移到军营里来，准备将各标各营各队的士兵和下级军官争取过来。后来他又将湖北共进会原有的会党五个镇改为五个军，并任命刘英为副都督，由他来统率这五个军。共进会会员入会条件过于简单，入会的人只需填写志愿书，不用举行入会仪式，也不用缴纳什么会费，组织形式极为松懈，这就导致最后有些会员失去革命信仰，使团体内部出现分崩离析的不良局面。但不管怎么说，共进会也是一个反清的革命社团，在党人革命中起到了不可低估的作用。

蒋翊武、王宪章等人领导的文学社成立之初，与共进会犹如亲弟兄一般，不分彼此，可谁也不会想到随着革命形势的发展，这两个团体之间却产生了不该有的隔阂和难以调和的矛盾，两个团体的领导和部分会员社员之间互不买账，常常为一些事情发生摩擦和冲突，甚至走到了分裂的地步，这令王宪章、蔡济民等一些党人心里十分忧虑，他们担心两家的分裂会葬送已经发展起来的革命大业。

共进会和文学社出现这样的状况，到底是为何？他们之间的隔阂和矛盾的根源是什么？有没有消除和和解的可能？如果不能消除和和解，那对党人的革命将会产生多大的影响？

要搞清这些问题，首先得从两个团体的特点说起。

不管是以孙武为首的共进会还是以蒋翊武为领导的文学社，他们都有一些共同的特点，这些特点归纳起来表现在如下三个方面，一是两家都是革命社团，其宗旨和目标都是一致的，都是为了推翻腐败无能的清政府和赶走列强，建立民主共和制度；二是都是在新军中发展自己的人员和传播革命思想，并且准备发动武装起义；三是两个社团都深受同盟会影响，共进会的领导成员原来几乎都是同盟会的会员，而文学社的主要领导人蒋翊武、刘复基也曾参加过同盟会。可以说，两个团体犹如一母所生的同胞兄弟。

但是这两个社团也有各自不同的特点，首先，文学社在湖北新军中活动的历史较为悠久，它的前身是群治学社、军队同盟会和振武学社，从1908年起就开始在湖北新军中开展秘密活动，活动的重心始终在新军军营里面，成员多为行武的军人，实力较为强大。而共进会呢，它的本部在日本东京，孙武和焦达峰回国后才在湖北武汉开展革命活动，起初是在学堂、会党、新军中发展自己的会员，其重点是想依靠会党力量来发动起义，后来由于受到挫折才将发展会员的重点转移到新军中来，论实力与文学社差不多。其次，文学社的领导成员大多是贫苦知识分子出身的新军士兵，社会地位较为低下，文化层次不高，经历也不多，而共进会的领导成员多半是归国留日学生，学历和社会地位都比较高，这就难免会让两个团体的领导人从思想上产生分歧和隔阂。再次，共进会和文学社的成员虽然都遍及湖北新军各部，但在军营中各有侧重，文学社不论是在群治学社、军队同盟会、振武学社或是到文学社初期，都是以第四十一标为活动基地，接着发展到第四十二标，而这两个标都属于陆军第二十一混成协。共进会把活动重点转移到新军后，由于得到同盟会的资助，由曾经在第三十一标当过正目的邓玉麟在黄土坡开设同兴酒楼作为联络新军的场所，而这个地方位于炮兵第八标和工程第八营驻地之间，邓玉麟利用与士兵们喝酒请客的机会发展会员，这就使得共进会的力量在炮兵第八标和工程第八营中最为强大，而炮兵第八标和工程第八营同属于陆军第八镇。还有就是，日知会是因为学界无赖的贪赏告密被清廷查封而失败的，文学社汲取这一教训，发展社员专门争取军营中除满人与官长外的士兵和下级军官，不喜欢学界人员。尽管文学社受同盟会的影响很大，但它与同盟会本部没有直接联系，其经费也是由社员从月薪中自愿缴纳，所以经济实力较差。而共进会领导成员大多是同盟会会员，与同盟会关系不一般，时常得到同盟会的资助，经济实力较强。最后，文学社的重要人物多半是湖南人，而共进会的重要人物几乎都是湖北人。

从两个社团的共同特点和区别来看，再加上共进会会长孙武醉心于权力，总想将联合后的两个社团的领导权攥在自己手里，共进会和文学社之间出现隔阂和矛盾就成了不可避免的事情。

04

共进会的领导人之一刘公，曾经告诉过杨玉如，说他对文学社感到很茫然，觉得文学社的简章很是缺乏革命性，并问他对这事怎么看。杨玉如说，文学社成员全是军人，军人的思想向来都很简单，他们住在军营内，只知道争取军营里的忠实同志入社，对咱们这些穿长衫留过洋的人似乎不大喜欢。

而在文学社这边，文学社的负责人蒋翊武也对下边的社员说过，与共进会合作固然是好事，但他们这些出了洋的人不好惹，要是与这些人联合革命，迟早有一天会上他们的当。

从客观方面来讲，共进会和文学社之间的矛盾更多，这首先表现在双方争抢社员和会员上，文学社要在新军各标营发展自己的社员，而共进会也同样想在新军各标营里争取他们的会员，这必然会出现争抢人员的尴尬局面。

有一天，文学社的社员章裕昆和黄维汉在共进会那里，杨玉如拿出共进会的入会志愿书叫黄维汉填写，黄维汉二话没说提笔就填写。章裕昆却不填写，而且马上质问黄维汉："维汉，你已经参加文学社了，怎么又填写共进会的入会志愿书呢？你这样做不是脚踏两只船，对文学社不忠吗？"

"文学社是革命组织，共进会也是，我怎么就不能加入呢？"黄维汉笑着反问章裕昆。

见黄维汉如此说话，章裕昆马上来气了，气愤地对黄维汉说："你这是在背叛文学社！"

听章裕昆这么说自己，黄维汉一下子也生气了，马上反问他："不就是参加个共进会吗，我怎么就背叛文学社了？"

"你就是背叛文学社！"一向耿直的章裕昆，声音一下子提高了八度。

"我没有！"黄维汉也不服气，大声地反驳章裕昆。

见两人吵闹起来，杨玉如赶紧过来打圆场："别吵别吵，文学社是革命团体，共进会也是，参加组织都是为了革命，不就是填写个入会志愿书履行个手续嘛，这也没什么大不了的，用不着相互争吵伤了两家和气！"

"哼！"章裕昆不听杨玉如解释，甩手出门而去。

"裕昆，裕昆！"黄维汉见章裕昆甩手而去，赶紧呼叫他，可章裕昆头都不回，径直出门走了。

"唉，这个章裕昆！"黄维汉跺脚埋怨道。

杨玉如说："好了好了，别说他了，你先填写你的入会志愿书吧！"

黄维汉填写完毕，将志愿书递给杨玉如。杨玉如接过志愿书看了一下，高兴地说："可以的，黄维汉同志，共进会欢迎你的加入！"

杨玉如说完伸出手来和黄维汉紧紧握在一起。

"好，没事我得先走了，裕昆肯定是到文学社那儿去告我的状了，我得回社里去看一下，省得社领导误会！"黄维汉说罢转身告辞。

黄维汉没说错，章裕昆真是来文学社告他的状了。

到了文学社，章裕昆将头上的帽子往桌上一摔，愤愤地对在场的王宪章和蔡济民他们说："这个黄维汉，简直就是墙头上的草，风吹两边倒！"

"裕昆，维汉他怎么啦？"王宪章见章裕昆气得脸都快变形了，笑着问道。

"你们说这黄维汉还是人吗？他居然在共进会那儿填写他们的入会志愿书，你说，他这不是在背叛咱们文学社吗？"章裕昆没好气地说。

王宪章笑着说："就为这个事呀？"

"哎，副社长，黄维汉他都这样了，你作为社领导怎么还不着急呀？"章裕昆本以为王宪章和蔡济民听了他的话，会对黄维汉大发雷霆，没想到他王宪章对这事似乎一点也不觉得奇怪。

"等维汉回来，我和宪章好好批评他一下！"在一旁的蔡济民笑着说。

"这可是大是大非的原则问题，你们怎么都……"见王宪章和蔡济民对黄维汉加入共进会的事一点也不重视，章裕昆搞不懂是怎么回事，睁大眼睛疑惑地看着他俩。

"我接受社领导的批评！"章裕昆话音刚落，黄维汉笑着从门外走了进来。

见黄维汉跟着来到文学社，章裕昆怒视着他："你……"

"怎么？准许你来文学社，就不准许我来？这可是我的家呀！"黄维汉满脸笑容地对章裕昆说。

听黄维汉说这儿是他的家，章裕昆愤怒地质问他："你还有脸说这是你的家？"

"裕昆，看你说的，我是文学社的人，这不是我的家，那是谁的家呀？"黄维汉仍然笑着说。

章裕昆盯着他问："共进会不也是你的家吗？你咋不去那儿，来这儿干吗？"

"好了好了，你俩都别说了，先坐下来吧！"见章裕昆和黄维汉呛起来，王宪章赶紧说。

蔡济民也说："是呀，大家都是革命同志，有什么事坐下心平气和地说，没必要大吵大闹！"

待大家都坐下了，王宪章问黄维汉："维汉，你已经加入了文学社，咋又去加入他们共进会呢？"

黄维汉说："副社长，他们也是革命团体，和我们的目标是一致的，虽说我已经加入了文学社，但我觉得同时加入共进会也不是什么坏事嘛！"

"你这是狡辩！是借口！"章裕昆说。

王宪章赶紧说："我倒是觉得维汉说得也有几分道理！"

"副社长，他这分明是在背叛文学社，你还替他说话！"章裕昆声嘶力竭地说。

蔡济民见状，说："裕昆，我也觉得副社长的话不无道理，大家都是为了革命，都是为了推翻清廷驱逐列强，虽说维汉之前加入了我们文学社，但加入他们共进会，在我看也不矛盾！"

章裕昆冷哼一声，对黄维汉说："哼，像你这种立场不坚定的墙头草，文学社早就应该将你清除掉了！"

"你……"

"好了好了，都是为了革命，大家别伤了和气！"见两人又要吵起来，王宪章赶紧制止道。

章裕昆和黄维汉这才没再说话。

当然，文学社和共进会两个社团在新军中争抢社员会员，肯定不只章裕昆和黄维汉两人，所以两个社团在这方面的矛盾自然是不少。

05

除了争抢发展对象，社员或会员代表开会，也是共进会和文学社之间的一个突出矛盾。部分社员或会员同时存在于两个团体中，军营中一个下级军官或一个士兵有可能同时是两个社团选出的代表，作为文学社的代表，联合会议召开时这人得代表文学社去开会，但这人可能又是共进会的代表，联合会议召开时这人又得代表共进会去参加。

就拿黄维汉来说，他既是文学社的社员代表，也是共进会的会员代表，联合会议召开，他在会上到底要代表哪边说话呢？如果他代表文学社在会上帮文学社说话，共进会的人肯定会不高兴；若是他代表共进会在会上帮共进会说话，那文学社这边也肯定不会高兴。这个问题也成了两个社团之间的一大矛盾，但对这个问题，双方一直找不到合适的解决办法。

也许有人会说，既然他们能参加两个社团，而且都是为了革命，那他们在会上说话肯定不会偏向哪一方，但问题是其他人不这样看。一个人有两重身份，会上遇到两个社团出现意见分歧的时候，他们只好闷着不说话不表态，一旦说了就会左右不是人，不是得罪文学社就是得罪共进会，这样一来两边对这个代表都会有意见。这种现象在开会时经常出现，矛盾也难以调和。

再一个就是，两个社团合并之后到底由谁来当领导、听谁指挥的问题。关于这个问题，文学社社长蒋翊武说他们在军队里的会员多力量大，两个社团一旦合并，开展革命活动理应由他们文学社的人来领导和指挥。而共进会的领导人孙武则说，共进会属于同盟会系统，与各个省的革命党都有联络，特别是在湖北这个地方，而共进会会员在军队中的人数不在文学社之下，且他们有同盟会资助，经济实力比文学社强，两个社团合并后，不管怎么说领导权和指挥权都应该归属于共进会。

对这个问题，两个社团谁也不让着谁，双方矛盾越积越深。

第8章 促进联合

01

共进会与文学社闹分裂，分散了革命党人的力量，而此时清军又在步步紧逼，这令文学社的王宪章、刘复基，还有共进会的邓玉麟等一些革命党人心急如焚。

王宪章、刘复基、邓玉麟认为，如果再这样下去党人必然会遭到清廷的绞杀，可如何才能化解两个社团之间的矛盾，让两家和好如初呢？

一天，王宪章找到刘复基，焦急地说："复基，文学社和共进会再这样闹下去，肯定会给咱们党人的革命大业带来巨大的危险，这可怎么办呀？"

"翊武和孙武他俩都互不相让，你说我们能有何办法？"刘复基两手一摊，无可奈何地说。

王宪章说："据我了解，共进会那边的邓玉麟也不愿意看到文学社和共进会这样闹下去，我还听说他也一直在劝说孙武。要不这样，我们一边劝说翊武社长，一边去找一下邓玉麟，请他务必想方设法做通孙武的思想工作，让两家尽快联合起来开展革命活动。"

"唉，我看只能这样了！"刘复基摇头叹息。

王宪章说："事不宜迟，明天咱俩就去找邓玉麟！"

"好！"刘复基点头。

次日，王宪章和刘复基一同去黄土坡同兴酒楼找邓玉麟。

邓玉麟是第三十一标的正目，此人热衷于革命，暗中结交了不少革命党人，孙武成立共进会后他加入了进来。有一段时间，他曾经到江苏去开展革命活动，今年春天奉孙武之命回到武汉来开展革命工作。他听闻武汉这个地方有不少革命机关，但他觉得这种革命机关开展活动很容易引起清廷的怀疑和镇压。一天，从扬州回到武昌的邓玉麟对会长孙武说："清廷鹰犬遍布各地，狗鼻子非常灵，从目前党人的这种革命形式来看，极易遭到他们的镇压，得想想其他办法。"

孙武问道："那你觉得应该采取什么形式？"

"我建议设立一个酒楼来作掩护，以便于联络其他党人！"邓玉麟告诉孙武。

"设立酒楼作掩护？"孙武想了想，又问他，"在什么地方设立？"

"黄土坡！"邓玉麟告诉他。

"黄土坡？"孙武做沉思状。

邓玉麟说："对。这个地方位于工程营与第八镇驻地之间，又是城外炮八标、马八标和第三十二标新军进出城门的必经之路，咱们可以利用它来吸引新军，发展士兵和下级军官加入共进会，与咱们一道开展革命活动！"

"哦，你是想学梁山泊上的朱贵，用请这些士兵和军官喝酒的方式来联络和发展他们！"孙武一下子明白了邓玉麟心里的想法。

"对！"邓玉麟望着孙武点了下头。

孙武知道，邓玉麟曾经在炮八标当过兵，联络新军极为方便。

"行，我答应你！"孙武马上同意了邓玉麟的建议，并把同盟会领导人谭人凤留下来的两百元活动经费全交给他，让他用来租房开办酒楼。

不久，邓玉麟和彭楚藩一起在黄土坡找了一个店面租下来，开办起同兴酒楼，以此来发展工程营和第八镇甚至是城外炮八标、马八标和第三十二标新军中的士兵和下级军官加入共进会，并将此作为开展革命活动的联络点。

酒楼开业之后，邓玉麟受孙武之托任酒楼经理，他的夫人谢氏也临时做起了酒楼的老板娘。可酒楼光有他俩不行，还得有其他人来帮忙，于是邓玉麟想到了在方育学堂的表兄弟张育万，叫他参加革命党，并来和他一起开办同兴酒楼。张育万不但答应了邓玉麟，还把他的同学郭寄生也叫来帮忙。邓玉麟叫郭寄生任管账，张育万做跑堂，夫人谢氏负责在大堂接待客人。但凡有人来找邓玉麟，都得先经过谢氏同意，否则是见不到他的。

来到同兴酒楼后，王宪章上前问站在柜台边的谢氏："老板娘，请问一下邓经理在吗？"

"你们是……"谢氏不认识王宪章和刘复基，见王宪章问她，睁大眼睛看着他反问道。

"我们是邓……"

"哟，宪章、复基，你俩怎么来了？"

"玉麟兄，近日在忙些啥子啊？"见邓玉麟从里面走出来，王宪章赶紧和他打招呼。

邓玉麟笑着说："瞎忙呗！"

"这位是嫂子吧？"刘复基看着谢氏问邓玉麟。

邓玉麟说："是的！来，我给你介绍一下，这是王宪章先生，这位是刘复基先生，两位都是我的好朋友！"邓玉麟对他夫人说。

"王先生好，刘先生好，刚才多有得罪，请多包涵！"谢氏向王宪章和刘复基道歉。

王宪章见了赶紧说："没事，没事！"

"走，进里面去坐！"邓玉麟对王宪章和刘复基说，然后转身对夫人谢氏说："给我们泡几杯茶过来！"

"马上！"谢氏笑着应道。

邓玉麟给跑堂的张育万使了个眼色，示意他做好外面的警戒。张育万会意，朝他轻点了一下头。

"哎，今日是什么风将两位吹到我这儿来了呀？"邓玉麟问王宪章和刘复基。

刘复基笑着说："多日不见，想念玉麟兄，也就约着宪章老弟一起来了，怎么，不欢迎啊？"

"请还请不来呢，哪有不欢迎之理？"邓玉麟笑着说。

"哟，玉麟兄，你这酒楼是越办越红火啊！"见酒楼里来的人不少，王宪章笑着说。

"哎呀，维持生计，一般，一般！"邓玉麟边走边笑着应道，随后问王宪章和刘复基，"两位百忙之中光临酒楼，想必是有什么事吧？"

刘复基说："无事不登三宝殿，有事才登宝殿门，我和宪章此行的确是有事来找玉麟兄！"

"什么事？"邓玉麟问。

王宪章说："等会儿再细说吧！"

"好！"邓玉麟点头，他知道王宪章是怕人多眼杂泄露了秘密。

"来，喝茶！"

待三人进了酒楼里的密室坐下，谢氏将刚泡的茶水端了进来。

"嫂子贤惠！"

"谢谢嫂子！"

王宪章和刘复基接过茶水，向谢氏道谢。

"不用客气！"谢氏说。

待谢氏出去之后，邓玉麟说："说吧，是不是为了共进会和文学社之间的事？"

王宪章笑着说："真是什么事情都瞒不过玉麟兄的眼睛，我俩今日来找玉麟兄，确实是为了文学社和共进会之间那些不愉快的事！"

"唉，为这事我也一直在劝说孙武和刘公他们！"邓玉麟叹息道。

听他这么说，刘复基说："玉麟兄真是心系革命啊！其实文学社也好，共进会也好，咱们两家都是为了革命，都是为了推翻清廷，不应该分你我的呀！"

"是啊，咱们两家曾经亲如一家，如今闹成这个样子，实在是不应该啊！"王宪章也叹息道。

邓玉麟望着他俩，一针见血地说："这件事我心里清楚，刘公那儿倒没什么，问题主要还是出在孙武身上！"

见邓玉麟这么说，王宪章说："玉麟兄，我有个想法，不管事情出在哪儿，两兄弟打架，看热闹的是外人，我认为咱们两家都不能闹分裂，否则得利的是清廷那帮龟孙子，你说是不是？"

邓玉麟无可奈何地说："这是很显然的，可孙武一意孤行，我也奈何不了他呀！"

刘复基说："咱们得尽快想办法促进两家联合革命，万万不能闹分裂，否则革命将休矣！"

邓玉麟瞧了一眼王宪章和刘复基，说："我看，还得进一步去做孙武的思想工作。"

"这正是我和复基来的目的，那就有劳玉麟兄多费些心思了！"王宪章朝邓玉麟抱拳行礼。

"是啊，这事就有劳玉麟兄了！"刘复基附和。

邓玉麟说："两位不必客气，都是为了党人的革命，咱们共同努力就是，文学社那边，也请两位兄弟好好劝劝蒋社长！"

刘复基说："我和宪章已经商量过了，蒋社长那里我俩再去做思想工作，一定要让他摒弃前嫌，这点请玉麟兄放心！"

"哎，我们咋不找一下同盟会的几位领导，请他们来帮忙调和一下两家的矛盾呢？"邓玉麟突然想到。

"是啊，咱们怎么都没想到这一层？"刘复基拍了一下自己的大腿，幡然醒悟。

王宪章说："玉麟兄说得对，咱们是应该找一下同盟会的领导，请他们出面来说说孙会长和蒋社长！"

又聊了一会儿两个社团之间的其他一些事情，王宪章和刘复基这才与邓玉麟告别。

02

自从那日王宪章和刘复基来黄土坡同兴酒楼找过邓玉麟后，文学社和共进会两方都在分别做蒋翊武和孙武等人的思想工作。

文学社这边，王宪章和刘复基一回来就马上去湖南岳州与社长蒋翊武进行沟通。

蒋翊武一听是文学社与共进会的事，心头就不高兴。

王宪章知道他不想说这个事，便耐心地劝说道："蒋社长，文学社和共进会如果再闹别扭，那必然会分散和减弱党人的革命力量，所以文学社和共进会联合革命势在必行，这事绝对不容许再拖了，再拖不仅对两家不利，对整个党人的革命大业也非常不利，请蒋社长三思！"

"我个人认为，不管是文学社，抑或是共进会，都是为了推翻清政府，翊武，我看这是大势所趋，有些事情就看开些吧！要不然对大家都不好！"刘复基也说。

听了王宪章和刘复基的话，蒋翊武说："你们说的都没错，文学社和共进会都是为了革命，都是为了推翻清政府、驱除列强，两家没必要为一些小事而闹得个四分五裂让清廷捡便宜，可我们这么想，他孙武和共进会的人未必这么想，如果我们先软下来，他孙武还是一副高高在上的样子，那岂不是让他们看咱们文学社的笑话吗？不行，得先看一下共进会和孙武的态度再做决断！"

王宪章说："我们已经去找过邓玉麟，他答应去做孙武的工作，但我们这边也得要有个态度才行啊！"

"宪章说得没错，咱们是得给人家一个诚恳的合作态度！"刘复基也说。

"我看，暂且还不能对孙武和共进会的人做出什么承诺，等探听清楚，若共进会那边真的有联合咱们革命的本意，再做打算也不迟！"蒋翊武告诉王宪章和刘复基。

"蒋社长，就目前的形势来看，这事真是不能再拖了，再拖就要出大事啊！"见蒋翊武还放不下心，王宪章心急如焚。

"蒋社长，这是事关革命全局的大事，你还是再好好考虑一下，放弃个人的成见吧。"刘复基说。

听刘复基这么说自己，蒋翊武有些火了："复基，我刚才不是说了吗？这不是我个人对他孙武和共进会有什么成见，而是大是大非的原则问题，你怎么就听不进去呢？"

见蒋翊武仍是这么个态度，王宪章和刘复基也不好再说什么，只好和蒋翊武告别先回湖北武汉再说。

"宪章，我看翊武他还是……"在回湖北武汉的路上，刘复基想对王宪章说什么，但他没把话说完。

王宪章明白刘复基要说什么，他想了想说："要不这样，过几天等他心情好些了，我俩再来找他好好谈谈，将联合与不联合的利害关系给他再仔细说一说，好让他回心转意。"

"嗯！"刘复基点头。

王宪章说："我看事不宜迟，三天后我们再来找他！"

"好！"刘复基点了下头。

三日后，王宪章和刘复基又到湖南岳州来找蒋翊武，并苦口婆心地一再劝说他。

"翊武兄，事关党人革命的成败，我恳求你还是再好好考虑一下吧！"王宪章用征询的目光眼巴巴地望着蒋翊武，而且把称呼也改了。

"是啊，翊武，我和宪章话已经说得够多了，请你还是再考虑一下吧！"刘复基也央求他。

见两人一再苦口婆心地劝说自己，蒋翊武手摸着下巴，在屋子里踱着步思考这件事。

大约几分钟后，蒋翊武这才对王宪章和刘复基说："好吧，我答应你们和共进会联合，但前提是他们共进会，特别是他孙武要放下架子，真心与咱们文学社联合，绝对不能口是心非，说一套做一套！"

刘复基说："邓玉麟告诉我们，文学社和共进会出现这样的状况，问题主要是出在孙武身上，他会去劝说孙武的，他还提议请同盟会的领导来劝说和调和两家的矛盾，我看他们是愿意与我们文学社进行联合的。"

蒋翊武说："既是这样，我答应和他们联合就是，这事我不便出面，具体的事项就由你们二人去与他们联系，好不好？"

见蒋翊武松口了，王宪章赶紧说："好！"

"放心，我和宪章会去办好这个事的！"刘复基也激动地告诉蒋翊武。

见事情办妥了，王宪章和刘复基急忙赶回湖北武汉。路上，刘复基说："宪章啊，能够说服翊武多不容易啊！"

王宪章说："所以咱俩回去得赶紧找邓玉麟和刘公，让他们抓紧办这个事情，省得再节外生枝惹来麻烦！"

"对，一定要尽快去找刘公和邓玉麟！"刘复基说。

03

共进会这边，王宪章和刘复基一走，邓玉麟也马上行动。邓玉麟知道，刘公对文学社和共进两家联合革命的事也很赞同，就先去找刘公，并把王宪章和刘复基来和他交谈的情况告诉他。

听了邓玉麟的话，刘公非常高兴，说："好啊，这是好事啊！"

邓玉麟告诉刘公，文学社和共进会闹到今天这个地步，问题首先出在会长孙武的身上，要想让两家联合革命，必须先说服孙武会长，否则这事肯定是没戏的。

刘公想了一下，说："嗯，你说得对，问题的确是先出在孙武会长的身上，最初要不是他瞧不起蒋翊武和文学社那些人，也不会闹到这个地步！"

邓玉麟说："不可否认，文学社的人是有他们的一些局限，可他们也有不少的优点，比如，他们那些人干事脚踏实地，特别是在军事力量方面，他们比咱们共进会有很大的优势，咱们共进会虽说有同盟会的支持，活动经费较为宽裕一些，会员的文化素质也比较高，但力量还是不如人家文学社，若是两家能够珠联璧合，那就能形成优势互补，党人的革命力量定会陡然增加。"

刘公说："你分析得很有道理，为了两家能够联合起来共同对付清廷，我俩去找一下孙武，把这些事跟他仔细聊一聊，希望他能够放弃前嫌，尽快与文学社合作。"

"那你看我俩何时去找他？"邓玉麟问刘公。

刘公说："宜早不宜迟，今晚就去！"

"好！"邓玉麟很是高兴。

晚上，两人吃过饭就前往孙武所在的武昌分水岭七号住宅。

见到孙武后，邓玉麟把王宪章和刘复基来找他商谈两家联合的事告诉了孙武，并把文学社的诚意向孙武做了汇报。

"他蒋翊武不是一直在和我们争夺领导权吗？他真会有诚意和我们共进会合作？"和蒋翊武一样，孙武也在怀疑对方的合作诚意。

邓玉麟说："王宪章和刘复基都是文学社的主要领导成员，要是没有诚意，他们二人也不会主动来同兴酒楼找我谈这个事！"

刘公也说："玉麟说得对，再说从目前的形势来看，清廷已经加紧布防，如果我们和文学社再这样为一些小事闹下去，那后果不堪设想，依我看，与他们联合才是上策！"

孙武还是下不了决心，邓玉麟见状赶紧说："孙会长，目前已经到了革命的紧要关头，你可不能再犹犹豫豫的了，再犹豫的话可能会贻误时机，我看还是抓紧做出决断与他们联合吧！"

"是啊，现在已经到了革命的紧要关头，大家若是再这样为一些不愉快的事闹下去，那吃亏的就不只是文学社和共进会，而是整个党人的革命斗争，到那个时候，大家就是后悔也怕是来不及了，依我看，你还是早点儿拿个主意！"刘公语重心长地说。

孙武说："说句实在话，我是担心文学社那些有勇无谋的人做不成大事，再说两家联合后谁来领导也是个问题，这个问题解决不了，联合也是白搭！"

邓玉麟说："我想，先和他们沟通一下，把联合的事定下来，双方再来谈谁来领导的事，你看如何？"

孙武心乱如麻，双手抱着头使劲挠了几下，这才下决心似的对邓玉麟和刘公说："行吧，那你们就去和王宪章、刘复基谈谈，看他们是不是真想和我们共进会联合，如果他们真想和我们联合，那就约定个时间和地点，两家派出代表先进行商谈。"

邓玉麟说："行，只要你有这个意愿，我和刘公就去找王宪章和刘复基，把你的意见跟他们先交流一下再相机行事。"

"行！"孙武说。

邓玉麟说："明天我和刘公就去找王宪章和刘复基。"

"嗯！"孙武点头。

见孙武答应了，邓玉麟和刘公这才如释重负地走出了孙武的住处。

04

第二天下午，邓玉麟和刘公找到王宪章和刘复基。

"哎，刘公、玉麟，你们怎么来了？我和复基正准备去找你们呢！"邓玉麟和刘公的到来，让王宪章和刘复基既感到意外又非常高兴。

待大家都坐下，端上茶水，王宪章这才对邓玉麟和刘公说："这样，我先说一下文学社这边的情况。"

"好！"邓玉麟和刘公异口同声地应道。

王宪章说："自从那次我俩和玉麟兄在同兴酒楼分别后，我和复基就去湖南岳州找蒋翊武社长做了沟通，我俩把当前的形势以及两个社团联合与不联合的利害关系给他做了详细分析，劝他抓紧与共进会进行联合。"

"那蒋社长的想法是什么？他同意吗？"邓玉麟迫不及待地问。

王宪章说："蒋社长担心文学社这边答应联合之后，共进会那边特别是孙武会长，不改变之前对文学社的一些看法，会让共进会看他和文学社的笑话！"

邓玉麟和刘公点头，意思是知道了他们说的情况。刘公望着王宪章和刘复基问："那两家联合的事……"

刘复基说："你别急，等我把话说完！"

"好！"刘公点了下头。

刘复基接着说："我和宪章见他还有顾虑，三日后又放下手上的工作，再一次跑去湖南岳州苦口婆心地劝说他，经过我和宪章的一再劝说，他最终答应和你们联合。"

听了刘复基的话，邓玉麟抑制不住心里的喜悦："这就好，两家联合的事终究有点眉目了！"

"好，这是好事啊！"刘公也很兴奋。

"不过他也说了，要共进会放下架子，真心地与我们文学社联合革命，绝对不能口是心非地说一套做一套！"王宪章说。

"放心吧，这事我们会去做孙武会长的工作！"听王宪章这么说，刘公赶紧表态。

邓玉麟说："这样，我也说说共进会这边的情况吧！"

"好！"王宪章和刘复基点头。

邓玉麟说："上次你们走后，我就去向孙武会长汇报。我告诉他，你们来找过我，并将你们的诚意告诉了他。也不瞒你们，他也像蒋社长一样，心里有一些顾虑，但经过我和刘公一再做思想工作，他也同意选定时间和地点后，两家再派代表开会商讨联合的具体事宜。这就是共进会这边的大体情况。"

刘公强调："只要大家是真心实意地联合，我相信这事一定能够成功！"

"好，咱们都期待着这一天！"刘复基高兴地说。

王宪章问邓玉麟和刘公："那你们看，会议的时间、地点如何来定？"

刘公想了想，说："那就 5 月 11 日吧！"

"地点呢？"刘复基问。

刘公说："为了防止消息泄露被清兵知晓，我看地点暂时不忙着定，待到了开会的前一两天再定也不迟！"

"可以！"

"行！"

"同意！"

王宪章、邓玉麟、刘复基一致赞成。

邓玉麟和刘公回去后，把和文学社沟通的情况向孙武及时做了汇报。孙武很是高兴，在召开联合会议的前几天，孙武在湖北武昌胭脂巷二十四号召集共进会领导层商讨与文学社联合事宜。会上，共进会的会员代表都觉得，很有必要联合文学社的人一起开展革命活动。

听了大家的意见，孙武决定再派出杨时杰、查光佛和杨玉如去与文学社商谈联合的事。

在联合会议召开的前两天，邓玉麟派人通知王宪章和刘复基等人，说地点定在湖北武昌分水岭七号孙武会长住处，时间按之前的约定不再改变。

王宪章和刘复基派人把这件事向社长蒋翊武做了汇报，蒋翊武说他来参加这个会。

05

5 月 11 日这天，文学社和共进会在湖北武昌分水岭七号孙武住处如期召开第一次联合协商会议，共同磋商两家联合革命的相关事宜。文学社这边派蒋翊武、刘复基二人参加，共进会这边则派孙武、邓玉麟、高尚志和杨玉如四人参加。

会上，两边对联合的一些事宜达成了一致意见，但在联合后哪家为主体的问题上进行了激烈的争论，由于双方各执一端互不相让，第一次联合会议闹得不欢而散。

这次会议之后，文学社内部召开代表大会，刘复基在会上语重心长地对参会人员说："鉴于目前的革命形势，我认为本社与共进会合作是非常必要的，绝对不能再拖！"

副社长王宪章也说："联合之事真是不能再拖了，再拖下去对本社和共进会都是不利的，希望大家认真考虑一下！"

可其他社员却不置可否。

社长蒋翊武对孙武的傲慢心里感到很不痛快，特别是对今后谁来领导和指挥的问题，让他对两家合作之事仍然心存疑虑，这就严重地影响了两家的联合。

散会之后王宪章和刘复基一再地劝说蒋翊武。

终于，蒋翊武被说动了，他沉思了一会儿说："这样吧，你们继续和共进会联络和磋商此事，看孙武他们有没有放下领导权的意向，如果有的话我可以考虑！"

见他表了态，王宪章和刘复基非常高兴，刘复基赶紧说："行，这事交由我和宪章去办就是！"

"好！"蒋翊武点头。

与此同时，共进会这边邓玉麟和刘公也在劝说孙武，说文学社会员中军人占绝大部分，他们有着进行革命的强大优势，目前清兵力量十分强大，共进会与文学社合作开展革命是最好不过的办法，否则两方都势必会陷于孤立无援的境地。

孙武觉得他们的话有些道理，于是说："那就由你们去与文学社联系，找个恰当的时机，双方再召开会议继续商谈联合之事，看有没有合作的可能！"

邓玉麟听了赶紧表态："只要你答应了，我和刘公就去找王宪章和刘复基再次商量这事，精诚所至金石为开，断没有合作不成的道理！"

"好，那这事就交给你俩了！"孙武说。

两个社团的主要领导都已经意识到自己的做法有些不妥，都觉得有必要放弃一己之私念，实施联合统一革命行动。

在王宪章、刘复基和邓玉麟、刘公等人的多次撮合下，文学社和共进会两个革命团体准备于 6 月 14 日再次举行会议，继续商讨联合之事。

6 月 14 日这一天，文学社和共进会在湖北武昌长湖堤龚霞初家中举行第二次联合协商会议，双方再次晤商合作事宜。文学社这边派刘复基和王守愚参加，共进会那边派邓玉麟、杨玉如、李作栋和杨时杰参加。因为观点不和，怕见面后再次造成尴尬局面，两边的主要领导人蒋翊武和孙武都没有参加这次会议。

这次晤商，相对第一次来说较为成功，会上双方代表都表达了合作的意愿。共进会的代表杨玉如坦诚地说："共进会和文学社两个社团，本来就是殊途同归，时下正到了同归的时候，绝不能再殊途了！"

"是啊，只要文学社在原则上同意合作，一切问题都是可以从长计议的！"代表李作栋接过杨玉如的话。

见他们确有合作的意愿，文学社的代表刘复基也说："咱们这两个社团的宗旨、目标是一致的，合则两满，离则两伤，如能风雨同舟，大家就能和衷共济，就能达到革命的目的！"

"对，咱们两个革命团体只有携手合作，革命成功的把握才更大！"王守愚也说。

邓玉麟说他想提个建议。

刘复基说："你说！"

邓玉麟说："既然文学社和共进会都是革命团体，目标也是一致的，两个团体之间就不可相互争夺发展对象，只要是为了革命，这些人在哪边都行！"

"这个建议很好！"刘复基称赞道。

王守愚也说："对，相互争夺会员社员不仅会引发双方之间的矛盾，还会让会员社员把社团看扁了！"

杨时杰说："既是这样，那咱们就约定，从今日起，会员也好，社员也好，愿意在哪个团体就让他在哪个团体，一律不得勉强人家，更不能去争抢！"

众人纷纷表示赞成。

虽然文学社和共进会在一些问题上达成了共同意向，但在组织领导问题上仍然持不同意见，共进会这边的杨玉如提出："请文学社这边改推共进会会长孙武为联合团体的领袖，共进会这边也会对文学社的社费给予补助。"

"我也有此想法！"李作栋附和。

文学社这边刘复基听了马上说："文学社社员的军饷和器械都是有保障的，社费一向是抽提社员薪饷，无须共进会来补助，只是军事指挥，改推领袖实为不便，也觉得不妥，恕我们不能满足贵会的这一要求！"

"推举我们共进会的孙武为联合团体领袖，给你们文学社经费补助，其实这也没什么不好！"杨玉如说。

王守愚说："改推孙武为联合团体领袖，本人认为这是不可能的事情，要说这个领袖啊，也当推我们的蒋社长才妥。为何这么说呢？因为文学社从实力上来讲在共进会之上，再说我们的同志有坚定的革命信心，蒋社长他也有领导这个联合体的能力！"

见会谈又进入僵局，邓玉麟赶紧说："我看这样吧，今天就谈到这儿，下次咱们再继续就一些事宜进行商谈，好不好？"

"也行！"刘复基说。

文学社和共进会的第二次会谈就这样结束了。

这次会谈，虽说较第一次会谈有了进步，可由于双方仍然存在着戒心，在联合后谁来做领袖这个问题上仍未能达成具体的协议。

会谈回来后，文学社的蒋翊武问刘复基和王守愚："怎么样？谈得如何？"

刘复基告诉他："双方都有合作意向，也达成了一些协议，但他们要求我们文学社改推孙武为联合团体的领袖，并说要给文学社社费补助。"

"但我们没有答应！"王守愚看着蒋翊武说。

"岂有此理，这简直是欺人太甚！"听了刘复基和王守愚的汇报，蒋翊武很是气愤。

王宪章说："这件事，他们的确是做得有些过分！"

"这是原则问题，坚决不能答应！"蒋翊武对刘复基、王宪章和王守愚说。

共进会那边，邓玉麟、杨玉如四人回去将会谈的情况告诉孙武，孙武听说文学社那边不肯改推他为联合会的领袖，也不肯接受共进会的经费资助，心里头也很不高兴。

　　清廷已经对消灭革命党做好了一切准备，形势不容许文学社和共进会这两个社团在一些细枝末节上再绕圈子了，于是两个革命社团又责成刘复基和邓玉麟二人对联合事宜做出具体研究。与此同时，由杨玉如和詹大悲利用报刊设法促成两个社团的合作。文学社这边，又叫王宪章和张廷辅继续与共进会的蔡济民、高尚志保持联系，共进会的梅宝玑、查光佛等人则与文学社这边的蔡大辅、陈磊、王守愚三人进行周旋。除此之外，同盟会总部也派出人来调和这两个社团之间的矛盾。

第9章 顾全大局

01

"你们这是干什么？"

"干什么？干什么你自己清楚！"

"你们要干啥？"

"别动，动就打死你！"

"都带走！"

正当王宪章、刘复基、邓玉麟他们在为文学社和共进会联合多方奔走呼号的时候，清廷突然派兵查封了文学社的机关报《大江报》的报馆，并将詹大悲和何海鸣逮捕入狱。

"不……不好了！"

这一天，王宪章和刘复基正在讨论文学社与共进会联合的有关事情，突然一名党人上气不接下气地跑来。

见来人急成这个样子，刘复基问他："什么不好了？"

"詹……詹主编和何编辑他们被……被清兵抓……抓走了！"报信的党人结结巴巴地告诉王宪章和刘复基。

"你说什么？詹主编和何编辑被清兵抓走了？"听了这名党人的话，王宪章猛然一惊。

刘复基问："他们是怎么被抓走的？"

报信的党人说："詹主编和何编辑正在报馆里编辑稿件，突然来了一群清兵将报馆团团围住，然后就把他俩给抓走了，报馆也被清兵查封了！"

"好吧，你先下去，注意安全！"刘复基对报信的党人说。

报信的党人出去后，王宪章说："看来清廷已经开始对咱们动手了，咱们得加紧做好起义的各项准备！"

"可翊武他……"刘复基一脸无奈地望着王宪章。

王宪章知道刘复基想说什么，便说："联合之事迫在眉睫，再也容不得他和孙武闹别扭，得赶快与邓玉麟和同盟会的领导联系，促进两个社团尽快形成统一的革命联合体，否则真是要出大事了！"

"行，事情紧急，咱们就分头去知会各营的同志，让他们注意分散隐蔽！"刘复基着急地说。

两人说罢立马奔赴各营通知其他党人，告知他们《大江报》的主编詹大悲和编辑何海鸣被清兵抓走了，报馆也被查封了，但文学社和共进会正在筹商起义，请他们要更加小心谨慎，千万别泄露了机密，静候起义命令。

湖北当局将武汉的部分新军标营调到外地驻防时，文学社的蒋翊武、章裕昆和唐牺支等革命党人都被外调。根据蒋翊武的安排，在他外调期间，文学社的一切工作由王宪章和刘复基两人负责。蒋翊武、章裕昆和唐牺支等人外调之后，王宪章和刘复基召集文学社的代表召开紧急会议，宣布了社长蒋翊武的工作安排，号召党人继续奋斗，以期突破这一危局，一旦实施起义，分驻各处的党人应迅速给予响应。

同盟会领导黄兴派谭人凤来湖北武汉联络革命党人。谭人凤来到武汉后，先与共进会的孙武、居正、杨时杰会面，然后又与詹大悲见面。

谭人凤与詹大悲见面后，詹大悲告诉他："除了共进会，湖北新军中还有一个叫文学社的革命社团，这是一支不可小觑的力量，其领导人主要是蒋翊武和王宪章、罗良骏、王守愚等人！"

谭人凤一听非常兴奋，说："还有这事？那你赶紧给我联系一下，我要和他们见见面！"

詹大悲说："要不这样，我把他们约到胡瑛那儿，一来大家见见面，二来也顺便探望一下胡瑛，你看怎么样？"

"那儿安全吗？"谭人凤问。

詹大悲告诉他很安全。

谭人凤说："行，听你安排！"

第二天，詹大悲把文学社的蒋翊武、王宪章、罗良骏、王守愚，还有李长龄等人约到胡瑛所在的文昌门附近的模范监狱里见面。

谭人凤见到蒋翊武等人后，觉得蒋翊武、王守愚像种田的老翁，罗良骏像个公子哥儿，而李长龄却像个老学究，只有王宪章还像个干革命的，便流露出瞧不起他们的样子。胡瑛窥见谭人凤的心态，悄声对他说："你别小瞧了这些人，他们可都是些埋头苦干、自成风气的党人，都是很了不起的人！"

经胡瑛这么一说，谭人凤这才打消了对蒋翊武、李长龄、王守愚等人的偏见，并说明自己此次来湖北的目的，同时谭人凤给他们分析了当前的革命形势和两个社团分裂的不良后果，对他们动之以情，晓以大义，竭力劝说他们一定要和衷共济，相向而行。

孙武和蒋翊武等人也明白两个社团闹分裂将带来严重后果，经过谭人凤一番苦苦劝说，两边的矛盾相对缓和了一些，孙武和蒋翊武等人都表示有意愿联合起来一同革命。

一日下午，王宪章突然想到了一个人，这个人就是雷洪。对，让他去做一下席正铭的思想工作。

雷洪曾经和席正铭发起成立过黄汉光复会，两人是很铁的搭档，后来雷洪加入了文学社，席正铭却加入了共进会。既然席正铭在共进会，通过他去做孙武的工作就方便多了。

想到这儿，王宪章写信给在湖南的雷洪，把自己的想法告诉了他。接到王宪章的信雷洪很高兴，说他愿意去做席正铭的工作。席正铭和雷洪关系本来就好，又听说是王宪章叫他来做这事，便说他非常愿意去劝说共进会会长孙武。后来席正铭果真去劝说孙武，这在一定程度上促进了文学社和共进会的联合。

因为有王宪章、刘复基等一些党人积极往返奔走和磋商，文学社和共进会两个革命社团的主要领导都同意推举代表，继续协商联合的有关事宜。

一天，席正铭遇到王宪章，王宪章紧握着他的手说："正铭兄，真是太感谢你了，若不是你去做孙武的工作，恐怕两家社团联合还要费不少周折啊！"

席正铭说："这没什么，都是为了革命嘛！要说两家的联合，你才是真正出了大力！"

"席兄过奖了，若要说功劳的话，那也是大家的，不是我王宪章一个人的！"王宪章十分谦虚。

湖北新军突然调防，对党人革命十分不利，起义已经不容久拖，经过王宪章、刘复基、邓玉麟以及同盟会总部领导谭人凤等人的多方促合，文学社和共进会决定于9月14日在湖北武昌楚雄十号楼刘仲文住宅里召开第三次联合代表大会，进一步会商联合事宜。

这次联合会商意义特别重大，不仅涉及两家社团的联合问题，还要研究与起义相关的一些重大事项，但文学社社长蒋翊武此时还在湖南岳州驻防，作为文学社的首要人物他不参加能行吗？

这事让王宪章和刘复基等人非常着急，刘复基问王宪章："联会会议的日期已定，可翊武社长还在湖南岳州驻防，宪章，这事该怎么办呀？"

王宪章闷着不说话，他一时也想不出该怎么办，是啊，这么重要的会议，作为文学社的一把手，他蒋翊武不参加，到时有些事情谁来拍板？自己虽说是副社长，但重大的事情还得要他来敲定。

"你倒是说话呀，宪章！"见王宪章闷着不说话，刘复基催促他。

王宪章这才说："这样吧，距开会也还有些时日，咱们派个人到岳州征求一下他的意见，看他到底能不能来。"

刘复基摆了摆手，说："不行，这次会议非同一般，其他人去带话我不放心，一是怕事情说不清楚，二是他具体是什么态度咱俩也没办法掌握，要去也得是你我去！"

见刘复基这么说，王宪章说："既是如此，那咱俩就再跑一趟岳州！"

刘复基说："行，明日就起身！"

"看把你急的！"王宪章说。

刘复基说："不急不行呀，宪章，距开会只有半个月时间了，咱们还有很多准备工作要做呀！"

"好，就依你说的，咱俩明日一早就动身！"王宪章笑着对刘复基说。

"嗯！"刘复基朝他点了下头。

02

次日一早，王宪章和刘复基就乘车往湖南岳州方向赶去。

这天下午，蒋翊武正在营防的操场上与士兵们一起出操，一个士兵跑过来告诉他："翊武兄，营房外面有人找你！"

"是谁知道吗？"在跑着步的蒋翊武大声问这名士兵。

士兵回答："他们没说，只说找你有事！"

"哦，知道了，跑完这圈我就去见他们！"蒋翊武说。

跑完一圈，蒋翊武向队官请了假，来到营房外。

"哎，宪章、复基，你们怎么来了？"见是王宪章和刘复基，蒋翊武问道。

"有急事，特意来找你！"王宪章说。

随后王宪章把文学社和共进会两家约定于9月14日在湖北武昌楚雄十号楼刘仲文住宅里召开第三次联合代表大会的事向蒋翊武做了汇报。

"上次说的领导权问题，孙武是什么意见？"蒋翊武单刀直入地问。

果然不出所料，蒋翊武还在纠结这个问题，这是两家联合最关键的问题，他当然不想放弃。

刘复基说："翊武兄，我和宪章都知道这是文学社和共进会两家联合最关键的问题，但我认为，文学社和共进会今天能走到这一步实在是不容易，咱们大家都应该珍惜，有些事情该放弃还是要放弃。再说，两家联合后也不一定是孙武来领导，还得要双方进行协商。我和宪章这次来岳州，就是想问一下你能不能回去参加这次会议，还有其他一些事情得和你商量一下。"

"是啊，本来我们说派个人来告诉你开会的消息，但觉得不放心，还是亲自来一趟好些。"王宪章接过刘复基的话说。

蒋翊武说："我这儿实在是脱不开身，会议肯定是参加不了的。这样吧，除了我不能参加，社里的主要成员都参加这次会议。至于联合后的领导权问题，由会议来定，我也不和孙武争了，你们看怎么样？"

见他表了态，刘复基赶忙说："说得好，联合后谁来领导的问题就由会议来定，不再和孙武争了！"

"我同意你和复基的意见！"王宪章表态。

蒋翊武对王宪章说："我不在湖北这段时间，社里的事情就由你来继续主持，有事和复基他们商量着办。"

"嗯，我知道！"王宪章回答。

蒋翊武又对刘复基说："复基，你年纪稍长宪章一点，而且这方面的经验不少，你要多多帮助宪章。"

"放心吧，我会的！"刘复基说。

几人谈了一下午，休息了一夜，第二天王宪章和刘复基离开岳州回到湖北武汉。

就在王宪章、刘复基和蒋翊武他们商量着如何参加这次会议的时候，共进会这边的孙武、邓玉麟、刘公等人也在展开商议，好在会议上做出应对。

在孙武办公室，刘公说："孙会长，我看文学社那边是真正想与咱们共进会合作，咱们还是响应他们吧！"

"是啊，为了两家能联合革命，王宪章和刘复基他们已经找我们磋商了若干次，可见他们对联合很有诚意！"

孙武说："关键是联合后由谁来领导和指挥这个联合体，是他蒋翊武，还是我孙武？"

"孙会长，都到这个地步了，这件事必须得先放下，以后两家再来磋商，时下最要紧的是先进行联合，否则不管是文学社或是共进会都很容易被清兵吃掉！"邓玉麟苦口婆心地说。

刘公也说："孙会长，玉麟说得没错，倘若两家不能联合，得利的还是清廷！"

见他两人都这么说，孙武这才说："那就按你们之前与王宪章和刘复基的约定，9月24日召开两家的代表大会来商议此事！"

邓玉麟高兴地说："好，那我们就按你的意思做好各项准备，确保会议顺利召开！"

"好，那就这样！"孙武说。

随后邓玉麟和刘公离开孙武的办公室。

03

9月14日，第三次联合会议如期召开，这一天，文学社和共进会的代表在湖北武昌楚雄十号楼刘仲文住宅里齐聚一堂，除了文学社社长蒋翊武在湖南岳州驻防未能参加以外，共进会和文学社两个社团的重要人物几乎都参加了，会议推举刘仲文为主席，蔡大辅负责做记录。

会上，共进会会长孙武首先向与会人员做了报告，他对大家说："诸位，湖北的革命已有十多年的历史，尤其是最近几年间，完全是由咱们文学社、共进会两个社团来担负这个重要任务。这些年来，文学社和共进会两个社团的同志相互体谅、和衷共济，革命取得了相当的成绩，现在已经到了该和清军决斗的关键时刻，军队那边的同志也一再催促咱们发动起义。但是各位也应该知道，湖北地处清廷腹地，武昌起义既是条生路，也是条死路，咱们必须计划周全，只许成功，不许失败！就目前来说，党人对起义的各项准备工作已经大致完成，尤其是仲文同志慷慨捐献了五千大洋，起义必要的经费问题基本得到解决。一旦起事，咱们两个社团的人都当通力合作！今天的会议，可说是在革命的紧要关头召开的一次重要会议，希望大家切实加以讨论，为起义成功建言献策！"

随后，文学社的刘复基首先发言，他说："兄弟们，值此生死关头，咱们两家必须尽释前嫌，携起手来诚心诚意地开展联合，唯有联合，革命才能取得成功，任何分裂行为都会对咱们党人的革命不利。我个人觉得，所有文学社和共进会的名义都应当暂行搁置，大家一律以革命党人的身份与清王朝拼个你死我活！"

"是啊，两家不能再面和心不和了！"

"他说得没错！"

"这才叫大气！"

刘复基的话让共进会的不少同志深受感动，禁不住纷纷议论起来。

刘仲文觉得，人家文学社姿态都放这么低了，我共进会的同志还有什么话可说呢？若再不放下架子，那就是我共进会的不是了，再说与革命相比，那些所谓的职务、名义又算得了什么呢？他想了想，站起来说："诸位，听我说两句好不好？"

"好！"

见刘仲文站起来打招呼，大家一齐应道。

"兄弟们，刚才听了刘复基同志的发言，我感触颇深，我认为，革命才是第一要务，至于职务、名义、地位等都不重要，只要革命能成功，大家的心愿也就完成了。今天在这里，我当着所有与会人员的面先表个态，本人不但赞成刘复基同志化除团体名称以党人身份参加革命的主张，而且提倡个人原有的职务、名义也一同作废，原来定的我的湖北大都督一职，我觉得以我的才能和胆识难以胜任，本人现在自愿放弃，望大家重新推举新的人选来做都督！"

"好！"

"有诚意！"

对刘仲文这种不计个人得失、顾全大局，自愿放弃大都督一职的表态，文学社的同志也表示非常赞赏。

刘仲文表完态，坦然地坐回座位上。

王宪章想，既然连刘公这样的人都能放弃他大都督的职务，我又为何不能放弃自己文学社副社长这个职务呢？对，应该站出来向大家申明，自己主动放弃文学社副社长职务，让他们共进会看到我们文学社的人也不是自私的，在革命的紧要关头也会顾全大局。

想到这里，王宪章站起来说："同志们，我也来表个态，为了咱们两个社团团结协作，一起来推翻腐朽的清政府，早日驱除列强，本人愿意放弃文学社副社长一职！"

"好！"

在场的人又一齐鼓掌。

会议还做出了几项决定：一是将共进会设在武昌长清街九十八号的总机关作为两个社团联合后的总机关，并将文学社设在武昌小朝街八十五号的总机关作为军事指挥部，邓玉麟、刘复基两人为军事指挥部的负责人；二是拨款一千元作为购置手枪的费用；三是由孙武、李白贞、刘仲文、李作栋、丁立中等人负责购置炸药并制造炸弹，以及绘制起义时用的十八星旗、抄写告示和对外进行照会；四是派李擎甫赶赴湖南岳州通知蒋翊武回湖北武昌参加起义。

　　这次联合会议的召开，文学社和共进会达成了许多共同意见，这为日后的武昌首义打下了坚实基础。

04

　　尽管共进会和文学社两家形成了统一的联合革命团体，但联合后由谁来领导和指挥这个最核心的问题仍然没得到圆满解决，孙武、刘公、邓玉麟、王宪章、刘复基等人担心这个问题若不及时解决，到起义时必定会群龙无首，造成混乱局面。

　　九天后，王宪章、刘复基、邓玉麟、蔡济民、李作栋、彭楚藩等人又在刘仲文住宅里召开会议，对两个革命社团联合后的领导人选进行讨论和研究，共进会的会长孙武也参加了会议。

　　会上刘复基说："由谁来领导和由谁来指挥这个问题，的确是个核心问题，这个问题不解决，还真的很麻烦！"

　　邓玉麟问他："依你之见，由谁来领导和指挥才妥呢？"

　　刘复基说："我先提个建议，大家看行不行，行，就执行；不行，再提出你们的意见。"

　　"你说！"孙武说。

　　刘复基说："我提议，在军事方面由文学社社长蒋翊武任总指挥，负责管理军令，副社长王宪章为副总指挥，协助蒋翊武社长；孙会长作为军务部部长主管军政；请刘公来做总理主管民政。若是在工作中遇到重大事务，就由蒋翊武、刘公和孙会长三人共同来研究处置，你们看这样如何？"

　　"我个人觉得，复基这个提议是可以的！"蔡济民首先表态。

　　刘公说："我看也只有先这样做了！"

　　"我同意刘复基同志的这个建议！"李作栋也表态。

　　彭楚藩说："我也同意！"

　　王宪章也表态同意。

　　见大家都赞成刘复基的提议，孙武只好跟着表态："行吧，既然大家都赞成复基同志的意见，那就先这样吧！"

会议明确规定，如果工作中遇到重大事务就由蒋翊武、刘公和孙武三人共同研究处置，但遇到重大事件究竟由谁来指挥和拍板？这个事在会上并没有做出明确的规定，这就留下了后患，而且这个后患将是无穷的。

因为联合后的领导人选和起义计划等一些事情还没有定下来，会议决定第二天在武昌胭脂巷机关部胡祖舜的寓所召开各标代表大会，讨论联合后军政府的组成人选和起义计划等相关事宜，并明确由刘复基来草拟人事方案和起义的计划。

按照头天的会议决定，第二天，也就是9月24日的上午十时，文学社与共进会的代表们在武昌胭脂巷机关部胡祖舜的寓所召开大会。除蒋翊武外，孙武、刘仲文、邓玉麟、王宪章、李作栋、刘复基等两个社团的重要人物，以及各标营选出来的代表都出席了这次会议，规模甚是浩大。

代表大会由孙武主持，蔡大辅和邢伯谦两位同志负责做记录，会场安排彭楚藩、李济臣和赵士龙几位同志在外边做警戒。

会议先由调查部部长刘复基向代表们报告其所拟的人事草案和起义计划，由于事前就经过代表们的充分讨论，人事草案和起义计划在大会上很快就顺利通过。

按照通过的人事方案，联合后的军政府主要成员为：总理由刘仲文，也就是刘公担任；军事总指挥由蒋翊武担任，副总指挥仍由王宪章担任，孙武担任参谋长。同时，军政府下设军务、参议、内务、外交、理财、调查、交通七个部。军务部部长由孙武兼任，副部长由蒋翊武兼任；参议部由蔡济民任部长，高尚志和徐达明任副部长；内务部由杨时杰任部长，杨玉如任副部长；外交部由宋教仁任部长，居正任副部长；理财部由李作栋任部长，张振武任副部长；调查部由邓玉麟任部长，彭楚藩和刘复基任副部长；交通部由丁立忠任部长，王炳楚任副部长。

会议还同意在汉口长清里九十八号原共进会的总机关设立政治筹备处，由刘公、孙武、居正等十九名政治筹备员负责加紧制作起义用的旗帜、印玺和文告等物品，并负责制定联络暗号。成立军务筹备处，由蒋翊武、王宪章等三十名军务筹备员负责筹备起义用的武器弹药。同时，在武昌小朝街八十五号成立军事指挥部，加紧研究军事计划。

经过与会代表共同商定，武昌起义的时间暂定在中秋节，也就是阳历 10 月 6 日这一天。

在军事部署方面，由于总指挥蒋翊武还在湖南岳州驻防，在此期间的一切事务由王宪章代他安排：起义之后由混成协辎重工程队的李鹏升负责在其所在的塘角放火为号，以便让各队同时行动；熊秉坤负责率领工程第八营进占楚望台军械库，抢占中和门，确保城外的马队、炮队顺利进入城里；王宪章、蔡济民等负责率领步队第二十九标和第三十标包围楚望台旗营，防止旗兵外逃；方兴、李翊东负责率领军事测绘学堂的学生在听到枪响后迅速往楚望台集合；驻城外南湖的第八标、三十标、第八标马队、混成协马队第一营留守部队，见到塘角起火后立即由徐万年、蔡汉卿、黄驾白、孙昌复、单道康等人分别率领冲进中和门，迅速到蛇山、楚望台、城门楼高地等处架炮轰击清兵重要军事目标；阚龙率领三十一标、四十一标留守部队、工程营、十九标、三十标各营，在塘角起火后立即占领蛇山沿线协助攻打敌人军事要地；赵承武负责率领驻汉口的四十二标二营抢占汉口；驻京汉铁路沿线的四十二标各部队，负责拆毁铁路，以阻止清兵南下；胡玉珍负责率领驻汉阳的四十二标一营，迅速占领龟山及兵工厂。

这次会议意义重大，它确定了起义的大体日期及起义后的军政府领导机构，最重要的是制订了起义计划，让党人有了目标和方向。

孙武在做会议总结时强调，这次会议通过的军政府组成人员，要在革命党人占领武昌、成立军政府后才就职。但从人员的组成来看，王宪章、刘复基等人明显受到了一些人的排挤和冷落。尽管如此，王宪章还是没有失去革命的信心和热情，仍然在积极地为起义奔波于各处。

05

9 月 24 日这天的会议，与会人员是陆续到达会场的，而且是由宪兵彭楚藩担任警卫，瞭望哨安排得也比较远，所以没发生什么变故。

下午一点，会议结束后绝大部分参会人员先后离开了会场，只有孙武和其他几名同志有事要商量还没离去。待事情商量完毕孙武等人正要离去的时候，突然一名姓邢的党人急慌慌地跑来向他报告："不好了，孙参谋长，南湖炮队出事了！"

"什么？南湖炮队出事了？这是咋回事？"听了这个士兵的话，孙武着急地问。

这名士兵摇着头说："具体是什么情况，现在还不太清楚！"

"走，去三道街数学研究会！"孙武说完带上人就往外赶。

"不好了，作栋，南湖炮队出事了！"在数学研究会遇到李作栋，孙武把刚才那名士兵说的话告诉他。

"南湖炮队出事了？"李作栋满脸惊奇地看着孙武，像是有些不相信。

孙武朝他点了点头，随后说："走，干脆到巡道岭同兴学社去问问情况！"

几人便随孙武和李作栋一同急匆匆地往巡道岭同兴学社赶去。

来到巡道岭同兴学社，孙武等人又遇到了邓玉麟、李翊东和高尚志，几人碰头后一起讨论如何应对这个突如其来的变故。

这时门外急慌慌地闯进来两个人，一个是炮八标第三营左队的正兵孟发承，一个是与他同队的士兵张肇勋，两人是特意跑来给这儿的革命党人报告炮队情况的，没想到会在这儿遇到孙武。

"南湖那边到底是什么情况？"孙武急切地问孟发承。

孟发承告诉孙武："事情这样的，前天我们炮队第三营的士兵王天保、梅青福、江锡九和何天成要退役离开营地，因为这几人平时和我们感情较深，我们俩和同棚的兄弟霍殿臣、赵楚屏等人听说后，昨天晚上就备了些酒菜替他们四人饯行。正当我们几人兴高采烈地猜拳行令的时候，排长刘步云听到吵闹声便过来制止，王天保因为有些醉意就出言反抗。刘步云见有人顶撞他，便连夜进城向队官宁鸿钧和管带杨刘凤报告了这件事。今日一早，宁鸿钧把王天保他们四人召集起来，说你们这些退役弟兄平时表现都不错，这次退役有人给你们摆酒饯行，这也是很有面子的事，不过你们醉酒反抗官长就不对了，我也不跟你们计较，今天你们就自己走吧，省得父母挂念。说过了王天保等人，宁鸿钧又把张肇勋叫来，说要把他交给刘步云去惩办，可刘步云怕激起事变没敢动手。正在这时杨刘凤来了，他将王天保和张肇勋一起传唤过来，并以他们酗酒闹事违抗长官为由，喝令他们跪下并要责打军棍。杨刘凤的做法激怒了王天保和张肇勋，两人将窗户玻璃打碎，夺下杨刘凤等人的军刀，号召其他人一道起来反抗，见无人附和，两人只好各自逃了出去。

"统制张彪得报，立即命令马队标统喻化龙带兵前来弹压。见肇事的士兵都逃走了，喻化龙一边派人追捕梅青福、霍殿臣等人，一边集合营里的官兵训话。我和张肇勋见了，这才偷偷跑来这儿给大伙报信，事情的经过大体就是这样的！"

孟发承将事情的经过一口气给孙武他们说完。

"他说的一点不错，就是这样的！"张肇勋怕孙武和李作栋等人不相信孟发承的话，在一旁赶紧补充。

孙武点头表示知道了。

孟发承着急地说："参谋长，我看事态已经非常严重，得立刻组织党人向清兵发难呀！"

张肇勋也说："孙参谋长，您命令发兵吧，再不发兵咱们党人怕是要遭到清兵镇压！"

孙武和邓玉麟、李翊东、高尚志、李作扫等人都觉得很为难，一时下不了这个决心。

"准备工作还做得不够，突然发难不是个好事！"孙武摇着头告诉孟发承和张肇勋。

李翊东说："孙参谋长说得对，突然发难，其他党人还没做好准备，起义很难成功！"

正在这时刘复基来了，他听说这件事后对孙武和邓玉麟说："如果事态继续扩大，自然要有所动作！"

然后刘复基又对孟发承和张肇勋二人说："你俩先找个地方躲起来，不要让清兵发现了，至于起义的事，还得静观其变！"

"好！"孟发承和张肇勋点头答应。

后来张彪听手下人说没追捕到肇事的梅青福、霍殿臣等人，对这事也就没作什么追究。但炮队事件发生以后，不但各个军营内气氛紧张，就连武昌、汉口、汉阳三镇也出现了军警频繁巡查的局面，湖北的巡警道王履康，更是给巡警下令，对所有的旅馆和学社进行严密调查，一旦发现形迹可疑人员马上进行抓捕。

孙武和刘复基他们意识到形势极为严峻，赶紧将起义的领导机关分散布置并隐蔽起来。

第10章 中秋发难

01

世上有很多事总是出乎意料，革命党人要在中秋节起事的消息，不知怎么被一家叫《有闻必录》的小报记者打听到了。

凭着职业的敏感和经验，这个记者感觉到这是条新闻大鱼，报纸刊登出来一定很有卖点。为提高他个人在新闻行业的地位和名声，同时也为增加这份报纸的发行量，这个记者便将党人准备起义的事写成新闻，并在《有闻必录》报纸上刊登了出来。

"卖报，卖报，特大新闻，中秋节革命党人要造反，大清国要完蛋啦！"

第二天早晨报纸一印出来，报童就在武昌、汉口、汉阳的各个街头高声吆喝招揽生意。

"什么？中秋节革命党人要造反？"

"清廷太腐败，这完全有可能！"

"听说革命党人有十万大军，不知是真是假。"

听到报童这么一吆喝，过往的行人觉得好奇，争相抢购报纸来看。一时间，汉口、汉阳、武昌这些地方的大街小巷，革命党人要在八月十五中秋节起义的事被传得沸沸扬扬。

"快，快，再不走就来不及了！"

"是命要紧还是要钱要紧？"

"现在是逃命，少带些东西！"

这条新闻一经传送，清廷旗人中的官宦之家人人自危，生怕革命党人一下子就来抄了他们的家，革了他们的命，纷纷将家眷和财产迅速转移到外地以求自保。

"封锁城门，全城戒严！"这事更是惊动了清廷官员，清廷上层人物全慌了，赶紧命湖广总督瑞澂叫手下人下令封锁武昌城门，还从其他地方调来几千名新军驻防，同时命令清军部队处于战备状态。

一时间，武昌城内到处是荷枪实弹巡逻的军警和密探。城门处，军警加派了不少警力，对进出武昌城的人员一律严加盘查。城门早上七点半打开，一到晚上九点就全城关闭，如有行人要通过城门，不管进出都得出示清政府衙门签署的通行证，否则一律不让通过。警察对街巷两边的旅馆、客栈、出租屋，进行地毯式搜查，还鼓动和勒令店主、房主揭发举报革命党人，一旦发现有隐瞒不报或窝藏革命党人的店主、房主，一律严加惩办。以往在汉口、汉阳、武昌江面上往来运人运物的船只，现在通通禁止行驶。

瑞澂还叫人将海军楚豫、楚谦、楚材、楚有四艘炮舰全部调集过来装上炮弹，二十四小时在江面上来回巡视，并命令湖北清军新军各营长官管好自己的士兵，如无特殊事情，所有士兵一律留在营内不许外出，甚至是有事也不让士兵请假，更不准在军营里聚集饮酒。与此同时，不论是军营还是警察局，均加岗加哨实行双岗监视。

由于害怕革命党人实施暴动，瑞澂命令张彪和铁忠将原配发给新军军营里士兵的子弹全部没收，并统一存放在楚望台的军械库里，导致士兵们就是有枪也无子弹。张彪和铁忠还密令各营长官，严密排查本营是否有革命党人，并鼓励士兵相互告密，士兵若是知情不报，一律进行严惩。

清军新军各营长官得到上级军官这个命令，生怕自己的营房出现革命党人，时时策马巡视各自的营房，而且手上还挥舞着大刀威胁士兵："兄弟们，你们家里都有妻儿老小，千万不要相信那些乱党的话，如若受到蛊惑跟着乱党造反，到时不但自己要被砍头，还会满门抄斩！"

一些胆小的士兵听了当官的话，吓得瑟瑟发抖不敢乱动，可一些热血沸腾的仁人志士却并没有被这些话吓倒，反而激起了他们进行革命的激情和愤慨。

一天晚上，有几名士兵因为没有听从长官的训诫，在营房里聚集喝酒。被巡视的管带和他的随从发现后，管带误以为他们是革命党人聚集在一起要谋反，叫随从人员拉来，命其跪着，狠狠地揍了一顿。

管带凶狠地对随从说："给老子狠狠地打！"

"他奶奶的，我看尔等还敢不听长官的话！"一名随从人员朝其中一名聚集的士兵骂道，随后几人往这名士兵身上拳脚相加。

"哎哟，疼死我了！"这名士兵号叫着。

另一名士兵给管带下跪求饶："长官，求你们别打了，我们不是乱党！"

"不是乱党？不是乱党你们凑在一起干啥？"管带黑着脸问道。

另一名士兵不服气地说："你没看见我们在喝酒吗？"

"看你还嘴硬！"旁边一名随从抬起脚朝这名士兵身上踢去，这名士兵扭过脸瞪了他一眼。

紧接着几个随从用绳索将这几名士兵捆了起来。

"为何要捆绑我们？"先前被踢的士兵说道。

"押走，先拉进去关着！"管带朝几名随从吼叫。

后来，听说这几名被关进大牢的士兵被打得鬼哭狼嚎。

自从南湖炮队事件发生以及起义的消息被小报泄露之后，清廷就派清兵和军警对革命党人进行大肆搜捕和镇压，使得整个武汉三镇笼罩在一片血腥和恐怖之中。但革命党人并没有因此被吓倒，特别是王宪章、刘复基、蔡济民等革命党人，仍然在暗中积极地开展革命活动，因为他们相信，清廷的日子长不了了，待到起义之时就是清廷敲响丧钟之日。

02

清廷虽然在到处搜捕和镇压革命党人，但他们也担心公开逮捕和镇压革命党人会激起军队的哗变，到时更不好收场，所以不得不采取外松内紧的防范措施。于是，湖北当局急忙将知县一级以上的政府文官和军营里队官以上的武官，召集起来召开紧急会议，安排部署相关的防范措施。

主持召开会议的是军事参议官铁忠，他向湖北各处新军下达命令，但凡守城的官兵，一律提前过中秋节，到中秋节时就不再放假，以防革命党人过节时发动暴动。

此时的张彪又兼任着鄂军提督，他在请示湖北总督瑞澂后，下令将各标营所存放的枪炮的机组全部拆卸下来，连同各种子弹一并收缴送到武昌中和门内的楚望台军械库里存放，同时命令所有新军标统以下、排长以上的军官每天必须驻歇在军营里，无特殊情况不得擅自离开营房。张彪还不时亲自带着人巡查各个营房，采取突然吹奏紧急集合号的方式检查巡查军官是不是都在营房里，一旦发现官长不在营里，一律撤职惩处，而且通知部队及各省永远不再录用。如若遇到正目、副目或兵士不在营房里，则责令对其革职查办，并对其长官进行严厉惩罚。张彪不准士兵剪短发，也不准军营里的士兵私下谈论，更不允许士兵在营房门外逗留，如有违抗者一律开除军籍并严加查办。

有天晚上，协统王德胜查获了一张南湖炮队士兵所藏的照片。王德胜一看，照片中有一个人特别像黄兴，大吃一惊，慌忙向湖北总督瑞澂密告，湖北当局更加怀疑炮八标里有革命党人要进行谋反，于是派出两个营的士兵，借口在夜间进行军事操练来预防军事突变，军营里的气氛一下子紧张起来，军官和士兵人人自危。

针对这一突发情况，孙武、王宪章、刘复基、邓玉麟赶紧召开会议商讨对策。会上有的同志认为清军已经开始行动，如果不提前起事怕是要遭到清军消灭，有的同志则认为提前起事准备还不够充分，起义条件还不成熟，不赞成仓促发动起义。会议最后决定，仍然加强与湖南革命党人的联系，待机会成熟了再发动起义。

文学社和共进会联合之后，汉口长清里九十八号政治筹备处驻地革命党人突然一下子增加了许多，党人出入十分频繁，很容易引起俄租界巡捕的注意，为安全起见，孙武、刘复基等人决定由荣昌照相馆出面担保，租用汉口俄租界宝善里十四号这处空房子作为政治筹备处的办公地点，并让有关同志在10月7日搬迁过来办公。

在湖南的焦达峰，听说湖北武汉这边孙武和刘复基他们定于10月6日发动武装起义，赶紧派人前来密告王宪章和孙武他们，说湖南那边准备还不够充分，请求将起义时间往后推迟十日，方便到时候两边能够相互照应。

9月28日，孙武和刘复基、王宪章接到焦达峰的密告后，经过一番认真分析和讨论，孙武说："我觉得达峰的话不无道理，在没有完全准备好的情况下确实不宜发动起义！"

"但时间已经定下，而且也通知到各个军营，这样一改，会不会出什么麻烦？同志们会不会觉得咱们是在拿起义来做儿戏？"刘复基看着王宪章和孙武，不无担忧地问。

王宪章对刘复基说："麻烦固然是有，但如果我们不顾达峰他们那边的准备情况，还是按原先定下的日期来发动起义，我担心到时候咱们会陷入孤立无援的境地。我倒是觉得，还是听从达峰的建议，等他们那边准备好了再一起行动，到时咱们这边起事，他们在湖南那边响应，会稳妥一些。"

"宪章说得很对，武昌起义必须要有湖南那边的响应，甚至是其他各省的响应才行，否则成功的把握不大！"孙武接过王宪章的话说。

"那各个军营怎么办？重新通知他们？"刘复基问道。

王宪章说："对，立即派人通知各营的同志，就说湖南那边还没准备好，要求咱们这边将起义的时间延缓十日。"

孙武说："行，那就通知大家延缓十日，到 10 月 16 日再行起义。"

就这样，革命党总机关将原先预定的 10 月 6 日起义的时间推迟到 10 月 16 日，待湖北、湖南两省都准备好后再一起向清兵发难，确保起义万无一失。

时间定下来后，孙武和王宪章、刘复基等人一边派人通知湖北各个军营的革命党人，一边派人去湖南告知焦达峰，说湖北这边同意他的请求，将起义时间推后十天，到 10 月 16 日再发动起义，希望他们尽快做好相应的准备，到时好响应湖北这边。

见湖北这边答应了自己的请求，焦达峰心里非常高兴，与在湖南的其他革命党人一起加紧做好起义的各项筹备，以便到时响应湖北武昌这边的起义。

因为起义的总指挥蒋翊武还在湖南岳州驻防，他也不知道这个情况，王宪章和刘复基便用书信将这里发生的变化对他进行告知。蒋翊武及时给王宪章和刘复基等人回信，说他已经知悉这边的情况，并说不久他会回来参加策划和指挥这次起义。

清军对弹药的收缴让革命党人出现了有枪无弹的状况，发动起义时还得到处去寻找弹药，这让起义又多了一重困难，但这些事并没有难倒意志坚定的革命党人，他们按照会上的分工想方设法筹备起义需要的弹药，同时从外面购买制造炸弹的各种原材料，并由孙武来亲自负责制造炸弹，以便起义时供士兵们使用。

03

留在上海的居正，虽说知道起义的时间已经推后，但离起义的时间也没几天，而谭人凤派去香港通知黄兴的吕志伊还没回来，知道等黄兴回湖北武汉指挥起义是无望了，而谭人凤的病又老是好不起来，居正心里头急得像是着了火似的，可他又不好去催谭人凤。

这一切，谭人凤看在眼里急在心上，但没办法，他还一直在咳嗽，他问居正："今日是农历的哪一日？"

居正告诉他是八月十五日，也就是中秋节。居正还告诉他，要不是湖南那边要求延缓十日，今日就已经发动起义了。

谭人凤说："我看黄兴一时半会儿是回不了湖北武汉，要不这样，待过两日我身体稍有好转，我便和你去湖北武汉。"

虽说居正希望谭人凤早点去湖北武汉，但见他病还没好，于是痛心地说："谭干事，您病还没好，这怎么去呀？"

谭人凤说："没事，死不了就行！"

居正说："谭干事，还是等您把病养好了，再说去湖北的事吧。"

"你不用说了，我知道你心里着急，不用等了，后天我就同你一道去湖北武汉，你去把船票买好！"谭人凤说。

10月8日，为了这次起义，谭人凤抱病与居正一道前往湖北武汉。

在这之前的头天晚上，在湖北汉口宝善里十四号机关，孙武告诉王宪章和刘复基他们，说制造炸弹用的硫黄、硝、木炭等原材料都买来了，他准备明天就开始制造炸弹。

听孙武说可以制造炸弹了，王宪章和刘复基等人非常高兴，王宪章笑着说："到时候，叫那些清兵尝尝咱们孙参谋长亲手制造的炸弹的威力！"

"对，让他们这些鞑子尝尝这些土地瓜的味道，看爽不爽！"一旁的李作栋也笑着说。

刘复基开孙武玩笑："参谋长，到时候你弄的这些土地瓜，不会不响吧！"

孙武笑着说："哪会呢！要是这样的话，我在日本大森军校那几年不就白混了？"

刘复基正要说话，邓玉麟说："复基啊，你这是不相信孙参谋长的技术啊！放心吧，孙参谋长是茶壶煮饺子心中有数，你就不要瞎担忧了！"

"也是，也是！"刘复基自我解嘲。

几人开了一阵子玩笑，孙武说："好了，玩笑不再开了，起义在即，请大家按照那天会上的分工，做好自己的事情，谁也不能拖了起义的后腿！"

李作栋说："放心吧，参谋长，我和宪章、复基他们都在抓紧准备，绝对不会拖起义的后腿！"

刘复基说："相信同志们都是有觉悟的，都会做好自己应该做的事情！"

"这就好！"孙武笑着说。

王宪章提醒孙武："哦，参谋长，制造炸弹的时候千万要注意安全，这个东西可是见不得丁点儿火星子的哦！"

"是的，一定要注意安全！"李作栋附和。

孙武笑着说："这我知道，你们不用担心！"

见没其他事了，几人各自散去。

中秋节一过，天气开始慢慢凉了下来，但在湖北武汉这个地方，气温仍然不低，太阳还是火辣辣地挂在天空，党人的革命激情也如这火辣辣的太阳越来越高涨，不少党人心里恨不得马上就发动起义，推翻腐败无能的清廷。

10月9日一早，武汉汉口俄租界宝善里十四号二楼革命党机关工作部，参谋长孙武、理财部部长李作栋、交通部部长丁立中和革命党人王伯雨、刘燮卿等人就已经开始工作了。

几人加班加点地忙到晚上八点钟，实在累得撑不住了，孙武对大家说："忙了一整天，大家都累了，就先回去休息，明日再继续！"

听孙武这么说，李作栋说："行，忙了一天，也真是太累了，是应该休息了！"

"既然参谋长发话了，那就休息吧！"丁立中也说。

王伯雨叹息道："唉，我这些东西还没理好呀！"

孙武对他说："该休息还是要休息的！"

"行，休息就休息！"刘燮卿说。

几人停下手上未干完的活儿，到卫生间简单洗漱一番，各自回了家。

临走时，孙武对李作栋、王伯雨他们说："事情还很多，各位明日都来早一点！"

"好的！"

李作栋、丁立中和王伯雨、刘燮卿齐声回答。

"哦，各位，请记住，来的时候注意点，别带着尾巴进来！"孙武提醒道。

"知道的，你放心吧参谋长！"李作栋说。

孙武说："知道就好！"

随后，孙武和李作栋、丁立中、王伯雨、刘燮卿等人各自离去。

第11章 突发意外

01

次日，孙武和李作栋、王伯雨、刘燮卿几名党人一早来到机关工作部继续忙着各自的事情，是啊，离起义只有一周时间了，可还有不少事情要做，他们心里都很着急。

屋子里，孙武背对着门临窗而坐，他正在用洗脸盆检验头天兑制好的炸药；李作栋和丁立中坐在室内一张小圆桌旁边，继续忙着手里的活儿；一旁的王伯雨和刘燮卿，在继续整理机关部的文件和相关物品。旁边，还有两个年轻人在干些杂活。

调查部部长邓玉麟本来也应该在这儿的，可他刚才出去买手表还没有回来。

"哎，你们怎么把装好的炸弹乱放在这些地方？"

大约上午十时，负责图籍工作的秘书长谢石钦推开门进来，看到楼板上散乱地堆放着十几枚已经装上了引子的炸弹，很是吃惊。见孙武正在窗子边检验炸药，便走过去严肃地说："参谋长，这些炸弹不能堆放在这儿，这样放实在是太危险了！"

孙武不以为然地笑着说："你这个书生啊，胆子真是小，起义的时候这些炸弹还要用手扔出去，放在这儿你都怕，到时候你还敢用它？"

见孙武一点安全意识都没有，谢石钦严肃地说："参谋长，你可不能这么说，这些做好的炸弹散乱地摆放在这儿实在是太危险，应该赶紧叫人把它们搬到其他地方，要用的时候再拿出来也不迟！"

"好好好，就听你一回！"孙武点了点头，然后吩咐在旁边做事的两个年轻人，"来，你们两个，将这些造好的炸弹搬到隔壁去放好！"

"好的！"在旁边做着杂活的两个年轻人应道，并马上过来将楼板上堆放的炸弹搬走放到隔墙房间。

刘燮卿笑着对谢石钦说："秘书长，你也太下细了吧！"

谢石钦说："安全第一，这东西厉害，不下细不行啊！"

"好，你们忙着！"因为还有其他事情，不多一会儿，谢石钦便离开了机关部。

上午，机关部平安无事。

眼看留给起义准备的时间已经不多了，吃过中午饭，在这儿干活的人都没休息，继续忙自己没干完的活儿。

时间一晃到了下午四点钟，这时一个年轻人推开门走了进来。这个年轻人叫刘同，是刘公的同胞弟弟。他平时帮孙武他们做些杂事，时不时地来这儿闲逛。

刘同从门外走进来的时候，嘴上叼着支点燃的香烟。

"哎，刘同老弟，你怎么来了？"见刘同来了，王伯雨边干活边问他。

"在那边闲得无聊，过来玩一会儿，看你们在做啥子！"刘同用手拿下嘴上叼着的香烟，回答王伯雨。

"你不上课？"李作栋问刘同。

刘同告诉他今日没课，然后走向在窗子边检验炸药的孙武。

"参谋长，你在忙啥子呀？"刘同来到孙武身后问他。

"我在检验炸药！"孙武正在专心致志地检验炸药，头也没回地应了刘同一声，然后问他，"你怎么来这儿了？"

"觉得无聊，来这儿玩一会儿！"刘同说完，将手上夹着的香烟放到嘴里叼着，边吸边漫不经心地站在孙武身后看着他检验炸药。

随着刘同的一呼一吸，他嘴巴上的烟头一明一暗地闪着星火。

孙武因为精力全放在检验炸药的事上，没注意到刘同在自己身后吸着烟。旁边两位在搬炸弹的年轻人和李作栋、丁立中、王伯雨、刘燮卿等人也没想到会出危险，要是他们想到这件事，抑或是谢石钦还在，那他们肯定会提醒刘同将嘴上的香烟掉灭。

"制都制好了，咋还要这么做呢？"刘同吸了一口烟，弯下腰来问孙武。

"得要检……"

孙武话还没说完，洗脸盆里的炸药就"哧"一声燃烧起来。顿时，屋内浓烟滚滚。

这是怎么一回事？原来，刘同嘴上燃着的香烟头落到了装炸药的洗脸盆里，一下子引燃了洗脸盆里已经兑制好的炸药。幸好刚才两个年轻人将堆放在楼板上的炸弹搬到隔壁去了，要不然后果难以想象。

炸药虽然只是燃烧没有发生爆炸，但由于孙武离装炸药的洗脸盆太近，冲起的火焰烧伤了他的面部和右手。

"啊！疼死我了！"在旁边清理文件的王伯雨也被飞溅的炸药灼伤了右眼，疼得大喊大叫。

刘同脸上也被炸药燃烧冒出的黑烟熏黑，他是个学生年纪还小，见出了这等大事，吓得在一边说不出话来。

见是他惹出的事，李作栋站起来朝他吼道："还不赶快走！"

刘同这才赶紧跑出去。

见刘同跑出去了，李作栋大声说："闹了这么大动静，等下巡警肯定会来搜查，你们赶紧收拾东西离开！"

王伯雨听了，用右手捂着灼伤的右眼赶紧离去。

"参谋长伤势严重，来，咱们几个把他送去医院医治！"见孙武伤势严重，李作栋从屋角的衣架上取下长衫蒙在孙武头上，叫上丁立中和两位年轻人，一起扶着孙武从后门出去，前往法租界同仁医院治伤。

孙武忍着伤痛叮嘱刘燮卿："你快去把文件柜里的文件和名册带走，千万不要让这些东西落在清兵和巡捕手里！"

"好！"刘燮卿应道。

孙武和李作栋走后，刘燮卿准备打开柜子将放在里面的文件、革命党人名册等重要东西带走，可柜子的钥匙被邓玉麟拿走了，刘燮卿打不开锁心里着急，但又想不出什么办法。他怕清兵或巡捕来了自己被抓住，准备先逃出去再说。

"救火！"

"宝善里起火啦，快来救火啊！"

"快来救火呀！"

炸药燃烧产生的浓烟，顺着窗户和屋顶一缕一缕地冒出，附近的居民见了，赶忙大呼救火。

02

俄租界巡捕房和清廷军警早就听说革命党人要在八月中秋节搞暴动，附近居民的呼救声惊动了不远处的俄租界巡捕房，巡捕房的捕头以为是革命党人在那儿搞爆炸，急忙吹响哨子集合巡捕，来宝善里搜查。

住在机关部旁边房子里的刘仲文听到外边闹哄哄的，急忙从房子里走出来，正遇见一群巡捕朝这儿赶来，又见旁边楼上浓烟滚滚，一大股火药味直冲鼻子，这才知道是革命党机关部出事了。

见他站在那里，领头的巡捕问他："这边楼上是怎么起火的？"

"是煤油爆燃了！"刘仲文向领头的巡捕撒谎。

"快，上二楼，不要让里面的乱党跑了！"领头的巡捕没管刘仲文，而是命令同行的巡捕往二楼冲去。

巡捕本来想抓捕刘仲文的，但见他身上穿着长衫，不像是革命党人，便没再多问。

趁巡捕还没有反应过来，刘仲文赶忙一路小跑离开了这儿。

巡捕们冲进二楼后，即刻将前后门堵住，不让里面的人出去。刘燮卿本想跑出去的，但巡捕们已经上楼来了，见来不及脱身，刘燮卿赶紧躲藏到门背后，准备再寻找机会逃出去。

"快，封锁此地，这儿是乱党机关！"

巡捕们在搜查房屋时，发现了兑制好的炸药和制造好的炸弹，料定这儿是革命党人的机关驻地，赶紧对这儿实施戒严。

见屋角有一个用铁锁锁着的文件柜，几个巡捕用枪托将其砸开，然后翻箱倒柜地搜查里面的东西。

"头，快来看，这里有乱党准备起义用的东西！"一个巡捕在搜查文件柜里的东西时，发现了革命党起义要用的旗帜、袖章、党人花名册、文告等物品。

领头的巡捕过来翻看了一下这些东西，命令巡捕们："找箱子来装上，全部收走！"

"看看还有没有其他东西！"待巡捕们装完文件柜里的东西，领头的巡捕又问。

"头，都仔细搜查过了，没有其他东西了！"一个巡捕给他报告。

"好，收队！"领头的巡捕带着一干巡捕准备下楼。

"出来！"

突然，一个巡捕发现了躲藏在门后的刘燮卿。

见巡捕发现了自己，刘燮卿知道是逃不掉了，从门后边走出来。

领头的巡捕恶狠狠地问他："你的同伙呢？都去哪儿了？"

"我没什么同伙！"刘燮卿昂首挺胸地告诉他。

领头的巡捕打量了一下刘燮卿，然后眨着双眼问他："哼，没什么同伙？你说，你这话我能信吗？"

"信不信由你！"刘燮卿看都不看他一眼。

"嘴巴还挺硬的，哼，我看到时候是你嘴巴硬，还是我的皮鞭硬！"领头的巡捕说罢，朝身边的巡捕吼叫道："带走！"

之后，俄巡捕一面传唤附近的居民来问讯，一面在四周密布岗哨，想诱捕其他革命党人。

邓玉麟从外边买东西回来，刚走到巷子口，见这儿出事了就没敢过来。他向附近看热闹的居民打听了一下情况，然后立即赶去长清里。

在长清里，邓玉麟遇到了刘仲文和李作栋。见邓玉麟来了，李作栋说："孙参谋长现在已被送到同仁医院治伤，他正想与你一谈，你赶快去见他！"

邓玉麟说："好，我这就去，巡捕们已经在机关部附近暗布密探，你们都得注意点！"

"你也要注意安全！"刘仲文叮嘱邓玉麟。

"放心吧，我会注意的！"说罢，邓玉麟转身往同仁医院赶去。

邓玉麟在同仁医院见到孙武之后，孙武说："玉麟，宝善里失事，革命党的机密已经完全泄露，党人的名册被巡捕抄去，清兵必然会按照名册来搜捕革命党人，我看只有马上通知大家起事，才能死里求生，否则咱们党人都要遭殃！"

"参谋长说得对，我也是这样想的！"邓玉麟点头。

孙武当机立断，说："事不宜迟，这样，玉麟，你马上过江去武昌小朝街八十五号通知王宪章他们，请他们马上采取行动，提前实施起义！"

"好，我这就动身去通知他们！"邓玉麟说完转身离去。

已经逃出来的刘仲文，突然想到他在宝善里一号宅子里还存放着一些文件和零星用品，担心这些东西落到巡捕手里，于是就对已经逃出来的胞弟刘同说："宝善里一号宅子还存放有一些文件和零星用品，你赶紧陪你嫂子去取一下，一旦这些东西落到巡捕手上，那麻烦就大了！"

"好！"刘同知道这个祸是因他而引起的，见哥哥这么说当然不敢推辞，赶紧叫上嫂子李淑卿一起去宝善里的一号宅子里取东西。

"干啥子的？"刘同和他嫂子一路小跑来到宝善里一号宅子，叔嫂二人正要用钥匙打开房门，没想到守在一旁的巡捕上前来盘问，两人不禁紧张起来。巡捕见两人慌慌张张的样子，怀疑他们是革命党人，就将他俩一起捆着抓走了。

一同被巡捕抓走的，还有附近胡同里的几位居民。

"不好，要出大事！"在长清里的刘仲文听闻刘同和他的妻子李淑卿也被巡捕抓走了，感觉到了事态的严重性。他心里明白，刘同虽说不是革命党人，但他是自己的亲兄弟，和革命党人接触的时间多，革命党的秘密他知道得不少，万一被抓去后经不起巡捕的严刑威逼而泄露了机密，那势必会危及汉口、武昌各个革命机关及住在同仁医院里的孙武的安全。

这样一想，刘仲文对逃到这儿来的丁立中说："刘同年纪小，肯定经不起巡捕的威逼拷打，到时他可能会供出一些党人藏身的地点，你赶紧去趟同仁医院，将孙武参谋长转移到德租界公和里十九号黄玉山家。"

"好！"

丁立中说完马上赶往同仁医院。

见到孙武后，丁立中低声而急促地说："参谋长，刘同被捕了，他有可能供出党人藏身的地点，刘公叫我把你转到德租界公和里十九号黄玉山家，你赶快跟我走，晚了怕是走不了了！"

听丁立中这么说，孙武感觉到事态更严重了，二话没说就跟着他赶紧离开了同仁医院。

将孙武转移到黄玉山家后，丁立中马上赶回刘公这儿。

刘公对丁立中和王伯雨说："清兵和巡捕在到处抓人，现在还有去上海的货轮，你俩马上搭乘货轮去上海避一避！"

"刘公，您和我们一道去吧？"王伯雨说。

"是啊，您就和我们一道暂时离开武汉，等过了这阵风再回来也不迟！"丁立中也说。

刘仲文说："我还得安排一下其他同志，你们赶紧走，别管我！"

见他不肯走，王伯雨和丁立中只好先走了。

03

汉口宝善里革命党人的机关遭到巡捕破坏，虽说是因炸药燃烧所引起的，但其实巡捕早就注意到这儿了，只是他们还没有抓到任何把柄而未动手。

在若干天前，清廷就风闻革命党人准备在八月中秋节起事，就请俄国驻武汉的总领事奥斯特罗维霍夫协助他们清查革命党人，奥斯特罗维霍夫答应了清廷的请求，并派出大量的巡捕全力协助清廷军警到处搜寻革命党人，此后宝善里一带就被俄租界巡捕和清廷军警盯上了。

宝善里机关失事后，奥斯特罗维霍夫马上命令巡捕根据搜查到的革命党人名册，在汉口大肆搜捕革命党人。

李淑卿、刘同、刘燮卿以及宝善里胡同的居民王可伯、谢坤山、陈文山等人被抓捕后，奥斯特罗维霍夫立即打电话给江汉关的督道齐耀珊："齐督道，你赶紧来我这儿一趟，我有要事找你商量！"

"好的，总领事，马上就过来！"齐耀珊挂掉电话，立即赶到俄国驻汉总领事馆。

来到奥斯特罗维霍夫办公室，齐耀珊恭敬地站着问道："总领事，请问您有何吩咐？"

"你看一下这个！"奥斯特罗维霍夫把巡捕们刚才搜查到的革命党人名册递给他。

"还有炸弹和这些东西！"齐耀珊看了党人名册，奥斯特罗维霍夫又带他看了收缴来的文件、旗帜、袖章、文告等。

"他娘的，这些乱党真要造反？"看到这些东西，齐耀珊恶狠狠地骂道。

奥斯特罗维霍夫问他："齐督道，你看这事该作何处理？"

齐耀珊告诉奥斯特罗维霍夫，他得先请示一下总督大人。

"好吧，那你就赶紧请示吧！"奥斯特罗维霍夫说。

"总督大人，奥斯特罗维霍夫总领事已经帮我们抓捕了宝善里的部分乱党，并搜查到这些乱党准备起事用的一些物品，您看接下来怎么办？"随后，齐耀珊又将情况呈报给在湖北武昌的总督瑞澂，并请示他下一步该怎么办。

瑞澂听说武汉汉口宝善里有革命党人准备起事，不禁大吃一惊，先在电话里向俄总领事奥斯特罗维霍夫感谢一番，然后命令督道齐耀珊："马上紧闭城门，调集巡防营、守卫队和教练队巡查各个街口巷道，务必不让一个乱党逃匿，同时将所有抓捕到的乱党和其他人犯，马上押解到武昌湖广总督署当即开庭审讯！"

齐耀珊立即按照瑞澂的指示采取下一步行动。

李淑卿、刘同、刘燮卿以及居民王可伯、谢坤山、陈文山等人被押解到湖广总督署后，清廷立即对这些人展开审讯。

"叫什么名字？"

"长官，我叫王可伯！"

"为什么参加乱党？"

"报告长官，我不是乱党，我只是当地的一个普通老百姓！"

"你真的不是乱党？"

"真的不是，长官，不信你可以去问问其他人！"

"最近这儿有乱党在活动，你知道吗？"

"报告长官，我不知道！"

"好，你下去吧！"

"谢谢长官！"

就这样，王可伯被放走了。

"下一个！"审讯官朝外边叫道。

两名巡捕将谢坤山押了进来。

"长官，我冤枉啊，我什么都没做呀，我只是个安分守己的小商人，我不是革命党，连革命党长什么样我都不知道，我可以对天发誓！"

审讯官还没开始问话，谢坤山倒先说了一大堆。

"叫什么名字？"审讯官用手敲了敲面前的桌子问他。

"报告长官，鄙人叫谢坤山！"

"你真不是革命党？"

"我真不是，我只是个做点小生意维持一家生计的小商贩，长官说的什么革命党我完全不知道！"

"真不知道？"

"我发誓，如有半句假话，天打五雷劈！"

"好了，你也不用发誓了，先下去吧！"

"谢谢长官！"见审讯官放了自己，谢坤山战战兢兢地走出门去。

陈文山被审讯时也是如此。

审讯官得知王可伯、谢坤山、陈文山等人不过是当地的一些居民，本来就与党人无关，知道也审不出什么东西来，于是简单讯问了几句便把他们给放了。

刘燮卿虽说是革命党人，但见他一副市民模样，审讯官也是随意审问了几句就给放了。李淑卿是个女的，审讯官觉得她也不可能是革命党人，同样随便审问了几句就放走了她。

只有刘同不一样，审讯官见他一副洋学生打扮，而且神态很不自在，觉得这人有可能就是革命党，于是大声地问跪在地上的刘同："告诉我，你是怎么参加乱党的？你的同伙有哪些？他们现在藏匿在什么地方？你们准备怎么起义？"

审讯官连珠炮似的问了刘同几个问题，刘同低着头不说话。见刘同不说话，审讯官威吓他："你说不说？不说我马上对你动用大刑，让你求生不得求死不能！"

刘同少不更事，早已吓得瑟瑟发抖，听审讯官说要对他动用大刑，赶紧哀求道："我说，我说，我知道的都说，我怕疼，恳求你们不要对我动用大刑！"

紧接着，刘同将他所知道的党人的秘密，一一向审讯官做了交代。就这样，清兵没费多大功夫就获悉了革命党人在武昌的各个联络点和起义的准备情况。

"押下去！"

待刘同供述完毕，审讯官命令清兵将他押了下去，然后将刘同的口供禀报给湖广总督瑞澂："总督大人，刘同招供，湖北武昌革命党的联络点在小朝街八十五号、雄楚楼十号、胭脂巷十一号、杨洪胜杂货店等处，而且他还招供了革命党人起义的一些准备情况！"

瑞澂听了万分惊喜，当夜就给在武昌的清兵下令："马上搜查这些地点，剿灭乱党！"

当天晚上，清兵在武昌城内大肆搜捕革命党人，仅一夜之间，革命党设在小朝街八十五号、雄楚楼十号、胭脂巷十一号和杨洪胜杂货店等处的革命机关和联络点全部被清兵查获，一大批革命党人被清兵逮捕，革命党损失极其惨重，并严重影响到了起义的计划。

对刘同的出卖，革命党人极为愤怒，刘仲文更是痛心疾首，恨他这个弟弟给他和党人惹来了巨大麻烦。

刘仲文感觉非常对不起孙武和王宪章，以及被捕的那些党人。但是，事情并没有结束，不幸的事情还在后面。

04

心急如焚的邓玉麟来到汉口码头，见有去武昌的船赶紧跳了上去。

在船上，邓玉麟遇到了从武昌来的革命党人的秘书长谢石钦、政治筹备员梅宝玑和邢伯谦。

"哎，你们怎么在这儿？"见到谢石钦、梅宝玑和邢伯谦，邓玉麟低声问道。

谢石钦告诉他，他和梅宝玑、邢伯谦原本准备去宝善里办事，可到了汉口街上听人说那儿出了事，就赶紧折回江汉关乘船准备回武昌。

"邓部长，你怎么也在这儿？"谢石钦问邓玉麟。

梅宝玑问："宝善里到底是怎么一回事？"

"是啊，到底是咋回事呀？"邢伯谦也问。

"那儿已经出事了，你们别去，和我一道去武昌小朝街军事机关指挥部，请王宪章和刘复基他们立即发动起义！"邓玉麟将宝善里发生的情况给他们三人做了详细介绍，然后与他们一道前往武昌小朝街八十五号。

船在行驶的途中。

听邓玉麟介绍完宝善里的情况，梅宝玑又气又恨，并对邓玉麟等人叹息道："唉，这刘同，没事你去那儿干什么？还有孙武和王伯雨，明明见他刘同嘴上叼着烟，还让他进屋！"

"是的，这真是太不应该！"邢伯谦也很气愤。

谢石钦说："果不其然出事了！"

听谢石钦这么说，邓玉麟问他："怎么？你早知道那儿要出事？"

谢石钦告诉他，早上他去宝善里机关，见孙武把造好的炸弹乱放在楼板上，他怕出事，就叫孙武安排人将那些炸弹搬去隔壁，他没想到刘同会来，而且还在那儿抽烟。

"唉，这孙参谋长，还有李作栋和王伯雨，他们居然不加以制止，真是糊涂啊！"谢石钦摇头埋怨道。

见他们三人都在埋怨刘同和孙武等人，邓玉麟怕引起误会和矛盾，赶紧劝说道："谁都会有失误的时候，好了，大家都不要说这事了，免得引起同志间的误会和矛盾，再说，他们也没想到会出这种事情！"

"可这明明是挨不得火的，难道他们都不知道？"梅宝玑仍然不服气。

邢伯谦说："也是，人有失足，马有失蹄，谁都会有个大意的时候！"

"这不是大意，是完全没有安全意识！"谢石钦气愤地说。

梅宝玑看着邓玉麟说："可这个大意带来的代价也太大了呀！邓部长，你说是不是？"

邓玉麟说："你说得没错，这个代价是太大了，但事情已经发生了，怎么办呀？大家只能去面对，只能采取补救措施，埋怨是没有用的。"

"话虽是这么说，但给革命造成这么巨大的损失，这个责谁来负啊？"梅宝玑说。

见梅宝玑还在纠结这件事，邢伯谦觉得他太过分了，质问他："那你要谁来负这个责？刘同，还是刘公？"

"按你这么说，造成这么大的损失就这样算了不成？"梅宝玑反问邢伯谦。

邢伯谦说："这事到后来一定会有个结果，但具体是什么结果也没必要这么着急地追究，这样做会让人家刘公心寒！"

"你们都不要吵，刚才邓部长已经说了，事情出了大家只能是去面对，而不是去埋怨哪一位同志，说句实在话，这种事情我也想不通，但有什么办法呢，他们也不想这样！"谢石钦说。

邓玉麟说："好了，都不要说了，马上就到武昌城了，等见到了王宪章和刘复基再说！"

不多一会儿，船就在码头靠岸了。待船一靠岸，四人急忙奔向武昌城里小朝街八十五号党人的军事机关指挥部。

第12章　紧急应对

01

自上次做出在10月中旬进行起义的决定以后，革命党人的军事指挥机关便加紧在做各方面的准备，但鉴于湖南等省准备得还不够充分，同盟会的领导黄兴要求孙武和王宪章推迟起义时间，待各地做好充分准备之后再统一发动起义。

黄兴的要求让孙武、王宪章和刘复基感到非常为难，是啊，起义日期一推再推没个定准，这让其他革命党人和士兵们怎么看待总机关的人啊？

恰在这个时候，负责通知蒋翊武回来参加起义的李擎甫来到了湖南岳州，李擎甫将情况告知蒋翊武后，蒋翊武觉得事情紧急，便和李擎甫立即赶往湖北武昌。

早晨，刘仲文、王宪章、刘复基、彭楚藩、蔡大辅、陈树三、牟鸿勋、龚霞初、陈磊等人正聚集在小朝街八十五号军事指挥部，一同商议同盟会领导人黄兴要求再次延迟起义的事。

"总指挥回来了！"陈磊瞧见蒋翊武推开门进来，高兴地朝大家喊道。

"总指挥，你可回来了呀！"

"大家都盼着你早点儿回来啊！"

"是啊，大家都在等着你早点回来！"

见蒋翊武回来了，刘仲文、王宪章、刘复基、彭楚藩、蔡大辅、牟鸿勋、龚霞初等人赶紧上前和他打招呼。

"诸位，辛苦了！"蒋翊武走过来和大家打招呼、握手。

"总指挥辛苦！"众人回答。

一阵寒暄之后，大家坐了下来。

"最近情况怎么样？"蒋翊武问道。

"最近我一直在……"

"我来向总指挥汇报！"

王宪章正要向蒋翊武解释，刘复基接过话，说由他来汇报。蒋翊武朝刘复基点了一下头："好！"

"自从四川出现保路运动以后，湖北各地也在开展保护路权的革命活动，特别是进入 10 月以来，湖北武汉地区的革命形势发生了极大的变化，清廷因为南湖炮队事件，加紧了对湖北武汉地区党人革命活动的摧残，汉口、汉阳、武昌等地的革命活动一度受到打击，革命活动的开展极为艰难。尽管清廷如此凶残，但同志们并没有被吓倒，革命的热情不但有增无减，甚至是在高涨。对此，湖北武汉地区的革命总机关……这就是我们这边最近半个月来的情况。"刘复基先向蒋翊武汇报了半个月来湖北地区革命发展的势态。

蒋翊武边听边记，并不住地点头。

"哦，按照黄兴总司令的意见，由于湖南等省准备工作尚未完成，起义的日期推迟，到时与十余个省同步起义。但是，一部分同志怕消息走漏后清廷会镇压咱们革命党人，不同意推迟起义时间，而一部分同志则认为准备不足则起义难以成功，同意推迟！"随后，刘复基又向蒋翊武转达了同盟会领导人黄兴关于推迟起义时间的指导性意见和当地党人的不同看法。

"我赞成黄总司令的意见，起义日期往后推迟！"听了刘复基的汇报和转达，蒋翊武马上做出表态。

紧接着，他对刘复基说："这样，马上把各标各营代表找来，为了确保起义取得成功，一定要说服他们同意将起义日期往后推迟，绝不能草率行事，否则于起义不利！"

"总指挥说得对，绝不能草率行事，否则起义一定会出大问题！"王宪章补充道。

蔡大辅说："同盟会的领导，就是高瞻远瞩，问题看得远，想得也很周到！"

蒋翊武说："这没什么，既然各省准备还不够成熟，那就推迟嘛，没什么不行的！"

"行，我也同意这个意见！"彭楚藩率先表态。

"我也同意！"刘仲文也表态。

其他同志跟着也做了表态发言。

见大家都同意延迟起义的时间，刘复基高兴地说："好，我这就安排人去通知其他党人和各标各营的代表来开会！"

两个小时后，各标各营的代表都到齐了，蒋翊武说："各位代表，革命兄弟们，9 月 24 日，联合后的革命团体根据当时的形势做出了在中秋节在武昌发动起义，后来由于消息被报纸泄露，又遇南湖炮队事件突发，清军加强了对咱们革命党的防范，加上湖南方面焦达峰又来人告知，说他们那边准备还不够充分，请求革命机关总部将起义的时间延缓十日，也就是在阳历的 10 月 16 日才举行起义，孙武参谋长、王宪章副总指挥、刘复基部长等机关领导与我商量之后，同意了焦达峰的请求，并且已将这一日期告知了湖北各标各营的同志。但是，鉴于目前的形势和起义的准备工作情况，将武昌起义的时间往后推迟。武昌起义是革命斗争的一个关键节点，起义的时间定在何时关系到起义的成败，今天临时通知大家过来，就是要告诉大家，一定要服从领导的统一安排，任何人绝对不能擅自行动，这样，才能确保武昌起义取得胜利，请大家服从安排。"

"一定服从领导安排！"

"不折不扣地服从同盟会领导的决策部署！"

代表们纷纷表态。

见各标各营代表都表态服从安排，蒋翊武说："好吧，那其他代表就先回去，我和宪章、复基、楚藩还有事要继续商量。"

按照 9 月 24 日会议安排，起义时运送弹药的工作由邓玉麟和杨洪胜两名同志负责，可为了鼓舞士兵们的士气，副总指挥王宪章主动提出自己也去给各营运送炸弹。

蒋翊武、刘复基、彭楚藩、陈鸿勋、龚霞初等人表示同意。

"时间不等人，这样，你们继续商议行动计划，我先走一步！"王宪章与蒋翊武、刘复基、彭楚藩等人打过招呼，就退出会场去给各营运送炸弹了。

这时已经是下午五时。

02

蒋翊武、刘复基、彭楚藩等人继续讨论起义行动计划。

突然，门外进来一人对着蒋翊武耳语："汉口宝善里革命机关出事了。"

听了报信人的话，蒋翊武心里一惊，但他马上镇定下来，对来报信的人说："知道了，你先出去吧！"

报信人出去后，蒋翊武心情沉重地告诉刘复基、彭楚藩他们："同志们，汉口宝善里机关那边出事了！"

"什么？宝善里机关出事了？出什么事啊？"事发突然，听了蒋翊武的话，刘复基、彭楚藩等人显得有些惊恐。

蒋翊武告诉他们，刚才来的人告诉他，孙武在制造炸药时起火，巡捕对宝善里机关进行了搜查，查获了准备起义用的炸弹、文件、信印等，还抓捕了不少人，形势对革命党人非常不利。

"唉，怎么会这样？"彭楚藩捶胸顿足。

刘复基说："宝善里机关失事，起义计划肯定会被清廷侦知，我建议立即起事，要不然后果不堪设想！"

蒋翊武手捏着下巴沉思了一下，说："现在情况还不明朗，我觉得应该静观其变，再做出决定！"

"时间不等人，总指挥，你还是赶快下令吧！晚了怕是凶多吉少啊！"刘复基着急地催促道。

彭楚藩也说："总指挥，我也觉得这事不能再等了，你快下命令吧！"

"是啊，下命令吧，再不下就来不及了啊！"陈鸿勋也说。

蒋翊武摇了摇头，说："不行，现在下令起义实在是太草率，起义成功的概率太低，我不能拿革命来开玩笑！"

"等到清兵准备好了你再下令起义，那就晚了呀！"见蒋翊武不肯下达起义命令，刘复基和他争执起来。

正在刘复基和蒋翊武争执不下的时候，邓玉麟、谢石钦、梅宝玑、邢伯谦四人急匆匆地从门外走了进来。

"哎，玉麟、石钦，你们怎么来了？"见邓玉麟、谢石钦、梅宝玑、邢伯谦几人来到这儿，蒋翊武感到有些突然。

"不好了，总指挥，汉口宝善里机关出事了！"邓玉麟惊慌地告诉蒋翊武。

"你快说说，这到底是怎么回事？"听了邓玉麟的话，蒋翊武正要问他情况，刘复基却抢先问了。

邓玉麟告诉大家，当时他去街上买东西了，具体情况也不清楚，但他听附近的居民说，是下午孙武参谋长在宝善里机关用洗脸盆检验炸药时，刘公的胞弟刘同来玩，站在孙参谋长旁边看他检验炸药，当时刘同嘴上叼着支点燃的香烟，一不小心烟头掉到盆里引燃了炸药。孙参谋长的脸和右手被烧伤，现在在黄玉山家躲避。在场的王伯雨右眼也被弄伤，但问题不是很大就先从那撤离了。随后，俄租界巡捕房的巡捕就来抓捕人了。

"唉，这个孙武！"听了邓玉麟的汇报，蒋翊武跺了一下脚，对孙武，他不知道说什么好。

"王伯雨和李作栋他们也是，明明知道炸药是见不得火的，看见刘同在孙武旁边抽烟也没人提醒一下他！"刘复基很不高兴。

蔡大辅气愤地骂道："这个刘同，简直就是个混蛋！"

见蔡大辅骂刘同，梅宝玑又说："关键是这个责任谁来负？"

邢伯谦说："宝玑，我之前说过你了，不要再纠结这件事！"

这时蒋翊武已经冷静下来，他说："都别吵了，事情已经出了，埋怨是没有用的，当下还是想想起义如何办吧！"

彭楚藩也说："总指挥说得对，这个时候埋怨谁都没用，还是想想起义的事吧！"

"党人名册已经落入清廷手中，他们一定会按照名册抓捕咱们党人，我建议今晚就发动起义，如果今晚不起义，明日一早清兵和巡捕按照名册抓人，恐怕咱们一个也跑不了！"邓玉麟建议。

刘复基说："我认为玉麟说得对，今晚若不起事，恐怕大家都逃不脱清兵和巡警的搜捕！"

"那就发令吧，总指挥！"邓玉麟望着蒋翊武说道。

蒋翊武沉思了一下，说："不是我不想下这个命令，是时下各标各营的准备实在是不够充分，一旦命令发出，各标各营的同志都是蒙的，到时起义必定失败！"

蒋翊武还在犹豫。

这时已经是下午六时了，见蒋翊武不肯下令，刘复基着急起来，嗖的一声从腰间拔出手枪指着他怒吼道："你身为总指挥，今日起义之事迫在眉睫，而你却犹犹豫豫不肯下达命令，难道是怕死吗？"

"总指挥，你就下命令吧！"

"下吧，总指挥！"

"下吧，再不下恐怕真来不及了！"

彭楚藩、蔡大辅、谢石钦、邢伯谦等人也劝说蒋翊武。

见大家都在劝说，刘复基又在一旁用枪指着自己，蒋翊武勃然作色道："诸君真以为我蒋翊武是怕死？不就是一颗人头吗！好，既然大伙儿都觉得要干，那就和清军他们拼了！"

"这就对了嘛！"刘复基说罢将手枪插回腰间枪套。

蒋翊武立即向在场的人发出命令："现在我郑重宣布，起义正式启动。为了确保起义成功，我宣布几件事情：一、定于今晚十二时，武昌城内外同时向清军发难，以城外炮声为号，三声炮响，大家即刻行动；二、为了辨清自己人，起义人员一律在右臂缠上白色布条；三、到时炮队负责攻打中和门，楚望台是军械库，必先占据，占据楚望台和蛇山后攻打督署和藩署；四、工程第八营负责夺取弹药库；五、第三十标的人负责制约该标第一营旗人；六、第二十九标以第一营助攻第三十标第一营旗人，以第二营助攻督署并捕捉伪督；七、第四十一标及第三十一标留守各部，分别攻打藩署及官钱局。请复基当即抄写，待我审定后马上发到各标各营！"

"我马上抄写！"刘复基应道。

命令下达，在场的人振臂高呼。

"注意，今夜起义的暗号是'同心协力'！"蒋翊武提醒在场的人。

"好！"刘复基和彭楚藩、蔡大辅、谢石钦、邢伯谦等人一齐回答。

"但暗号不能写在通知里，只能是口头传达！"蒋翊武告诫刘复基。

"明白！"刘复基朝蒋翊武点头。

不多一会儿，刘复基将起义的通知抄写好了拿给蒋翊武过目。蒋翊武看完之后，对彭楚藩、蔡大辅、谢石钦和邢伯谦他们说："来，你们抓紧抄写几份，等会儿好分送给各营！"

彭楚藩、蔡大辅、谢石钦、邢伯谦几人赶紧将刘复基抄写好的通知拿去再抄写几份。待几人将通知抄写好了，蒋翊武对邓玉麟说："玉麟，你马上去工程营通知熊秉坤，叫他们务必做好起义准备！"

"好！"邓玉麟应答，然后拿起一份通知就直奔工程第八营。

蒋翊武又对陈树三说："树三，你负责去第二十九标通知蔡济民、高尚志他们！"

"好！"陈树三拿起抄好的通知就要往第二十九标赶去。

"等等，你还得去通知一下第三十标的王宪章副总指挥和张廷辅部长。"

"好！"陈树三又拿了一张抄好的通知，转身离开。

彭楚藩提醒他："注意安全！"

"嗯，知道！"陈树三回过头来回答彭楚藩。

"来，伯谦，你负责通知……"蒋翊武又给其他同志安排任务。

一切安排就绪，待其他人都去通知各标各营的党人了，蒋翊武、刘复基、彭楚藩、陈宏诰、牟鸿勋、龚霞初等人就在小朝街八十五号总机关等候各营起义消息。

当天晚上，来这儿打听消息的革命党人不少，刘复基担心机关会暴露，就去街上雇了一个放留声机的人来这儿播放唱片。

悠扬的歌声穿出窗外，不知情的人还以为是房子的主人在听歌娱乐，根本想不到这儿会是革命党人准备发动起义的总指挥部。

这儿既然成了起义的总指挥部，肯定得有人在这儿接应和指挥，为了安全起见，刘复基觉得这儿不宜留下这么多人，于是他对陈宏诰、牟鸿勋、龚霞初等人说："为了安全起见，这儿不宜留这么多人，你们赶快离开这儿，我和翊武总指挥，还有楚藩留在这儿就行！"

"这哪行啊？"

"不行，我们不能走！"

"要死大家也死在一块儿，我们不能当逃兵！"

陈宏诰、牟鸿勋、龚霞初等人坚决不走，刘复基劝说道："这样很危险，清兵一旦打过来，大家都得死，你们赶紧离开这儿，没必要做无谓的牺牲，有我和总指挥、楚藩留在这儿就够了！"

"快走啊！"见陈宏诰、牟鸿勋、龚霞初他们不动，刘复基又催他们。

"复基说得对，没必要做无谓的牺牲，得保存党人的实力，你们赶紧离开这儿！"蒋翊武也说。

彭楚藩说："你们还是听从安排，赶紧走吧，这里的确没必要留下这么多人！"

刘复基催了好几次，加上蒋翊武、彭楚藩也在劝说，陈宏诰和牟鸿勋、龚霞初等人这才含泪离开小朝街八十五号。

03

从小朝街八十五号出来后，邓玉麟一路小跑来到工程第八营营地，见到正目熊秉坤，邓玉麟着急地说："秉坤，刚才我和蒋总指挥、彭楚藩他们商议了一下，准备在今晚十二时发动起义，并以城外炮队的三声炮响为号，你按之前会议约定，带领营里的同志守卫好官钱局、造币厂、藩署和善后局等财政机关。楚望台军械所一地也十分重要，因为各标各营都没子弹，起义后要到那儿拿子弹，所以今夜你只要一听到城外炮响，无论遇到什么困难都务必拿下军械库！"

"但得先给我送些手枪和炸弹啊！"熊秉坤说。

邓玉麟说："手枪已经派人去买了，但还没有运回来，子弹和炸弹已替你准备了一些，可不是很多，回头我叫杨洪胜把炸弹和子弹给你送一些过来！"

"好！"熊秉坤点头应道。

熊秉坤问邓玉麟："起义用的旗帜准备了没有？"

邓玉麟告诉他，这些东西本来都是准备好的，但汉口宝善里机关一出事，全都被巡捕搜走了。

"总指挥让起义人员一律在右臂上缠上白色面条！我马上去安排！"邓玉麟说

"好，辛苦你了！"熊秉坤握住邓玉麟的手。

"应该的！那就这样定了，我还得赶到其他营去！"邓玉麟说。

"行！"熊秉坤将邓玉麟送到军营门口。

送走邓玉麟，熊秉坤马上带领士兵们着手开展起义的准备。

没多大工夫，杨洪胜手提着一个面上盖有青菜的竹篮来了。

"这么快就来了？"熊秉坤说。

"嗯！"杨洪胜说着掀开盖在篮子上面的青菜，从篮子底下拿出两盒子弹递给熊秉坤，"一会儿再给你送炸弹过来！"

"好，这下有打清兵的东西了！"见到了子弹，熊秉坤非常高兴。

"不过，你的营房要换个同志来把守，以防到时节外生枝！"杨洪胜扫视了一下四周，低声说。

熊秉坤也四下扫了一眼，说："走，我带你去见个人！"

"好！"杨洪胜点头，然后跟着熊秉坤一起去找右队守卫。

找到右队守卫的卫舍长杨金龙，熊秉坤悄悄对他说："你派个可靠的兄弟把守营房门，以防此处到时候发生意外！"

杨金龙说，他安排一个卫兵先与杨洪胜相互熟悉一下，以便过后好行事。

"嗯！"熊秉坤点头。

不多一会儿，杨金龙领着一个卫兵来了，他指着杨洪胜对卫兵说："这是杨大哥，到时候他来了你就赶紧给他开门！"

熊秉坤叮嘱他："你要记住杨大哥的面容，省得到时候出差错！"

"记住了！"卫兵看了杨洪胜一眼。

杨洪胜和卫兵握了一下手："辛苦你了，兄弟！"

"不辛苦！"卫兵回答道。

杨金龙对卫兵说："好，你先下去吧！"

卫兵转身离去。

"好，我得赶紧走了！"杨洪胜和熊秉坤、杨金龙握手，然后赶紧回去给他们带炸弹。

杨洪胜走后，熊秉坤将子弹带回营里分为四份发给各队代表。他告诉各队的代表，凡胆子较大或与营里军官有仇的士兵，每人发两颗子弹，其余的士兵发三颗子弹。他自己留下六颗子弹，三颗子弹用来给弟兄们发信号，另外三颗子弹留着自己打清兵。

熊秉坤告诫士兵："兄弟们，子弹不多，到时候不反对革命的军官就不要射杀，这样可以节省点子弹来打那些反抗的清兵和军官！"

"明白！"士兵们回答。

没过多久，杨洪胜又用篮子拎着几个酒瓶式炸弹来到了营房门前。

因为营房门是关着的，杨洪胜伸手敲门，没想到恰好这时右队队官黄坤荣正在会客厅里，而会客厅离营房门不到二十步。

平时这黄坤荣对革命党人的监视非常严密，卫兵听声音知道门外是杨洪胜，但他怕被黄坤荣发现，不敢给杨洪胜开门。

门外的杨洪胜不知道里面情况有变，使劲地敲门。见门敲得很急，卫兵只好装着问："谁啊？"

"我！"杨洪胜还以为是卫兵忘记了，有些不高兴地在门外应道。

卫兵见他听不出味道来，只好故意提高声音继续问："你是谁啊？"

杨洪胜在门外急了，说："你说我是谁啊？！"

这个时候全城都已实行戒严，新军士兵是不准会客的，见这个时候还有人在外边使劲敲门，黄坤荣发觉情况不对劲，便走出会客厅来命令卫兵："外边肯定是乱党，快开门将他抓起来！"

杨洪胜在门外一听，才知道里面情况有变，放开步子就往外跑，待卫兵将大门打开，他已经跑得无影无踪。

见人已经跑不见了，黄坤荣更确信刚才敲门的人是革命党人，他一边责骂卫兵，一边通知军警立即进行追捕。

04

俗话说：是福不是祸，是祸躲不过。杨洪胜上气不接下气地跑回自己开的店铺内，想在这儿暂时躲避一下。

嘭嘭嘭，嘭嘭嘭……

"开门！"

嘭嘭嘭……

"快开门！再不开就砸了！"

刚跑回店里的杨洪胜，关上门正想坐下来喘一下气，门外就响起一阵急促的拍门声和吼叫声。杨洪胜大惊，知道是敌人追到了这儿。他想，就是死也要拼上他几个，于是赶紧拿出一个炸弹握在手上，然后去开门。

门刚打开一半，一群军警就冲了进来，杨洪胜见状，赶紧将手上的炸弹扔向这群军警。

"有炸弹！"一名军警见了惊呼，和他一同进屋的几个军警一听有炸弹，吓得赶紧趴在地上不敢抬头。

杨洪胜趁机从后门逃了出去。

哎，怎么没炸呢？从后门逃出去的杨洪胜没听到炸弹爆炸，觉得有些奇怪。

"乱党从后门逃走了，快抓住他！"见杨洪胜从后门逃走，军警撑起身来号叫着朝他追去。

杨洪胜见了，急忙又朝这群军警扔出一颗炸弹，炸弹是爆炸了，但遗憾的是威力不是很大，没能炸到这群军警。

接着杨洪胜又扔出第三颗炸弹，还是没炸到这些军警。

杨洪胜知道前面就是铁佛寺的后菜园，赶紧跑过去找个地方躲了起来，可这个地方毕竟不是很大，追赶过来的军警号叫着将菜园团团围住，然后进行地毯式的搜查。

领头的军警朝同伙叫道："仔细搜，他跑不了的！"

这帮军警搜索了一阵子，终于在一个角落搜查到了杨洪胜。

"在这儿！"一名军警朝其他警察呼叫。

其他军警一听，赶紧一齐围过来，并大声号叫："抓住他，别再让他跑了！"

霎时，几个军警上前来抓杨洪胜，杨洪胜和这群军警扭打起来，但最终还是寡不敌众，被几名军警按倒在地，用铁丝捆绑了起来。

见抓到了人，领队的军警朝手下吼叫："押走！"

"老子自己会走！"两名军警要来押杨洪胜，被杨洪胜一下子甩开。

军警拿他没办法，只好端着枪将他团团围住。

"让他自己走！"领队的军警见了，朝手下人叫道。

杨洪胜满脸是血，阔首挺胸地跟着这群军警走了，他边走边骂："哼，只可惜老子扔的第一颗炸弹没炸，第二颗、第三颗威力又不大，否则够你几个龟孙受的！"

"快走，少给老子嘴硬！"一军警从后面给了杨洪胜一枪托。

这军警下手过重，杨洪胜一个趔趄差点摔倒，他扭过头狠狠地瞪了这军警一眼。

"怎么？还敢跟老子瞪眼？"这军警举起枪托又要砸杨洪胜，领队的军警赶紧说："算了，算了！"

就这样，杨洪胜被清廷抓捕了，而这个时候，已经是晚上九点多钟。

随后，军警将杨洪胜押送到督署秘密关押起来，等候长官审讯。

第13章　党人遇害

01

陈宏诰、牟鸿勋、龚霞初等人听从刘复基和蒋翊武的指示离开武昌小朝街八十五号军事指挥部后,蒋翊武和刘复基、彭楚藩三人就一直在指挥部焦急地等待着熊秉坤等党人发动起义的消息。

心烦意躁的蒋翊武在屋子里不停地踱来踱去,他不知道今夜的起义到底会是啥子结果。他在想,倘若这次起义不成功,那以后要想召集大家再次起事就非常困难了。

坐在窗边的刘复基与蒋翊武一样,心里也是焦急得不得了,他担心会有巡捕或清兵过来搜查,时不时地将窗帘扒开一条缝往外瞧,见没巡捕或清兵过来,心里才稍安一些。

彭楚藩坐在屋子中间的一张桌子边,两眼微闭着像是在养神,其实,此时他心里似有滔天巨浪,在一直不停地翻腾。

是啊,在这生死关头,作为指挥起义的首脑人物,他们的心里哪能不急啊?

"谁有……"

嘭嘭嘭,嘭嘭嘭……

"开门,开门!"

心里烦躁的蒋翊武正要问彭楚藩、刘复基谁有烟给他一支,却听到楼下门外传来一阵急促的拍门声和喊叫声。

刘复基意识到情况有变,一下子从椅子上弹跳起来,扒开窗帘往外一看,只见楼下围了一大群清兵,知道这里已经暴露了,赶紧回转身催蒋翊武和彭楚藩:"快,清兵来了,你们赶快跳窗逃走,我来对付他们!"

一听是清兵来了，蒋翊武和彭楚藩知道这儿已经被清廷侦察到了，心里大吃一惊听刘复基叫他俩先走，不禁同时问道："那你呢？"

"快走，别管我！"刘复基朝他俩吼道，然后拿出一个炸弹握在手上，迅速走到楼梯口。

"一起走，复基！"彭楚藩朝刘复基叫道。

刘复基说："来不及了，你们快走！"

"那你保重！"蒋翊武朝刘复基喊了一声，然后和彭楚藩慌乱地跳窗逃走了。

转瞬间，楼下的门被清兵撞破，一群清兵如狼似虎地冲上楼来抓人，刘复基见了，情急中朝正上楼来的清兵扔出一颗炸弹，哪知这炸弹还没来得及上栓，扔出去没爆炸。

"妈的，还想炸人？"几名清兵一拥而上将刘复基按倒在地，然后用麻绳将他捆绑。

"你们凭什么抓我？"刘复基扭过头，愤怒地质问捆绑他的清兵。

"啪"，旁边一名满脸横肉的清兵朝刘复基脸上狠狠抽了一耳光，恶狠狠地骂道："凭什么抓你？凭你是乱党分子！"

"我不是乱党分子！"刘复基矢口否认。

领队的清兵乜斜着两眼，朝刘复基吼道："他奶奶的，刚才还扔炸弹炸老子们，还说自己不是乱党分子，难道老子是乱党分子？"

刘复基知道不承认也不行了，于是朝这清兵骂道："你非要说老子是乱党分子，那老子就是！只可惜刚才那玩意儿不争气，要不然老子早就送你狗日的上西天了！"

"他娘的你还骂人，真他妈活腻了！"刘复基的骂声激怒了领队的清兵，他骂骂咧咧地抬起脚，狠命地往刘复基身上踢去，刘复基顿时疼得哎哟地叫出声来。

领队的清兵不再理刘复基，而是朝其他清兵吼道："给我仔细搜查，看还有没有其他乱党分子！"

"是！"

几名清兵奉命在屋子里到处搜查。

"报告长官，没有了！"搜查了一阵，一名清兵上前来给领队的清兵禀报。

"带走！"见没搜查到其他革命党人，领头的清兵带领其他清兵一窝蜂地往楼下走去。

"站住！"

蒋翊武和彭楚藩从二楼窗台跳下之后，在巷道遇到了刚从外边赶来的几个军警，几个军警将两人堵在巷道中，然后押到旁边的花园处。

一个军警恶狠狠地问蒋翊武和彭楚藩："你俩是什么人？"

"哦，长官，我俩是来看热闹的！"蒋翊武急中生智，笑着回答。

领头的军警朝蒋翊武上下打量了一番，见他身上穿的是白色长衫，头上又蓄有长辫子，以为他是个教书先生，就没再问他什么。

"你呢？是革命党吗？"彭楚藩穿的是宪兵服，他本来可以假冒来抓捕革命党人的军警，但他不想逃走，决意与被捕的同志同生共死，所以当军警问他话时，他朝军警骂道："老子就是革命党，要抓便抓。"

见他不打自招，又见他穿的是宪兵服，问话的军警轻蔑地说他："哼，你身为宪兵，却做了乱党，你这不是找死吗？"

彭楚藩朝这军警骂道："呸，我就是讨死，也比你们这群清廷的狗腿子强一百倍！"

"都死到临头了，还这么嘴硬！"另一个军警朝彭楚藩骂道。

彭楚藩说："死算什么，二十年后老子又是条顶天立地的好汉，不像你几个做狗的龟孙子，人前抬不起头，还辱没了八辈子祖宗！"

蒋翊武见这几个军警注意力全在彭楚藩身上，又瞧见身边的墙不是很高，"嗖"的一下翻墙跳了过去。

待几个军警反应过来，蒋翊武已经逃走了。

"哎，他娘的居然还跳墙跑了！"见蒋翊武逃走，几个军警骂骂咧咧了几句，但没再去管他。

"带走！"领头的军警怕再生变，赶紧叫上同伴一起将彭楚藩押走。

"别推我，我自己会走！"这时，彭楚藩看到，住在楼下的张廷辅的妻子徐昭也被清兵抓捕了。

张廷辅因为这个时候没在家里，算是暂时躲过了这一劫。

02

小朝街八十五号革命军事指挥部出事的时候，王宪章正在运送炸弹去第三十标第二营的路上。

路途中，王宪章遇到了一位革命党人，这位党人告诉他："副总指挥，军事指挥部那边出事了，彭楚藩、刘复基和杨洪胜三人已经被清兵抓捕，你最好赶快找个地方先躲避一下！"

"出事了？出了什么事？"听了这位党人的话，王宪章吃惊不小，惊讶地问道。

这位革命党人告诉他，昨天中午孙武参谋长在宝善里机关检验兑制的炸药，刘公的弟弟刘同来屋子里玩，他的烟头不慎落到炸药上引燃了炸药，孙武参谋长脸和手被烧伤，其他同志也有受伤的。这事惊动了巡捕房，派出巡警搜查宝善里革命机关，并搜走了起义用的全部物品和党人名册，孙武参谋长和一些同志倒是逃走了，可刘同和刘公的妻子李淑卿，还有刘燮卿以及宝善里胡同的居民王可伯、谢坤山、陈文山等人都被抓走了。经过清廷官员审讯，李淑卿、刘燮卿和那几位居民倒是全放了，但刘同供出了革命党在汉口和武昌的所有联络机关。

"警察过来了，快走！"这时前面有两名警察朝这边走过来，这名党人提醒王宪章赶紧离开。

听闻小朝街八十五号军事指挥机关也出事了，王宪章赶紧跑步来到第三十标第二营营地，然后将第三十标司书生王文锦，第三十标第二营的正目彭纪麟，第三营的士兵陈佐黄、谢涌泉等人召集起来商议应对办法。

待这几人来了之后，王宪章急切地告诉他们："不好了，兄弟们，小朝街八十五号也出事了！"

"什么？小朝街八十五号也出事了？那儿可是起义的军事指挥机关啊！"听王宪章这么说，又见他很是着急的样子，王文锦睁大眼睛问他。

王宪章说："我也是刚才在回来的路上听一位同志说的，具体情况还不是太清楚，只听说彭楚藩、刘复基、杨洪胜三位同志已经被清兵抓走了！"

"啊？彭楚藩、刘复基、杨洪胜他们也被清兵抓捕了？"起义军事指挥机关被破坏，本来就让他们很吃惊，听说彭楚藩、刘复基、杨洪胜三位革命党人也被清廷抓走了，更是让他们吃惊不小。

"怎么会这样呢？"彭纪麟看着王宪章，一副要哭的样子。

"是啊，活动这么保密，那帮清兵是怎样探知的？"王文锦自言自语，像是说给自己听，又像是说给王宪章和彭纪麟他们听。

王宪章对王文锦说："密是怎么泄的，一时还无法查清楚，等以后查清楚了再说，目前最为重要的是，我们大家赶紧想一下，怎么来应对这件突发之事！"

陈佐黄本就是个急性子，咬牙切齿地骂道："他娘的这帮清兵，我一定要铲除他们！"

王宪章说："这三位同志被抓捕，说明小朝街八十五号革命军事指挥机关已经被清廷破坏，紧接着清兵肯定会到各营搜捕党人，大家一定要小心。另外，行动时注意保密，谨防清兵抓走咱们这些革命同志，影响即将发动的起义！"

"副总指挥说得对，眼下最重要的事情是想想怎么来应对这帮清兵！"王文锦说。

陈佐黄、谢涌泉两人点头。

王宪章说："汉口宝善里那边现在也不知道是什么情况，既然武昌这边的小朝街机关已经被清兵破坏，那其他领导肯定会对起义做出新的部署，你们分别联络其他革命同志做好起义准备，到时好做响应！"

"好的！"王文锦和陈佐黄等人应道。

鉴于武昌小朝街指挥机关已经被破坏，清兵到处搜捕革命党人，王宪章又是这次起义的副总指挥，彭纪麟觉得他的身份特殊，清兵肯定会盯上他，于是说："副总指挥，我觉得你目标太大，加上昨日运送炸弹又被人告发，清兵肯定是盯着你的，这样，这儿由我和佐黄来临时负责，联络各营的事就由方维、谢涌泉、刘元楷、周以新他们去做，趁着夜黑你赶紧离开这儿到外边去暂时避一下，以防不测！"

"对，你是这次起义的副总指挥，肩上责任重大，清兵肯定会想方设法追捕你，你应该到其他地方暂时避一避！"王文锦也说。

王宪章说："在这个关键时刻，我怎么能丢下弟兄们自己逃走呢？不行，我不能走！"

陈佐黄急了，说："副总指挥，这儿有我和纪麟他们，你不用担心，就放心去吧！"

王文锦也说："你快走，再不走怕是想走也走不了了！"

"既然大家都这么说，那我就暂时先离开这儿，待风声松些我马上赶回来！"王宪章同意彭纪麟、王文锦等人的意见，暂时先离开第三十标，到汉口躲避一下清兵的追捕。

谢涌泉说："别再说了，你快点走！"

"行，那这儿就拜托给几位兄弟了！"王宪章说完翻墙跳出营房，趁着夜黑往汉口方向逃了出去。

"哎，熊正目，你怎么来了呀？"王宪章刚走一会儿，工程第八营的正目熊秉坤来营里找王文锦。

熊秉坤告诉王文锦："总机关已经发出号令，于今晚十二时发难，届时城内以三声枪响为号，城外以南湖炮声为约，到时候请你们第三十标和第二十九标的同志同时进行响应！"

"好，我立即联络这两标的其他革命同志，叫他们做好今晚的起事准备！"王文锦说。

"嗯！"熊秉坤点头，然后又叮嘱他，"起义事关重大，切记注意保密，绝不可将起事的消息泄露出去！"

王文锦赶紧表态："请熊正目放心，这事我们会注意的！"

"那就这样，我还得去知会其他营的同志！"熊秉坤说完，转身走出第三十标二营营房。

熊秉坤一走，彭纪麟问王文锦："哎，不是说推迟了吗？怎么又突然提前了？"

"是啊,怎么又提前了呢?"谢涌泉也说。

陈佐黄焦虑地问王文锦:"提前这么几天,来得及吗?"

彭纪麟气鼓鼓地说:"真是的,怎么又变了呢?"

王文锦说:"听熊正目的不会错,大家记住,今晚十二时起义,到时城内以三声枪响为号,城外以南湖炮声为约,事情紧急,咱们现在就分头去通知第二十九标和第三十标的同志做好起事的一切准备,待工程营那边枪声一响,咱们就立即给予响应!"

"好!"彭纪麟、陈佐黄、谢涌泉等人齐声说。

"这次起义事关重大,成功与否在此一举,大家切记保守秘密!"王文锦叮嘱他们。

"知道!"几人点头,随后分头去第二十九标和第三十标各营通知其他革命党人做好响应起义的准备。

03

总督瑞澂看到这次抓捕的革命党人众多,心里吃惊不小,任命参议官、督练公所总办铁忠为审判官,任命武昌府知府双寿和汉阳府知府陈树屏作为陪审,连夜在督署里对抓捕来的党人杨洪胜、刘复基和彭楚藩等人进行会审,而他自己却坐在签押房内督审。

第一个被提审的是彭楚藩。

见彭楚藩穿着宪兵服,铁忠一下子想到了自己的妹夫、宪兵管带果阿兴。他想,宪兵营出了乱党,这不仅会连累果阿兴,说不定就连自己的位子也保不住,便有意替彭楚藩开脱。

铁忠一面暗中叫人去把果阿兴叫来,一面故意引导彭楚藩:"彭楚藩,你身为朝廷宪兵,怎么会出现在那个地方呢?去抓革命党是吧?"

"我就是革命党,我就是要灭了你们这些清兵,如今我落入你手里,要杀要剐全由你决断,别再给我唠唠叨叨的了!"彭楚藩不理解铁忠的用意,更不买他的账。

见彭楚藩把自己的一片好心当成了驴肝肺,铁忠一时语塞,但他仍然耐着性子问彭楚藩："你放着好好的宪兵不干，偏要去革什么命，你这是傻啊？"

"列强侵犯我中华，肆意践踏吾国国土，百姓处于水深火热之中，作为朝廷，你们不去组织军人抵抗列强的入侵，反而百般蹂躏自己的子民，你说，我等能不革你们的命吗？"彭楚藩两眼盯着铁忠，愤怒地大声质问他。

这时果阿兴走进来了，见铁忠在审问彭楚藩，他明白铁忠叫他来的意思，便故意说："彭楚藩，我看你根本不是什么革命党人，你在宪兵营里当差，明明是我大清的宪兵，你怎么说自己是革命党呢？我看你大概是受了革命党人的蛊惑，你说是不是？"

"哈哈，哈哈哈……"听了果阿兴的话，彭楚藩大笑，笑完，盯着他一字一顿地说，"推翻清廷流血革命，是我等的宗旨也是我等的最大愿望，不知道这是不是革命党？"

"啪！"

见彭楚藩实在是太狂傲，铁忠忍无可忍，站起身来拿起案上的惊堂木使劲往桌案上一拍，凶狠地问彭楚藩："说，你们准备何时起义？有多少党人？又是怎么计划的？"

彭楚藩转过脸不屑地说："要杀便杀，何必多问？"

"你……"铁忠气得一时语塞，马上提笔在判决书上写道：彭楚藩，谋反叛逆，即刻斩首示众！

见铁忠恼成这个样子，而且在判决书上写了"即刻斩首"字样，果阿兴急忙对彭楚藩说："楚藩，你别太固执了，你赶快给铁大人赔个罪，铁大人还会放了你！"

彭楚藩抬头看了果阿兴一眼，轻蔑地说："果阿兴，睁大你的狗眼看看，老子是怕死的人吗？"

"你……你真是不识好歹！"见彭楚藩不领自己的情，果阿兴气急败坏地指着他骂道。

铁忠对站在旁边的清兵怒吼道："赶快把这个不识相的狗东西给我押出去斩了！"

"是！"两名清兵听令，立即上前将彭楚藩押了下去。

第二个被提审的是刘复基。

刘复基被押进审堂跪下，铁忠程序式地问他："台下所跪何人？"

"刘复基！"刘复基脸上毫无惧色，不亢不卑地回答铁忠。

"扔炸弹拒捕的那个人，就是你吗？"铁忠又问。

刘复基似笑非笑地瞄了铁忠一眼，反问道："哼，是怎么样，不是又怎么样？"

见刘复基态度强硬，铁忠忍住心里的怒火，说："刘复基，都到了这个地步，你嘴还这么硬，你觉得这样有用吗？"

刘复基乜了他一眼，说："有用怎么样，无用又怎么样？"

"说，你们这次起义是怎么谋划的？参与谋划的都有些什么人？他们现在身在何处？"铁忠的声音一下子提高了若干倍。

旁边的双寿也说："刘复基，说吧，说了铁大人不但可以饶你不死，还可以让你升官发财！"

"是啊，说了不就完事了吗？何必这样犟着呢？"坐在铁忠右边的陈树屏也说。

刘复基怒视着他们，一字一顿地说："要杀便杀，何必问这问那！"

见他一副铁骨铮铮的样子，铁忠知道也问不出什么有用的东西，便对身边的双寿和陈树屏说："看来也是个不吃软的东西，砍了算啦！"

刘复基听说要杀自己，质问道："你觉得我刘复基是怕死的人吗？告诉你们，怕死我刘复基就不会来革命！"

"既然想死，那老夫就让你去死！"铁忠气急，立即又在判决书上挥笔写道：刘复基，谋反叛逆，即刻斩首示众！随后命令站在下面的清兵："押下去，斩了！"

两名清兵上来将刘复基押走。

走过大厅时，刘复基见这儿人多，便大义凛然地朝他们喊道："同胞们，死不足惜，我刘复基先走一步，你们一定要团结一心，努力革命，消灭清兵！"

第三个受审的是杨洪胜。

因为之前扔炸弹时头被炸伤，杨洪胜满脸是血，铁忠见了，笑着戏谑杨洪胜："哼，就你这样儿，也想革我们大清朝官员的命？只怕你还没有革我们的命，你的命就被我给革了！"

杨洪胜朝他吼叫道："铁忠，你莫张狂，就算是现在老子革不了你们的狗命，迟早也会有人来革的！"

"说，你们制造的炸弹有多少？用完没用完？"铁忠朝他吼叫。

杨洪胜冷笑一声说："哼，老子们的炸弹多得用也用不完，就算是用完了也还可以再造，怎么，你们这帮狗东西也有怕的时候？"

见杨洪胜在辱骂自己，铁忠忍着性子问他："你们有多少党羽？是学生多还是军人多？"

"老子不知道，就是知道也不会告诉你！"杨洪胜脸上看不出丝毫畏惧。

双寿问："杨洪胜，都到了这个地步，你真不怕死？"

杨洪胜说："死谁都怕，但老子是为革命而死，是为千千万万的民众而死，就算是死，也死得值得，哪像你们这些清廷的走狗，活着也像死了一样！"

"看你这个德行，死了活该！"陈树屏朝杨洪胜骂道。

"那就去死吧！"铁忠拿杨洪胜没办法，气急败坏地说，然后照本宣科提笔在判决书上写下：杨洪胜，谋反叛逆，即刻斩首示众！

杨洪胜两眼怒视着铁忠、双寿、杨树屏，大声骂道："铁忠、双寿，尔等今日杀我容易，有朝一日革命成功了，一定会让尔等狗头落地！"

"押出去！"见他在辱骂朝廷和自己，铁忠朝站在下面的清兵怒吼道。

两名清兵上前来将杨洪胜押了出去。

见这几名党人都大义凛然视死如归，陈树屏有些害怕了，侧过身悄声劝说铁忠："铁大人，眼下局势紧张，城内党人密布，倘若杀了这三个人，恐怕乱党会更加拼命，反而乱上加乱，依下官看不如先把他们关起来，以后再杀也不迟！"

"铁大人，我觉得陈知府言之有理，不如……"双寿没将话说完，而是两眼看着铁忠，看他是何态度。

见陈树屏和双寿如此胆小，铁忠朝他俩吼叫道："城中有我大清军队守着，这些乱党杀就杀了，有什么好怕的？"

"铁大人说得也是！"见铁忠很不高兴，双寿赶紧低着头说。

陈树屏见了，也赶紧卖乖："下官全听铁大人决断！"

铁忠沉下脸斥责陈树屏和双寿："不是我铁忠想说你们，你们身为朝廷命官，穿的是朝廷的，吃的是朝廷的，遇事却如此胆小怕事，那朝廷要你们又有何用？"

斥责完双寿和陈树屏，铁忠问："本官要将彭楚藩、刘复基、杨洪胜这三个叛逆立即斩首，你们还有话吗？"

"没有！"

"没有！"

双寿和陈树屏学乖了，见铁忠这么问赶紧表态。

铁忠说："既然没有话说，那待本官将此事向总督大人报告之后，就将这三名乱党分子即刻押解到东辕门外斩首！"

"听从铁大人吩咐！"双寿和陈树屏齐声说道。

铁忠去签押房向总督瑞澂汇报他要将彭楚藩、刘复基、杨洪胜三人斩首示众的事，同时也将刚才双寿和陈树屏的态度一并向他做了汇报。

"斩杀三名乱党之事，本督准了！"听了铁忠的汇报，瑞澂说，随后又叮嘱铁忠，"马上就要天亮，斩杀之事动作得快些，免得生变！"

见瑞澂同意斩杀彭楚藩、刘复基、杨洪胜三人，并叫他赶快行动，铁忠赶紧说："知道了，制台大人！"

铁忠正要退出签押房，只听瑞澂又说道："给我把双寿和陈树屏叫进来！"

"好的，制台大人！"铁忠转过身回答瑞澂。

铁忠出来后沉下脸对双寿和陈树屏说："制台大人叫你俩进去！"

双寿和陈树屏二人你看看我我看看你，知道是铁忠在瑞澂面前告了他二人的黑状，只好硬着头皮走进去。

瑞澂正手端着茶杯喝茶水，见他二人进来，放下茶杯怒斥道："尔等拿着朝廷俸禄，在我大清朝遭灾之际，就是这样胆小怕事？尔等是不是不想要头上的这顶乌纱帽了？"

"制台大人饶命，下官再也不敢乱说话了！"双寿和陈树屏脊背发凉，双双跪下向瑞澂求饶。

瑞澂警告道："这次就饶了你二人，若下次再有此举，定杀不饶！"

"感谢制台大人不杀之恩，下官再也不敢了！"双寿和陈树屏磕头如捣蒜。

"好吧，下去吧！"瑞澂背过身去，不耐烦地朝双寿和陈树屏挥了挥手。

双寿和陈树屏连滚带爬地出了签押房。

铁忠见已是凌晨五时，再不处决这三人，万一天一亮被革命党人知道了，恐怕会节外生枝，于是对双寿和陈树屏说："传本官命令，即刻将彭楚藩、刘复基和杨洪胜三名乱党分子押解到东辕门外，执行斩首之刑！"

"遵命！"双寿和陈树屏站起身来齐声应道，然后吩咐押解人犯的清兵将三人押解到东辕门外。

行刑之前，铁忠等人来到刑场，铁忠问彭楚藩、刘复基和杨洪胜三人："我最后再问你们一遍，你们招不招？招了，本官可以放你们一条生路；不招，那就马上送你们去阴间见阎王！"

刘复基对他怒目而视："就算是死，也不会招！"

"生当作人杰，死亦为鬼雄。我等与清廷誓不两立，哼，想要我等供出其他党人，铁忠，做你的春秋大梦去吧！"彭楚藩大骂道。

杨洪胜厉声说道："要杀便杀，给我来个痛快的，还啰唆什么？"

"不识好歹，真是不识好歹的东西！"陈树屏指着彭楚藩、刘复基和杨洪胜三人大骂。

双寿也说："我看你们真是想死！"

"行刑！"铁忠见状，朝行刑的几名刽子手声嘶力竭地叫道。

随着铁忠一声令下，三名刽子手已经手起刀落……

铁忠还不解恨，命人将彭楚藩、刘复基和杨洪胜三人的头颅割下悬挂在城门上，以此警告其他革命党人。

彭楚藩、刘复基和杨洪胜被杀，让革命党人万分悲痛和愤怒，蒋翊武、孙武、王宪章等一些革命党人失声痛哭，但敌人的凶残吓不倒革命党人，反而更加激起了他们的革命斗志，他们发誓一定要推翻清廷，给死去的彭楚藩、刘复基、杨洪胜等革命党人报仇雪恨。

彭楚藩的死，让一个人哭得死去活来，这人就是和彭楚藩在湖北新军宪兵营共事，并由彭楚藩介绍加入文学社的贵州籍人张洪涛。

"放心吧，楚藩兄，不替你们报仇，我张洪涛誓不为人！"张洪涛擦干眼泪咬牙切齿地对天发誓。

当晚，武昌首义爆发，张洪涛加入其他党人的部队和大家一起持枪猛攻瑞澂住的督署衙门，并亲手杀了不少清兵……

第14章 指挥起义

01

杀害彭楚藩、刘复基和杨洪胜三人后，总督瑞澂担心会激起民变，便下令紧闭城门，禁止人员出入武昌城，还按照巡捕收缴来的名册继续在武昌城内大肆搜捕和残杀革命党人。

面对清廷的血腥镇压，一些平时嘴上高喊着革命口号的假党人，思想上开始动摇起来，甚至还有人暗中向清廷官员告密，说某某处和某某学堂有革命党。一接到告密，瑞澂便马上派出巡防营的官兵到这些地方搜捕，这个难逃那个难跑，这就使得平时与革命党人有点联系的人心里都大为不安，纷纷躲藏起来不愿意靠近革命党，党人的革命活动受到了极大影响。

在军营里，士兵们被本营的长官禁闭在各自的营房里，这就使得里面的党人无法与营房外的党人互通信息，他们不知晓时下的革命到底是什么形势，却不断听说各个营房的长官都在奉命搜捕革命党人，而这些被搜捕的革命党人又多半是当地人，他们的年龄、相貌、籍贯和担保人，长官那里都有底册，都是有案可查的，所以没有一个党人能逃脱得了。在营房里的一些党人认为，此时除了铤而走险发动起义，再也没有其他办法，可他们却听不到外边半点起义的消息。

越平静的水面越暗藏着汹涌的漩涡。10月10日这天中午，又到了工程第八营全体官兵会餐的日子。按照常规，这一天全营所有的官兵都会集中到食堂来会餐，可这一天，营里不少长官都没有来。

"今天不是要会餐吗？营里好几个当官的咋都没来呢？"正目熊秉坤感到有些纳闷。

事出无常必有妖，今日是有点不对劲。吃过午餐，熊秉坤心里一直很不安，他在想，原定的今晚十二时起义是不是又有什么变化？假使有变化，总机关那边也应该有人来通知自己才对呀，可又不见人来通知，这到底是怎么回事？是不是起义消息又被人泄露，清廷将营里的长官召集去商议抓捕党人的事了，要不然怎么会有这么多长官不在营里呢？不行，情况很不对劲，起义已经不能等到晚上十二时了，得提前实施。

熊秉坤当机立断，决定让营里的革命同志在下午三时提前实施起义。

心里万分着急的熊秉坤马上找到后队二排士兵程正瀛和副目金兆龙，并告诉他俩："外边情况可能有变，起义务必提前！"

金兆龙问他："那你说什么时候动手？"

熊秉坤想了想，说："下午三时做晚操，这个时候大家都在，我想趁这个时候发动起义！"

金兆龙说："行，就听你的，今日下午三时提前起义！"

"这会不会打乱总机关的计划？"程正瀛担心地问。

熊秉坤说："管不了这么多了！"

"行，那就听你的！"程正瀛说。

熊秉坤吩咐他俩："事不宜迟，马上去联络工程第八营中的其他革命党人，做好起义准备！"

金兆龙说："我们立即分头去通知大家！"

熊秉坤说："那就这样，注意安全，我还得去一趟第二十九标和第三十标，告诉蔡济民和王文锦他们！"

"好！"程正瀛和金兆龙点头。

安排好之后，熊秉坤直奔第二十九标和第三十标营地，而程正瀛和金兆龙也立即分头去通知营里的其他革命党人。

"情况有变，起义提前到下午三时！"

"嗯！"

"起义发生变化，时间提前到下午三时做晚操时，赶紧做好准备！"

"好！"

"起义提前，下午三时做晚操时，抓紧准备！"

"知道了！"

"注意保密！"

"知道！"

……

程正瀛和金兆龙很快通知完毕。

熊秉坤一路小跑来到第二十九标，他问一个士兵："蔡济民部长呢？"

"在宿舍里！"士兵告诉他。

来到蔡济民住的地方，蔡济民见他上气不接下气的，赶紧问他："秉坤，什么事这么急？"

熊秉坤喘了一口气，说："起义提前！"

"提前？不是约好晚上十二时吗？怎么要提前？"蔡济民觉得有些突然。

熊秉坤说："营外情况可能有变，起义得提前，否则起义无法保证成功。"

"提前到什么时候？其他各标营的同志知道吗？"蔡济民又问。

熊秉坤说："我那边准备在下午三时士兵做晚操时起义，已经叫程正瀛和金兆龙去通知营里的同志了，其他各标营的同志随后就安排人通知！"

"好，到时我这边响应就是！"蔡济民说。

"行，就这样，事情紧急，我还得赶紧去通知王文锦他们！"接着，熊秉坤转身又跑去第三十标。

通知完毕，熊秉坤赶回到工程八营，和其他党人一起，做好下午三时起事向清兵发难的准备。

令熊秉坤、程正瀛、金兆龙他们没想到的是，午后营里的长官来对士兵们宣布，说今日下午三时的晚操取消，不再进行操练。

熊秉坤见下午三时起义的计划已经无法落实，立即与金兆龙和程正瀛等人商议，决定改为晚上七时点二道名前发难，并派人赶紧转告其他各营标的革命党人。

一切准备就绪，就等夜幕降临了。

02

快到晚上七时的时候，见定下的起义时间马上就到，程正瀛和金兆龙等人在营房里擦枪装弹做好起义准备，偏在这个时候排长陶启胜带着两名护兵来查房。

上面早就告知陶启胜，说今晚革命党人可能要起事，叫他随时注意营房里士兵们的一举一动，以防不测，这时见程正瀛和金兆龙两人在擦枪装弹，陶启胜一下子警觉起来，朝金兆龙大声吼道："上面三令五申不准动枪，你还在擦枪装子弹，这是为什么？"

金兆龙平时就看不惯陶启胜专横跋扈的样子，而且革命党人马上就要发动起义了，当然不甩他陶启胜的账，见他来质问自己，便不耐烦地说："为什么？为了防不测！"

见金兆龙一副爱理不理的样子，陶启胜大怒，骂金兆龙："你们这些人，平时就在预谋造反，这个时候擦枪装弹，这还了得？"

随后命令与他来查房的两名护兵："把他给我绑了！"

两名护兵上前就要绑金兆龙，金兆龙端枪在手正告他们："今日之事以我为主，今日之人皆我同胞，谁也别想绑我！"

见金兆龙持枪反抗，陶启胜恼怒，伸手往腰间掏枪准备打金兆龙，站在后面的程正瀛见陶启胜要对金兆龙下手，抢起枪托就朝陶启胜头上砸去。陶启胜一下子被砸伤，两个护兵见情况不妙，赶紧架着陶启胜逃离现场准备去叫援兵。金兆龙见状，朝程正瀛大呼："还不动手，更待何时？"

"啪！"

金兆龙一边大呼，一边端着枪朝陶启胜后背开了一枪。

陶启胜立即被击倒在地，两名护兵吓得仓皇而逃。

枪声惊动了营房里的士兵，士兵们以为开始起义了，一窝蜂涌出来，营房里顿时闹哄哄一片。

"轰！"这时恰好革命党人方兴潜入房门外，见有枪响赶紧朝营房扔了一个炸弹，并大声朝革命党人呼喊："集合，起义！"

"起义！"在营房里的熊秉坤听到方兴呼喊，朝他身边的革命党人大喊道，然后立即带领大家冲出营房。

"起义！"

"起义！"

……

一群革命党人呼叫着随熊秉坤一起持枪冲出营房。

"尔等真要造反？"

"谁也不准乱动！"

"谁动就打死谁！"

这个营的代理管带阮荣发、右队队官黄坤荣和司务长张文涛见革命党人真的要起义，拔出枪来准备阻止，却被起义士兵砍杀在地。其他军官见了，慌忙择路逃避。

革命党人将营内枪械全部夺到手里，但由于事先没有推选首领，无人来做统一指挥，众人束手无策，不知道下一步到底该怎么办。

左队司书生周定原见了，赶紧提醒大家："既然已经发难，就要赶快占领楚望台军械库！"

"走，去军械库取子弹和枪！"熊秉坤这才反应过来，急忙率领众士兵朝楚望台军械库奔去。

负责守卫楚望台军械库的是工程第八营左队队官吴兆麟，听到枪响他立即逃匿了。守兵罗炳顺和马荣见来的是本营士兵，立即放枪响应，于是熊秉坤等革命党人冲进来占领了楚望台军械库。

这时，其他各营因为没有接到提前起义的消息，还不见有什么动静，而在这里的革命党人不到三百人，一旦清兵打过来，肯定是抵挡不住的，所以大家心里都非常恐慌。熊秉坤见了，急忙派人去通知革命党人较多的各个营赶紧前来响应。

一个小时后，响应起义的士兵们这才赶到楚望台，但还是没有一个能够统一指挥大家作战的指挥官。

第三十标代表张鹏程见了，着急地对熊秉坤说："如果大家就这样守着楚望台，天一亮咱们都得完蛋，应该马上去攻打总督府杀了湖广总督瑞澂！"

"对，攻打总督府，杀总督瑞澂！"

士兵们一致赞同，并立即分成几路出发去攻打总督府。可由于起义人员杂乱，又缺乏统一指挥，攻打了好几次都没有攻下，大家都不知该如何是好。

熊秉坤虽说是个领头的，但也只是个排长，难以指挥得动这些人。

"找到队官吴兆麟了！"正在这个时刻，有人来报，说守兵汪长林在楚望台西南城角找到了队官吴兆麟。

熊秉坤一听，对起义的士兵说："我推荐吴长官来指挥大家攻打总督府，大家意下如何？"

"好！"

"我同意！"

"赞成！"

这吴兆麟是左队队官，相当于连长，有些军事知识和作战经验，官兵平时都很信任他，见熊秉坤这么说，都同意推举他为临时总指挥率领大家攻打总督府。

"要我来做这个指挥官可以，但大家都得听从我的命令，要不然我就不干！"吴兆麟向熊秉坤等人提出要求。

"行行行，都听你的，只要你来指挥大家！"熊秉坤说。

吴兆麟答应做指挥官后，马上派人先割断附近的电线，断了总督府里面的电，然后又对兵力重新进行了部署，这才带领士兵们再次攻打总督府。

由于对兵力重新进行了部署，又改变了之前的攻打策略，进攻总督府非常顺利。

03

革命党人一直在攻打总督府，战斗甚为激烈，躲在总督府里的总督瑞澂吓得不知该如何是好，慌忙将第八镇统制张彪和师爷张梅生，还有楚豫舰管带陈德龙召集到一起商议对策。

"制台大人，您只要指挥总督府里的这些兵将坚守阵地，待援军到来，一切都会平安无事！"张梅生竭力怂恿瑞澂死守总督府，等候援军。

在一旁的陈德龙也说："请制台大人放心，德龙一定会保护好您和您的家人！"

"大人，战场上战将不能临阵脱逃，他们说得对，您不能离开总督府，您离开了总督府，军心就散了呀！"

"轰！"这时，一颗炮弹从房顶落下，瑞澂吓破了胆，望着陈德龙惊慌地问："这往哪里躲呀？"

陈德龙也被这颗炮弹吓倒了，他想了一下，说："制台大人，看来咱们只能上兵船了！"

"那就上兵船，快！"瑞澂担心再落下一颗炮弹他人就没命了，慌忙催促陈德龙。

见瑞澂要放弃总督府往船上逃，张梅生赶紧说："制台大人，您再坚持一下，天一亮咱们的援兵就到，你去到兵船上，这里谁来指挥呀？"

瑞澂的夫人廖克玉在后屋听到了，赶紧走过来叫他："老爷，你过来一下！"

瑞澂过来后廖克玉低声说："老爷，张师爷是个书呆子，他只知道尽忠报国，不知道随机应变，趁现在还能走就赶快走，到了兵船上你一样可以指挥军队作战，而且这里这么多家眷，你怎么指挥打仗呀？再说，你不怕死，我们这些家眷还怕死呢！"

"好，听你的，夫人！"瑞澂说罢转身来到张彪、张梅生和陈德龙身边，大声地对他们说："你们都不要说了，马上叫人将后花园的院墙挖个洞，大家从那儿上兵船！"

其实，这都是同情革命党人的廖克玉使的计，她想让瑞澂离开总督府，使这儿的清军群龙无首，好让革命党人攻打这儿，没想到瑞澂居然会中她的计谋。

见瑞澂真要逃走，张彪一下子慌了神，心里暗想，你瑞澂倒会算计，想丢下我张彪在这儿死守，自己和家人却溜之大吉，哼，不行，不能让你逃走，要死大家都死在一块儿，于是赶紧说："制台大人，您不能走啊！"

张梅生也一再恳求："是啊，制台大人，您一走，这里就群龙无首了啊！"

瑞澂生气地对张彪和张梅生说："你们这是安的什么心？难道想让我一家

把命丢在这儿吗？"

"下官不敢！"见瑞澂发火了，张彪赶紧低下头说。

张梅生却不知趣，仍在劝说瑞澂："制台大人，您还是再考虑一下吧！"

"本督主意已定，你就不要再说了！"瑞澂对张梅生说，见陈德龙还愣在那儿，朝他吼道："你赶快叫人去挖墙洞呀！"

"好，我这就去安排人挖！"陈德龙赶紧安排士兵到后花园挖墙洞。

没多长时间，墙洞就挖好了，陈德龙急忙跑来给瑞澂报告："制台大人，后花园的墙洞已经挖好，您看……"

"看什么看？挖好赶紧就走啊！"瑞澂朝陈德龙吼道。

"大人，您还是再考虑考虑吧！"张梅生跪下求瑞澂。

瑞澂火了，朝张梅生狠狠踢了一脚，掏出短火枪指着他骂道："滚开！再阻拦老子一枪毙了你！"

"哼，真是个狗奴才，连老爷的性命都不顾！"在旁边的廖克玉添了一把火。

"大人，您不能走啊！您这一走，总督府就丢了啊！"张梅生长跪不起，哭丧着脸朝瑞澂号叫。

瑞澂没顾得上他，而是慌慌张张地带着家眷钻过墙洞，去码头上了停在那儿的楚豫号兵船。

正在指挥清兵抵抗革命党人进攻的铁忠和连甲，听说瑞澂和他的家眷都逃走了，也赶紧跟着上了楚豫号兵船。

见瑞澂不听劝说，张彪愤愤地跑回自己家里，紧闭大门不出。

"占领总督府！"

"兄弟们，冲啊！"

瑞澂和铁忠、连甲等人一走了之，张彪又闭门不出，这里的清军就像张梅生说的那样，顿时群龙无首军心涣散，总督府很快就被革命党人攻下了。

04

10月10日凌晨，王宪章从第三十标第二营营房翻墙逃往汉口之后，怕清兵搜捕到自己，就临时躲到党人郑兆兰家里，天亮后他听闻武昌已经起义，便准备潜回武昌。

王宪章刚一出来，便遇到跑步去汉口交通处范明山家打探消息的胡玉珍。

"哎，副总指挥，你不在武昌跑到这儿来干吗？"胡玉珍知道王宪章一直是在武昌那边，在汉口见到他，觉得有点儿奇怪。

王宪章说："武昌小朝街军事指挥机关出事了，彭楚藩、刘复基、杨洪胜三位同志已经被清兵抓捕。"

"怎么会这样呢？"胡玉珍听了顿觉一惊。

王宪章问胡玉珍汉阳那边的情况怎么样，胡玉珍告诉他，从前天开始，他们营的管带汪炳山就限制营里的士兵进出营房，他猜想必定是有何变故，但无从知道内情。今日轮到他当采买，于是就偷偷跑出来想到交通机关范明山家去打探一下消息，没想到在这儿遇上了他。

"原来如此！"王宪章说。

胡玉珍问他："这下你要去哪儿？"

王宪章告诉胡玉珍，武昌那边的清兵也在到处抓捕他，昨天晚上营里的同志们叫他先逃出来暂时躲避一下，于是他就趁着夜黑翻墙逃了出来，并在郑兆兰家临时躲了一夜。听说武昌城中的起义成功了，就想潜回武昌去参加起义活动。

"对啊，你是这次起义的副总指挥，过于显眼，是应该先暂时躲避一下！"胡玉珍说。

王宪章愧疚地说："可我这一出来，就没机会和武昌的同志一道起义了，作为这次起义的副总指挥，你说同志们会怎么看待我啊？"

"这也是没办法的事，相信同志们不会埋怨你，你也不用这么自责！"胡玉珍安慰他。

王宪章说："话虽这么说，但我还是感到很愧疚！"

"没事，自己放宽心一些，起义还有很多事要做！"胡玉珍安慰王宪章。

听说胡玉珍要去交通处范明山家，王宪章赶紧劝说道："要不这样，交通处你就别去了，你赶紧回汉阳，组织你营中的同志立即准备起事，以响应武昌那边的起义，你看如何？"

"行，那我马上就回汉阳，副总指挥，你自己注意安全！"胡玉珍关心地说。

王宪章说："放心吧，我会的，你也要注意自己的安全！"

"嗯！"胡玉珍点了一下头，随后又问王宪章，"你现在就去武昌那边？"

王宪章说："我立即返回武昌去找蒋总指挥他们！"

"好，那我们就此分别！"胡玉珍说。

随后两人一个去往武昌方向，一个去往汉阳方向。

起义日期改为 10 月 9 日晚上十二时，驻在汉阳的第四十二标第一营官兵们一点也不知晓，要不是遇到王宪章，胡玉珍营里的官兵还蒙在鼓里呢。

等胡玉珍回到汉阳，天已经黑了，第四十二标第一营的营房已经关门，值日官宋锡全见他不遵守命令，说要关他一个月禁闭，胡玉珍一再求情，宋锡全这才饶了他。

到夜晚十二时，宋锡全去睡了，胡玉珍见同营的革命党人、营部司书王缵丞在身边，趁机把王宪章告诉他的情况转告给他，王缵丞也不知道武昌那边的革命党人已经发动武装起义，并占领了楚望台、攻下了总督府。

第二天，士兵袁金声从大校场那边回来，告诉胡玉珍和王缵丞等人："不知为什么，辎重营的官兵们都露宿在大校场！"

这到底是怎么回事呢？大家都感觉非常奇怪。

中午袁金声要送公文去汉口第四十二标标部，王缵丞让他趁此机会到武昌城去探听一下那边的情况。

大约下午四时，袁金声回到一营营房，他告诉大家，武昌、汉阳城门紧闭，守城的士兵都臂缠白布条，城外边所贴的布告落款均是"都督黎"。胡玉珍和王缵丞他们这才知道，辎重营已经被革命军打败了。

"记住，同志们，今晚十时！"胡玉珍立刻与营里的各位职员和革命党人筹划响应武昌那边的汉阳起义，并约定在当天晚上十时，以鸣枪为号发动起义。

"放心，都记住了！"同志们回答。

"武昌那边的情况还不是很明朗，看来我得亲自去一趟武昌，你们抓紧做好起义准备！"胡玉珍说完，与王缵丞、袁金声告别，马上往武昌城赶去。

在武昌见到孙武、王宪章，胡玉珍这才知道武昌城这边是怎么回事。

"你回汉阳后那边的情况怎么样？有没有动静？"王宪章问胡玉珍。

"是啊，那边有没有什么动静？"孙武也问。

胡玉珍说："我回汉阳后把从副总指挥这儿听到的情况给同志们说了，并约定于晚上十时发动汉阳的同志起义，以响应武昌这边，可我觉得情况还不是很明朗，于是安排好王缵丞、袁金声带领士兵们做好起义准备后，就亲自过来探听一下这边的虚实。"

"好！"听了胡玉珍的话，孙武很是高兴，随后又对站在旁边的王宪章说，"这样，副总指挥，你去汉阳协助玉珍他们发动汉阳的起义！"

"行！"王宪章回答。

紧接着，王宪章就随胡玉珍一同赶往汉阳隆登堤。

05

王宪章和胡玉珍赶到汉阳隆登堤第四十二标第一营营房时，已经是傍晚时分，刚到营房，胡玉珍就赶紧问王缵丞和袁金声他们："准备得怎么样？"

王缵丞告诉胡玉珍："各营队的同志我都通知到了，而且准备工作也做得差不多，等时间一到就动手！"

"好！"胡玉珍点头。

随后胡玉珍指着身旁的王宪章说："武昌革命机关总部派王宪章副总指挥来协助咱们汉阳发动起义，大家欢迎！"

"啪啪啪，啪啪啪……"胡玉珍带头鼓起掌来。

"欢迎副总指挥！"王缵丞、袁金声等人鼓掌，然后伸出手来和王宪章握手。

"兄弟们辛苦了！"王宪章说。

王缵丞、袁金声等人赶紧说："副总指挥辛苦！"

这时有一个人走过来对王宪章说："副总指挥，我听人说你老家是贵州的？"

"对，我是贵州兴义府安龙县的，你是……"王宪章笑着问道。

"我叫李世荣，贵州天柱人！"这人告诉王宪章。

王宪章说："这么说咱们还真是老乡了！"

"地地道道的老乡！"李世荣笑着说道，并伸出手和王宪章紧紧地握在一起。

王宪章与胡玉珍、王缵丞、袁金声、李世荣等人召开军事秘密会议，对汉阳起义有关事宜再次进行全面研究和部署。

会上，胡玉珍提议推举王宪章为汉阳起义的总指挥，宋锡全为革命军司令，王缵丞、袁金声、李世荣等人一致赞成。

"我建议先杀掉统带张永汉和排长瞿焕明这两个清廷的走狗，再发动士兵起义！"王缵丞提议。

"对，这两个人在军营里一向对士兵苛刻，实在是可恶，应该立即杀了他们，顺势动员大家起义！"赵承武附和。

祝制六说："这两人的确是该杀！"

胡玉珍说："这两个人是该杀，但得策划好，不然会影响整个起义计划。"

见大家都对这两个人极为愤恨，王宪章就对胡玉珍和祝制六他们说："既然这两个人都该杀，那大家就来好好合计一下，看怎么去杀掉这两个人！"

胡玉珍想了一下，说："这样，晚上先趁黑派几个人悄悄摸到这两人住处，趁其不备将他们杀掉，随后发动士兵起义，你们看如何？"

王宪章说："可以，但计划还得再详细一些！"

随后，几人又对刺杀张永汉和瞿焕明的计划进行了细化。商议好之后，王宪章说："好，就这样，时间一到，准时行动！"

在王宪章和胡玉珍等人的率领下，第四十二标第一营各队的同志都做好了起义准备，只等胡玉珍的枪一响，就一起攻打驻在汉阳隆登堤的清军。

约莫晚上九时，胡玉珍带着祝制六、王缵丞两人摸到排长瞿焕明住处悄无声息地将他杀了。王宪章带着袁金声、赵承武摸到统带张永汉住处，可张永汉没在这儿。

"走，回去！"怕事情败露，王宪章赶紧带上袁金声、赵承武回来与胡玉珍他们会合。

这时胡玉珍他们已经回来了。

"如何？得手了吗？"王宪章问胡玉珍。

"嗯！"胡玉珍朝王宪章点头，然后问他，"你们呢？"

王宪章气愤地说："他没在住的地方，没得手！"

"真是便宜了张永汉这狗日的！"袁金声气愤地骂道。

赵承武说："待抓到了这狗杂种，非将他碎尸万段不可！"

"有的是机会，先让他暂时活命！"胡玉珍宽慰王宪章他们。

见离起义时间只剩十分钟了，王宪章朝第一营的士兵们低声叫道："全体集合！"

集合好队伍，王宪章、胡玉珍叫王缵丞、袁金声、李世荣等人迅速将枪发给士兵们。

"啪！"当时针指向晚上十点整，胡玉珍朝天鸣了一枪。

"兄弟们，杀尽清兵，冲啊！"

枪声一响，王宪章立即率领士兵们冲了出去。

"冲啊！"

"杀尽清兵！"

"杀！"

顿时，喊杀声四起，起义的士兵奔向清军营地，与清兵厮杀在一起……

后队的士兵听到枪响，也马上涌出营房到操场上集合。管带汪炳山见革命党人发动武装起义，悄悄逃走了，而队官周拓疆则参加了革命党人的起义。

驻在兵工厂的左队听到这边的枪响，副标邱文彬鸣枪集合士兵。在龟山上布置好哨兵之后，邱文彬马上命令士兵们从营房里拖出三尊大炮架在山顶上，将炮口一致对准清军营地。

从武昌逃过来的清军辎重营残部，见汉阳的革命党人也发动了起义，慌忙掉头逃往汉口。

驻在钢药厂的前队，在革命党人戈承元和张大鹏的带领下驱散厂警后，以一小队人马防守在黑山一带。

10月12日早晨，一直和士兵们守在龟山上的邱文彬发现，有一艘载满清兵的军舰从刘家庙方向驶向黄鹤楼江面后，突然转向朝龟山驶来。

"放！"邱文彬果断下令开炮轰击。

清兵军舰被击中舰尾。

"打中了！打中了！"士兵们振臂高呼。

军舰上的清兵发现革命党人早有准备，慌忙掉转舰头朝下游逃去。

"好！"在前线指挥战斗的王宪章和胡玉珍见了，高兴万分。

到次日正午时分，革命党人占领了汉阳兵工厂和铁厂。同时，其他党人的部队也大获全胜。

革命党人占领汉阳后，不但掌握了军事工业，还缴获了八千多支快枪和十一万支半成品快枪、五十六尊过山炮、一百〇八尊钢炮、三万发炮弹、两百多万发子弹以及钢药厂里存有的一库棉花、几百罐硫黄和无烟白药。另外，还有其他的军用物品。这些军用物资不仅满足了汉阳革命党人的军火所需，就连邻近各省起义军的军火问题也得到了满足。

汉阳一战，意义的确非同一般，王宪章功不可没。

汉阳、汉口起义成功后，为了防止清兵反扑和保护好汉阳、汉口市民，王宪章和胡玉珍等人认为，补充兵员扩充革命军实力迫在眉睫，否则难以维持市面秩序和应对清兵反扑，于是决定将第四十二标第一营和第二营扩编为一个镇，兵员不足部分立即向社会招募。

这一日，王宪章和胡玉珍在汉阳兵工厂召集相关人员研究扩编后的人事问题，会上有同志推举胡玉珍、王宪章两人为这个镇的负责人。

胡玉珍听了赶紧说："我个人建议，推举宋锡全司令任这个镇的统制，王宪章总指挥任第一协的统领，林翼支为第二协的统领，邱文彬任参谋长，梁炎昌任副参谋长，黄振中等人任标统，赵承武等人为管带，其余的同志分别担任参谋、副官或队官，不知大家有没有意见？"

"我觉得胡支部长这个建议可行，就不知道其他同志有何意见？"待胡玉珍说完后，王宪章接着表态。

"同意！"

"没什么意见！"

"同意胡支部长的建议！"

在场的同志都表示赞成胡玉珍提出的建议。

见大家都没什么异议，胡玉珍说："既然各位都没什么异议，那明日我就将这个任职建议上报给武昌政治筹备处，由其作任职批复。"

"行！"其他同志异口同声地说。

第二天，胡玉珍以文学社支部长的名义将任职建议报告呈报给武昌的政治筹备处，请政治筹备处加以委任。

接到胡玉珍送来的任职建议报告，武昌政治筹备处经过会议认真讨论和研究，于次日下达了批复：鉴于某些方面的原因，暂不同意建镇，同意建一个协，建制为一协两标六个营。任命宋锡全为协统，王宪章、林翼支为标统，朱振汉、祝雄武、赵承武、陈建章、戈承元、张大鹏六人为各营管带。

胡玉珍没想到会是这么个结果，拿回批复后马上赶回汉口隆堤登给王宪章和宋锡全等人反馈意见。

见到政治筹备处的批复，王宪章当场表态："本人同意武昌方面的意见，服从组织安排！"

"服从安排！"林翼支虽有些不高兴，但也只得遵从。

还有一个人更不高兴，这人就是宋锡全，他认为官没当大。但这是政治筹备处的安排，他也无可奈何。

见有些同志为这事心里不高兴，胡玉珍笑着说："同志们，昨天我就在会上说过，我们参加革命不是为了当官，而是为了推翻腐朽的清政府，赶走列强，让国家和民族得到独立振兴，让千千万万的老百姓过上幸福日子，对于个人而言，不管上级组织如何任命，咱们每个同志都得服从，不得有半点怨气，这样咱们才能搞好革命，希望各位服从政治筹备处的安排，认真履行自己的职责，切莫产生怨气，更不能消极堕落，甚至是背叛革命！我的话就说到这里，希望各位好自为之！"

宋锡全、林翼支等人闷着不说话，王宪章见了，赶紧表明自己的态度："坚决服从政治筹备处的安排！"

见王宪章如此豁达，胡玉珍说："对，我觉得大家都应该像宪章同志一样，正确对待上级组织的决定。再说，上级组织做出这样的决定，肯定有其道理。"

"好，我表个态，支持政治筹备处的决定！"

"我也同意！"

"同意！"

"我也赞成！"

宋锡全、林翼支等人这才表态，同意武昌政治筹备处对他们这次的任职决定。

"哎，这就对了嘛！"见宋锡全、林翼支等人也表了态，胡玉珍笑着说，"大家还有没有其他事情？如果没有，那就散会！"

"没有！"

"没有了！"

……

王宪章、宋锡全等人回答。

见没有什么事了，胡玉珍宣布散会。

第15章 被捕入狱

01

总督瑞澂带着家眷从总督府逃到楚豫舰上，向清政府高层发出急电，说武汉三镇危在旦夕，恳请迅速派出劲旅驰援。

接到瑞澂的求援急电，清政府高层十分恐慌，特别是革命党人占领汉口、汉阳的消息传到北京之后，清政府首脑隆裕太后和庆亲王奕劻等人更是急得如热锅上的蚂蚁，隆裕太后立即谕告军机处摄政王载沣，叫他即刻派兵驰援瑞澂。

"这个瑞澂，真是太混账，关键时刻竟然擅自带着家眷逃离总督府衙门，简直是丢尽了我大清的脸面，依我看，他这个湖广总督不要做了！"两军交战，湖广总督瑞澂临阵逃跑，隆裕太后气愤不已。

见隆裕太后如此之气，在场的庆亲王奕劻等一干大臣也不好说什么。10月12日，由于隆裕太后一再主张，清政府不得不撤掉瑞澂的总督职务，但隆裕太后并没有对瑞澂赶尽杀绝，命令他戴罪立功并署理湖广总督一职。

为了挽救湖北危局，摄政王载沣下令清军立即停止在永平的秋操，并命年初刚上任的陆军大臣荫昌即刻赶往湖北，让他统领在湖北的所有清军和即将赶赴湖北的援军进攻革命军，又命令海军提督萨镇冰率领巡洋舰队及长江水师溯流而上进入武汉江面进行援助。

两日后，清廷又重新起用被贬谪三年之久的袁世凯，并任命他为湖广总督。与此同时，将赴湖北的陆军第四镇和混成第三协、第十一协编成第一军，任命荫昌为总统；将陆军第五镇编成第二军，任命冯国璋为总统；将禁卫军和陆军第一镇编成第三军，任命载涛为总统。

清军三路援军齐发，并迅速向湖北武汉汉口附近集结，企图在武汉汉口一举剿灭革命军。

清军大兵压境，但湖北军政府在成立伊始，就制定了先打击汉口之敌，再渐次向北进攻以阻止清军南下的战略部署，湖南、广西、江西等省革命军派遣部队前来援助湖北这一革命中心。同盟会领袖人物黄兴和同盟会中部总会总务干事宋教仁、参谋长李书城、秘书长田桐等人，也日夜兼程地赶往战火纷飞的武汉前线参与军事指挥。

清军与革命党人所领导的革命军在汉口、汉阳摆开战场，准备进行一场你死我活的厮杀。

应该说武昌首义以后，武汉三镇的军事形势对革命党人还是十分有利的，此时清政府的中央军北洋六镇大多集结在直隶还没进入湖北境内，而武汉一带由于瑞澂等军政要员逃离省城，忠于清廷的军队多数出逃，龟缩在汉口郊区刘家庙火车站一带的，只有从武昌逃出来的第八镇张彪所率辎重第八营、教练队和其他残余部队，此外就是湖南岳州夏占魁的巡防营，稍后河南混成协协统张锡元所辖两营及巡防营也抵达了刘家庙。但这些部队一是军力十分单薄，二是瑞澂等军政要员逃离省城，导致士兵丧失了斗志无心恋战。而革命党人方面，在占领武昌全城之后，王宪章和胡玉珍等人又相继光复了汉阳和汉口，与此同时，革命党人一面着手建立军政府，一面扩军四个协准备应敌，其中第二协何锡藩部已经驻扎在汉口的西商跑马场一带，并将司令部设在铁路外面的刘家花园，做好了向刘家庙清军进攻的一切准备。

就在汉口起义成功的第四天，荫昌派标统马继贞带领一标清军抵达武胜关，另派标统贾德耀带领一标清军抵达信阳。同时，清政府又派军统冯国璋和统制吴禄贞、王遇甲及协统李纯、鲍贵聊、王占元、陈光远率领大批清兵陆续沿着京汉铁路南下。

湖北军政府得到这一消息，决定采取主动攻势。

革命军和清军在刘家庙开战，起初革命军占据上风，可由于多方面的因素，到了后期革命军在战事上时常失利。尽管临时总司令黄兴亲临前线指挥，可汉口、汉阳两地还是难保。

在攻占汉阳时，汉阳方面的革命军就推举宋锡全为总司令，王宪章任总指挥，后来宋锡全的这一协就一直守在汉阳兵工厂和铁厂一带。冯国璋率第二军来攻击汉阳，宋锡全和王宪章率领官兵拼死抵抗，可由于清兵过于强大，革命军人少，加上武器不如清兵，部队节节败退。

看到汉口处于危急之中，胡瑛建议宋锡全，汉阳难保，应赶紧将守在汉阳的部队撤往湖南岳州以保存自己实力。宋锡全听从胡瑛的话，将王宪章、胡玉珍、邱文彬、黄振中、黄家麟等人找来召开秘密会议，商议撤退之事。

"诸位，时下汉口败局基本已定，汉阳看来是难以保住，武昌又处于清军的炮火威胁之中，湖南那边虽说已经获胜，但建立的革命阵地还不是很稳固，随时都有可能被清军夺回。我认为，与其在这儿做无意义的抵抗，还不如将在汉阳的部队拉到湖南，先助焦达峰他们一臂之力，然后再相机行事，不知各位意下如何？"会上，胡瑛对目前的战争形势展开了分析，并提出了把湖北革命军拉到湖南去的想法。

"从长远来考虑，我赞成把部队拉出去！"黄家麟首先表态。

黄家麟话刚落地，坐在他旁边的协统宋锡全赶紧说："汉口一旦失守，汉阳实在是难保，把部队先拉出去保存党人实力，我看是可以的。我实话告诉大家，我已接到同盟会领导黄兴密令，他要我将这儿的部队拉出去以保存革命实力，同时要我将这儿的军械粮饷转移到湖南岳州，以图今后东山再起！"

宋锡全说他这个做法是奉黄兴之命，是真是假大家也不得而知，黄振中虽说心里有些怀疑，但他还是说："既然同盟会的领导都发话了，那就先将部队拉出去吧！"

"是啊，眼下汉阳已经成了一座孤城，清军的大炮早就对准了咱们，若是再不把部队拉出去，就有可能全军覆没！"宋锡全急于把部队拉到湖南岳州，见黄振中这么说又烧了一把火。宋锡全哪会想到，这把火最后烧死的不仅仅是这支革命部队，就连他自己也被烧死了。

一直在沉思着的王宪章，见宋锡全急于把部队拉出去，忧心忡忡地说："宋统协这个想法是不错，但我还是有些担忧！"

"宪章，你有什么想法就说出来！"胡瑛说。

王宪章说："我所担忧的是，将这儿的部队拉出去之后，汉阳也就无人守了，这会给汉口那边造成更大的压力和危险，再说，湖南那边的情况现在还不明朗，此时若是将部队盲目地拉过去，会不会给部队带来什么风险和不测？如果咱们这支部队出了问题，抑或是给汉口那边造成更大的危险，恐怕我们在座的都无法给武昌那边交差！"

参谋长胡玉珍心情特别复杂，他觉得部队撤也不是不撤也不是，撤虽说可保存革命党人的实力，可一旦撤走，汉阳就没人守了，这等于是拱手把汉口、汉阳让给清军，再说湖南那边就如王宪章说的，现在是什么情况还不清楚，将部队撤到那边，万一部队出了问题怎么办？于是他模棱两可地说："我遵从大家的意见！"

胡瑛说："守绝对是守不住的，部队若不撤走，必然是要被清军吃掉的，我们就这点人，若再被清军吃掉，那就连革命的本钱都没有了，尽管存在风险，但我还是建议将部队和军械撤走为好！"

"唉，既然是这样那就拉出去，没必要再犹豫了！"邱文彬不想再听胡瑛他们说个没完。

"可部队一旦撤走，汉口、汉阳无疑就是空城，这样一来清兵要想进入汉口和汉阳，那就是势如破竹如入无人之境啊！我看这事非同小可，建议在座的各位还是再考虑一下这件事！"王宪章劝说大家。

由于胡瑛是领导，加之大家都觉得他讲的有一定道理，在场的人除了王宪章，基本上都同意他的想法。

宋锡全见状，赶紧说："我看就少数服从多数吧，将守在汉阳的革命军先拉出去暂避一下！"

无法说动宋锡全和胡瑛他们，王宪章只好说："既然大家都觉得可行，那我也无话可说，就先拉出去吧！"

见意见统一了，胡瑛这才说："好，既然大家都赞成将部队撤走，那我提议，由宋协统和王宪章标统负责将部队拉到湖南岳州，到了湖南岳州再相机行事！"

"何时出发？"胡玉珍问。

宋锡全说："事不宜迟，我看明天晚上就走，大家觉得如何？"

"同意！"

"同意！"

"赞成！"

胡玉珍、邱文彬、黄家麟、黄振中等人一致表态。

"是不是太急了？"王宪章还是有些不放心，问胡瑛和宋锡全。

"不急，早走为好。"宋锡全对王宪章说，并告诉大家："明天傍晚天一黑准时出发，等会儿大伙回去后就各自通知自己的人！"

"好！"胡玉珍等人回答。

随后，参会的同志分别去通知自己的部下。

02

"出发！"

次日傍晚，天刚开始黑下来，宋锡全就向部队发出命令，随后和王宪章等人率领守护汉阳的革命军分别乘坐四艘小火轮和六十多条舢板，满载着弹药向湖南岳州方向进发。

正在这时，宋锡全遇到了已任水师统领的陈孝芬，而这个时候陈孝芬的水师也在汉阳。

"孝芬，把部队拉上跟我们走！"宋锡全劝陈孝芬带上水师一同前往湖南。

他们的部队不是在驻守汉阳吗？怎么要将部队拉出去呢？这样做汉阳不是成了一座空城吗？陈孝芬觉得有点奇怪，便问宋锡全："宋司令，你们不是在驻守汉阳吗？怎么把部队从这儿撤走呢？"

"上面交代有临时任务！"宋锡全告诉他。

邱文彬说："孝芬，跟咱们一道走吧。"

"汉口守不住了，汉阳也不是久留之地，你就跟我们先去湖南，到时再相机行事吧！"胡玉珍也说。

陈孝芬心里有些疑惑，但见其他人也在劝自己，便同意带着水师与宋锡全一起走。

这个时候，黄兴正率领革命军与北洋军在汉口激战，守在汉阳的革命军一撤走，汉阳就变成了一座空城，汉口也失去了一道抵抗的屏障。

跟随宋锡全来到沌口后，陈孝芬心里犯了嘀咕，他觉得心里还是有些不踏实，就对宋锡全说："宋司令，还是你们自己去吧，我的人就不去了！"

见陈孝芬中途打起了退堂鼓，宋锡全赶紧问道："孝芬，你咋又不去了呢？"

"不瞒你说，宋司令，我的直觉告诉我，此行去湖南，就是去送死！"陈孝芬说。因为情况不明，陈孝芬怀疑这次去湖南肯定是凶多吉少，所以打起了退堂鼓。

王宪章劝说陈孝芬："孝芬，来都来了，还是一起走吧！"

"宪章老弟，如果想去你们就去，我和我的人就不去了！"陈孝芬说。

宋锡全叹息道："唉，既然你不愿一块儿去，我也不好勉强，到时你和你的人可别后悔哦！"

"这没什么好后悔的！"陈孝芬笑着说。

胡玉珍对宋锡全说："既然陈统领不想去，那就不要为难他，让他带着水师回去好了！"

"好，那就这样，你带着水师回去吧！"宋锡全说。

"嗯，各位，再见！"陈孝芬两手朝宋锡全、王宪章他们抱拳一拱，然后转身朝身边的副官命令道："回汉阳！"

"兄弟们，陈统领说了，掉头回汉阳！"副官朝水手传话。

就这样，陈孝芬带着水师掉头前往汉阳方向，而宋锡全和王宪章、胡玉珍他们则带着部队继续往湖南方向撤退。

陈孝芬的猜疑没错，此时湖南这边谭延闿已经设计把原来的都督焦达峰杀害，并自立为湖南都督，而这一突发情况宋锡全和王宪章他们根本不知道。更令宋锡全和王宪章他们想不到的是，已经有人将他们率部去湖南岳州的消息急报给了在武昌的湖北军政府大都督黎元洪，而黎元洪对此大为光火，就密令湖南都督谭延闿拦杀这支部队。

果然不出陈孝芬所料，宋锡全率领的这支部队一到湖南岳州，立即就被谭延闿派兵拦截并消灭掉了，宋锡全被谭延闿逮捕后立即杀掉，王宪章、胡玉珍等革命党人则被抓捕监禁在湖南的长沙监狱里。

回到汉阳的水师统领陈孝芬，心里一直担忧着宋锡全和王宪章等人的安危。

这日下午，陈孝芬正在统领署和部属研究军事，副官急匆匆地走进来向他禀报："大事不好了，陈统领，听说宋司令和王标统他们到湖南岳州后，部队被新任都督谭延闿派兵消灭掉了，宋司令已经被杀，王标统和胡玉珍等几位革命党人也被逮捕监禁在长沙监狱里！"

"你说什么？"陈孝芬睁大眼睛问副官。

"宋司令和王标统他们到湖南岳州后，部队被谭延闿派兵剿灭了！"副官重复一遍刚才的话。

"唉，我劝说他们别去，可他们就是不听，这……这下怎么办呀？"陈孝芬急得直跺脚，随后着急地对副官说，"走，和我去趟武昌！"

陈孝芬说完和副官急匆匆地走出统领署，他要去武昌向湖北军政府大都督黎元洪报告这事。

在湖北军政府里见到黎元洪，陈孝芬赶紧向他禀报："大都督，有件急事卑职得向您禀报一下！"

"宋锡全和王宪章他……他们将汉阳的部队拉到湖南岳州后，被谭延闿派兵消灭掉了，据说宋锡全已经被谭延闿杀害，而王宪章、胡玉珍等人还被监禁在长沙监狱里！"

听了陈孝芬的话，黎元洪假装不知，反问道："嗯？这到底是怎么回事？"

"那天宋锡全和王宪章他们……"陈孝芬不敢隐瞒，将实情向黎元洪和盘托出。

"你们说，是谁给他宋锡全这个权力，让他将守卫汉阳的部队拉出去的？"黎元洪使劲地拍着桌子问陈孝芬和他的副官。

见黎元洪暴跳如雷，陈孝芬吓得不轻，结结巴巴地说："大都督，卑……卑职不清楚，当……当时他们告诉卑职，说有临时任务，卑职也就……就带着人跟他们去了。到了沌口，卑职觉得有些不对劲，就将水师带回了汉阳，没想到他们这一去……"

"他宋锡全就是个大混蛋，竟敢擅自将守卫汉阳的部队带离汉阳，真是死有余辜！还有你，居然也将水师带走，幸好你将部队提早拉了回来，要不然后果不堪设想，尽管如此，你也罪责难逃！"黎元洪暴跳如雷，随后命人将陈孝芬绑起来，准备办他死罪。

"大都督，您就高抬贵手，饶了他这一回吧！"

"是啊，大都督，陈统领已经及时将水师拉回汉阳，部队没受损失，您就饶了他吧！"

"求大都督饶陈统领一命！"

黎元洪的手下一齐替陈孝芬说情。

"都怪我一时糊涂，受了宋锡全他们蛊惑，这才……"陈孝芬跪下，可怜巴巴地望着黎元洪，竭尽全力地替自己争辩。

"罪可免，但职务撤掉！"

陈孝芬好说歹说地辩解了一阵子，加上黎元洪的手下在替他求情，黎元洪这才饶了他的死罪，但还是撤掉了他的水师统领职务。

丢了官职的陈孝芬，窝着一肚子气和副官回到汉阳。

路上，副官替他不服气，气愤地说："这个黎元洪，他凭啥要撤了您的职？"

"都怪这个宋锡全，要不是他，我陈孝芬也不会落到今天这个地步！"在庆幸自己没有随宋锡全去湖南送死的同时，陈孝芬又责怪起宋锡全来。

03

在武昌的蒋翊武，听说王宪章在湖南被谭延闿抓了后关押在长沙监狱，心里又气又急，禁不住骂道："这个王宪章，到底是哪根神经错了，居然会将守卫汉阳的革命军拉出去，你这不是自寻死路吗？"

后来蒋翊武才问清楚，这些全是胡瑛和宋锡全的主意，而且宋锡全还说是接到了临时总司令黄兴的密令，是黄兴叫他们把部队转移出去的，而且在研究这个事的时候王宪章一再劝说胡瑛和宋锡全等人，但胡瑛和宋锡全听不进去，蒋翊武这才没再责怪王宪章，不但没责怪，还急匆匆地跑到湖北军政府去找大都督黎元洪，请求他给谭延闿打电话，让谭延闿放了王宪章。

蒋翊武之所以去找黎元洪，是因为他和王宪章的关系非同一般，再说他心里也还有黎元洪的底牌。

黎元洪今天能够坐上大都督这个位置，可以说全得力于蒋翊武的推举。当时在咨询局的会议上，有人要推举蒋翊武或其他人任湖北军政府大都督，蒋翊武虽说当天没有参加会议，但他之前做了大量工作，他建议议员们一致推举黎元洪来做这个大都督，这事黎元洪心里也是最明白不过的，他不得不卖蒋翊武这个人情。

"大都督，宋锡全擅自率领汉阳的守军去湖南，给革命造成了不小的损失，这是他的不对！"

"知道还来干吗？来替他说情？"坐在椅子上的黎元洪掏出一支烟点上。

蒋翊武赶紧说："大都督，宋锡全虽然有错，但这王宪章可是个难得的人才啊！"

"哼，人才？你知道这次他和宋锡全将汉阳的守军拉出去，给革命造成的损失有多严重吗？"黎元洪移开嘴上的香烟，两眼死死地盯着蒋翊武质问。

蒋翊武说："大都督，这我知道，但我也听说了，这次将部队拉去湖南岳州，并不是王宪章的主意，全是宋锡全和胡瑛在操纵，而且宋锡全还称是接到了黄兴的密令要他们将部队转移出去。而王宪章一再劝说过宋锡全和胡瑛，但他们就是不听。论职务，王宪章不如他两人，在那个时候他劝阻不了，当然只得听从他们的。再有一点，宋锡全已经被处死，责任可以不再追究了！"

黎元洪哼了一声，对蒋翊武说："哼，我看你这是在替王宪章狡辩！"

"我说的是事实，并非替他……"

黎元洪提高声音："不管怎么说，在革命关键时刻，他王宪章擅自将部队撤出去，这个责任他是无法推卸的！"

蒋翊武说："这我知道，但是，大都督，此时正是革命用人之际，能不能先将王宪章放出来，让他将功补过？"

见蒋翊武纠缠着不放，黎元洪不耐烦地朝他摆摆手："行了，今天不谈这事，过两天再说，你走吧！"

黎元洪下了逐客令，蒋翊武也不好再留在这儿，只好说："行，那我改天再来！"

蒋翊武说完，不高兴地走出黎元洪的办公室。

"宪章啊宪章，你怎么会犯如此低级的错误啊？"回到家的蒋翊武又禁不住埋怨起王宪章来，但他心里清楚，将部队撤离汉阳绝对不会是王宪章的主意，也就是说主要责任不在他。

为解救王宪章，蒋翊武非常上心，第三天他又去找黎元洪。

黎元洪知道，自己之所以能坐上大都督这个位置，蒋翊武功不可没，那日蒋翊武走了之后他就在想，自己欠人家一大个人情，也是该还的时候了。想到这儿，黎元洪一改往常的傲慢，说："宪章是做得有些不对，但就像你说的，这次擅自撤走革命军，王宪章也不是主谋，要说错也主要是在胡瑛和宋锡全他们。"

"大都督的意思是放了王宪章？"听他这话，蒋翊武赶紧问。

黎元洪笑着说："连你这个总指挥都一而再再而三地出面来替王宪章求情，我还能不给你这个面子？"

"那翊武在这儿替宪章先谢谢大都督了！"蒋翊武说完双手抱拳，向黎元洪施礼。

黎元洪赶紧说："不用客气，不用客气！"

蒋翊武挠了一下头，接着问："大都督，翊武冒昧地问一句，宪章出来之后有没有什么安排？"

黎元洪说："翊武，军政府的其他同志对宪章和宋锡全的意见很大，非要整死他们不可，这你是清楚的，这事，我看以后再说吧！"

"行！"蒋翊武点头，然后站起来，"大都督，如果没其他事我就不打搅了，我也还有些事情要办！"

"好，那你先走，我也还有事要做！"黎元洪也不想留蒋翊武。

从湖北军政府出来，蒋翊武觉得心里轻松了不少。

在蒋翊武等人的努力营救下，谭延闿这才将王宪章和胡玉珍放了出来。

第16章 遭遇冷落

01

听说这次自己能从监狱里释放出来，得益于总指挥蒋翊武的大力搭救，王宪章从内心里极其感激蒋翊武。从湖南长沙监狱出来回到湖北武昌，他家都没来得及回便赶去见蒋翊武。

"感谢总指挥的救命之恩，若不是总指挥，恐怕宪章要死在大牢里了！"见到蒋翊武，王宪章单膝跪地双手抱拳，感激涕零地向他道谢。

蒋翊武见了赶紧一把将他扶起，说："自家兄弟，没必要这么客气，再说都是革命同志，这也是我应该做的！"

"谢谢总指挥！"王宪章站起来抱拳向他行礼。

"请坐！"蒋翊武指着旁边的竹藤椅说，然后转身去给他泡茶。

"好的，总指挥！"王宪章边说边在旁边的竹藤椅上坐下。

蒋翊武将泡好的茶水端给王宪章，然后在另一张竹藤椅上坐下来。

"总指挥，我把这次将队伍拉出去的事简要向你汇报一下！"王宪章喝了一口茶水，将茶杯放到一旁的桌子上。

蒋翊武说："革命历来都不是一帆风顺的，犯点错误在所难免。再说，谁不会犯点错呢，这事你就不用再提了，我现在考虑的是你下一步的任职怎么办？"

听蒋翊武这么一说，王宪章更加感动，是啊，人家不仅想尽办法救自己的命，还替自己今后的出路着想，若不是多年的兄弟感情和过硬交情，谁会冒着巨大的风险来做这种事？对蒋翊武的知遇之恩，王宪章不知道这辈子如何才能报答得了他。

"我刚从监狱里出来，也不知道该怎么办，还望总指挥指点！"王宪章两眼望着蒋翊武。

蒋翊武只好将黎元洪的顾虑告诉他。

"嗯，这事我心里清楚！"王宪章点头。

蒋翊武安慰他："你在监狱受了不少苦，趁机好好休息一下，把身子养好了，以后有的是事情给你干！"

"宪章听从总指挥安排！"

两人又聊了一阵当前的革命形势，王宪章这才回自己住处。

因为和王宪章感情很深，陈兰卿从贵阳师范学堂毕业后就来湖北武昌找王宪章。因为军营里是不允许带家属的，所以王宪章就在城里租房让陈兰卿住下，自己时不时回来看她一下。

上次在贵州，陈兰卿曾经告诉过王宪章，她想像秋瑾女士一样，加入党人的组织和他一起革命，王宪章觉得革命是男人们的事情，没答应她。来到武昌以后，陈兰卿又提出这个事，王宪章还是没答应，并对她说："我已经参加了党人的组织从事革命活动，你就不要再参加了，你是师范学堂毕业的，要不你找个学堂教教学生吧？"

陈兰卿想了一下，觉得王宪章说得有道理，就听从他到城里的一所学堂任教。

不久，两人在武昌城里结了婚。

十月怀胎，陈兰卿给王宪章生下了一个儿子，王宪章非常高兴，按家中辈分给儿子取名王元林。由于要带孩子，陈兰卿很长一段时间没去学堂给学生上课，后来她干脆辞职在家做起了全职太太。这样一来，两人也算是有了一个家。王宪章在兵营里，成天搞操练，而且又暗中忙着革命的事，只能偶尔回家来看一下妻儿。

陈兰卿非常理解丈夫，尽管自己和儿子日子过得艰难，但她没半句怨言。王宪章也打心里感激妻子。

虽说当兵吃粮，但王宪章的军饷并不高，再扣除一定的社员费，所剩无几，加之陈兰卿又辞了职，一家人靠王宪章那点军饷生活，家庭境况难免有些窘迫。

已经很长时间没见到妻子和儿子了,一想到马上就要见到他们,王宪章加快了脚步。

"宪章,你怎么回来了呀?我听人传言,你和别人擅自将守卫汉阳的部队撤走犯了大错,我还以为再也见不到你了呢!没想到你……"见丈夫突然回来了,陈兰卿喜极而泣,一边哭泣一边用双手擂打着王宪章的两肩,打完后抱住他呜呜地哭个不停。

王宪章知道,自己欠妻子的太多了,两眼噙满眼泪不住地安慰她:"好了,别哭了,没事,不都回来了吗?"

陈兰卿这才放开了他。

王宪章问她:"儿子呢?"

"刚睡下!"陈兰卿边擦眼泪边告诉丈夫。

和妻子来到卧室,见孩子睡得很香,王宪章对妻子说:"不要惊醒他,让他睡!"

夫妻二人回到前边屋里坐下,陈兰卿问丈夫:"人家都在说你擅自将守城的队伍拉出去,这是怎么回事?"

王宪章说:"这事不是一句话两句话能说得清楚的,你就别管了,他们想怎么说就让他们说去!"

"你就告诉我吧,省得我总是替你担心!"陈兰卿说。

"那是去年的11月,清廷调集大批清兵前往武汉,准备对汉阳、汉口进行围剿,企图把革命军吃掉。这一天,宋锡全和胡瑛他们……"见拗不过妻子,王宪章只好将事情的原委告诉了她。

"原来是这么回事!"听了丈夫的叙说,陈兰卿这才清楚事情的原委,她不无担心地说,"宪章,打仗的事我不懂,但也不是我说你,你是真不应该将队伍撤走呀,你们这一撤,人家黄总司令在汉口不就危险了吗?幸好他谭延闿没杀你,真要是杀了你,你说你冤不冤?"

王宪章说他也不知道事情会到这种地步,再说当时他一个人也做不了主,只得听从宋锡全和胡瑛他们的。

陈兰卿说:"好了,既然事情都已经过去,就不再说这事了。不过我提醒你,以后做事还是要三思而后行,实在不行,还可以请示一下你的上级领导,这样你也不会担这么大的责！"

"嗯！"王宪章点头。

不久，在蒋翊武的帮助下王宪章又回到了军营里。

02

这一天，蒋翊武来到王宪章住的地方。

"哎，总指挥，你怎么来了？"见蒋翊武登门造访，王宪章感到有些意外。

蒋翊武边进门边说："有个事来跟你说一下。"

二人坐下端上茶水，蒋翊武这才告诉王宪章："军政府今日研究讨论，将新编第二镇改为第二师，并明确由你来做代理师长。"

"真的？"王宪章一听，觉得总算是有了出头的日子，心里高兴得不得了。

"嗯！"见他这么问，蒋翊武微笑着朝他点了一下头。

王宪章十分感激，对蒋翊武说："这里边肯定有你的功劳！"

蒋翊武说："什么功劳不功劳啊，本来就应该让你来做这个师长的嘛！"

说实话，为了让王宪章来做这个代理师长，蒋翊武的确是没少费心。也许是王宪章和宋锡全擅自撤兵的缘故，在研究由他来做第二师师长的时候仍有不少人在反对，大都督黎元洪更是竭力反对，是蒋翊武一再地向大家解释，说撤兵不是王宪章的主意，当时他还劝阻过这事，主要责任不在他，黎元洪和其他人这才勉强答应由王宪章来做这个师长。但黎元洪只同意先由王宪章代理，至于正式任职以后再说。

"谢谢总指挥，总指挥的大恩大德，宪章没齿难忘！"对蒋翊武的提携和帮助，王宪章从内心里感激不尽。

03

第二天下午，王宪章高高兴兴地去第二师走马上任，第二师的官兵们给他举行了隆重的欢迎仪式，蒋翊武也去为他讲话助威。

做了第二师代理师长，王宪章想，自己绝对不能辜负蒋总指挥的期望，一定要在这个位置上做出点成绩来。可令王宪章始料不及的是，上任没几天，他这个代理师长的职务就没有了。

这是为何呢？原来，军政府要实行裁军，本来对文学社就十分不满的大都督黎元洪，觉得这是个削弱文学社力量的好机会，于是借机解散了第二师，然后将王宪章调到湖北军政府军务司，也就是以前的军务部，让他做军务司副司长，师参谋长钟畸被调任都督府参议一职，到蒋翊武身边工作。

谁都知道，这个湖北都督府军务司副司长是不带兵的闲职，这对于带兵打仗的王宪章来说，明显是在剥夺他的兵权。

"大都督，眼下正是需要用兵的时候，请问，第二师刚刚组建，您为何又要把它解散？"王宪章很不服气，气冲冲地来都督府找黎元洪讨说法。

见王宪章竟敢来责问自己，黎元洪火冒三丈，大声斥责他："解散第二师是军政府的事，再说我是军政府的大都督，我有权来决定这个事，你一个小小的师长，还是个代理的，你有何资格来责问我？我看你是一点也不知趣！"

王宪章忍住怒火说："我知道这是军政府的事，也知道您是军政府的大都督，但值此急需用兵之际，随意解散新编的第二师，您总要给我这个代理师长和官兵们一个解释吧！"

"没什么好解释的，你是军人，军人以服从命令为天职，你无权干预此事！"黎元洪蛮横地说。

见他如此不讲理，王宪章火了，也朝他吼道："您是大都督不假，但您这个大都督是大家推举出来的，大家推举你来做大都督，是要让你为大家做主，可你却不顾眼前清兵压境的严峻形势，擅自解散刚刚组建的第二师，你这不是撤军，是在拆革命党人的台！"

听王宪章说自己是在拆革命党人的台，黎元洪气更大了，怒骂王宪章："拆革命党人的台？你和宋锡全擅自撤走汉阳守军，让汉口的革命军陷入孤军作战的境地，那才叫真正的拆革命党人的台！"

"你……"见他揭自己的伤疤，王宪章差点气昏过去。

黎元洪得理不饶人，说："你什么你！难道这不是事实吗？王宪章，我实话告诉你，要不是蒋翊武一直在替你求情，恐怕你现在连命都没了。在讨论第二师师长人选时，蒋翊武提出让你来做这个师长，有许多人不想让你来做，是蒋翊武一再做大家的思想工作，我这才同意由你来做这个代理师长，可你看你现在这个样子，今后还能担当得起大任吗？"

王宪章说："我今后是否担当得起大任，这不劳烦都督大人考虑，我要说的是您不该在这个时候解散新组建的第二师，解散第二师就是拆革命党人的台！"

"王宪章，我再一次明确告诉你，第二师解散与否是军政府的事，也是我黎元洪的事，你王宪章无权干涉，你赶紧给我走人，别在这儿瞎胡闹，否则本都督将对你进行军法处置！"黎元洪威胁王宪章，并对他下了逐客令。

王宪章气往头顶上冒，甩手转身走出了都督府。

从都督府出来后，王宪章马上去找蒋翊武，想去找他诉苦。

在军务部见到蒋翊武，王宪章气愤地向他诉说道："总指挥，眼下正是用兵之际，他黎元洪怎么能不顾大局，擅自解散新编的第二师？"

对黎元洪擅自解散新编第二师这个事，蒋翊武也感到非常气愤，见王宪章来找他诉说这个事，赶紧安慰他："宪章，黎元洪要这样做，我也拿他没办法，他毕竟是军政府的大都督。我知道，让你任职的军务司副司长是不带兵的闲职，对你来说有些残酷，也很不公平，可人家有实权，这有什么办法呢？"

王宪章以为蒋翊武没听明白他说的话，着急地说："总指挥，我不是说我这个代理师长的职务没有了我不高兴，我是说他黎元洪不该在革命急需用兵的时候解散这个师，他这是在拆革命党人的台呀！"

蒋翊武说："你的心情我十分理解，可黎元洪现在是掌管军政大权的大都督，我拿他有什么办法？"

"我看黎元洪是要背叛革命！"王宪章气愤地说。

见王宪章说出这样的话，蒋翊武赶紧环顾四周，然后提醒道："宪章，这话可不能乱说，要是这话传到他黎元洪耳朵里去，怕是不好收场！"

"可他黎元洪这样做也真是太气人了！"王宪章仍不服气。

蒋翊武沉下脸说："不管怎么样，先稳住自己的情绪，往往一个人的失误就是控制不住自己的情绪所致！"

"好，我听总指挥的！"王宪章压下火气。

蒋翊武说："现在立宪派在用人上处处打压革命党人，但为了革命，咱们不得不忍气吞声。还有，共进会那边的孙武也在扯文学社的后腿，咱们也还得防着他一些。"

王宪章说："这我知道。"

蒋翊武说："好吧，你也别把这个事放在心上，还是我说的那句话，趁机休息一下，以后有的是事给你干！"

"嗯，我听总指挥的！"王宪章点头。

04

蒋翊武的话没错，因为一些事情，共进会与文学社的裂痕越来越大，特别是共进会的会长孙武，处处刁难文学社党人。

共进会与文学社之间的争斗虽说激烈，但在这之前仍然是暗地里进行，并没有闹到桌面上，到撕破脸皮的地步。可这一年的 2 月 27 日夜晚，第二镇的统制张廷辅在武昌大都衙巷其寓所被人杀害，之后，两家之间的争斗就公开化了，因为有人传言，杀害张廷辅的不是清兵，也不是立宪派的人，而是共进会的人指使干的。

九死一生的张廷辅，没有死在抗击清军的战场上，而是死在自己人手里，这事激起了不少革命党人的愤怒，都说一定要替他讨个说法。张廷辅是文学社的主要人物，他的被害，蒋翊武等文学社的革命党人自然更加悲愤，他们发誓，待调查清楚真相之后，一定会替他报仇雪恨。

张廷辅是王宪章在武昌进日知会时的介绍人，而且两人一直在一起战斗，感情亲如兄弟，对张廷辅的死，王宪章本来就很伤心，当听说杀害张廷辅的是共进会的人时，王宪章差点气得昏死过去，但他非常无奈，共进会也是革命阵营中的同伴，如果和他们同室操戈，那岂不是便宜了清廷？

王宪章心里十分茫然，不知如何是好。

军中不可一日无帅，张廷辅死后，湖北军政府考虑由谁来接替他的人选问题，由于王宪章是文学社的副社长又担任过标统，蒋翊武觉得让他来接替张廷辅的统制一职是没问题的，于是向湖北军政府推荐王宪章，结果被黎元洪严词拒绝。

见黎元洪不肯答应，蒋翊武耐着性子问他："大都督，为何不行呢？"

黎元洪不耐烦地说："不行就是不行，没有为什么，再说你现在是都督府的顾问，已经不是总司令了，人事上的事你就别掺和了！"

由于共进会孙武和杨玉如等人的排挤，黄兴离开武汉时留给蒋翊武的战时总司令一职已经被谭人凤取代，只是谭人凤聪明，为了避免给自己惹来麻烦，他将总司令改称为武昌防御使兼北面招讨使，而蒋翊武却被调到了都督府，在都督府任顾问。

蒋翊武心里明白，自己已经被黎元洪架空，手中没有一丁点儿权力。

蒋翊武说："就算我不是总司令，但至少也是都督府的顾问，人事任免我还是有建议权的嘛！"

黎元洪蛮横地说："你是可以建议，但采纳不采纳还得要看军政府！"

"我知道是要等军政府的决议，但……"

为了不让场面闹僵，黎元洪打断他："好了好了，这事以后再说吧！"

蒋翊武知道，自己现在在黎元洪面前说话已经不好使了，只好说："那行，您好好考虑一下吧！"

蒋翊武说完，气愤地走出都督府。

在去都督府之前蒋翊武曾找过王宪章，说他准备向军政府推荐他来接替张廷辅之前的统制一职。听说要推荐自己接任张廷辅的统制一职，王宪章当然很高兴，不停地感谢蒋翊武。

蒋翊武没想到会是这么个结果，他知道，黎元洪说的以后再说，实际上是个托词，他根本不会让王宪章来接替张廷辅的统制一职。

走在路上，蒋翊武想，这下怎么去跟王宪章说呢？想着想着，不知不觉来到了都督府军务司副司长办公室。

"事情如何，总指挥？"见蒋翊武来了，王宪章赶紧问他。

蒋翊武示意他把门关上。

王宪章心里咯噔一下，意识到事情不妙。

王宪章把门关上后，蒋翊武这才气愤地说："当初要不是我蒋翊武，他黎元洪怎么能当得上这个大都督？现在他居然不肯买我的账了！"

见蒋翊武很生气，王宪章小心地问他："他怎么说？"

"黎元洪说这事以后再说！"听蒋翊武这么说，王宪章知道自己接替张廷辅统制一职的事已经落空。

他安慰蒋翊武："没事，你也别生气，只要能革命，统制这个官我当不当无所谓！"

蒋翊武愤怒地说："这不是当官不当官的问题，而是咱们革命党人被那些旧军官和政客们排挤了！"

"说得也是！"王宪章点头，然后又问他，"哎，总指挥，你的战时总司令被谭人凤取代了，你今后有什么打算？"

"没什么打算，只能是走一步看一步！"蒋翊武告诉王宪章。

王宪章说："实在不行，咱们离开湖北。"

"到时再说吧，现在还没被他们逼到那个地步！"蒋翊武顿了顿又说，"孙武等共进会的人和立宪派的人已经搅到一块儿，我们出走湖北不过是早晚的事！"

王宪章说："这我已经感觉到了，就连同盟会的领导黄兴都被他们挤对走了，更何况咱们文学社！再说，他们用谭人凤来取代你，明显是要给文学社的党人一个下马威！"

"我个人任职无所谓，关键是再这样下去，革命要被他们搞垮！"蒋翊武不无担忧地说。

王宪章摇头叹息道："唉，没办法，也只能是像你说的走一步看一步了！"

"嗯！"蒋翊武点头应道，然后对王宪章说："我得走了，省得有人说咱俩的是非！"

王宪章说："好！"

蒋翊武拉开门离去。

05

自参加革命以来，王宪章一直都是带兵打仗的，但在都督府军务司没兵可带，更没有仗可打，再说自己头上还有一个司长，啥事自己都做不了主不说，有的时候还要看人家的脸色行事。王宪章窝着一肚子火，觉得这日子实在是不好过，但他逃避不了，不好过也得过。

由于心情不好，有时候王宪章会无缘无故地冲着人发火，而且发起飙来不论对象，管你是下属上司抑或是妻子朋友，只要那天心情不好，他就会冲着你发飙。

这天上午，为上班的事王宪章和司长金永炎呛了起来。

因为受到立宪派的冷落，王宪章心里窝着一肚子火，上班也就有些懒散，加之头天晚上几个朋友聚集在一起喝了点酒，今早多睡了一会儿，上午上班就来晚了一些。

金永炎本来看王宪章就不顺眼，见王宪章上班来晚了，便来王宪章的办公室说他："身为军务司副司长，宪章，我看你上班不是那么……哎，怎么说呢，反正你还是要给下面的同志做个表率，不要让大家看不起你！"

论资历这金永炎哪有王宪章老，见他这么说自己，王宪章一下子来了气，朝他吼叫道："哎，金司长，你这话是什么意思？"

金永炎知道王宪章此时正备受立宪派的冷落，一点不买王宪章的账，乜着双眼不屑地说："没听明白我说的话？我这是在告诉你，这里不是茶馆，是都督府，这儿上班是有制度的，不要上个班懒懒散散地想来就来想去就去！"

然后又丢下一句："简直不像一个副司长的样子！"

王宪章火了，站起来一把攥住金永炎的衣领，问他："你倒是给我说说，副司长像个什么样子？"

"你……你……你这是以下犯上，你知道吗？"见王宪章要动武，金永炎心里慌了，结结巴巴地说。

"老子就是以下犯上，怎样？"王宪章怒视着金永炎。

"副司长，息怒息怒！"

"金司长，王副司长心情不好，您也少说两句吧！"

……

见两位头儿要打起来，司里面的人赶紧过来相劝。在众人的一再劝说下，王宪章这才松开手。

"王宪章，你会为你的行为付出代价的！"金永炎铁青着脸说。

"好了，都不要说了！"见金永炎还在闹，怕王宪章再和他打起来，下面的一个同志赶紧将金永炎推回办公室。

"随你便！"王宪章也不服金永炎。

"上个班如此懒散，简直太不像话！"回到办公室，金永炎仍在骂骂咧咧的。

推他进来的同志说："好了，金司长，气大伤身，您也少说两句吧！"

王宪章办公室里，一位同志也一再地劝说他："大家都是同志，副司长，您也别说了，省得伤和气！"

"一副小人样！"王宪章气愤地骂道。

来劝说王宪章的同志说："金司长就是那个德行，要不这样，副司长，您先回去休息一下，等下午心情舒畅点再来上班！"

"没事，你去忙你的！"王宪章说。

这个上午，王宪章心情都非常糟糕，好不容易熬到下班时间，王宪章回家了。

回到家里，妻子陈兰卿见他脸色很不好看，便小心翼翼地问："宪章，今日是怎么啦？谁惹你生气了啊？"

"这个金永炎，一天到晚老是想找我的碴儿！"王宪章气愤地说。

陈兰卿说："他不是你的顶头上司吗？他对你什么啦？"

"唉，别说了，没事！"王宪章不想让妻子替他担忧。

见他不想说，陈兰卿也没再问。

吃过中午饭，王宪章休息了一会儿，到上班时间就又继续去上班。

因为心头颇烦，王宪章坐在办公室里，什么事也不想做。为了倾吐心中的不快，他去军政府顾问处找蒋翊武。

"总指挥，湖北我真是待不下去了，不如咱们一起去上海吧？"见到蒋翊武，王宪章将自己的想法告诉他。

"干吗急于离开湖北呢？是不是遇到什么事了？"听王宪章说他待不下去了，蒋翊武觉得有些奇怪，赶紧问他。

王宪章气愤地说："唉，早晨和金永炎闹了点不快！"

"金永炎不是你的上司吗？你们怎么了？"蒋翊武问王宪章。

王宪章告诉蒋翊武："金永炎平时太欺负人，加之昨天晚上我和几个朋友喝了点酒，上午上班去晚了点，这金永炎就很不高兴，来到我的办公室兴师问罪，也就和他闹了起来。"

"就为这事？"蒋翊武说。

王宪章摇摇头："事情当然不是这么简单，要是这么简单我王宪章也不会生他金永炎的气，总指挥，你想想看，自从立宪派的人得势之后，咱们这些革命党人哪个不是被他们打压和冷落？我觉得在这儿干下去没什么出路，不如离开湖北直接去上海，和他一道干革命好些！"

蒋翊武始终觉得，现在离开湖北还不是时候，于是说："你说得没错，自从立宪派那帮子人上来以后，咱们这些革命党人是一直被他们打压和排挤，但我觉得现在去上海还真不是时候，再说去到上海咱们怎么办？"

"去找孙中山先生，我相信他会接纳我们的！"王宪章说。

蒋翊武叫他缓一段时间再去。

见蒋翊武这么说，王宪章说他回去再考虑一下。

第二天下午，王宪章刚到办公室，军务司一位同志手上拿着当天的《震旦民报》急匆匆地走进来，说："王副司长，张振武昨天晚上在家被人杀了！"

"什么？张振武在家被人杀了？谁杀了他呀？"王宪章猛地从椅子上撑起身来问道。

"报上报道了这件事，你自己看吧！"这位同志说着将手上的报纸递给王宪章。

待这位同志出去之后，王宪章迫不及待地展开报纸仔细浏览起来。

报上登的张振武被杀的消息，是一个叫芸天的记者写的。消息说，张振武头天晚上在六国饭店宴请京鄂要人后，当夜十时乘马车回家。当他乘坐的马车来到大清门旁边棋盘街时，马被绊马绳绊住。有人将马车的玻璃砍碎，随后上来几人将张振武从车上强行拖下来押上一辆大车，再拉往西单牌楼旁边军法处西院进行枪杀。随后，军政执法处的人还从张振武家里抓走了方维等数十人，至于什么原因被抓，报纸上也没说清楚。当晚，方维等人也被杀了。

因为张振武曾经做过军务部副部长，关于他的事王宪章也听说过一些。湖北军政府组建，黎元洪任大都督，张振武一开始就不赞成，但大多数人要推选黎元洪，他也没办法。张振武大骂黎元洪不识抬举，并在公开场合扬言要杀掉他。见他言行如此过激，李作栋曾劝说他，叫他与黎元洪和平相处，但张振武性格一向刚硬，听不进李作栋劝阻，这就给他埋下了祸根。

汉阳失守时，战时总司令黄兴在军事扩大会议上建议放弃武昌合力攻取南京，黎元洪本无战意，唯唯诺诺连声附和。见黎元洪身为军政府大都督，在革命生死存亡的关键时刻竟然毫无主意，坐在前排的张振武气得连连用战刀顿地，并站起来厉声斥责黎元洪，扬言退出武昌者立即斩首。

这时，战时总司令黄兴已退出会场，黎元洪见张振武这副吓人样，只好赶紧表态愿与武昌城共存亡。后来黎元洪出走，众人推举刘公率众守城，张振武协助。见黎元洪跑掉了，张振武气愤地对刘公等人说，黎某如此畏缩，倒不如趁此机会另举贤能。刘公劝说他，大敌当前不宜轻易变动。张振武本来就是个没有城府的人，话说过就丢了，但这些话却被人传到了黎元洪的耳朵里。黎元洪对张振武恨得咬牙切齿，加之张振武有些武断，其他人也不太看好他，随着革命形势的变化，黎元洪和袁世凯的勾结越来越紧密，张振武是黎元洪的眼中钉，黎元洪便想伺机将他杀掉。

就在张振武被杀的十来天前，袁世凯电令武昌首义有功之人入京。起初张振武说他不去，后来去了又返回武昌。黎元洪打电话给袁世凯，让他委以张振武蒙古调查员之职，张振武断不接受，黎元洪再次打电话给袁世凯，请他委以张振武东北屯垦使一职，并让邓玉麟等人陪他去京城。张振武听说后，去北京当面向袁世凯提出一些条件，袁世凯见他要挟自己，心中顿生怒火。但袁世凯没发怒，他完全答应了张振武的要求。谁知几天后，袁世凯竟找借口将张振武给杀了。不但如此，还牵连了方维等几十个人。其实，张振武是黎元洪为了铲除他这颗眼中钉，而假借袁世凯之手杀掉的。

王宪章感觉得出，立宪派已经开始向革命党人下手了，他想，自己再不离开湖北肯定是不行了。

他拿上报纸，马上去找蒋翊武。

第17章 愤然离鄂

01

"哎，宪章，你怎么来了？快进来坐！"

蒋翊武正在办公室看一份材料，见王宪章急匆匆地从外边进来，赶紧招呼他。

王宪章走到蒋翊武办公桌前，将带来的报纸递给他："张振武被人杀了！"

"已经知道了！"蒋翊武边接过报纸边告诉王宪章。

"这事你怎么看？"王宪章边问边走到沙发边坐下来。

蒋翊武说："还能怎么看，肯定是黎元洪搞的鬼！"

王宪章气愤地说："我也这么想，张振武一向对黎元洪没有好感，而且还多次顶撞过他，一定是黎元洪假借袁世凯之手杀了张振武！"

"嗯，你说得没错！"蒋翊武点头。

王宪章对蒋翊武说："湖北实在是待不下去了，我得走！"

蒋翊武说："我的意思是，你没必要这么急于出走，再看一下形势，形势不好再走也不迟！"

王宪章摇着头说："不行，我还是要走！"

蒋翊武说："如果你决定要走，那你就先走一步，我看一下这边的形势，然后再作打算！"

"行！"王宪章点头。

蒋翊武问王宪章："你是一个人去还是连家人都带去？"

王宪章说："连家人一起带去。"

"意思是不回湖北了？"蒋翊武问。

"有这个可能。"

"你什么时候动身？"

"明天下午三点钟有去上海的轮船，我打算明天下午就走。"

"行，那明天我来码头送送你们！"

"你一天事情这么多，就别来送了，就去上海，又不是出国！"

"别说了，我一定会准时来送你们！"

"行！"王宪章知道他不来送送自己心里过不去。

二人聊了一会儿，王宪章和蒋翊武告别。

回到家里，王宪章对夫人陈兰卿说："吃了晚饭，你收拾一下东西，明天下午三时咱们乘船去上海。"

听丈夫突然说要去上海，陈兰卿有些不解，问他："去上海？我和你？"

"不，一家人都去！"王宪章告诉妻子。

陈兰卿又问："一家人都去，不回来了？"

"嗯！"王宪章朝她点头。

"在这儿住得好好的，怎么突然想着要搬去上海？"陈兰卿问丈夫。

王宪章说："有些事情你不知道为好，吃了饭就赶快收拾一下。"

陈兰卿虽然平时不过问政治，但她也听说了丈夫在工作上的一些事，这下见他要把家搬到上海去，便知道他遇到了麻烦事，也就不再细问。

吃过晚饭，王宪章和陈兰卿就开始收拾要带走的随身衣物。

"妈妈，您和爸爸收拾这么多东西，咱们是不是要搬家呀？"儿子元林见爸爸、妈妈在收拾东西，好奇地问妈妈。

陈兰卿边往箱子里装东西，边告诉儿子："咱们明天就要搬到上海去住了。"

"上海有这边好玩吗？"元林仰着小脑袋问妈妈。

陈兰卿看了王宪章一眼，哄儿子："好玩，比这儿好玩多喽！"

王宪章也逗儿子："那个城市比这儿大，比这儿好玩！"

"好喽，我们要去大城市住喽！"听了爸爸的话，元林兴奋得不得了，一蹦一跳地去一边玩了。

下午二时，蒋翊武按时来码头送王宪章一家。见王宪章一家还没来，蒋翊武站在码头上等着。

时令已经进入秋天，海风飒飒，虽说没下雨，但穿着长风衣的蒋翊武还是感觉到一丝丝凉意往身上袭来。

"哟，总指挥，你先到了啊！"

两辆人力三轮来到面前，王宪章一家从车上下来，见蒋翊武已经等候在这儿，赶紧过来和他打招呼。

蒋翊武说："刚来一会儿！"

"真是辛苦您了，蒋社长！"陈兰卿也急忙向他道谢，虽说蒋翊武曾任起义的总指挥，但陈兰卿还是习惯叫他在文学社的职务。

蒋翊武笑着说："我不辛苦，辛苦的是你们一家，你看，要坐这么长时间的船，还带着东西和一个孩子！"

"没事的！"陈兰卿笑着说。

蒋翊武对王宪章说："宪章啊，去了上海一定要保持联系，咱们的革命事业还没有完成，还得靠你我一起努力！"

"放心吧，总指挥，我不会放弃的！"王宪章告诉蒋翊武。

蒋翊武说："你去那儿把家安顿好后，就去找一下在那儿的同志。"

"宪章明白！"王宪章点头。

"呜……"前方船笛声响起，去上海的轮船马上就要靠岸了，蒋翊武和王宪章夫妇拎着东西，带着孩子往上船的地方走了过去。

轮船靠岸了，从上海来武昌的客人陆陆续续下船，然后，去上海的客人赶紧拥挤着上了轮船。

蒋翊武帮他们拎东西上船。

船即将启航，蒋翊武对王宪章和陈兰卿说："就此别过，祝你们一家一路顺风！"

"你自己保重！"王宪章说。

蒋翊武说："我会的！"

"谢谢蒋社长！"陈兰卿跟蒋翊武道别，然后对儿子元林说，"快，跟蒋伯伯说再见！"

"蒋伯伯再见！"元林奶声奶气地说道。

"嗯，很乖！"蒋翊武搂了一下孩子，"行，那就这样，我走了！"

蒋翊武说完跳下船去。

"再见！"

"再见！"

王宪章和陈兰卿与蒋翊武挥手告别。

"到了上海及时来信！"蒋翊武回过身说。

"一定！"王宪章应道。

船开了，王宪章带着妻儿，乘船离开湖北武昌前往上海。

02

三天后，王宪章一家三口来到了上海这个喧嚣的沿海大城市。他们先在一家酒店住了几日，然后在巨鹿路下段一条小弄堂里租了套旧别墅。

"爸爸，我们要在这里住多长时间啊？"搬进租来的屋子，儿子王元林问他。

"也许会一直住下去！"王宪章想了想回答儿子。

元林又问他："也许是什么啊？"

王宪章告诉他："也许就是不一定！"

"哦！"元林眨着一双小眼睛，似乎明白了父亲的意思。

将妻子和儿子安顿好后，王宪章觉得该去干自己的正事了，他听从蒋翊武的安排，去寻找在上海的革命党人。

此时袁世凯和黎元洪已经牢牢地勾结在一起，上海对党人来说革命形势也不是很好，一些党人只好在暗中从事着革命活动，都不敢轻易抛头露面，王宪章找了好几天才找到他们，但也只能和这些党人隐身在城中，等待着开展活动的机会。

这天下午，陈兰卿告诉王宪章，家里没有米了，她得去商店买点回来。

"晚上去买，我也顺便去买点其他东西！"王宪章对妻子说。

吃过晚饭，王宪章把儿子元林留在家里，带着妻子去街上的商店买米和其他生活用品。

真不愧是世界名城，夜晚的上海热闹非凡，街道上车水马龙，人来人往，街道两旁，店铺门头处的霓虹灯闪耀着迷离绚烂的光彩，营造出一种梦幻般的效果。

夫妻俩正准备进一家店铺的时候，王宪章突然发现前面一个男人的身影非常熟悉。这男人三十多岁，与他并排走着的还有一个女人，年龄和这男人不相上下，两人手上大包小裹地拎着东西，像是刚购物出来。

"莫非是他？他怎么会在上海呢？"王宪章心里在想。

一定是他！王宪章顾不上告知妻子，急忙朝前跑去。

"哎，宪章……"见丈夫突然朝前跑去，陈兰卿不知是什么原因，急忙朝他喊道。

"平刚兄，果真是你啊！"王宪章跑上前去横在那对男女的面前，惊喜地朝男人说道。

"啊，宪章，你怎么也在这儿？"这男人两眼惊奇地望着王宪章，然后放下手上的东西，与王宪章紧紧地拥抱在一起，深情地说，"我还以为这辈子再也见不到你了呢！"

"我也是！"王宪章也紧紧地抱住这个叫平刚的男人，用手使劲地拍打着他的肩膀，两眼泪汪汪地说。

"五年，一别就是五年啊！"平刚说。

"是啊，整整五年了，咱们天各一方，都不知经历了多少事！"王宪章感慨万千。

平刚松开王宪章，擦了擦眼角的泪水对旁边的这个女人说："来，奋飞，我给你介绍一下，这就是我常给你提起的王宪章！"

"你好！"女人应道。

随后平刚又给王宪章介绍："这是我的未婚妻陈奋飞！"

"原来是嫂子啊！你好，嫂子，我是王宪章，是平刚兄在贵州时的老部下！"听平刚这么一介绍，王宪章赶紧跟陈奋飞打招呼，并伸出手来准备和她握手。

"你好，宪章，平刚不止一次地说起过你！"见他伸出手来，陈奋飞赶紧伸出右手和他握在一起。

见妻子陈兰卿走了过来，王宪章赶紧说："兰卿，我来给你介绍一下，这位就是我给你说过的平刚先生，这位是他即将过门的夫人，咱们的嫂子！"

"先生好，嫂子好！"陈兰卿热情地和他们打招呼。

随后王宪章又指着陈兰卿给平刚和他的夫人介绍："这是我妻子陈兰卿！"

"兰卿，多么好听的名字呀！"陈奋飞夸陈兰卿，并伸出手来要和她握手。

陈兰卿见了，也赶紧伸出手来和她握在一起。

"你好，弟妹，我叫平刚，在贵州的时候和宪章就是老相识了，只是那时我俩都不便告诉你！"平刚说着伸出手来和陈兰卿握手。

陈兰卿说："难怪宪章丢下我就跑过来了，原来是遇到老相识了呀！"

"对不起，夫人，刚才实在是太激动了！"王宪章赶紧给夫人道歉。

"情有可原，没事！"陈兰卿笑着说。

王宪章问平刚和陈奋飞："看你俩买这么多东西，是不是要准备结婚呀？"

"没错，我和平刚准备下周六在安庆会馆举行婚礼！"陈奋飞笑着告诉王宪章。

陈兰卿听了，笑着说："祝贺，祝贺！"

"祝平刚兄和嫂子百年好合，幸福一辈子！"王宪章也赶紧跟着祝贺。

"谢谢宪章，谢谢弟媳的祝福！"陈奋飞向王宪章夫妻道谢。

平刚说："到时你俩一定要来参加我和奋飞的婚礼哦！"

"一定，一定！"王宪章和陈兰卿齐声说道。

"看样子，你们也是来买东西的吧？"陈奋飞问王宪章夫妇。

陈兰卿说："家里没米了，来买点带回去！"

平刚说："既是这样，那你们去买东西，改天再来家里好好叙一叙！"

"好的，你们先走！"王宪章说。

陈奋飞说："行，那你们去买东西，改天来家里坐！"

"一定要来哈！"平刚强调。

王宪章说："一定！"

四人挥手告别。

03

两天后的一个下午，王宪章对妻子陈兰卿说："晚上去平刚先生家一趟吧。"

陈兰卿说："他们在忙着准备婚礼，要不等他们的婚期到了再去吧。"

"没事的，今晚就去，我有许多话要跟他说！"王宪章说。

陈兰卿说："既是这样，那就依你，晚上去。"

傍晚，王宪章和陈兰卿早早吃过晚饭，然后带上儿子元林，叫上人力车前往平刚家。

到了平刚家门口，王宪章上前敲门。

平刚听到有人敲门，赶紧来开门。

"哎，是你们啊！"门打开，见是王宪章和他夫人，平刚非常高兴。见他俩带着一个小男孩，就问，"这是你们的儿子？"

"是的！"王宪章笑着回答。

陈兰卿对儿子元林说："快叫平伯伯！"

"平伯伯，您好！"元林笑着摸了摸孩子的头。

"哟，真乖！叫什么名字？"平刚笑着摸了摸孩子的头。

陈兰卿赶紧对儿子说："告诉平伯伯，你叫什么名字！"

"平伯伯，我叫王元林！"孩子告诉平刚。

"这名字好！"平刚笑着说。

"哎，光顾着说话，快快快，进屋来坐！"平刚招呼他们一家。

这处屋子，是平刚和他夫人下周结婚后要住的新房，虽说不是很豪华，但满屋装修一新，给人一种清新的感觉。

"嫂子好！"见陈奋飞在里屋拾掇东西，王宪章赶紧和她打招呼。

"宪章，兰卿，你们来了呀！快，快到客厅里坐！"陈奋飞停下手里的活儿走出来。

平刚在忙着往茶几上摆放刚洗好的水果。

"都是自家人，不要太客气了！"见平刚和陈奋飞这么客气，王宪章和妻子边在沙发上坐下边说。

陈奋飞挨着陈兰卿坐下，平刚在他们对面的藤椅上坐下来，端上自己的茶水，然后问王宪章和陈兰卿："那天忘了问你们，你们是什么时候来的上海？"

"唉，说来话长！"王宪章叹了口气，然后告诉平刚和陈奋飞，"自从那次在贵州起义失败后，我和其他革命同志商议准备再次起义，没想到还是被人泄了密，最后只好逃到了湖北武昌。来到武昌后，我身无分文，幸好遇到一位乡友，得他接济，然后又以他家亲戚的名义，报名在湖北常备军第一镇工程第一营当了一名士兵。因为我的身体素质好又肯学，操课都比较优秀，不到一个月时间他们就把我提为正目。在这里，我又接触到了日知会的同志并参加了他们的组织，随后就与他们一道从事革命活动。由于清兵破坏，后来我又先后转入了群治学社和振武学社，与张廷辅、蔡济民、王文锦、罗良俊他们组织了将校研究团，并被他们推举为团长。1911年元旦，蒋翊武他们成立文学社，我又加入了文学社，他们还把我推选为副社长，协助社长蒋翊武工作。后来，革命党人准备在武昌发动起义，他们又把我推举为起义的副总指挥，但因为一些原因，我没能参加武昌起义，随后我在汉阳和胡玉珍他们组织阳夏起义，以此响应武昌这边的起义。"

王宪章喝了口茶水，接着说："武昌起义成功后，清廷增派军队对革命党人进行反扑，汉口、汉阳极有可能失守，这时一些革命同志慌了，就要把部队拉走，我本是不同意的，但协统宋锡全说他接到了黄兴的密令，要他将部队和军械粮饷撤到湖南岳州以备今后东山再起，还叫我和他一起把部队带出去。其他同志都同意他的意见，我劝也劝不住，只好和他一起将守在汉阳的部队撤往湖南。没想到湖北军政府都督黎元洪暗中命令新任湖南总督谭延闿派人在半路截杀我们，最后我们的部队被杀光了，协统宋锡全也被谭延闿杀害了，而我和一些革命党人则被监禁在长沙监狱里，幸得蒋翊武多方搭救，我才得以释放出来，但立宪派的人却把我和一些革命党人晾在了一边。"

"这个黎元洪！"平刚气愤地骂道。

"还有那个袁世凯！"陈奋飞愤然道。

王宪章问他们："上海的形势怎么样？是不是要好一些？"

"孙中山先生一直在努力，但目前上海的形势也不容乐观！"平刚一脸忧愁地告诉王宪章。

"唉，说说你的情况吧！"王宪章突然对平刚说。

平刚喝了口端在手上的茶水，告诉王宪章："自从那次从贵州逃出来以后，我就一路辗转流亡到了日本。在日本，我遇到了孙中山先生，他在日本东京成立同盟会后我就参加了同盟会，担任同盟会的干事，跟着中山先生一块儿从事革命活动，我积极利用手中的笔，替同盟会的报刊《民报》撰写文章，广泛宣传革命。贵州自治学社成立，发起人张百麟给我去函，说要求加入同盟会，我给孙中山先生做了汇报，孙中山先生答应接纳贵州自治学社，并在此基础上成立了同盟会贵州分会，叫我担任支部长。前年，我根据孙中山先生各省同志回本省开展革命运动以壮大声势的指示，回到贵阳与张百麟他们一起筹划贵州的革命活动。武昌首义胜利后，我们在贵阳成立了贵州军政府，我担任枢密院枢密员，负责全权处理军政府内部事务。没过多久，国民议会成立，我作为代表离开贵州赴上海开会。"

平刚停了一下，喝了口茶水继续说："今年元旦，中华民国临时政府正式成立，孙中山先生任临时大总统，推举我担任众议院秘书长，没想到袁世凯篡夺革命胜利果实，孙中山先生卸任，我只好寓居上海。"

"我看，你们经历都很曲折啊！"听平刚介绍到这里，陈兰卿不禁叹息道。

王宪章说："革命的道路向来没有平坦的！"

"是啊，你要革人家的命，人家哪能饶得了你呢？"陈奋飞接过王宪章的话。

"你们是怎么认识的？"王宪章突然说。

平刚说："奋飞是我来上海后才认识的，她很了不起，与我可说是志同道合！奋飞是浙江绍兴人，典型的江南女子。她毕业于杭州女子师范学校，长于算学，尤好音乐，她虽生于官宦之家，但并不想过富家小姐的生活。她常常与秋瑾、武向梅、朱剑霞等一些革命女士交游，可惜的是，秋瑾女士不幸被清廷杀害了。"

平刚说到这儿，擦了擦眼角的泪水。

"是啊，一个好姐妹，就这样被清廷残杀了！"秋瑾女士和陈奋飞是好姐妹，一提到她，陈奋飞不禁悲从中来，抹了一把眼泪。

王宪章见了，对陈奋飞说："没事，嫂子，我们一定会替她报仇的！"

平刚点了点头，继续介绍："奋飞后来还任过上海女子公学校长兼上海务本女学校长。辛亥革命时期，她又组织过女子北伐队，并亲自任北伐队的队长。中华民国临时政府成立的时候，她和唐群英、王昌国、沈佩贞等成立了女子参政同盟会，也就是在沈佩贞的介绍下，我才有缘认识了奋飞！"

"革命夫妻，你们真是有缘啊！"陈兰卿称赞道。

陈奋飞听了说："你们也不错啊！哎，你们俩又是怎么认识的呢？"

王宪章说："我们是在贵阳认识的，这事平刚先生知道。"

"哦，原来是这样啊！"陈奋飞微笑着说。

……

几人聊了一阵，陈兰卿见时间不早了，怕影响平刚和他夫人休息，便对王宪章说："我看时间有些晚了，宪章，咱们该回去了！"

"嗯！"王宪章点了一下头，然后对平刚和陈奋飞说，"时间不早了，我们回去了，你们早点休息！"

"难得来一趟，多坐一会儿！"陈奋飞挽留王宪章夫妇。

陈兰卿说："改天再来！"

"既是这样，那我也不留你们了！"平刚说。

王宪章说他："你们的婚礼上见！"

"好的！"陈奋飞说。

王宪章和陈兰卿牵着儿子元林走出平刚家，叫上人力车回到了他们的住处。

04

平刚和陈奋飞的婚期很快就到了，这一天，上海安庆路安庆会馆里一派喜气洋洋，格外热闹。

"你好！"

"欢迎光临！"

"你好！"

"欢迎来参加我们的婚礼！"

……

新郎平刚和新娘子陈奋飞身穿婚礼服，站在门口客气地和前来参加他们婚礼的客人打着招呼。

平刚是孙中山的得力助手，也是从事革命多年的老同志，而陈奋飞呢，不仅自己是革命同志，其父母又是社会地位很高的官员，来参加婚礼的各界朋友也就非常多，上海城中军政、工商、教育各界有头有脸的人物和社会名流都来了，婚礼办得非常有排场。

这天，王宪章和夫人陈兰卿早早就来到了婚礼现场。

在这儿，王宪章遇到了黄兴等革命党人。

"祝先生和嫂子恩爱一生，白头偕老，早生贵子！"婚宴上，王宪章和夫人陈兰卿端着酒敬平刚和陈奋飞。

"谢谢宪章！"

"谢谢弟妹！"

平刚和陈奋飞端着红酒回敬王宪章和陈兰卿。

婚宴结束，王宪章和陈兰卿叫了个人力车回他们的住处。

"场面真大！"路上，陈兰卿不无感慨地对丈夫说。

王宪章说："他俩都是名人，结婚又是人生大事，来的人当然多了！"

陈兰卿赞赏道："这陈奋飞真是了不起，一个女人家能干那么多大事！"

"是有些了不起！"王宪章说。

不多一会儿，人力车到了家门口，王宪章和陈兰卿下车进屋。

第18章 讨袁倒黎

01

这一天，王宪章待在家里一整天都没出门。

早晨，他的夫人陈兰卿见家里没有菜和盐了，就拎着菜篮子上街去买。

"哎，你听说了吗？昨天晚上宋教仁在火车站被刺杀了！"

"哪个宋教仁？"

"国民党的呗，还有哪个宋教仁！"

"报纸都登了，不信你自己去买张来看！"

"你这个人，明明知道我斗大个字都不识，却叫我买报纸来看，你这不是存心挤对我吗？"

……

在一个摊位前蹲着拣菜的陈兰卿，突然听到对面不远处一老一少两个人力车夫在谈论国民党高官宋教仁被杀事件，心中不禁一惊，宋教仁？不就是曾经和宪章他们一起搞革命的那个党人吗？他怎么会被刺杀了呢？宪章还不知道这个事，我得赶快回去给他说一声。

陈兰卿胡乱拣了几兜菜，向摊主付了钱，然后去旁边的店铺买了包盐巴，就急匆匆地往家里赶。

"宪章，宪章……"气喘吁吁的陈兰卿刚跨进门，连菜篮子都没来得及放下就朝屋里叫自家丈夫。

王宪章正在书房里看一份资料，听到夫人在叫自己，赶紧走出来问："兰卿，这么急，什么事啊？"

"宪章，刚才我在街上听到两个人力车夫在议论，说宋教仁先生昨天晚上在上海火车站被刺杀了！"陈兰卿赶紧告诉丈夫。

"你说什么？"听了夫人的话，王宪章两眼死死地盯着她问。

"宋教仁先生昨天晚上在上海火车站被刺杀了！"陈兰卿重复着刚才说的话。

"什么人杀的知道吗？"王宪章着急地问。

"还不知道！不过，听说今天的报纸都登了！"陈兰卿告诉丈夫。

"我出去一趟！"王宪章说完，转身朝街上跑去。

"看报，看报，特大新闻，宋教仁昨晚在上海火车站被人刺杀！"街道上，一报童正在叫卖报纸。

王宪章买下一份报纸，一眼瞥见头版头条登载着宋教仁被人刺杀的消息，还配了图片，便赶紧仔细地看起来。

报纸上说，前不久宋教仁回桃源看望他的母亲，顺着京汉铁路南下，然后再经上海准备北上。这一路上，国民党支部都组织欢迎大会对他表示欢迎，而且每一次欢迎会上宋教仁都发表演说，并博得了大家的喝彩。后来宋教仁接到袁世凯电令，要他速回北京。3月20日夜间，宋教仁来到上海火车站老北站准备搭乘沪宁车去北京，过安检时突然遭到一黑衣人枪杀。宋教仁被刺杀后，来给他送行的黄兴、于右任、廖仲恺立即将他送往沪宁铁路医院进行抢救，目前还不知道是否有生命危险。

"残忍，真是太残忍了！"看完报纸王宪章气愤至极，泪流满面。

02

宋教仁遇害时，在北京陆军大学任日文翻译的潘康时，已经从北京南下来到湖北武昌。

南北和谈之后，潘康时心里既矛盾又复杂，他既不想帮蒋翊武、王宪章、杨王鹏等人反对袁世凯，也不接受黎元洪对他混成协统领的委任。北京陆军大学的校长胡龙骧，曾经和潘康时同在第二十一混成协任过队官，对潘康时的才学很是赏识，见他两边都不巴结，便聘请他到陆军大学出任日文翻译，潘康时欣然前往应聘。听闻袁世凯指使人杀害国民党代理事长宋教仁，潘康时义愤填膺，觉得袁世凯做得太过分，马上向胡龙骧辞去日文翻译职务，乘车南下准备和南方革命党人一起谋划反袁倒黎事宜。

与此同时，同盟会参议员、法学博士胡秉柯也从北京回到湖北武昌与大家一起商议讨袁大计。

胡秉柯曾经想以内阁制来维护共和政体，但宋教仁被刺身亡，打破了他对袁世凯的幻想。在袁世凯已经对革命党人举起屠刀的情况下，国民党不仅提不出有号召力的政纲，反而被袁世凯利用，胡秉柯忧心如焚。他以天下为己任，提出了改组固定国务院、宣布中华民国为正式国家、先定宪法和后举总统四条新的政纲，并为此而四处奔走呼号。

听说潘康时和胡秉柯已经来到武昌，王宪章马上去湖北武昌找这两人和詹大悲、王华国等人，欲与他们一道商议讨伐窃国大盗袁世凯的方略。

众人聚集在一起后，胡秉柯率先发言，他气愤地说："诸位，时下袁世凯和黎元洪两人已经勾结在一起，从教仁被刺杀来看，他们已经开始对咱们革命党人下毒手了。我这次和康时来到湖北武昌，就是来和大家商议如何讨伐这两个逆贼，大家有何高见，请发表！"

"袁世凯这个窃国大盗，不但窃取了辛亥革命的胜利果实，还倒行逆施铲除异己，若不诛之天理难容！"说起袁世凯，王宪章极为愤慨，脸上暴起一道道青筋。

王华国也一样，他一拳砸在面前的玻璃茶几上，狠狠地骂道："有朝一日，我等必将这二贼碎尸万段！"

"好了，教仁已去，光悲痛是不行的，咱们得想办法替教仁报仇雪恨，这样，我们还是来商议一下今后的打算！"詹大悲说。

潘康时说："我之所以辞去陆军大学日文翻译一职来到这儿，就是来和诸位一起讨伐这两个人的，只是不知诸位有何打算？"

"除了率兵讨伐，还能有何打算？"脾气火爆的王国华说。

潘康时说："我知道要率兵讨伐，但大家得商量出一个具体的计划来，不能像无头的苍蝇乱碰乱撞！"

詹大悲说："康时说得有道理，讨伐袁世凯是得有个计划，不能瞎撞，否则，不但不能消灭这袁贼，还会将咱们的命搭进去！"

随后，几人开始商议讨伐袁世凯和黎元洪的事宜。

詹大悲说："这讨伐之事，光靠我等肯定是不行的，得联合其他同志，中山先生和黄兴他们已经决定讨伐袁世凯，我看咱们得和他们拧成一股绳，否则咱们的力量单薄，讨伐难以成功。"

"听说黄兴不主张武力讨伐，主张用法律来解决问题！"王国华说。

胡秉柯说："没错，黄兴主张用法律来解决这个问题，但他也不反对用武力来解决，据说他已经有所动作，估计不久就会派人来湖北联系咱们革命党人。"

"大悲兄说得对，讨伐袁世凯和黎元洪，是得依靠孙中山和黄兴他们，光靠咱们几人成不了大事！"王宪章说。

……

这次秘密会议以后，王宪章、胡秉柯、詹大悲、王国华、潘康时等人开始在上海、湖北武昌、安徽安庆等地带领革命党人，采取不同形式开展了一系列讨袁倒黎活动，这让袁世凯极为恼怒。袁世凯准备对王宪章、詹大悲、王国华、潘康时等革命党人进行搜捕，但王宪章、胡秉柯、詹大悲、王国华、潘康时等人并没有害怕，而是继续奔波于各地开展活动。

03

尽管黄兴倾向于用法律来制裁袁世凯，但他也不反对用武力来讨伐，黄兴还向孙中山表态，如果迫不得已要用人，他将自告奋勇到前线去指挥战斗。

就在孙中山积极组织讨袁的时候，黄兴也给在湖北的季雨霖等革命党人写了一封信，他在信里告诉季雨霖等人："遁初惨遭狙击，经查据凶手具吐实情，令人骇怒，大憝未除，必滋后悔，吾党同志，务当振奋精神，从新努力。此间情形，由梓琴兄面达，并盼兄等与之详商种切……"

信写好后，黄兴命田桐亲自将信带给在武汉的季雨霖。

次日，田桐拿着黄兴写给湖北革命党人的亲笔信来到武汉，在汉口江南春旅馆与季雨霖见上面后，拿出黄兴写的信交给他。季雨霖看完黄兴写的信，于第二天按信中所列革命党人名单，将詹大悲、熊秉坤等人召集到武昌县华林第八师留守处秘密召开会议。

这次会议本来蔡济民、蒋翊武和蔡汉聊也要参加，但蔡济民、蒋翊武此时不在湖北，蔡汉聊有事也没到会。

会议由郭寄生做记录。

"我提议，用宴会方式来联络各方有志于反袁倒黎的革命党人，不知各位是否同意？"会上田桐提议。

"同意！"

"我认为可以！"

"赞成！"

……

参会人员一致表示赞成。

几日后，季雨霖和田桐在汉南旅馆宴请各个部队团级以上、宪兵司令部营级以上军官及政界人士，以此来联络他们，蔡济民、杨王鹏、温楚珩等人也参与了进来。

宴会结束后，季雨霖和田桐与一部分党人进行了秘密商谈，并决定成立改进团，借以推翻袁世凯政府，同时推季雨霖为团长，又在汉口碧秀里、武昌中瀛街等处设立秘密机关酝酿起事。

这一年6月，袁世凯公开警告孙中山和黄兴不要与他作对，解除了江西都督李烈钧等人的都督职务，并派北洋军南下进攻革命军。

黄兴从孙中山处领取五万元军费，加紧部署讨袁计划，并派宁调元、熊樾山前往湖北组织革命党人发动起义先发制人，借以打乱袁世凯以湖北为根据地向江西进攻革命军的计划。

宁调元、熊樾山到达湖北后，马上与詹大悲、蔡济民、蒋翊武等人取得联系，蔡济民和蒋翊武又联络上季雨霖、王华国、熊炳坤等革命党人。

为了便于联络，宁调元、熊樾山、詹大悲、蔡济民、蒋翊武等人在汉口民国日报报馆内设立了国民党交通部，同时推举蒋翊武为部长、詹大悲为副部长，积极做好起义前的各项准备。

04

一天晚上，王国华急匆匆地来到蒋翊武住处。

"看你这么急，有事？"王国华一进门，蒋翊武问他。

王国华见王宪章也在这儿，告诉他俩："翊武，宪章，听说黎元洪要来油坊岭检阅新兵！"

"什么时候？"蒋翊武觉得这是个除掉黎元洪的好机会，便赶紧问王国华。

王国华说："听说是这个月的 26 日！"

"真是老天有眼，一定要把他干掉！"在旁边的王宪章一脸兴奋。

蒋翊武对王国华和王宪章说："这的确是个好机会，赶快把詹大悲、蔡济民、季雨霖、宁调元、熊樾山找来，大家合计一下，看怎么来除掉黎元洪这个叛贼！"

王宪章看了一眼蒋翊武，说："干脆这样，你先去《民国日报》报馆等着，我和国华分别去通知他们，大家到那儿集中。"

"嗯，也行！"蒋翊武点头。

王宪章对王国华说："咱俩分头行动，我去通知詹大悲和蔡济民，你去通知季雨霖、宁调元、熊樾山。"

"好！"王国华点头应答。

"黎元洪养的狗多，注意别被他们发现了！"蒋翊武叮嘱王宪章和王国华。

"知道！"

王宪章和王国华说完分别通知人去了，蒋翊武也赶紧前往报馆等他们。

不多一会儿，蒋翊武、王宪章、王国华、詹大悲、蔡济民、季雨霖、宁调元、熊樾山等人都来到了《民国日报》报馆。参加这次会议的，还有该报的编辑曾毅、杨端鹿、成希禹、周览等人。

见大家都到齐了，蒋翊武说："诸位，本月 26 日黎元洪要到油坊岭来检阅新兵，我想，咱们不如趁这个机会干掉他，打击一下他们的嚣张气焰，以鼓舞咱们党人的士气，大家看如何？"

宁调元说："这的确是个干掉黎元洪的大好时机！"

"行，我赞同！"熊樾山也说。

王宪章说："有这么好的机会不干掉他黎元洪，以后就难有机会了，我同意总指挥这个意见！"

"完全同意！"王国华表态。

"没意见！"詹大悲和蔡济民也说。

"行！"季雨霖说。

见大家都赞同借这个机会除掉黎元洪，蒋翊武说："既然大家都没意见，那我们就来商议一下计划和步骤！"

经过商议，由蒋翊武在 6 月 23 日夜晚向革命党人发出刺杀黎元洪的动员令，25 日夜晚在武昌南湖集合，次日发动起义。随后，对军事行动做了部署：先由城外南湖驻军率先发难进攻起义门，与城内驻军会合后一起攻打都督府。与此同时，派人通知在岳口的章裕昆到时率领一个营的兵力顺着汉水而下攻取汉阳，又派人联络刘家庙、谌家矶一带的驻军准备占领汉口。

一切准备就绪，就等到时发动起义。

可令宁调元、熊樾山没想到的是，先前发动上海制造局之役而被捕的文仲达居然变节，并向黎元洪等人供出了这次起义的计划和《民国日报》报馆这一起义领导机关。

黎元洪得到情报，马上派军警会同法租界巡捕查封汉口《民国日报》报馆，逮捕了该报的编辑曾毅、杨端鹿、成希禹、周览等人，并从报馆中搜出有起义宗旨的布告及请各省响应的电文。

25 日，得知联络站已被黎元洪破坏，负责起义准备工作的蒋翊武、詹大悲、季雨霖等人心急如焚，召开紧急会议商讨对策。

"这可怎么办？"季雨霖问蒋翊武、詹大悲、王宪章等人。

詹大悲说："还能怎么办？只能提前起义了！"

"对，提前起义！如果不提前起义，恐怕大家都要遭殃！"王宪章也说。

见大家都这么说，蒋翊武果断地说："好，那就今晚起义！"

就这样，起义提前到 25 日夜晚。但是，这个时候的军队已完全处于黎元洪的控制之下，原先联络响应的各级军官也都首鼠两端很不配合，各处革命机关陆续被破坏，加之缺少可靠的联络人员和有号召力的指挥官，起义还未发动便告流产。

次日，宁调元、熊樾山在汉口德租界富贵旅馆被捕，日租界松乃家、九原公馆以及法租界伊达医院等革命机关也先后遭到破坏。紧接着，黎元洪派人在城内大肆搜杀革命党人，詹大悲、季雨霖、曾尚武、熊秉坤、王宪章立即逃往上海，蒋翊武、杨王鹏、钟崎、温楚珩等人则逃往湖南。

05

袁世凯下令罢免江西都督李烈钧职务，任命黎元洪兼领江西都督，这让李烈钧非常恼怒。在上海的孙中山得知这一信息，立即派张继、马君武、邵元冲、白逾桓四人来到江西南昌劝说李烈钧讨袁，可李烈钧心里顾虑颇多，一时拿不定主意，为了摸清形势他离开江西南昌前往上海，准备与孙中山面谈讨袁倒黎的相关事宜。

李烈钧路过湖口的时候，耿毅、李明扬、周壁阶、卓仁机等军官都来劝说他，请他赶紧出兵讨伐袁世凯和黎元洪。李烈钧说，目前外面的局势还不是很明朗，绝不能轻举妄动，等他到了上海和孙中山商议并咨询各省意见之后再作决断。

说来真是不巧，李烈钧到达上海之时，孙中山因为家事离开上海去了香港。李烈钧没见到孙中山，只好又回到江西南昌。

到了7月上旬，袁世凯开始疯狂镇压革命军，并派遣海军中将郑汝成率领兵舰抵达吴淞口岸，企图从那儿登陆进入江南制造局，借以控制上海局势。同时，派出特工焚烧湖南长沙军械局，想以此断绝革命军内援。

孙中山得到消息，一面派人继续与李烈钧联络，一面在返回上海后召集黄兴、詹大悲、王宪章、季雨霖、陈其美、曾尚武、熊秉坤等人召开军事会议，商议如何抗击北洋军的进攻。

会上，孙中山提议由陈其美同志在上海首先发难，并先策动海军进行独立，但这一想法遭到了与会多数人的反对，只好作罢。

最终，孙中山任命王宪章为江苏江北讨袁军总司令，并令其立即率部与陈其美一道抵抗进攻上海的北洋军。

王宪章领命后，马上在上海设立司令部，指挥所辖部队奋力抵抗攻打上海的北洋军。

06

此时，章梓也派朱卓文前往南京说服第八师的营长连长们起兵讨袁，见此情况，孙中山决定和黄兴在上海宴请李烈钧，试图劝说他在江西起兵讨伐袁世凯。

李烈钧欣然答应了孙中山和黄兴的宴请。

宴席间，孙中山、黄兴和李烈钧三人意见达成一致，李烈钧允诺协助孙中山、黄兴在湖口起兵发难。

与此同时，李烈钧去电询问李思广江西目前的情况，李思广回电告诉他，皖、宁、湘、粤均枕戈待命，如果他们在江西发难，一星期各省即可响应并出援军，李烈钧听了，命令他做好起兵准备。

李烈钧信守诺言，果真在江西湖口率领部队发动起义，并任命林虎为讨袁军左翼司令，指挥一、二、七团攻打沙河至十里铺一线的北洋军，任命方声涛为右翼司令，指挥三、九、十团在九江城南金鸡坡炮台攻打北洋军。

7月12日拂晓，讨袁倒黎的二次革命终于在江西打响了第一枪，随后李烈钧在湖口命令要塞鸣炮宣布江西独立，并发布讨袁檄文谴责袁世凯窃取革命政权，蹂躏江西，号召江西军民一起来讨伐此贼。次日，江西省议会召开，推举李烈钧为讨袁总司令，欧阳式为都督，贺国昌为省长，俞应麓为兵站总监，率先举起讨伐袁世凯的大旗。

江西和南京两地历来为兵家必争之地，袁世凯把这两地定为北洋军进攻革命军的重点，并派出精锐部队攻打这两个地方。

攻打南京的是袁世凯的老部下和心腹张勋，张勋是个老将，早在袁世凯从朝鲜归国后在天津小站训练新军时，就参与过新军训练，还先后任过陆军工程营管带、行营中军、总兵、北京端门御前护卫和江南提督。此人特别擅长用兵，是袁世凯在北洋军中不可多得的一位得力干将。这次攻打革命军，南京是重中之重，派他到那儿坐镇，袁世凯十万个放心。

在北洋军的猛烈攻击和袁世凯、黎元洪等人的施压下，许多宣布独立的地方又取消了独立，南京城受到从山东兖州南下的张勋辫子军和从江苏北部南下的冯国璋北洋军第二军的夹击，革命军损失极为惨重，形势非常危急，这让孙中山非常担忧，他准备去南京组织军政府，亲自指挥各地革命军抗击敌人的进攻，但这一想法被黄兴等人以南京局势混乱，十分危险为由驳回，孙中山只好暂时留在上海，待观察清楚形势后再作打算。

二次革命开战之前，驻守在江苏的讨袁军共有五个师和四个旅，也就是章梓的第一师，章驾时的第二师，冷遹的第三师，徐宝珍的第四师，陈之骥的第八师，分别由张振发、赵念伯任旅长的第三十一旅、第三十二旅，以及清江护军使刘之洁所辖的两个独立旅。章梓的第一师和陈之骥的第八师驻扎在南京，章驾时的第二师驻扎在苏州，冷遹的第三师驻扎在徐州，徐宝珍的第四师驻扎在扬州，张振发的第三十一旅和赵念伯的第三十二旅驻扎在镇江，护军使刘之洁所辖的两个独立旅则驻扎在清江一带。

驻扎在江苏扬州的第四师，师长徐宝珍早已被袁世凯收买，成为革命军的心腹之患。驻扎在镇江的第三十一旅和第三十二旅是暂留等待裁减的部队，军心涣散不堪倚用。驻扎在清江的两个旅则飘摇不定，见风使舵。而章梓的第一师、章驾时的第二师和冷遹的第三师，都是在大裁军时缩编而成的部队，虽说装备过得去，兵员也较为充实，但由于组建时间短又缺乏训练，加之内部派系复杂，战斗力也不是很强。第八师由武昌起义后由从桂林、南宁开赴南京的两批部队组成，这个师的中上级军官多半是同盟会会员或日本陆军士官学校的毕业生，不仅训练有素而且装备也较为齐全。这个师本来是负责警卫南京城的，但湖南大裁军引起兵变时这个师的赵恒惕旅被调去湖南镇压兵变，之后这个旅就留在了湖南，这样一来这个师实际上就只有陈裕时的一个旅，官兵不过四千来人。虽说在去年底招募了一些新兵重建了两个旅，但新兵多缺乏训练，战斗力已经大不如前。再有一点，这个师的师长陈之骥是北洋军首领冯国璋的女婿，陈之骥对讨伐袁世凯本来就心存异志，无心讨袁，这就影响了它的战斗力。

尽管在江苏的讨袁军力量弱小，但袁世凯却派出了大量的兵力，企图对他们进行绞杀。

在整个二次革命中，仗打得最激烈的要数保卫南京这一战。虽说南京城拥有坚固的城墙和长江天堑，地势险要，易守难攻，然而驻守在这儿的第一师和第八师面对数倍于己、武器精良的北洋军，要想守住南京谈何容易？尽管如此，守在这儿的讨袁军官兵，仍然坚持战斗，毫不退却。

因为战线漫长，在南京城不少重要的制高点讨袁军都无兵把守，加上敌军炮火猛烈，第一师和第八师的将士们还是难以抵挡，眼见南京城就要被攻陷，第一师师长章梓赶紧用电话向在上海的黄兴求援。

这天晚上，黄兴、王宪章、陈其美、钮永建、蒋翊武、黄郛、章士钊等人正在司令部商议在上海起义的计划，一名通讯兵急匆匆过来给黄兴报告："总司令，南京急电！"

黄兴走过去接听电话："我是黄兴，有事请讲！"

"总司令，敌军炮火猛烈，南京快顶不住了，请马上派部队驰援！"章梓在电话那头喘着粗气。

黄兴两手握着话筒，脸色沉重地说："我知道了，你先想办法顶住，我马上向孙先生报告！"

待黄兴放下话筒，陈其美大声地说："咱们在这儿都是泥菩萨过河自身难保，哪有兵去救他们？"

"是啊，上海真是无兵可调啊！"蒋翊武摸着下巴说。

王宪章着急地问黄兴："总司令，上海这边已经无兵可调，这可怎么办？"

"我请示一下孙先生！"黄兴边回答王宪章边给暂时寓居在上海宝昌路408号的孙中山打电话。

陈其美和蒋翊武、王宪章等将领站在一旁等候黄兴请示孙中山。

黄兴挂了电话，对王宪章、陈其美和蒋翊武等人说："孙先生指示，南京是兵家必争之地，务必守住！"

钮永建说："可上海实在是无兵可调！"

黄兴看着他们说："那你们看如何是好，总不能眼睁睁看着南京被张勋和冯国璋从革命军手中夺去吧？"

陈其美和蒋翊武等人你看看我，我看看你，谁都不说话。

黄兴想了一下，说："好，我今晚就去南京，指挥他们抗击敌军！"

在此之前，黄兴已经派赵正平和何成浚去南京，请他们两人邀集驻守在那儿的第一师、第八师的高级将领和驻在徐州的第三师师长冷遹以及前安徽都督柏文蔚等人召开军事会议，准备在 7 月 15 日发动起义并动员在南京的江苏都督程德全起兵反袁宣布独立。后来赵正平和何成浚回来报告，说第八师师长陈之骥想投敌叛变，第八师的士兵和下级军官准备杀死他，然后迎接孙中山先生到南京主持讨袁，可黄兴等人顾及孙中山安危，没让他去，所以黄兴这下才有了去南京的想法。

见黄兴要去南京，王宪章说："总司令，宪章愿意与你一道前往南京！"

黄兴对陈其美和蒋翊武等人说："正如先生所说，南京是重中之重，我们不能丢掉，但上海也不能放弃。这样，其美、翊武，你们两个留下来指挥部队抵抗这儿的敌人，我和宪章马上前往南京增援章梓他们！"

"行！"

"好！"

"我同意！"

……

陈其美和蒋翊武等人表态。

"宪章、士钊！"

"到！"见总司令点自己的名，王宪章和章士钊齐声应答。

"你们立即与我一同前往南京！"

"好！"

当夜凌晨，黄兴、王宪章、章士钊等人秘密来到了南京城，而在他们到来之前，第八师的两个旅长王孝镇和黄元恺就已经提前回到南京布置起义相关事宜。

第19章 鏖战南京

01

黄兴带着王宪章和章士钊来到南京城，马上召集章梓、陈之骥、王孝镇、黄元恺、赵正平、何成浚以及柏文蔚等人召开军事会议，研究和部署新的作战计划。

按照研究的作战计划和部署，当夜第一师师长章梓派人将江苏都督府的电话线割断，然后率领该师士兵冲入都督府。随后黄兴带领第八师高级将领来到江苏都督程德全办公室，黄兴拿起桌子上的电话对程德全说："请你马上通电全国，宣布江苏独立！"

"我是一省都督，宣布不宣布全省独立是我的事，与你们有何相干？"程德全极不配合。

黄兴火了，掏出枪指着他说："如果你不想通电宣布独立，那我只好送你去见阎王了！"

"好好好，我发表通电，宣布全省独立讨袁！"见这阵势，程德全赶紧答应黄兴的要求。

见程德全同意宣布独立，黄兴对他说："程都督深明大义，同志们一定会记住你的！"

"这样，我现在就委任你为江苏讨袁军总司令，独立通电就由你来发表！"程德全对黄兴说。

"行，我答应你！"黄兴不知道程德全是在玩弄计谋，想都没想就答应了他的要求。

随后，程德全对在场的章士钊说："你是笔杆子，就留下来帮我起草讨袁通电！"

"好！"章士钊不好推脱，赶紧答应。

一旁的王宪章感觉程德全无心反袁，低声提醒黄兴："总司令，谨防有诈！"

黄兴说："没事，他不敢的！"

"还是小心点为好！"王宪章说。

"我心中有数。"黄兴说。

听他这么说，王宪章也不便再说什么。

被程德全任命为江苏讨袁军总司令后，黄兴立即着手组建讨袁军司令部，并委任章士钊为秘书长，黄元恺为参谋长，何成浚为副官长，赵正平为兵站的总监，另委任王宪章为参谋部长，臧在新为前敌总指挥，伏龙为第六师师长。因章梓是个文人，黄兴觉得他不适宜带兵打仗，便将他调到都督府任参谋长，由洪承点来接任他的第一师师长职务。黄兴还任命柏文蔚为安徽讨袁军总司令，马锦春为要塞司令，但马锦春后来没到任。

随即黄兴对军事做出部署。

"冷遹！"

"到！"第三师师长冷遹站起来向黄兴行军礼。

"你率领第三师立即向驻扎在韩庄的张勋、周自齐部开火！"

"遵命！"

"刘建藩！"

"到！"第八师骑兵团团长刘建藩站起来向黄兴行军礼。

"你率领第八师第二十九团附机关枪连及骑兵、炮兵、工兵各一个营组成一个支队，开赴徐州前线支援第三师！"

"遵命！"

"戢翼翘！"

"到！"第一师第一旅旅长戢翼翘站起来向黄兴行军礼。

"你率所部旅旋即跟进！"

"遵命！"

"周应时！"

"到！"第一师第二旅旅长周应时站起来应道。

"你率领第二旅开赴临淮关，协助安徽讨袁军攻打北洋军倪嗣冲部！"

"是！"

"洪承点！"

"到！"第一师师长洪承点站起来向黄兴行军礼。

"你部进驻蚌埠，节制第八师混成支队和开赴徐州、临淮关一带的第一师部队，并负责组织徐州以南沿铁路一线的防御！"

"是！"

"刘福彪！"

"到！"驻守南京的福字营营长刘福彪站起来应道。

"你率领福字营赶赴上海，协助陈其美部攻夺上海制造局！"

"遵命！"

随后，黄兴命令未领任务的军官们："第一师、第八师其余部队，分别沿江构筑防御工事，并扼守南京的狮子山、天堡城、富贵山各个炮台和制高点！"

"是！"几位将官站起来应答。

"这次行动部署完毕，本司令在此强调，作为军人，须做到人在阵地在，如有擅自逃离者，按军法处置！"部署完毕，黄兴对众将领重申军纪。

军事会议一结束，各位将领马上带着人奔赴前线，王宪章作为参谋部长留下来在司令部协助黄兴。

柏文蔚临走时暗地里提醒黄兴，最好是快刀斩乱麻，将程德全处死，免生后患。

王宪章听了，也劝说黄兴："总司令，柏司令说得对，程德全宣布独立并非出于他本心，这其中可能有诈，不如就像柏司令说的将他处决，免得以后出现麻烦！"

可黄兴未看透程德全的诡计，没采纳柏文蔚和王宪章的意见。

第二天晚上，程德全谎称有病要去上海医治，黄兴居然答应了他的请求。

程德全一到上海卡德路自己的公馆，就翻脸不认人，立即给在北京的临时大总统袁世凯发去密电，说他在南京宣布江苏独立并非他所情愿，而是受在南京的第八师官兵所逼迫，他苦撑两日旧病复发，实在是难以支持，今日来上海调治，并宣布取消江苏独立。

而在这个时候，黄兴又推举与袁世凯有矛盾的旧官僚岑春煊来做全国讨袁军大元帅。黄兴是想利用岑春煊来拉拢在两广的陆荣廷和龙济光，让这二人来参与讨伐袁世凯，可岑春煊死活不肯就职，这就给讨袁军造成了政治上的极大被动。

02

第三师师长冷遹离开南京赶回徐州，马上收拢自己的部队。在整个师的官兵还没有集结完毕的情况下，冷遹就急着率领部队向徐州以北的利国驿方向移动，并命令部下拆毁韩庄以南的一些铁路，然后占领徐州电报局，想以此断绝敌人的交通和通讯。

"徐州冷遹之师既已叛变，应趁其尚未完全集结，给予迅速突击。我第五师现分处驻扎很难集合，张勋部现集结在铁路沿线，可否饬令其星夜进攻？陆军集中后即行继进，以赴事机。再者，韩庄支队至今未见报告，属下甚为焦急！"北洋军第五师长靳云鹏，得知讨袁军冷遹部正在往利国驿方向移动，生怕被冷遹的部队吃掉，慌忙致电在北京的袁世凯，请求张勋部连夜对冷遹的第三师发起进攻。

冷遹和袁世凯有着一定的关系，袁世凯不相信冷遹会离开他，便来电命令靳云鹏严守不要轻进，待韩庄探听清楚军情之后再做定夺。

冷遹冒雨率领第三师官兵，向驻守在韩庄的北洋军方玉普旅两个营发起猛攻。

"我旅两个营已经与敌人开战，敌人炮火猛烈，我军快抵挡不住了，请求疾速支援！"方玉普有些慌了，赶紧急电向张勋求援。

张勋接到方玉普的求援电话，不等袁世凯发令，马上派武卫军前军左路统领张文生，带领步兵和炮兵三个营到韩庄支援。随后，从兖州来的田中玉的巡房营也赶来韩庄支援方玉普。

"撤回利国驿！"见敌人从两面夹击第三师，冷遹急令部队从韩庄撤向利国驿。

随后，北洋军团长潘鸿钧率领部队从济南赶来参战，北洋军炮团团长郑士琦从济南率一个步兵营和一个炮兵连也来到前线，并炸掉了利国驿车站。

冷遹没办法，只得将部队撤到徐州北面的柳泉一带等待讨袁军援军前来支援。这时，刘建藩率领第八师混成支队到达柳泉，从铁路两侧向北洋军发起猛攻，并包围敌人的右翼。敌人见状，赶紧调方玉普的两个营参与战斗才得以突围往后撤出去。

紧接着讨袁军第一师第一旅也赶来了，与第三师和第八师混成支队合力对敌军进行反攻，这才将北洋军赶回到利国驿。

消息传到南京总司令部，黄兴和王宪章等人高兴万分。

正在这时，一个通讯兵急匆匆来报："总司令，驻扬州的徐宝珍第四师叛变，并带人从六合进攻南京！"

"事发突然，怎么办？"王宪章看着黄兴问。

副官长何成浚骂道："他娘的，徐宝珍咋这么没骨气！"

"徐宝珍的第四师一降敌，对咱们的确是个巨大打击！"参谋长黄元恺说。

黄兴想了想，说："第四师官兵不会全部叛变，肯定还有一部分官兵是要讨伐袁世凯的！"

前敌总指挥臧在新说："总司令分析得对，第四师的官兵不可能全部降敌！"

黄兴看了旁边的王宪章一眼，对他说："这样，我现在命令你兼任第四师师长，你速去动员不想跟徐宝珍叛变的官兵，将这部分人稳住，以减轻南京城守军的压力！"

"遵命！"王宪章一个立正，向黄兴敬了个军礼，然后立即带上几个人赶去六合。

随后黄兴急电命令刘建藩的混成支队撤离柳泉，赶往六合阻击徐宝珍率领的这支叛军。

刘建藩混成支队的撤出，大大削弱了利国驿前线讨袁军的兵力，这就给北洋军造成了可乘之机，为讨袁军丢失徐州埋下了隐患。不仅如此，黄兴还想利用张勋不满袁世凯愚弄旧朝的情绪，致电张勋请他倒戈讨伐袁世凯。可黄兴白费心思，张勋不但不理他，还派出一队骑兵绕道台儿庄经过涧头集，进攻讨袁军。这时已经被北洋军收买的李扒子余部，也从后面包抄第三师的后路，使得第三师官兵腹背受敌，师长冷遹迫不得已只好将部队退回徐州一带。第三师刚退回徐州，就受到了被北洋军收买了的第三师骑兵团团长张宗昌率领的骑兵袭击，第三师军心一下子大乱，冷遹等人不得不撤出徐州。

"兄弟们，你们本来就是讨袁军，怎么能跟着他徐宝珍叛投北洋军呢？这样做的后果是什么你们想过没有？不用我说，一定是臭名昭著，子孙后代都挨后人咒骂。兄弟们，我劝你们还是归回正路，与我们一起讨伐袁世凯和黎元洪，为子孙后代留下个好名声！"

王宪章等人奉命来到六合，见到第四师的部分官兵后，冒着挨黑枪的危险，对不想降敌的官兵们进行劝说。

"对，归到正路，讨伐袁世凯！"

"绝不叛变讨袁军！"

"誓死不降袁军！"

……

经过王宪章等人一番苦口婆心的劝说，一些官兵站到了他们身边，愿意跟着他们回到讨袁的队伍。

可由于形势对讨袁军极为不利，仍有许多官兵还是不愿意继续讨袁，而是选择跟着叛将徐宝珍投向北洋军，王宪章无奈，只好带着为数不多的官兵回到南京城。

到这个时候，讨袁军的第四师已经名存实亡，也就是说王宪章这个师长不过是名义上的师长，并没有什么兵可指挥了。

7月20日，北洋军的段芝贵率领拱卫军第八营抵达江西九江，海军次长汤芗铭也指挥舰队配合北洋军进攻。段芝贵以李纯为左路司令，王占元为右路司令，并命李纯一部驻守十里铺同讨袁军的林虎部相峙，以掩护北洋军右翼安全外，其余各部进攻湖口，湖口很快丢失。两日后，徐州也被北洋军占领。

徐州战场的失利，让讨袁军一些高级将领意志开始消沉，无心指挥将士抵抗敌军，敌军乘势向冷遹的第三师发起猛攻，讨袁军损失极为惨重，见此情形，冷遹脱离前线部队后私自跑回南京城里。

黄兴见状，赶紧将讨袁军第一师第一旅调回南京城，并急命旅长伍崇仁率领部队移驻安徽凤阳一带。

徐州一丢失，江苏讨袁军领导层也进一步分化，黄兴已经无法调动一些部队，这令黄兴心里非常烦恼。正在这时，程德全打电话威胁黄兴："克强兄，你还是取消讨袁名义，投戈释甲痛自引咎，以谢天下吧！"

黄兴不想理睬他，挂掉了电话。

"报告！"两天后的中午，南京卫队营营长张鹏翥拿着刚收到的一纸密令来找黄兴。

"什么事，张营长？"黄兴问张鹏翥。

张鹏翥没说话，把手上的密令递给他。黄兴一看，这才知道是程德全要张鹏翥率领卫队营士兵归顺袁世凯，并捉拿黄兴归案的密令。

"曾经的革命兄弟，如今却成了索命阎王，悲哀，真是悲哀啊！"看了程德全的密令，黄兴悲愤至极，拿起放在桌上的手枪准备开枪自杀，一死了之。

张鹏翥见状，赶紧一把抢下他手上的枪，并安慰他："总司令，你不能这样，你要是自杀了，岂不是正中程德全和袁世凯那龟孙子们的下怀？"

"是啊，总司令，你不能丢下这么多讨袁军兄弟一死了之啊！"在一旁的秘书章士钊也来劝说他。

"总司令，还有我们在，就算是搭上性命，我们也要和北洋军拼个鱼死网破！"王宪章赶紧过来安慰他。

"这没什么，大不了和北洋军拼个你死我活！"参谋长黄元恺也说。

伏龙气愤地说："二十年后又是一条好汉，老子带领部队和北洋军拼了！"

"总司令，你是一军统帅，一定要冷静啊！"前敌总指挥臧在新也在劝说黄兴。

"南京肯定是守不住了，总司令，要不你先离开这儿吧？"副官长何成浚突然说。

"我离开这儿？我离开了，你们咋办？"黄兴疑惑地望着何成浚。

见何成浚这么说，兵站总监赵正平也说："保住性命要紧，如果连命都没了，拿什么来和袁世凯、黎元洪拼啊？你还是先走，这儿由我们顶着！"

是啊，连性命都没有了，还拿什么和袁世凯、黎元洪拼呢？黄兴本不想离开南京城，但见大家都在劝说自己，只好答应他们先离开南京回上海。因还有些事要办，黄兴叫副官长何成浚去给他买明晚到上海的船票。

令王宪章和伏龙他们没想到的是，第二天下午詹大悲和戴天仇两人也来到了南京城。见到詹大悲和戴天仇，王宪章惊奇地问："大悲兄、天仇兄，你们不是在湖口吗？咋也来南京城了？"

詹大悲说："湖口已经失守，我和天仇回到上海，听说南京城快守不住了，就相约跑到这儿来准备和你们一起死守南京。"

"谢谢，谢谢大悲兄和天仇兄，有你们相助，守卫南京的弟兄们又多了一份底气！"

戴天仇说："兄弟们在这儿守了这么多天，真是为难兄弟们了！"

王宪章说："这是应该的，谁叫咱们是军人呢！"

"是军人就得死守阵地，不能当逃兵！"伏龙豪壮地说。

詹大悲说："对，死也要死在阵地上，绝不能当逃兵！"

几人聊了一阵，王宪章和伏龙告诉詹大悲，总司令黄兴今晚就要离开南京去上海了。

"黄兴总司令要离开南京城？我没听错吧？"听了王宪章和伏龙的话，詹大悲心里一惊。

戴天仇有些不敢相信，问道："宪章，你们是不是弄错了？这个时候总司令他怎么能走呢？"

"一点都没错，总司令说他还有些事要办，办完了他今晚就走，而且已经叫副官长何成浚把票买好了！"王宪章心情沉重地告诉詹大悲和戴天仇。

"他是南京守城的主帅，这个时候怎么能离开这儿？不行，我得去劝劝他，叫他一定要留下来！"詹大悲说着就要去找黄兴。

伏龙一把拉住他："算了吧，大悲兄，总司令去意已决，你还是不要去了，省得到时候尴尬！"

"这个黄兴，他怎么能这样？"詹大悲气得直跺脚。

戴天仇气愤地说道："身为总司令，却临阵脱逃，真是愧对总司令这个职务！"

王宪章说："总司令心里也有苦衷，他实在要去，就让他去吧，别去劝他了！"

"唉！"詹大悲长叹一声。

当天夜里，万般无奈的黄兴辞去总司令一职，离开南京城前往上海，王宪章、詹大悲、黄元恺、章士钊等人来给他送行。

临走之时，詹大悲问他："总司令，你不走不行吗？"

黄兴含着眼泪说："大悲，其实我也不想走，但如今这形势，我不得不走啊！"

"你这是托词！"见留不住他，詹大悲气得甩手离去。

见詹大悲这样说自己，黄兴没说话，他还能说什么呢？

去上海的轮船来了，王宪章、黄元恺、章士钊等人送黄兴上船。

黄兴这一走，代理都督章梓和第一师代理师长洪承点也随即离开了南京城。

随后，王守遇等人也来到了南京城，他们要与王宪章、伏龙等人誓死守卫南京城。

黄兴回到上海后，立刻去见孙中山，向他讲述了南京此时的局势，并力劝孙中山离开上海去日本暂避一段时间。而此时袁世凯也派来密探监视孙中山。无奈之下，孙中山只得同意。不久，孙中山处理完手上的事务，与胡汉民等人乘坐德轮"约克号"从上海去广州，准备在广东谋划讨袁事宜，然后再去日本。而黄兴则直接前往日本，分开行动。

第二天，孙中山和胡汉民等人乘坐的轮船到了福建马尾，在这儿，有人来告诉孙中山，说广东形势极为混乱，劝他不要去那儿，孙中山便改道赴日本。

03

正在镇江发动革命党人讨伐袁世凯的何海鸣和韩恢，听闻南京城里空虚，而且身为讨袁军总司令的黄兴也离开南京去了上海，便先后赶到南京城与王宪章、王守愚等人带领讨袁军固守南京城。

这天中午，何海鸣率领一百多名讨袁军官兵攻占了江苏都督府。紧接着，何海鸣在都督府里召开军事会议，对司令部人员进行重组，何海鸣自任江苏讨袁军临时总司令，任命王宪章为参谋长，向海潜为副参谋长。

为了争取第八师师长陈之骥，何海鸣推举陈之骥做江苏省的都督，可陈之骥没答应。原来，早在黄兴离开南京城之后，陈之骥就投靠了敌人，他见南下攻打南京讨袁军的是他岳父、北洋军第二军军长冯国璋，就暗中致电在北京的袁世凯，请他电饬程德全速来南京秘商围剿讨袁军的有关事宜。

心怀鬼胎的陈之骥，白天没答应何海鸣来做江苏都督，可到了晚上他却一下子答应了，并通知何海鸣来第八师师部，说有事找他。听说陈之骥有事找自己，何海鸣不知是计，急忙赶往第八师师部。陈之骥早已叫参谋长袁华选带领第八师第三十团的人埋伏在这儿，何海鸣前脚刚跨进第八师师部的大门，袁华选等人就将他囚禁起来。

陈之骥的部下多半是湖南人，见他要叛变讨袁军，多不愿意跟着他干，一名士兵甚至愤怒地质问陈长骥："你原本是赞成革命的，现在怎么又要叛变讨袁军？不行，你不能叛变！"

"给我拿下！"

陈之骥正要叫人将这名质问他的士兵拿下，这时退守六合的第八师第二十九团的官兵打了进来，陈之骥见状赶紧带着一部分亲信偷偷跑过江去，再也不敢回第八师营地。

第二十九团的官兵不但解救了何海鸣和这名士兵，还解救了其他一些士兵。紧接着，第二十九团的官兵推举何海鸣继续担任讨袁军总司令，韩恢任副司令。

随后，第一师官兵和第八师第二十九团官兵一齐进入第八师司令部，何海鸣再次宣布江苏独立。

"哼，这何海鸣就一介记者，根本不懂得用兵，你们怎么还让他来做总司令？真的是没人才了？"戴天仇见众人仍推举何海鸣为总司令，而他却没捞到一官半职，心头很不乐意，竟然想负气出走。

见戴天仇忌妒自己当上这个总司令欲负气出走，何海鸣恳求他："天仇，我这个总司令是众官兵推举，我也不好推辞，你就留下来帮助我好不好？同时希望你周旋一下，让上海方面也支持一下我们！"

戴天仇说他得回一趟上海，并向何海鸣提出，在他回上海期间应该让一个懂用兵的人来做总司令，而且他极力推举钮永建来做总司令，同时又举荐了好几个人任职。为了顾全大局，何海鸣答应了他的要求，可戴天仇回上海后，就再也没回来。

根据戴天仇的举荐，何海鸣召开军事会议，任命原第一师第十团团长徐涛为第一师师长，第一师第二十六团团长吴浩为卫戍司令，第八师第二十九团的营长王兆鸾为第八师师长。

说实话，对徐涛、吴浩、王兆鸾的任命，何海鸣都是不得已而为之，一是戴天仇举荐，二是军中已无人可用，可令何海鸣没想到的是，王兆鸾目中无人，没把何海鸣放在眼里，竟然在任命书下达的第二天就不辞而别。何海鸣没办法，只好叫第八师的下级官兵重新举荐人选，这下李可钧便趁势而出以师长自命。

何海鸣知道，此时讨袁军的力量太弱小，急需补充兵源扩大守城队伍，于是他在南京城内及城郊各县招募退伍官兵组成第三军。

新编的第三军，下辖第五师和第六师，军长由副司令韩恢兼任。

在军事部署上，何海鸣命令第一师驻守城中的宝贵山和雨花台等高地，第八师驻守狮子山和天堡城各个炮台，其余各部队驻防各个城门，做好与敌军血拼的准备。

这时，张勋率领的武卫军已经到达龙潭，张勋致电冯国璋，请他从大胜关、三汊河一带渡江攻打讨袁军占领的雨花台，同时命令自己率领的武卫军前军会同徐宝珍的第四师突袭紫金山和天堡城。

守在富贵山的讨袁军得到消息后立即炮轰敌军，第八师守军同时朝奔向天堡城的敌人发起反攻，并在夺回天堡城后架炮轰击紫金山的敌军。

这一战敌军损失惨重，其残部不得不退回南京城东北的幕府山一带进行休整。

当夜，冯国璋命令北洋军渡江向神策门、太平门、钟阜门一带进攻，张勋也率部再度抢夺天堡城和紫金山，何海鸣、韩恢和工宪章等人赶紧组织讨袁军各部抗击敌军，守卫好占领的阵地。

就在这个关键时刻，第一师师长徐涛、卫戍司令吴浩和第八师师长李可钧三人却暗中投敌，并勾结地方势力意欲逼总司令何海鸣、副司令兼第三军军长韩恢和参谋长王宪章等人出城，然后将城献给张勋。

第八师第二十九团官兵听说后愤慨至极，连夜派出一个营围攻第八师师部，并枪杀了叛将徐涛和李可钧。李可钧被镇压后，由于没有人选，何海鸣只好兼任第八师师长一职。

次日，第八师第二十九团官兵联合第一师第三团合围卫戍司令部并镇压了叛军，但投敌的卫戍司令吴浩却悄悄溜掉了。

接着，何海鸣、韩恢和王宪章等人再次宣布江苏独立，何海鸣自任江苏都督。为确保讨袁军官兵的坚定性、纯洁性和战斗力，何海鸣吸取上次的教训，将有异心的官兵除尽。

守卫南京城，主要是靠在天堡城和雨花台一线的第一师官兵和第八师第二十九团的官兵。士兵们无须号令，只要敌人来到阵前便会奋不顾身地发起攻击，敌军几次想冲入城门，都因讨袁军奋勇还击而未得逞。但出于敌众我寡，第二天天堡城还是被张勋的武卫军夺去。

也就在这一天，在上海的陈其美放弃吴淞炮台离去，上海落入敌军手中。而在安徽芜湖，讨袁军也被北洋军打散，总司令柏文蔚只好率领一个营的卫队及宪兵一千多人带着粮饷退回南京城。

柏文蔚率军到来，倒是给南京城的守军带来了极大鼓舞。这天晚上，何海鸣召开会议重新调整军队人事，任命第八师指挥官廖培坤为参谋长，并另组军务部，任命王宪章为军务部部长。鉴于柏文蔚地位高，何海鸣本身是个文人，不懂得用兵，所以柏文蔚一来，何海鸣就主动让贤，推举柏文蔚为江苏都督，同时何海鸣也将第八师师长一职让给了柏文蔚。这样一来，南京讨袁军的指挥权就全部交由柏文蔚了。

袁军那边，冯国璋和张勋面和心不和，在战斗中谁都想保存自己的实力。在北京的袁世凯担心南京久攻不下，讨袁军会在其他地方东山再起，于是电令海军总长刘冠雄，叫他立即派海军掩护陆军渡江参战，并派海军配合陆军围攻南京。

敌人大兵压境，讨袁军高层内部又出现矛盾，柏文蔚觉得前途无望，准备带领第八师官兵去江西与李烈钧的部队联合，何海鸣和第八师官兵不答应，连柏文蔚的卫队也有许多人不同意他将部队带走，要他坚守南京阵地。

柏文蔚没办法，只好带着侍从官等少数人员从水西门离开南京城。柏文蔚带着人出走后，在行军途中被冯国璋的北洋军打散，柏文蔚只好和亲信祁耿寰化装后逃回上海，然后亡命日本。

何海鸣听到这一消息后，深感痛惜，而他自己也只好江苏都督、讨袁军总司令、第八师师长一肩挑。由于第一师师长徐涛叛敌已被镇压，他任命军务部部长王宪章为第一师师长。

随后几日，何海鸣和韩恢、王宪章、王守遇等人率领第一师和第八师官兵与张勋、冯国璋的部队在天堡城、紫金山、富贵山一带展开了争夺阵地的拉锯战。

04

不久，张勋和冯国璋的部队向南京城发起总攻，张勋率领的武卫军用炸药将太平门和朝阳门之间的城墙炸开一个缺口，然后顺着缺口冲入城内。

守城的讨袁军见状，持枪齐心协力拼死抵御。朝阳门守城司令胡炳炎见城墙被炸开，估计南京城守不住了，便在城墙上插起敌军旗帜叛变投敌，并向讨袁军谎称太平门已经失守。

"不好了，总司令，守卫朝阳门的司令胡炳炎率部投敌，并在城楼上插起了敌人的旗帜！"何海鸣正在司令部指挥作战，一名通讯兵气喘吁吁地跑进来报告。

"这胡炳炎，真他妈混账！"听了这名通讯兵的话，何海鸣肺都快气炸了。

"走，去将这几个龟儿子干掉！"何海鸣说完，亲自率领护卫团一连和宪兵一连的士兵往朝阳门城楼奔去。

来到朝阳门城楼上，见胡炳炎和几名亲兵待在那儿，何海鸣怒不可遏，朝他大声吼道："胡炳炎，你这个混蛋，为何要出卖弟兄们？"

胡炳炎没想到何海鸣会带着人来找他，一下子慌了神："何司令，我……

我……"

"去死吧!"

胡炳炎还想争辩,何海鸣身边的一名宪兵上前一刀将他砍了。紧接着,何海鸣带着人将其他叛变的士兵杀掉,并一刀将敌人的旗帜砍倒。

"走,回去!"考虑到敌众我寡,何海鸣赶紧带着人退回到讨袁军司令部。

不多时,朝阳门和洪武门也被敌军占领了。

何海鸣刚回到司令部又有人来报:"总司令,混成一支队第三团叛变,他们还占领了巡警局及都督府,满街插着袁军旗帜!"

"立即镇压!"

面对紧急军情,何海鸣与副司令韩恢商定后,马上带着护卫团张霞的一个营及第三军警备队部分官兵,将都督府叛兵打散。韩恢也亲自率领第六师部分官兵,将巡警局叛军消灭掉。之后,何海鸣仍回都督府办公。

趁讨袁军出城镇压叛军之机,张勋和冯国璋的人拼命向南京城内进攻。到了中午时分,冯国璋的第三师攻入神策门,第五师攻进了太平门,从扬州来的徐宝珍部也攻入了通济门。

张勋、雷震春、徐宝珍等部占领南京城后,一齐来围攻都督府。

"退守雨花台!"何海鸣见势不妙,朝守城官兵下令。

何海鸣他们退到都督府门外的小菜场时,与张勋的武卫军相遇,由于讨袁军官兵作战勇猛,一番激战之后张勋部下溃退。何海鸣赶紧率部一路冲杀到雨花台,在这儿和第一师第三团、第八师第二十九团残部会合,准备与袁军做最后一搏。

这一战,讨袁军虽说击毙敌军雷震春部一千多人,但讨袁军也所剩无几,何海鸣还跌落到山坡下身受重伤。

士兵们见滚落山下的何海鸣满身是血,赶紧前来搀扶。

"杀袁兵,冲啊!"何海鸣一跃而起,大声呼喊着带领士兵们冲向敌群。经过一番拼杀,讨袁军损失极为惨重,最后何海鸣身边仅剩下两名受了伤的士兵,只得退到山下。

这时副司令韩恢的人也败退到了这儿,于是何海鸣又与韩恢等人带领士兵冲上雨花台与敌人展开殊死搏斗。由于伤亡太大，他们只得且战且退。见守城无望，最后何海鸣不得不乘坐一只小船沿着河道离开南京城，韩恢也带着小部分人离开了。

守在城里的王宪章、詹大悲、王守愚、潘康时等人仍率领一部分士兵在都督府拼命地向攻城的敌人射击。

"守不住了，怎么办？"见敌人炮火猛烈，王守愚边向敌人射击边问离他两米远的王宪章。

"坚持，人在城在！"王宪章边端着机枪朝城下的敌人射击边回答。

王守愚边打边说："再打敌人就攻上来了！"

"别管那么多，只管打！"王宪章似乎打红了眼。

这时，旁边的副官孙家全告诉王宪章："师长，子弹不多了！"

"手榴弹还有吗？"王宪章边打边问。

"也没几颗了！"孙副官告诉他。

"撤吧，师长，再不撤来不及了呀！"王宪章身后的警卫员刘小龙朝他喊道。

王宪章掉头朝他吼道："再说撤我毙了你！"

说罢架起机枪继续射击敌人。

这时另一边的潘康时也说："我这边也没子弹了！"

"我也只有几发了！"王守愚也说。

一旁的詹大悲停下射击，侧过身对王宪章说："还是撤吧，宪章！再不撤就来不及了！"

"城下到处都是敌人怎么撤？"王宪章边问边朝城下的敌人射击。

"只有冲下去跟狗日的这些袁兵拼了！"王守愚说。

这时，城下大批袁兵蜂拥而来，王宪章见状对詹大悲、王守愚、潘康时等人说："你们几个先撤，我来断后！"

"要走一起走！"王守愚说。

"对，要走一起走！"詹大悲也说。

王宪章边打边说："不行，你们先走！"

"不，要走一起走！"潘康时说。

王宪章朝他们声嘶力竭地喊道："快走,不然大家都要死在这儿!"

"走!"见实在是守不住了,王守愚这才朝詹大悲、潘康时他们喊道。

王守愚、詹大悲、潘康时带着几个警卫人员向后撤走,城上只剩下王宪章和他的副官孙家全、警卫员刘小龙。

各自给自己的枪换上所剩下的子弹,王宪章对副官孙家全和警卫员刘小龙说:"敌人太多,打完枪里的子弹,趁敌人上城来的时候我们就退到后面的城墙边,跳入护城河逃走!"

"好!"孙家全和刘小龙一齐应道。

随后王宪章给他俩使了个眼色,三人一起站起来,端着枪朝城下的敌人一阵猛射。

"走!"

子弹打完了,王宪章朝孙家全和刘小龙叫道。

随后三人迅速跑到后面的城墙边,王宪章扫了两人一眼,大声叫道:"跳!"

随后,三人一齐跳进城下三四米深的护城河泅水而逃……

冲上城来的一群袁兵,见王宪章等人已经跳入护城河逃走,边朝河里放几枪边骂道:"他娘的,便宜了他们!"

"他娘的,真是不要命了,二十米高的城墙他们也敢跳!"

"河这么宽,就算是不被抓住,淹也要淹死他几个!"

至此,王宪章等人死守了二十余日的南京城,还是落入了北洋军手中。

第20章 逃亡日本

01

从南京逃离后，王宪章辗转来到上海。来到胡秉柯家门前，王宪章上前敲门。

"是谁呀？大晚上的还来敲门！"在书房里撰写材料的胡秉柯听到有人在外边敲门，边起身来开门边埋怨道。

胡秉柯打开门一看，见是王宪章，便睁大眼睛惊奇地问："宪章，你……你……"

"进屋再给你说！"王宪章说。

"好，进屋进屋！"胡秉柯将王宪章让进屋里。

胡秉柯问王宪章："你还没吃饭吧？"

"刚才在街上吃了一碗面条。"王宪章告诉他。

"这么个大男人，一碗面条咋吃得饱！来，你先坐着，我去给你做点吃的！"胡秉柯说完马上起身去给王宪章做吃的。

王宪章没有推辞，他的确还没填饱肚子，还需要吃点东西。

一会儿，胡秉柯给王宪章炒了两个菜，蒸些米饭，然后又给他斟了一杯酒。

王宪章感谢一番，赶紧坐到桌边狼吞虎咽地吃起来。

"下一步有何打算？"趁王宪章吃饭的时候，胡秉柯问他。

"我不知道詹大悲、王守愚、潘康时他们冲出来没有，要是他们冲出来了，他们也会来上海，因为南京是无法待了。如果他们来上海，肯定会来找我！"王宪章边吃饭边告诉胡秉柯。

胡秉柯想了一下，说："在上海，袁世凯的暗探也不少，为了不让他们发现，你暂时就在我这儿住着，我明天就去替你暗中打听一下他们的下落，如果找到他们，我马上给你说！"

王宪章说："行，不过，这要给评议长添麻烦了！"

"都是为了革命，没什么麻烦不麻烦的！"胡秉柯说。

胡秉柯虽说结了婚，但妻子在国外，家里就他一个人。王宪章吃过饭，与胡秉柯聊了一阵革命党人的事，便各自上床休息。

王宪章就暂时在胡秉柯家里藏着，等胡秉柯去给他打听詹大悲、王守愚、潘康时的下落。

胡秉柯分析，时下上海的形势非常严峻，革命党人在上海也很难藏身，如果詹大悲、王守愚、潘康时来上海，也只能是躲到法租界，别的地方他们藏不下身。

王宪章没说错，那天詹大悲、王守愚、潘康时从南京城撤退之后，就一起逃往上海。胡秉柯的分析也对，詹大悲、王守愚、潘康时来到上海后，就躲藏到法租界了。

出去打听了好几天，胡秉柯终于打听到了詹大悲、王守愚、潘康时的下落。

这天下午，胡秉柯继续去帮王宪章打听詹大悲等人的下落，但他打听了一个下午，转了两条街，还是没什么收获，准备拦个人力车回家。胡秉柯有抽烟的习惯，他一摸身上，发现没烟了，就到对面的烟酒铺去买烟。拿了烟后胡秉柯正要付钱，突然一个身穿长衫、戴着大檐帽的男人来到跟前，这人也是来买烟的。哎，这人咋这么面熟？胡秉柯瞟了这男人一眼。这男人发现胡秉柯在注意他，拿了烟付了钱赶紧离开。

这人不正是潘康时吗？胡秉柯曾经见过潘康时一面，但时间长了记忆有些模糊，待他醒悟过来赶紧追了上去。

"老潘！"胡秉柯朝这男人叫了一声。

这人的确是潘康时，但他也记不得胡秉柯了。听到有人叫自己，回过身一看是刚才注意自己的男人，便没理睬继续往前走。

"老潘！"胡秉柯朝他又叫了一声。

潘康时转身定睛一看，这才认出是胡秉柯，于是惊喜道："老胡，怎么是你呀？"

"嘘！"胡秉柯赶紧伸手示意他不要声张，并压低声音说，"跟我走，这儿不是说话的地方！"

潘康时会意，跟着胡秉柯来到一个无人的角落，胡秉柯这才告诉他："王宪章在我那儿，他托我找你们好几天了！"

"什么？王宪章在你那儿？"听胡秉柯说王宪章在他那儿，潘康时又惊又喜。

胡秉柯叫他拦个人力车跟着他去他家。

潘康时点头。

随后两人到路边各拦了一个人力车，一起往胡秉柯的住处赶去。

02

一进门，胡秉柯便朝王宪章叫道："宪章，你看我给你带谁来了？"

"谁呀？"王宪章没想到胡秉柯竟找到了潘康时。

"宪章，我还以为见不到你了！"跟在胡秉柯后面的潘康时，上前声泪俱下地对王宪章说。

一看是潘康时，王宪章又惊又喜，赶紧走上前和潘康时拥抱在一起，然后流着泪说："这几天，我请评议长到处找你们，没想到还真找到了你，真是谢天谢地啊！"

"老天有眼，我们命不该绝！"潘康时不无感慨地说。

王宪章说："那天晚上袁兵那么多人，我还担心你们撤退不出去呢！"

"大难不死，必有后福！"在一旁的胡秉柯见此场景，感动万分。

王宪章松开潘康时，两人坐下，胡秉柯去给他们泡茶。

趁这个时候，王宪章问潘康时："哎，老潘，评议长是怎么遇到你的呢？"

潘康时望了一眼在给他俩泡茶的胡秉柯，胡秉柯见了，示意他告诉王宪章。

潘康时这才说："那晚从南京城突围出来之后，我们就逃来了上海，见到处都是袁兵，我们就在法租界里找个地方隐藏了下来。在屋子里待了好几天，又听不到你们的消息，觉得心里烦闷，今天下午我出来到对面的烟酒铺买包烟，没想到会在那儿遇到老胡。老胡告诉我，你在他家，于是我就跟着老胡来了。"

"我叫他他还不理我呢！"胡秉柯边把茶水递给两人边开潘康时的玩笑。

潘康时笑着说："怎么可能不理！是很长时间没见到你，有些记不得了，加上怕被袁世凯的人发现，你在后面叫我就没答应，等你追上前来叫了第二遍，我这才发现是你！"

"当时我正去那家店铺买烟！"胡秉柯坐下来对王宪章说。

潘康时笑着补充："对对对，他也去那家烟酒铺买烟！"

"原来还有这么个故事呀！"王宪章笑着说。

胡秉柯说："幸好我俩都抽烟，要不还真找不到老潘呢！"

稍停，王宪章问："哎，大悲和守愚呢，他们是不是和你一道逃出来了？还有，你们的那几个警卫员，是不是也都突围出来了？"

潘康时心情沉重地说："大悲、守愚倒是和我一道逃出来了，但那几个警卫员为了掩护我们几个，全都……全都牺牲了！他们死得太惨了！"

说完，潘康时呜呜地哭了起来。

王宪章和胡秉柯也跟着伤心地流起泪来，胡秉柯说："战士们的血不会白流的，一定会叫袁世凯血债血还！"

王宪章问潘康时："大悲和守愚现在在哪儿，没和你住在一起吗？"

潘康时告诉王宪章："怕被军警或巡捕查到，我们没住在一起，是分散住的，这样安全一些，但我知道他俩住的地方。"

胡秉柯说："这样，明天我安排一个时间，让你们几人见一下面，然后再商议下一步的事情。"

"好，谢谢评议长！"王宪章说。

潘康时愧疚地对胡秉柯说："给你添麻烦了，真是不好意思！"

胡秉柯说："大家都是革命同志，没什么麻烦不麻烦的！"

王宪章说："大恩不言谢，老潘你也不用再说了，大家心中有数！"

"好！"潘康时点头。

胡秉柯想了一下，说："那就安排你们在明天晚上八时见面，地点就在我这儿，你们看这个时间和地点妥当不？"

王宪章说："我看可以。"

"我也觉得可以。"潘康时说。

胡秉柯对潘康时说："那大悲和守愚就由你来通知，叫他们分开来，要不然容易暴露目标！"

"行！"潘康时回答。

"那就这样，我得先走一步！"潘康时说着站起身来准备离去。

"再见！"

"明晚见！"

潘康时与王宪章和胡秉柯挥手告别。

当天晚上，潘康时将遇到胡秉柯以及王宪章在胡秉柯家的情况告诉了詹大悲和王守愚，二人听后，激动地拥在一起。

潘康时告诉他们："和王宪章约好，明天晚上八时在胡秉柯家秘密碰面。"

"好！"詹大悲和王守愚很高兴。

三人聊了一阵，潘康时回到他的住处。

第二天晚上，詹大悲、王守愚和潘康时先后来到胡秉柯住处，见面后他们主要是分析当下上海、湖北的革命形势和今后的打算。

王守愚问："大家看下一步怎么办？是不是回湖北武昌继续革命？"

詹大悲说："去湖北还不如就在上海！"

潘康时说："就眼下这形势，湖北也好，上海也好，咱们要想留下来在国内开展革命活动，是非常艰难的，弄不好还会把命丢了！"

王宪章一直闷着没说话，先听他们说。

胡秉柯说："老潘说得对，就眼下这形势，要想在国内开展革命活动的确很难，你们看这样行不行？我和在日本的孙中山先生联系一下，你们先去日本，等过了这阵风头再回国内来讨伐袁世凯和黎元洪。"

"我觉得可以。"王宪章说。

"可以是可以，但目前到处是袁、黎的密探，哪出得去呀！"王守愚说。

潘康时也说："能去日本和孙中山先生在一起搞革命，当然是好事，但就像守愚刚才说的，我们根本就出不去！"

胡秉柯说："这样，这几天你们都先在住的地方待着，我去给你们想想办法！"

"能行吗？"王守愚反问道。

詹大悲知道胡秉柯和法国驻上海总领事甘世东关系很不一般，他一定是去找甘世东帮忙，于是笑着对王守愚说："守愚，你放心吧，秉柯与法国总领事关系可不一般，这事他做得到！"

"这就好！"王守愚听了赶紧说。

王宪章也相信胡秉柯能把他们送出海去日本，便对胡秉柯说："真是太感谢评议长了，你看，我一来给你添了不少的麻烦！"

"是啊，给评议长添的麻烦还真是不少呀！"

胡秉柯笑着说："都是革命党人，别再说麻烦了！行，那明天我就联系孙先生，然后再去找我那老朋友，让他帮你们找艘船！"

詹大悲说："那我们就散了，时间长了怕给评议长惹大麻烦！"

"好，散！"

潘康时、王守愚、王宪章齐声说。

"宪章，你就在我这儿！"胡秉柯对王宪章说。

王宪章说："我去和大悲一起住吧？"

"你哪儿也别去，就在这儿，等找到船了你们再一道去日本！"胡秉柯说。

潘康时也说："宪章，既然评议长这么说了，你就在这儿暂时住下。"

"我看也行，你就在这儿住下，等找到船了再一起去日本！"詹大悲说。

见大家都在劝说自己，王宪章说："好，那我就继续在评议长这儿多待几日！"

"等找到船了我再通知你们！"

"好的！"

几人商量完毕，各回各的住处。

03

次日上午，胡秉柯与在日本的孙中山取得联系后，就去法国驻上海领事馆找总领事甘世东。

"卖报，卖报，特大新闻，讨袁军总司令蒋翊武被人杀害！"

在去法国驻上海领事馆的路上，胡秉柯听到一报童在街头如此吆喝，吃惊不小，赶紧朝卖报的小男孩叫道："小伙子，给我来一份！"

"好的！"报童走过来，从手上的一大沓报纸里揭一份递给胡秉柯。

胡秉柯递了一枚铜钱给他，报童道谢后，转身继续吆喝着去卖他的报纸。

看了报纸，胡秉柯知道这肯定是袁世凯和黎元洪干的，他想，先不着急去找甘世东，回家将这个消息告诉王宪章再说，于是他三步并作两步地往家赶。

"宪章，告诉你个不好的消息！"胡秉柯难过地走进屋来对王宪章说。

见他脸色十分难看，王宪章知道情况不好，赶紧问他："什么消息？"

"你曾经的搭档、文学社的社长蒋翊武被人杀了！"胡秉柯气愤地告诉他。

"这是咋回事？是谁杀了他？！"对王宪章来说，蒋翊武不仅和自己感情深厚，而且对自己还有知遇之恩，这下听说蒋翊武被人杀害，悲痛欲绝，泪流满面。

见王宪章哭得这么悲伤，胡秉柯流着泪劝说他："宪章，你别这样，这事总会有个了断的！"

"该不会是孙武干的吧？"王宪章大声地问胡秉柯。

胡秉柯摇头，并告诉他："与张振武一样，也是黎元洪假借袁世凯之手清除异己！"

"黎元洪和袁世凯这两个乱贼，看我哪天不将他们撕碎了喂狗！"王宪章气愤地骂道。

袁世凯缘何会对蒋翊武下此毒手？

话得从头说起，袁世凯窃取革命胜利成果后就一直大权独揽，蒋翊武非常看不惯他。有段时间，袁世凯曾将蒋翊武调去总统府做高等军事顾问，但他对袁世凯不买账。袁世凯想收买他，准备授予他陆军中将加上将军衔，蒋翊武

一概不受。国民党成立后，蒋翊武被推举为参议并兼任汉口交通部部长，负责
湖北、湖南及陕西三省党务。前不久宋教仁被杀，蒋翊武感到靠议会和政党内
阁，无法阻止袁世凯的独裁统治，愤然从上海赶回湖北拥护孙中山武力讨伐袁
世凯。二次革命发动后，湖南宣布独立，蒋翊武被任命为鄂豫招抚使派往湖南
岳州，率领讨袁军与袁军作战，蒋翊武本想攻取荆襄直捣武汉再进军河南，但
湖南都督谭延闿不配合，导致江西九江讨袁军大败，袁世凯到处通缉蒋翊武。
在长沙的蒋翊武，本来打算和其他党人一起乘船经汉口东下，可有人给他建
议，说他在广西时间很长，与那儿的军官关系不错，可以先去广西再做打算。
蒋翊武觉得这人的话有些道理，就决定走广西这条线路，谁知他刚来到广西兴
安县唐家冲，就被当地驻军秦步衢的部下抓捕并押往桂林。蒋翊武的一位好友
听说后马上打电话给桂军师长陈炳焜，请他加以关照，可陈炳焜却推说蒋翊武
是通缉要犯，不敢徇私。

> 当年豪气今何在？如此江山怒不平。
> 嗟我寂冤终无了，空余弩剑作寒鸣。
>
> 只知离乱逢真友，谁识他乡是故乡？
> 从此情丝牵未断，忍余红泪对残阳。

关在监狱里的蒋翊武，不但历数袁世凯罪恶，还留下了几首绝命诗。

广西都督陆荣廷请示黎元洪和袁世凯如何处置蒋翊武。袁世凯听说蒋翊武
毫无悔改之意，就命令陆荣廷将他杀了。

蒋翊武得罪的不只是袁世凯，他还顶撞过黎元洪，成了黎元洪的眼中钉肉
中刺，此时黎元洪已经坐上副总统兼参谋总长的宝座，接到陆荣廷电话觉得机
会来了，便命令陆荣廷从速枪杀蒋翊武。这天晚上，陈炳焜接到陆荣廷的命令
后，于次日下午在丽泽门刑场枪杀了蒋翊武。

见王宪章既伤心又气愤，胡秉柯安慰他："宪章，人已经死了，伤心也没
用，好好休息吧！"

王宪章告诉胡秉柯，他不能老待在这儿，他得出去找詹大悲、王守愚、潘

康时，看怎么去为蒋翊武报仇雪恨。

胡秉柯说："眼下形势紧张，必须暂停革命活动，要不然会弄出大事！"

但王宪章执意要去，胡秉柯只好由着他。

找到詹大悲、王守愚、潘康时，王宪章与他们商议，准备去刺杀袁世凯和黎元洪替蒋翊武报仇，可他们谋划了好几次都没有成功，不仅如此，袁世凯和黎元洪还变本加厉，到处在搜捕他们几人。

一晃半年过去了，王宪章他们一样事也没做成，而且袁世凯一直在派人追杀他们，几人犹如惊弓之鸟到处躲躲藏藏，生怕哪天一不小心就被袁世凯的鹰犬盯上。

胡秉柯见了，赶紧将他们几人叫到住处，说："管不了那么多了，先想办法把你们几个送去日本再说，你们现在非常危险！"

詹大悲说："那就有劳评议长了！"

"听从评议长安排！"潘康时表态。

王守愚也说："真是麻烦评议长了！"

王宪章对王守愚说："别说了，评议长的大恩，来日有机会咱们再报答！"

胡秉柯对他们说："这样，已经快到吃中午饭的时间了，你们几个吃了饭就在这儿待着别出去，下午我就去找甘世东，请他帮你们找去日本的船。"

"好！"潘康时和王宪章等人点头。

04

甘世东和胡秉柯虽说是老朋友，但胡秉柯有很长时间没来甘世东这儿，见胡秉柯突然到来，甘世东赶紧走过来和他拥抱："密斯胡，您怎么想起来我这儿啦？"

胡秉柯告诉甘世东，今日有一事来求他帮忙。

甘世东说："密斯胡，什么事您说，世东乐意为您服务！"

"我有几位朋友想去日本，但他们不便露面，想请您帮忙找艘船，不知道是否为难总领事？"

"密斯胡，您这几位朋友大概是革命党吧？"听胡秉柯说他这几位朋友不便露面，法国总领事一猜就中。

"真是什么事都瞒不过总领事，实话告诉你吧，我这几位朋友还真是革命党，眼下袁世凯的人正在到处追杀他们！"见瞒不过他，胡秉柯只好实话实说。

"不用说了，我帮您就是！"见他如此诚恳，甘世东爽快地答应下来。

听甘世东说他愿意帮忙，胡秉柯很是高兴，赶紧两手抱拳说："谢谢，总领事真是够朋友，我哪天请你喝酒！"

"好的，我一定赴约！"甘世东说。

胡秉柯问他能找到几时去日本的船。

"你的朋友什么时候去？"甘世东反问胡秉柯。

胡秉柯告诉他越快越好。

"后天下午就有一趟去日本的集装箱货轮，只是条件差些，你的朋友去吗？"甘世东问胡秉柯。

"可以！"胡秉柯点头。

甘世东叫他等通知。

"十分感谢，尊敬的总领事，我得走了！"见事情办妥了，胡秉柯与甘世东告别。

"您去吧！哦，别忘记了你的酒！"甘世东开胡秉柯玩笑。

胡秉柯笑着说："放心吧，少不了你的！"

告别法国总领事，胡秉柯急忙回家，他要赶紧将这一消息告诉王宪章他们。

在胡秉柯家里，因不知道胡秉柯能不能帮忙找到去日本的船，王宪章心神不定地在客厅里踱来踱去，潘康时在使劲地抽着烟，詹大悲坐在沙发上沉思着，王守愚干脆躺在沙发上发神。

突然，门吱嘎一声开了，胡秉柯从门外走了进来。

"怎么样，找到了吗？"见胡秉柯回来了，王宪章急不可耐地上前问道。

胡秉柯笑着说："总领事告诉我，后天下午有趟去日本的集装箱货轮，条件差些。"

"后天？"詹大悲问。

"对，就是后天，有什么问题吗？"胡秉柯望着詹大悲。

詹大悲急忙说："没问题，去去去！"

"这个法国总领事，还真是神通广大！"王守愚说。

"咱们怎么联系这位总领事？"王宪章问胡秉柯。

"领事叫等他通知！"

"真是太感谢你了，评议长！"王宪章伸出手来和胡秉柯握手。

胡秉柯伸出手来和他握在一起，说："都是同一个战壕的弟兄，没什么好谢的！"

"行，那就不谢了！"王宪章笑着说。

胡秉柯说："这就对了嘛！"

随后，詹大悲、王守愚、潘康时各自回到住处，王宪章仍住在胡秉柯家里。

第二天下午，法国总领事给胡秉柯打来电话，说去日本的集装箱货轮明日下午三点出发，叫胡秉柯告诉他的朋友们做好乘船准备，准时到码头去乘船。

"谢谢总领事，改天一定请你喝酒！"胡秉柯在电话里向甘世东道谢。

一旁的王宪章听了，非常高兴。

挂了电话，胡秉柯对王宪章说："我得马上去通知詹大悲、王守愚、潘康时。"

"好！"王宪章兴奋地说。

接到胡秉柯的通知，詹大悲非常高兴："哎呀，真是辛苦评议长了！"

"应该的！"胡秉柯说。

胡秉柯叫他去通知王守愚、潘康时，詹大悲说："好，我晚上就去通知他们！"

次日下午二时，胡秉柯开车送王宪章去码头乘船。不多一会儿，詹大悲和潘康时也先后来到。

"哎，守愚怎么到这个时候还没来？"见离开船的时间不多了，胡秉柯问王宪章和詹大悲。

王宪章着急地说："都到这个时候了，咋还不来呢？"

潘康时说："可别误了船啊！"

"这个王守愚，关键时刻咋掉链子！"詹大悲埋怨道。

见船马上起锚，胡秉柯对王宪章、詹大悲他们说："赶快上船！赶快上船！"

"唉，这个王守愚……"见王守愚还是没来，王宪章急得发狂。

潘康时说："别管他了，咱们先走吧！"

"也只能是这样了！"詹大悲叹息道。

船开始启动了，王宪章对胡秉柯说："评议长，你回去吧！"

"好，路上小心一些！"胡秉柯和王宪章、詹大悲、潘康时挥手告别。

"评议长，再见！"

"再见！"

"回来咱们再会！"

"好的，一路顺风！"

"你自己保重，评议长！"

"没事的，到了日本替我向孙先生问好！"

"一定！"

轮船开走了，胡秉柯却久久伫立在码头，直到看不到船了才往回走。

第21章 回国讨袁

01

因为是货轮，而且又载满货物，行驶速度也就可想而知，四天后，王宪章和詹大悲、潘康时三人才抵达日本横滨码头。

时令正值春天，日本的樱花开得满山遍野，雪白雪白的，让人产生无限遐想。天空飘着绵绵细雨，空气有些湿润。

下了船，王宪章等人环顾了一下四周，没发现有尾巴跟着。三人步行了十多分钟，来到京滨东北线的关内车站，准备从这儿乘坐电车去往东京。

从上海出发之前，胡秉柯就将孙中山在东京的秘密住址告诉了王宪章他们。一下车，王宪章和詹大悲、潘康时便直奔孙中山住处。

当天晚上，孙中山和在日本东京的党人不但热情接待了王宪章和詹大悲他们，孙中山还发表了激情演说，鼓励他们高举革命大旗，继续与袁世凯和黎元洪之流做不懈的斗争。

在日本的孙中山，对二次革命的失败进行了认真总结，他认为二次革命之所以失败，主要是国民党失去了其前身中国同盟会的革命精神，党员不服从号令，对宋教仁一案没有实施武力解决，未能及时起兵讨伐袁世凯。

孙中山吸取这个教训，决定重组革命党，并明确党员必须服从命令。一切准备就绪，这一年7月，孙中山在詹大悲等人的帮助下，在日本东京筑地精养轩成立了中华革命党。

孙中山发表宣言，号召人民起来推翻袁世凯。他告诉大家，袁世凯之罪恶不可胜数，今日之中国已非中国，而是成了袁世凯的私家财产；今日之中国人民已经不是人民，而是成了袁世凯的奴隶；今日之中国革命党人，已经不是革命党人，而是袁世凯的死敌。

在日本的王宪章、詹大悲、潘康时、王统、韩恢、彭养光等一些革命党人积极响应孙中山的号召，率先加入中华革命党。不久，王守愚也赶来东京，加入了这一组织。

中华革命党是一个新的革命组织，它一成立便引起了国内外的极大关注，一些原国民党的成员和同情者纷纷加入进来。

自恃手中握有大权的袁世凯目空一切，上任不到一个月就下令解散国会，并派人收缴议员的证书，导致国会因为议员人数不足无法召开。袁世凯的倒行逆施，让在日本东京的孙中山非常愤怒，准备组织革命党人向袁世凯发动第三次革命。

02

孙中山指示詹大悲、王宪章二人返回上海，秘密组织国内的同志实施第三次革命，并命潘康时、韩恢、王守愚三人回国，配合詹大悲、王宪章开展工作，力图把在上海和各地的革命党人召集起来，形成一股强大的力量，狠狠打击袁世凯的北洋军，为死去的同志们报仇，并对前不久被抓捕的同志实施营救。

考虑到安全问题，孙中山指示他们分两批走，詹大悲和王宪章先走一步，其他同志等两天再走。

次日傍晚，王宪章和詹大悲出现在日本横滨码头。

一艘往来于日本东京和中国上海的"上海丸"号邮轮早已停泊在岸边，乘船去上海的客人正陆陆续续地从四面八方往这儿赶。

王宪章和詹大悲跟着人群上了邮轮，进入船舱找到自己的座位放好行李箱坐下。

"呜……"船笛响起，邮轮起锚开船，邮轮两边顿时涌起两股雪白的浪花。

"走，去甲板上看看海景！"邮轮在宽阔无垠的海面上行驶了一阵，王宪章对詹大悲说。

"好！"詹大悲明白他的意思。

船舱里人多，他们想找个没有人的地方谈事。于是，两人从船舱里出来上了甲板。

这儿的确没人，非常清静。

"宪章，回到国内你有何打算？"詹大悲站在船边手扶着栏杆，看着海面问王宪章。

王宪章看着面前的茫茫大海，对詹大悲说："回到上海，我就去把我原来的那些兄弟找来，组织一个铁血团，先刺杀袁世凯，然后再联合其他部队一起攻取南京城！"

"组织铁血团？嗯，这想法不错！"詹大悲说，随后侧过身看着他问，"谁来当这个团长？你？"

"对，我亲自任这个团长！"王宪章告诉詹大悲。

看着他一脸的坚毅，詹大悲知道王宪章对袁世凯已是恨之入骨，于是朝他点了一下头："这个团长非你莫属！"

"我不是想当这个官，是其他人来做这个团长我不放心！"王宪章告诉詹大悲。

詹大悲说："这我知道！"

"你呢？你有何想法？"王宪章侧过脸问他。

詹大悲说："竭尽全力协助你办好这件事，力争早日宰了袁世凯这个老贼！"

"好！"王宪章说。

两人本想再聊聊到上海后如何组织人开展革命活动的事，但这时有两个男人从船舱里走出，并往他们这边走过来。

"有人过来了！"詹大悲提醒王宪章。

王宪章说："走，回去！"

两人往船舱里走。

走过来的两个男人，与王宪章和詹大悲擦肩而过时，瞅了他们一眼，然后往王宪章和詹大悲刚站立的地方走去。王宪章和詹大悲警惕地对望了一眼，继续往船舱里走去。

这时，海上突然起了风暴，船身出现轻微的摇晃，甲板上的两个男人赶紧回到船舱。

两个男人的座位正好在王宪章和詹大悲前面两排，王宪章和詹大悲还以为是遇到了袁世凯的探子。其实这两人不过是普通的商人，他们是兄弟，是从国内来日本经商的，这次是回上海老家，觉得船舱里闷热，加上想看一下海上的风景，也就出来站在甲板上。

四日后，王宪章和詹大悲来到了上海吴淞码头。

"好，改天见！"两人下了邮轮，各自找了个人力车去到城里。

王宪章和詹大悲只顾拦车，没注意到不远处有三个黑衣男子在盯着他们，并且有两人还分别跟踪了他们。

进城后，王宪章回到巨鹿路下段小弄堂自己的家里，詹大悲也回到他原来的住处，渔阳里路北中段四十二号。

"哟，宪章，你咋回来了啊？"王宪章悄无声息地回到家里，妻子陈兰卿感到有些突然。

王宪章开妻子玩笑："怎么？不想让我回来啊？"

"去你的！"陈兰卿嘟着嘴朝王宪章娇嗔道。从丈夫出门的那天开始，她就日思夜想，时时替他的安危担忧着，哪能不盼望他回来呢！

"跟你开个玩笑！"王宪章笑着说，然后又问，"儿子呢？"

陈兰卿说："我让他在书房里做作业！"

"嗯，这就……"

"爸爸，您回来了呀？"

王宪章话没说完，儿子元林就从书房里跑出来朝他叫道。

"想你和你妈了呗！"王宪章一把将儿子拉进怀里，然后问他，"作业做完了吗？"

元林告诉他："还有一道题，正要做！"

"好，儿子真乖！"王宪章夸儿子。

这时陈兰卿问道："回来之前咋不先发个电报呢？"

王宪章告诉她，回来得较为突然，没来得及。

"还要去日本吗？"

"一时半会儿不去，这次回来，是奉孙先生之命，和詹大悲先生一起来组织队伍反抗袁世凯。他太可恶了，残杀了我们不少革命同志，这次，我非杀了他不可！"

"就你和詹先生？"陈兰卿看着丈夫，听说他们要去杀袁世凯，她很替他担心。

王宪章说："当然还有其他同志！"

"我还以为就你们两人！"陈兰卿说。

王宪章知道妻子在担心自己的生命安全，于是对她说："肯定不只我们两人，袁世凯手下有那么多兵，光我们两人哪杀得了这贼？"

"倒也是！"陈兰卿说。

"爸爸，你们要去杀的这个人很坏吗？"儿子仰着头，眨着一双明亮的眼睛问王宪章。

王宪章说："不但坏，而且还坏得透顶，所以爸爸和叔叔伯伯们要杀他！"

"那这个大坏蛋有枪吗？"

"他不但有枪，还有许多和他一样很坏很坏的人！"

"他们有枪，那你和叔叔伯伯们还敢去杀他？就不怕他杀了你们？"

"怕，但再怕也要去杀他，因为他杀了咱们好多好人！"

"哦，我明白了，你们是要去杀他给那些死去的叔叔伯伯报仇！"

"对，元林真聪明！"

见儿子紧缠着丈夫不放，陈兰卿对儿子说："元林，快去做你的作业，爸爸坐了几天船累了，让他休息一会儿！"

"哦！"元林应道，然后蹦蹦跳跳地回书房做作业去了。

03

回到上海休息了一天，王宪章马上去詹大悲住处找他，一起商量组织铁血团的事宜。

詹大悲问王宪章："现在在上海，你原来的老部下能够召集到多少人？"

王宪章说："现在还不好说，得先找到我的副官孙家全和警卫员刘小龙。"

"去哪儿找他们？"詹大悲问。

王宪章说："我会想办法！"

"那你可得尽快！"詹大悲提醒他。

王宪章说："我一定会尽快找到他们，只要找到他们，其他同志就好联络了。"

"这就好！"詹大悲点头。

"具体下一步如何办，我想等潘康时、王守愚和韩恢来了咱们再一起商量！"王宪章说。

詹大悲想了一下，说："也行，他们明天就到了，等他们休息一个晚上，后天咱们就把他们叫来一起商议，看怎么来组建这个铁血团。"

"那就这样，我还有点事，得先回去！"王宪章对詹大悲说。

"你慢走！"

在回去的路上，王宪章想，怎么才能找到孙家全和刘小龙呢？刘小龙在上海没什么亲人，只有一个姓汪的舅舅，这段时间他会不会住在他舅舅家呢？王宪章曾经听刘小龙说，他这个舅舅是个古董商，就住在上海城中靠近法租界老城厢和北门一带。对，去这儿找找，说不定还真能找到刘小龙。

第二天上午，王宪章一个人前往老城厢和北门一带打听刘小龙舅舅的下落，可王宪章不知道刘小龙这个舅舅叫什么名字，只知道他姓汪。

"哎，老哥，请问一下汪老板家在哪儿你知道吗？"王宪章来到一家古玩店铺门前，问店铺里的老板。

老板问王宪章："哪个汪老板？"

王宪章告诉他："我只知道他姓汪，不知道他的名字！"

老板笑了一声，说："哼，你这人真搞笑，找人连人家名字都不知道，你怎么找？"

然后又问王宪章："他是做什么生意的？"

王宪章告诉他，也是做古玩生意的。

"你说的是汪忠照汪老板吧！据我所知，这一带做古玩生意的姓汪的老板只有汪忠照，再也没有第二个了！"老板摆摆手告诉王宪章，"这样，对面'吉祥号'就是他开的，要不你去问一下，看你要找的人是不是他！"

"好，麻烦你了！"王宪章向这老板道谢。

对面不远处就是"吉祥号"古玩店，王宪章走到店铺前，见一老者坐在店铺里吧嗒吧嗒地抽着水烟筒，走上前去问他："老人家，您是不是姓汪？"

老者正抽得起劲，见有人叫他，移开嘴边的水烟筒，打量了一下王宪章，问他："我是姓汪，你找我干啥？想卖古玩还是买古玩？"

"都不是！"

"那你来干啥？"

"您真是姓汪？"王宪章看着他问。

老者觉得有些奇怪，不耐烦地问王宪章："怎么？你是警察来查……"

"哎，师长，怎么是你？"老者话还没说完，没想到刘小龙从屋里走了出来，见是师长王宪章，惊喜地问道。

"龙儿，你叫他什么？师长？"听到外甥这么叫面前这个人，老者很是吃惊，赶紧问刘小龙。

刘小龙急忙说："舅舅，他就是我给你说过的我的师长王宪章！"

"嘘！"王宪章怕附近有袁世凯的密探，赶忙在嘴前竖起一根手指，示意他小声一点。

"快，快进屋来坐！"刘小龙招呼王宪章。

"原来你就是名震南京城的王师长王宪章啊！小龙经常向我提起你，失敬，失敬！刚才多有冒犯，还望王师长多多包涵！"老者说完赶紧站起来向王宪章抱拳行礼。

见他这样，王宪章赶紧说："没事，没事，刚才我也没说清楚，其实我是来找小刘的！"

"哎，师长，您咋知道我在这儿？"刘小龙突然问王宪章。

王宪章说："我知道你在上海没有其他亲人，只有这一个舅舅，而且你曾经给我说过，你这个舅舅是在上海城里老城厢一带做古董生意，猜想你可能会在你舅舅这儿，也就找过来了，没想到还真在这儿找到了你！"

"原来如此！"刘小龙说，随后又问王宪章，"哎，师长，你是什么时候回来的？"

"前天下午！"王宪章告诉他。

"哦！"刘小龙点头应了一声，然后绘声绘色地向他舅舅讲述道，"舅舅，我们师长打仗可厉害了，我和他，还有他的副官孙家全在南京城死守了二十余天。那天夜晚，因为大家的子弹都快打光了，见城无法守住，师长叫其他人先撤，剩下我们三个人断后，我们三个人直到打完最后一颗子弹，才一起跳下护城河。舅舅，我告诉你，我们师长那个英勇啊，可真是无法形容！"

"嗯，厉害，的确很厉害！"汪忠照伸出大拇指称赞，随后对刘小龙说，"你去告诉你舅妈，就说有客人，叫她赶紧回来做几个菜，我要敬王师长一杯酒！"

王宪章见了，赶紧说："好意我领了，酒改天来喝，我们还有点事得回去商量一下！"

随后又对刘小龙说："小龙，你马上跟我走，有急事找你！"

"师长，这么急啊？"刘小龙问。

"嗯，很急！"王宪章告诉他。

刘小龙知道，肯定是讨伐袁世凯的事，便马上说："好，师长，我跟你走！"

王宪章、刘小龙与汪忠照告别后，一人拦一辆人力车，朝詹大悲住处赶去。

04

刘小龙和王宪章来到詹大悲住处，詹大悲问王宪章："你是怎么找到他的呢？"

王宪章把寻找刘小龙的经过告诉了詹大悲。随后，王宪章问刘小龙："你知道孙家全住在哪儿吗？"

"知道，前天我俩还见过面！"刘小龙告诉王宪章和詹大悲。

"真的？"王宪章惊喜地问。

刘小龙说："我可不敢欺骗师长。"

"他住的地方离这儿远吗？"詹大悲问。

"大概三里路吧！"

王宪章听了，对刘小龙说："这样，你马上去找一下他，如果他在立即带他来这儿！"

"好！"刘小龙说完转身就要离去。

"等等！"詹大悲突然叫住他，"袁世凯密探多，注意点，别让那些狗盯上！"

"知道！"刘小龙说完走了出去。

待刘小龙出去后，王宪章说："也不知道王守愚和韩恢他们到了没有，要是到了，也可以请他们来听一下。"

詹大悲说："算了，坐了几天的船，还是让他们先休息一天，等把情况了解清楚了，明日再给他们说也不晚。"

王宪章说："那就等孙家全和刘小龙来了，咱们先了解一下国内的情况！"

一个小时后，刘小龙回来了，但就他一个人。

王宪章问："孙家全呢？"

"是啊，怎么没把人带来？"詹大悲也觉得奇怪。

刘小龙说："孙副官出去了，我问他父亲，他父亲说他刚出去，但不知道去哪儿了。"

"怎么办？"王宪章望着詹大悲。

刘小龙说："没事，我给他留了张纸条，并告诉他父亲，如果孙副官回来了就把这张纸条拿给他看。"

"他父亲答应了吗？"詹大悲问。

"嗯！"刘小龙点头。

"这就好！"王宪章点头，随后对刘小龙说："这样，你将最近几个月来国内的革命形势简单给我们说说。"

"行！"刘小龙轻点了一下头，然后告诉王宪章和詹大悲，"自那天外逃到上海我们和师长分手后，我和孙副官就各自找了个藏身的地方，以防袁贼的人发现。当晚，我就去了老城厢我舅舅家，也就是'吉祥号'古玩店，之后就一直在那里隐藏下来，而孙副官呢，则逃到他家里躲了起来。开始那几天我们不敢出来，等风头稍过，我就去找孙副官，同时也在到处找师长。孙副官找到了，却怎么也找不着师长，后来才听说师长去了日本。我想，师长去了日本肯定一时半会儿是回不来的，没想到今天却见到了。师长一回来，我就觉得我们又有了主心骨，心里特别高兴。要说最近几个月，形势对咱们革命党来说可是极为不利啊，袁世凯的走狗冯国璋和张勋成天到处在抓人，上海也好，南京也好，都沉浸在一片白色恐怖之中，同志们都不敢露面，更不要说开展革命活动了！"

"以前的那些兄弟现在哪儿？能找到他们吗？"王宪章问。

刘小龙说："现在这些人都隐藏得很深，很多人都难以找到，但原来常在一起的那几个，我可以找得到他们！"

"那这样，晚上你就去找一下他们，找到一个算一个，找到后你告诉他们，孙中山先生派我和詹大悲回国来组织大家开展第三次革命，准备刺杀袁世凯，推翻其独裁统治。然后，叫他们明晚七时至八时来这儿集中，你看行吗？"王宪章说。

"行！"刘小龙点头答应。

王宪章、詹大悲和刘小龙聊了一阵下一步的相关计划，突然听到外面有人敲门。詹大悲给王宪章和刘小龙使了个眼神，示意他们别说话，然后轻手轻脚地走到门边，朝外面问道："谁呀？"

"是我。"敲门的人回答。

"你是谁？"

"孙家全。"

听说是孙家全，詹大悲赶紧给他开门："原来是你呀！快进来，快进来！"

"我和师长还怕你不来呢！"见孙家全走进门来，刘小龙说。

孙家全说："回来看到你留下的纸条，我就赶紧过来了！"

"真的是你呀，家全！"见到孙家全，王宪章像是见到了久别的亲人。

"没错，师长，是家全。师长，你是什么时候回来的？我们找你找得好苦啊！"见到王宪章，孙家全激动得流下了眼泪。

两人一下子拥抱到一起。

王宪章说："前天才和詹部长从日本回来。这不是叫小龙去找你了嘛，小龙刚才还说你出去了，也不知道你什么时候回家！"

孙家全说："我出去买包烟，小龙刚离开我家，我就回来了。我父亲把小龙留下的纸条拿给我看，我出门拦上人力车就赶了过来！"

"都坐下吧！"见大家都站着，詹大悲说。

几人坐下后，王宪章又把刚才对刘小龙说的话向孙家全重复了一遍，孙家全说："没问题，我和小龙尽量去找一下他们，然后通过他们再去找其他兄弟，我相信会有不少的兄弟回来参加这次革命！"

听孙家全这么说，王宪章说："好，那就请你和小龙分头行动！"

"要注意安全和保密，袁世凯的密探不少，注意来的时候不要带着尾巴！"詹大悲提醒孙家全。

孙家全说："请詹部长放心，绝对不会让那些人嗅到半点味儿！"

"这就好！"詹大悲朝孙家全点头。

王宪章说："今晚韩恢、王守愚、潘康时就到了，到时我去通知他们，明天一起到这儿来商议下一步的行动计划。"

"好！"詹大悲说。

王宪章说："那就这样，这儿不宜人多和久留，就此散了，大家明晚见！"

随后王宪章、孙家全和刘小龙离开了詹大悲住处。

当天傍晚，韩恢、王守愚、潘康时三人回到了上海城中，王宪章前去通知他们，叫他们明晚到詹大悲这儿来集中商议刺杀袁世凯的计划。

第二天晚上，王宪章、孙家全、刘小龙、韩恢、王守愚、潘康时等人在詹大悲住处召开秘密会议。

会议由詹大悲主持，见人都来齐了，他对大家说道："鉴于二次革命中出现的问题，经过一番筹划，孙中山先生召集在日本的革命党人对国民党进行重组，前不久在日本东京成立了中华革命党。近日，袁世凯不顾党人反对，居然下令解散国会，孙中山先生闻之大为震怒。有道是，是可忍孰不可忍，袁世凯的倒行逆施，让孙中山先生决定在中国实施旨在讨伐他的第三次革命！"

詹大悲喝了一口茶水，继续说："就在前几日，孙中山先生将我和宪章、韩恢、守愚、康时等人召集起来，给我们说了他的打算，并派我和宪章、韩恢、守愚、康时他们返回国内，组织大家开展一场轰轰烈烈的革命运动，一起来推翻袁世凯的独裁统治，夺回本该属于人民、属于咱们革命党人的胜利果实，复兴中华民族，让中国的民众过上自由、平稳，没有列强欺压的日子！我和宪章先来了两天，韩恢和守愚、康时他们昨天晚上才到。"

"这袁贼真是太猖狂了！"

"居然将国会解散，他这是想大权独揽！"

"不除掉袁世凯，国无宁日！"

"孙先生又举革命大旗，发动第三次革命，这是顺应人心和时代潮流的大事，我等全力支持！"

詹大悲的话激起了大家的革命热情，他接着对大家说："下面，就请宪章说一说这次我们回国的具体打算！"

王宪章从座位上站起来，对在场的人说："兄弟们，这次奉孙中山先生之命回国讨袁，经过我和大悲商议，我准备将原来和我在一起的兄弟们召集起来，成立一个铁血团。经过一番考虑，这个铁血团的团长就由我来担任。铁血团成立后主要是干什么呢？我告诉大家，这个铁血团，它的首要任务就是刺杀窃国大盗袁世凯，然后再联合党人的其他部队消灭在南京的袁军，率先攻取南京，最后消灭袁世凯的其他部队，夺回本该属于咱们革命党人的胜利果实，共建孙中山先生提出的共和大业！"

"好！"

"好！"

……

在场的人欢呼起来。

"由于今天是回国后的第一次会议，刺杀袁世凯的具体计划，待我们回南京城后再具体商议。今天的会议到此结束，希望大家一定要保密，也注意自身安全，在我和宪章等人没有做出部署之前，其他同志千万不要盲目行动，以免打草惊蛇，坏了整个行动！"詹大悲宣布散会。

当天晚上，孙家全和刘小龙就去寻找王宪章的那些老部下，而王宪章本人也亲自去找他原来的那些兄弟。

第 22 章 误入圈套

01

袁世凯的密探和爪牙遍布每一个角落，王宪章、詹大悲、韩恢、王守愚他们一回到上海，就被这些密探盯上了。

那天，码头上的三个黑衣人，就是冯国璋安排在码头专门负责侦探革命党人的密探，其中一个是密探头子程子安，另外两个是程子安手下的爪牙。

见钓到了大鱼，程子安吩咐两个爪牙："你们两个，每人拦一个车跟上他们，看他们去哪儿，我回办公室打电话向冯都督报告！"

"是！"

两个密探得到命令，分别拦上一辆人力车尾随着王宪章和詹大悲，程子安则坐上另一辆人力车回了办公室。

回到办公室，程子安赶紧打电话给冯国璋。在南京的冯国璋听了非常惊喜，电话里吩咐程子安："盯死这两人，一有消息立即向我报告！"

"是！"程子安一个立正，回答道。

挂了电话，程子安就坐在办公室等那两个爪牙回来向他报告跟踪王宪章和詹大悲的情况。

没多久，两名密探回来了，程子安迫不及待地问他们："什么情况？"

负责跟踪詹大悲的密探是个麻子，他向程子安报告："属下跟到法租界渔阳里路北中街，发现他进了四十二号楼房！"

"后来呢？"程子安问麻子密探。

麻子密探说："他一进屋就将门关上，属下不知道他后来到底在屋里干了些什么！"

"你那边呢？"程子安又问另一个密探。

这密探左眼角长了颗玉米粒般大的黑瘤，他告诉程子安："属下跟踪王宪章到巨鹿路下段一条小弄堂里，见他进了一座旧别墅，我就回来了！"

"你俩继续跟踪，看这两人有些什么动静，如果有，立即回来报告！"程子安说。

"属下听从吩咐！"两个密探将手垂放至两腿边，低下头回答。

程子安说："好吧，你们回去继续监视！"

"是！"

两个密探走出程子安办公室，回去继续监视各自的目标。

第三天，也就是王宪章和刘小龙、孙家全来詹大悲这儿来的这天，两个密探来给程子安报告。左眼角长黑瘤的密探说："队长，属下发现，今日一早王宪章就出去了！"

"去了哪儿？"程子安问。

"他去老城厢古玩街一个商铺买了包烟，然后……然后……"左眼角长黑瘤的密探低下头不敢再说。

"然后什么？"程子安逼视着他。

左眼角长黑瘤的密探战战兢兢地说："然后属下就……跟丢了。"

"你他妈真是个饭桶！"程子安骂道，然后气恼地问麻子密探，"你呢？总不会也跟丢了吧！"

麻子密探告诉程子安："队长，这天上午属下发现王宪章领着一个年轻人来到詹大悲家，不多一会儿，这年轻人又出去了。快要到吃中午饭的时候，这年轻人又回来了。过了不久，又有一个人来敲詹大悲的门，再后来，这三个人就先后走了！"

"王宪章和这两个人，一定是来詹大悲这儿密谋事情！你继续去监视！记住，一有情况马上回来给我报告！还有，千万别让他们发现你！"程子安对麻子密探说。

"属下明白！"麻子密探赶紧一个立正。

程子安用手指戳了一下左眼角长黑瘤的密探的脑门："你呀，放聪明一点，你看他是怎么做的！"

"是，属下一定向他学习！"左眼角长黑瘤的密探赶紧一个立正。

程子安说："你们赶紧回去，继续监视！"

"好的！"两个密探说罢走了出去。

第二天晚上，坐在办公室的程子安在想，这詹大悲和王宪章，还有那两个人，他们聚集在詹大悲家到底是要干什么？

正在程子安想破脑壳都想不出点东西来的时候，麻子密探和左眼角长黑瘤的密探回来了。

也许是太激动，麻子密探一进门就气喘吁吁地给程子安报告："队长，属下有重大发现！"

"什么发现？"

"就在一个小时前，属下发现有好几个人先后来到詹大悲的住处！"

"一个小时前？笨蛋，你怎么到这个时候才回来报告？"程子安气恼地朝麻子密探骂道。

麻子密探见挨了骂，低下头说："属下是想等等看他们还有没有人来，所以……所以这才回来给你报告！"

"你那边呢？有没有什么新的发现？"程子安问左眼角长黑瘤的密探。

左眼角长黑瘤的密探说他这边没有什么新的发现。

"走，叫上弟兄们，马上包围詹大悲住处，一旦发现有其他党人在那儿搞革命活动，立即进行抓捕！"程子安说完，叫上几个密探一起赶去包围詹大悲住处。

可等他们来到詹大悲住处时，王宪章和刘小龙他们早已散了。见有这么多密探来自己住处，詹大悲知道这些密探是得到了什么消息，不禁大吃一惊。詹大悲心里暗想，幸好王宪章和王守愚等人刚刚离开，要不然麻烦可就大了。

詹大悲马上冷静下来，问程子安："你们……你们这是干什么？"

"哼，老子得到消息，说你这儿今晚聚集了不少党人！"程子安哼了一声说。

詹大悲估计王宪章他们已经走远，没有什么把柄落在这些密探手上，便两手一摊，问他："我这儿有党人吗？你给我找找，到底在哪儿？"

"队长，没有人！"几个密探在屋里搜查了一阵，一无所获。

詹大悲见了，奚落程子安："怎么样？程队长，有党人吗？"

程子安顿时哑口无言，骂了一句"他妈的"，然后拉着脸命令手下那些人："撤！"

程子安和他的密探一走，詹大悲一屁股跌坐在沙发上，自言自语道："险，真是太险了，幸好王宪章机警，几下把事情给大家交代了就赶紧散，要不今天就栽倒在这帮密探手里了！"

可这些密探是怎么得到消息的呢？詹大悲百思不得其解，他哪会知道，这帮密探早就盯上了他们。

02

程子安带着一帮爪牙回到办公室后大发雷霆，他骂麻子密探："我说你就是饭桶，发现党人聚集不赶紧回来向我报告，你看，这下扑了个空，害得老子和大家白跑一趟！"

麻子密探闷着不敢讲话，之前就被他程子安训了一顿，这下他要是敢放个屁，程子安更是饶不了他，也就做个闷葫芦随他怎么骂。

"还有你这个草包，什么事都做不成，盯了好几天一点消息都得不到！饭桶，真是他妈一帮没用的饭桶！"骂了麻子密探，程子安又转过身骂左眼角长黑瘤的密探。

左眼角长黑瘤的密探也学麻子密探装闷葫芦，随他想怎么骂就怎么骂，反正骂够了他就不骂了。

程子安真的不骂了，沉下脸对所有的密探说："从今天以后，你们都给我把眼睛放亮点，遇到特殊情况马上回来给我报告，不要像麻子这样延误时机坏了老子的大事！"

"是！"所有在场的密探齐声回答。

程子安这才说："好吧，都下去吧，我还要给冯都督报告一下这儿的情况！"

众密探退出程子安办公室。

待手下人出去，程子安立即用电话向冯国璋报告了这儿的情况，然后请示冯国璋下一步该怎么办。

接到程子安电话，冯国璋立马往北京总统府机要室打电话。

袁世凯正在北京总统府会议室与参谋部次长陈宧、拱卫军司令段芝贵等人商量军事。机要室一名女机要员接到冯国璋电话，马上进来向他报告："大总统，南京来电！"

"什么事？"袁世凯问。

女机要员告诉袁世凯："那边说要大总统亲自接！"

袁世凯从座位上站起来，挪动着企鹅似的肥胖身子来到机要室，拿起搁在桌上的话筒："我是袁世凯，有事请讲！"

"大总统，我的手下人侦知，孙文已经派他的得力干将詹大悲和王宪章从东京潜回上海。听闻他们今晚在詹大悲处集会，恐怕会有什么动作，我手下带人去抓却扑了个空。我手下本想抓捕詹大悲的，但他是名人，又无什么把柄落在手上，我手下那帮人不敢抓捕他！"冯国璋在电话里告诉袁世凯。

"他娘的，这个孙文总是跟我过不去！"听冯国璋在电话里这么说，袁世凯骂道。

"大总统，您看这事属下该怎么办？"冯国璋在电话里小心翼翼地问袁世凯。

"这还用我说？马上安排好你的人，给我盯死这几个人，不要让他们兴风作浪，必要的时候给我逮住他们！"袁世凯在电话里告诉冯国璋，随后又说，"记住，不要伤害詹大悲和王宪章，这两人我还有用！"

"属下明白！"冯国璋在电话那头回答。

"行，就这样，我这边还有事！"袁世凯说完，不等冯国璋那边说话就挂了电话。

"大总统，谁的电话啊？"袁世凯回到会议室，陈宧问他。

段芝贵也问："这么神秘，到底是什么事？"

"江苏冯国璋……"

"大总统，那人又来电话了！"

袁世凯刚要告诉陈宧和段芝贵，说电话是江苏都督冯国璋从南京打来的，先前那名女机要员又走进来向他报告。

"哎,这个冯国璋,有事不一次说完……"袁世凯边埋怨边转身向机要室走去。

"我说国璋,你能不能一次把事情报告清楚?"袁世凯拿起话筒朝那头的冯国璋训斥道。

"对不起,大总统,事情是这样的,我手下刚进来向我报告,他们打听到了一件事!"

"什么事你快说,我正在召集人开会研究军事!"

冯国璋说:"我手下刚打听到,王宪章准备召集他原有的部下组成铁血团攻打南京,并预谋上北京来刺杀大总统!"

"哼,想杀我,他有这个能耐?"袁世凯不屑一顾,"别管他,先抓住他们再说!"

"属下明白!"

袁世凯挂了电话,回到会议室。

"大总统,这是怎么回事呀?"见袁世凯接连去机要室接电话,陈宧觉得有些奇怪。

袁世凯边坐回座位边告诉他:"冯国璋告诉我,他手下的侦探侦察到孙文已经派詹大悲和王宪章潜回上海,而且王宪章准备在上海召集他原有的部下组成铁血团攻打南京,并预谋上北京来刺杀老夫!"

段芝贵听了不屑地说:"想攻打南京?他们有这个能耐?"

"他们有几斤几两自己还不知道?还想来北京城刺杀大总统,我看他们这是痴人说梦!"陈宧附和。

袁世凯说:"小心驶得万年船,还是防着他们点为好,大意是会失荆州的!"

随后又说:"但也不要杯弓蛇影,自家吓唬自家,这有什么?兵来将挡,水来土掩,我袁世凯还怕他们不成?"

"这几个乱党,还真是不自量力!"陈宧骂道。

段芝贵恶狠狠地说:"想来送死,就让他们早点来吧!"

"大总统说得也是,不能掉以轻心,得做好防范准备!"在场的另一官员,既像是说段芝贵和陈宧,又像是在说袁世凯。

袁世凯告诉他们："刚才老夫已经在电话里给冯国璋做了交代，叫他的手下盯好这两个人，必要的时候将他们逮捕！"

"大总统英明，小心没大错！"陈宦说。

袁世凯说："好吧，不说这事了，继续商议先前的事！"

随后，袁世凯和段芝贵、陈宦等人又继续商议军事。

03

接到袁世凯的指令，冯国璋马上打电话把宪兵司令部司令陈调元叫来商议此事。

"都督，叫卑职来有何指教？"三十分钟后，陈调元来到冯国璋的公署。

冯国璋说："本都督已得到可靠消息，孙文已委派詹大悲和王宪章等人从东京回到上海，王宪章准备召集他在上海的旧部组成铁血团攻打南京城，还想让人上北京城去刺杀袁大总统！"

"这还了得？！"听冯国璋这么说，陈调元差点跳起八丈高。

冯国璋说："本都督刚才已将情况报告给袁大总统，袁大总统指示，叫我等务必盯住这些人，如有必要将这些人抓了。但大总统又吩咐，王宪章和詹大悲不能杀，留着这两人他还有用！"

"需要卑职做什么，都督吩咐就是，卑职愿效犬马之劳！"陈调元赶紧应道。

冯国璋说："这样，叫你手下那帮子人在上海配合好耿华堂和程子安的暗探，给老子死死盯住王宪章和詹大悲，待把人抓住以后马上给我送来南京！"

"卑职遵命！"陈调元一个立正向冯国璋行军礼。

"少来这套虚的，盯死这两个人才是关键！"见他这样，冯国璋不耐烦地说，"记住，这事做不好，你头上这顶乌纱帽可就没了！"

"卑职记住了，请都督放心，卑职一定竭尽全力做好这事！"陈调员急忙表态。

"哎，都督，你之前不是收了一个人吗？"陈调元突然问冯国璋。

"你说的是高华廷？"冯国璋反问他。

陈调元说:"正是此人!"

冯国璋问:"这人有什么用?"

陈调元说:"都督,您忘了?这高华廷曾经在南京监狱里坐过牢,南京独立的时候王宪章将他救了出来,自此高华廷把王宪章当成了救命恩人和知己,两人交往不错,现在此人已经为都督所用,何不让他去上海诱骗王宪章呢?只要抓住了王宪章,那詹大悲也就好办多了!"

"嗯,你说得没错!"经陈调元这么一点醒,冯国璋决定让高华廷去上海诱骗王宪章。

随后,冯国璋叫人把高华廷找来。

这高华廷原本也是个激进主义者,南京城沦陷之后被抓进南京监狱坐牢,幸遇王宪章解救才得以出狱,自此与王宪章成为好友。后来,他被冯国璋用高官厚禄收买,从而变成了冯国璋的爪牙。

不多一会儿,高华廷来了。

"都督,有事?"高华廷像狗一样站在冯国璋面前。

"有个特殊任务要交给你去办!"冯国璋告诉他。

高华廷说:"请都督吩咐!"

三人密谋一番后,冯国璋说:"听说你和王宪章曾经是好朋友,我想派你去上海诱捕此人,没什么问题吧?"

"华廷愿效犬马之劳!"高华廷赶紧表态。

冯国璋说:"你去到上海之后,找到耿华堂和程子安,他们会配合你的。把人抓到后,立即给我押到南京宪兵司令部,并马上向我报告。这事若是办成,本都督马上提你们几人的职!"

"什么时候去上海?"高华廷问。

"事情紧急,明日你就启程!"

"好!"

"嗯!"冯国璋用鼻子哼了一声,算是回答高华廷,"大总统吩咐过了,要活的不要死的,这事你自己看着办!"

"卑职明白!"

次日傍晚，高华廷从南京乘坐火车来到上海。

按冯国璋的吩咐，高华廷去找耿华堂和程子安。程子安叫他去找一个人，这人叫伍莒，是上海警察局的一名警员，此人是程子安安插在这儿的一个亲信。

这天夜晚，高华廷来到伍莒的住处。

"你找谁？"伍莒不认识高华廷，开门后警惕地问。

高华廷告诉他："一个道上的！"

听他这么说，伍莒让他进了屋。

"我叫高华廷，是程队长叫我来找你的！"高华廷进屋后，告诉伍莒。

"程队长叫你来找我？找我有什么事？"伍莒警惕性很高，还是有些不放心高华廷。

高华廷问他："听说过詹大悲和王宪章吗？"

"这两人不是孙文手下的得力干将吗？怎么啦？"伍莒反问他。

高华廷说："这两人已经从日本东京潜回国内，并准备在上海组织铁血团攻打南京，甚至想带人上北京刺杀大总统，我此行就是奉冯都督之命来诱捕王宪章的，来你这儿就是想让你协助。"

"你有何打算？"伍莒问。

高华廷说："王宪章是有来头的人，而且上海的革命党多，不好对付，来硬的不行，只能是来软的。"

"软的怎么来？"伍莒又问。

高华廷告诉伍莒："王宪章曾经有恩于我，而且他已经把我当成了知心朋友，但他还不知道我已经成了冯国璋的人。"

"你的意思是……"伍莒看着高华廷。

"我的意思是诱骗他去酒楼喝酒，然后用迷药迷晕他，等他昏迷之后用车把他押送到南京交给冯都督！冯都督说了，这事做成了官有我们当的！"高华廷把他的想法告诉了伍莒。

二人密谋了一阵后，高华廷因还有其他事就与伍莒作别。

高华廷走了之后，伍莒靠在沙发上想，这高华廷到底是什么人？冯都督和程队长怎么会把这么重要的任务交给他来完成呢？这事交给我不就行了吗？这样一来，就算是抓到他王宪章，到时候功劳也主要是高华廷的，自己不过是啃点骨头喝点汤。不过，真要是抓到了王宪章这条大鱼，这骨头可以啃，汤也可以喝。再说，这是冯都督安排的事，不干也得干。别管它，配合高华廷干好这桩买卖，到时候也让兄弟们看看我伍砻的本事！

伍砻决定帮助高华廷诱捕王宪章。

04

一天中午，王宪章去找詹大悲商议刺杀袁世凯的事。

"哎，宪章兄，你怎么在这里？你不是去日本了吗？"

路过福州路"一品香"西餐馆门口时，王宪章突然听到前面有人在叫他，他抬头一看，原来是他之前从南京监狱救出来的高华廷。

"原来是你啊！"王宪章说，随后悄声问他，"你不是已经逃到南京去了吗？怎么又回上海了，就不怕他们抓你？"

"没什么可怕的！"高华廷一副不屑一顾的样子。

王宪章说："真的不怕？"

"为了革命，没啥可怕的！"高华廷还装作是革命党人。

王宪章不知道高华廷已经投靠冯国璋，对他说："只要有这个气概，我们革命党人不愁革命不成功！"

"宪章兄说得极是！"高华廷应道，"如今战乱纷起，你我难遇上一面，不如这样，今日我做东，咱们聚一下，也好叙叙旧！"

"别别别，我还有事！"王宪章赶紧说。

高华廷说："那今天你先去办你的事，改天我约你！"

"好！"王宪章说。

随后，王宪章将他的住址告诉了高华廷。

"到时我来找你！"高华廷说。

王宪章说："行，那就这样，我先走一步。"

"改天见！"高华廷与王宪章道别。

其实高华廷与王宪章不是巧遇，是密探程子安将王宪章的住处告诉了高华廷，高华廷便对王宪章进行了跟踪。今日他见王宪章出门，便尾随到前边路口，然后从另一个岔路口转出来，假装在这儿偶遇了王宪章。

见今日骗不了王宪章，高华廷只好暂且作罢。但只过了两天，高华廷就忍不住来找王宪章了。

晚上七时，高华廷来到巨鹿路小弄堂王宪章住的旧别墅前。

"咚咚咚……"

"谁呀？"听到敲门声，王宪章赶紧过来开门，见是高华廷，便说，"哎，怎么是你？快进屋来坐！"

"好！"高华廷点头走进屋。

陈兰卿正在客厅教儿子元林做作业，高华廷进屋后王宪章向妻子介绍："兰卿，这是我朋友高华廷！"

然后又对高华廷说："这是你嫂子！"

"嫂子你好！"高华廷嘴很甜，赶紧叫陈兰卿。

"嗯，你好！你坐吧！"陈兰卿和他打招呼，然后对儿子元林说，"叫叔叔！"

"叔叔好！"

"真是太乖了！"高华廷抚摸着元林的头。

王宪章将泡好的茶水递给高华廷："来，喝茶！"

"谢谢！"高华廷接通过茶水。

王宪章在他对面坐下来，然后对妻子说："兰卿，你带孩子到书房去做作业，我和华廷老弟谈点事！"

"好！那你们聊！"陈兰卿收拾好孩子的作业本，带孩子去了书房。

高华廷端着茶水问王宪章："宪章兄这次回国有何打算？"

"华廷啊，我和詹大悲此次从东京返回国内，就是奉孙中山先生的命令来上海召集我原来的那些兄弟，准备组成一个铁血团攻打南京。另外，带人上北京城去刺杀袁世凯这个老贼！"

"需要兄弟做什么吗？"高华廷一步一步地套王宪章。

王宪章说："袁世凯这老贼不但盗取咱们革命党人的胜利果实，还屠杀了不少革命党人，实是令国人愤慨，我想让你参与我们的行动！"

"兄弟我正愁报国无门，这下可有了用武之地，兄弟在此谢过宪章兄！"高华廷说着站起来给王宪章行拱手礼。

王宪章赶紧说："坐下坐下，咱们革命党人不讲究这些礼节，兄弟肯支持我，我就很高兴了！"

"不瞒宪章兄，兄弟我在南京也有些朋友，我可以替宪章兄去南京城内策反那些守军！"高华廷抛出诱饵。

听高华廷这么说，王宪章非常兴奋，忙问道："真的？"

"宪章兄，华廷和你是什么感情啊，难不成我还骗你老兄？"高华廷装成一副委屈样。

听他这么说，王宪章赶紧说："这就好，这就好！这样，我拨给你两万大洋做经费，这事要是做成了，你就是共和的一大功臣！"

"行！"高华廷窃喜。

王宪章说："明日我把钱取出来给你，然后你就去南京策反那儿的守军。"

高华廷想稳住王宪章，假意说道："策反这事不能操之过急，得一步一步来，待我先联系一下他们再说。"

王宪章觉得言之有理，就说："行，那等你联系好了，我再把钱取出来给你！"

"好的！"

见王宪章已上套，高华廷准备实施他的诱骗计划，他对王宪章说："好久没见到宪章兄了，这样，明晚我们找个地点聚一下！"

"不行，明晚我还有事！"王宪章告诉他。

"那就后天晚上，该行了吧？宪章兄，你总得给华廷一个报答你的机会嘛！"好不容易找到王宪章，高华廷当然不想放掉这个机会，也就厚着脸皮求他。

王宪章说："这事儿等过几天再说！"

"也行！"高华廷怕逼急了引起王宪章的怀疑。

见时间也不早了，高华廷站起身来说："那就这样，我得先走了！"

"好！"王宪章将高华廷送到门口，两人挥手告别。

从王宪章家出来，高华廷想，这事不能拖，时间一长他王宪章肯定会发现破绽，得赶快实施计划。

可怎样才能诱骗到他呢？高华廷想了一下，高兴地拍了一下大腿："好，就这样！"

几天后的一个傍晚，高华廷来到王宪章家，激动地告诉王宪章："宪章兄，好事来了！"

见他高兴成这个样子，王宪章急忙问他："什么好事啊？"

"今天早上我去那边联络了一下，那边的兄弟说后天派人过来和我们具体磋商起义的事。我想这样，后天晚上我来安排一桌饭，既和来的人谈这个事，又顺便和你叙叙旧！"

"好，难得兄弟一番盛情，那我就恭敬不如从命！"王宪章觉得这是一举两得的事，也就放松了警惕，答应了他后天晚上的邀约。

见王宪章答应了自己的邀请，高华廷狂喜，心里暗自得意，嘴上却说："谢谢宪章兄，那后天晚上我就约上几个人陪老哥喝两盅，地点嘛，干脆就在一品香西餐馆，宪章兄你看如何？"

王宪章说："地点在哪儿都行，但人不宜多，就咱俩和要来磋商的那个人。"

听王宪章这么说，高华廷显得很为难，央求他："这……宪章兄，咱们兄弟难得相见，吃个饭喝个酒就仨人，说出去人家还不笑话兄弟我抠门呀？不行，至少得四五个人！"

高华廷怕到时候镇不住王宪章，想多找两个帮手。

"不行，我身份特殊，人多眼杂！再说，主要是和那边来的人谈事，吃饭喝酒是次要的！"王宪章一脸严肃地说。

高华廷只好让步，说："好好好，那到时我叫上一个兄弟该行了吧？"

"可以！"王宪章想了一下，答应了他。

高华廷告诉王宪章，就餐时间定在后天傍晚六点。

"好的！"王宪章点头答应。

"后天晚上，不见不散！"高华廷见事情安排稳妥了，面露喜色，与王宪章道别。

　　高华廷本想去找伍莒和麻子密探的，见时间晚了只好先回住处，等明天拿到王宪章给的大洋后再去找他们。王宪章不同意去人多，所以他就没叫左眼角长瘤的密探。再说他觉得这事硬攻是不行的，只能靠智取。

　　第二天上午，王宪章把经费取出来交给高华廷，叮嘱他一定要保管好，并告诉他，这钱来得不容易，一定要用在刀刃上，切莫乱花。

　　高华廷说他知道。

　　临别时，高华廷又说："记住，明天晚上，一品香西餐馆，不见不散！"

　　"好的，不见不散！"王宪章和高华廷握手道别。

05

　　将王宪章给的大洋藏好，高华廷就赶紧去找伍莒和麻子密探。

　　见高华廷又来找自己，伍莒问他："有事？"

　　高华廷按捺不住内心的喜悦，说："成了！"

　　"什么成了？"高华廷的话让伍莒有点蒙。

　　见伍莒没有明白自己的意思，高华廷赶紧告诉他："王宪章让我去策反南京城的守军，还给了我两万大洋做活动经费，而且大洋已经到手啦！"

　　"啊，有这等好事？"伍莒有点不敢相信，"那下一步咱们怎么办？"

　　"昨天晚上经过我软磨硬泡，王宪章已经答应我明晚请他吃饭。我对他说我策反南京守军成功，明晚那边来人与我们具体磋商守军起义的计划，并约定明天晚上在一品香西餐馆一起吃饭，顺便谈这个事。这样，到时候你就扮演守军那边来联系的这个人，等我们迷晕他后，再找车将他押送去南京。"高华廷向伍莒讲述了事情始末，并提醒他，"机会难得，我俩得好生合计一下，绝不能失手！"

　　伍莒问："需要我做些什么？"

　　高华廷问他："你这儿有迷药吗？"

　　"有！"伍莒说着转身去书房的箱子里拿出一小瓶乙醚递给高华廷。

　　高华廷接过看了看保质期，点头说："嗯，可以！"然后将药瓶递还伍莒。

　　"还需要我做什么？"伍莒又问。

高华廷叫他弄一辆小车，到时他们三人好押送王宪章去南京。

"这没问题！"伍莕说，随后又问，"需不需要我找几个兄弟帮忙？"

高华廷说："王宪章很谨慎，昨天晚上我说多找两个兄弟陪他喝酒，他死活不肯，就只要我陪他，我怕到时一个人镇不住他，就说无论如何也要找一个人来和我陪他，他这才答应。"

"妈的，真是老奸巨猾！"伍莕骂道，然后问高华廷，"除了我，还有谁？"

"程子安手下的密探麻子，等会儿我就去找他！"

伍莕说："这人我知道！"

高华廷说："明天上午我先去一品香西餐馆订好餐，傍晚六时你准时赴宴。酒就喝法国的人头马，西餐馆里应该有，就在他们那儿拿。"

"行！"伍莕说。

高华廷叮嘱他："明天我先去，你和麻子到时候再来，省得引起王宪章的怀疑！"

"知道！"伍莕说，随后指了指手上的迷药问他，"这个怎么办？"

高华廷对着他的耳朵耳语了一阵。

"好！"伍莕点头。

随后高华廷说："我得先走了，待时间长了怕有尾巴跟着！"

"你去吧！"

上午，高华廷一个人来到福州路一品香西餐馆。

"小姐，给我订一桌餐！"高华廷进到西餐馆大堂，见有一位年轻漂亮的女人在柜台后面站着，便走上前对她说。

这位年轻漂亮的女人是西餐馆的大堂经理，她问高华廷："请问先生，你有几位客人？何时用餐？"

"就四人，今晚六时用餐。"

"先生是订套餐还是点菜？"

"点菜！"

大堂经理拿过菜单，笑着对高华廷说："这是我们餐厅的菜单，请先生点一下菜！"

高华廷接过菜单看了一下，菜品很丰富，有炸板鱼、腌鳜鱼、冬菇鸭、法猪排、鲍鱼鸡丝汤、虾仁汤等。

一看价格，都很昂贵，高华廷有点心疼银子，但他转念一想，接待王宪章这样高级别的人菜点差了也不行，只好忍着心疼点了。

腌鳜鱼、冬菇鸭、禾花雀、红煨山鸡、洋葱汁牛肉汤、芥辣鸡饭、香蕉夹饼……高华廷拿起笔在上面这些菜名后面一一打钩儿，然后将菜单递还给大堂经理："下午六时准时开饭！"

大堂经理看他点这么多菜，好意提醒道："先生，你们才四个人，没必要点这么多菜，太浪费了！"

高华廷乜了她一眼："怎么，开餐馆还怕人来吃？"

"对不起，对不起，先生我不是这个意思！"大堂经理知道说错了话，赶紧给高华廷赔罪，然后又问他，"先生，请问你们喝酒吗？"

"当然要喝，来这儿请客不喝酒哪行？"高华廷说，随后问道，"法国人头马，你们这儿有吗？"

"有有有！"大堂经理赶紧告诉他。

"到时给我上两瓶，挑最好的上！"

"好的！请交一百块钱的订金！"

高华廷付了订金后，大堂经理告诉他："房间是二楼五号包房！"

"好的！"高华廷点了一下头，走出餐馆。

06

大约下午五时，从外面办事回到住所的王宪章见时间差不多了，便坐上一辆人力车往福州路一品香西餐馆赶去。

"欢迎光临！"见有客人来，四位身材曼妙的迎宾小姐赶忙弯腰对着客人说道。

"宪章兄！"高华廷早已来到餐馆的大堂等着，见王宪章进来，赶紧上前和他握手。

王宪章不知道高华廷今天摆下的是鸿门宴，握着他的手笑着说："兄弟，你真是太客气了！"

"应该的，应该的！"高华廷假笑道。

"宪章兄，上二楼五号包房！"高华廷伸出右手引领王宪章上楼。

王宪章往二楼五号包房走去，高华廷紧随其后。

"请坐，宪章兄！"进了包房，高华廷指着中间最尊贵的一个座位对王宪章说。因为今天王宪章是主客，他也没推辞，径直走到座位坐下。

"哎，那边来的人呢？"见包房里只有他和高华廷，王宪章低声问道。

"来了，来了！"高华廷正要解释，门边传来一个男人的声音。

来人正是伍莒，其实他早就来了，只不过他是按之前与高华廷约定好的，要到时候才走进来。

待伍莒走进包房，高华廷赶紧对他说："来，陆元，我来给你介绍一下这位老兄！"

高华廷故意将伍莒叫成陆元，伍莒心领神会。

"这就是我那天给你说的王师长王宪章！"高华廷指着王宪章煞有介事地给伍莒介绍。

"久闻宪章兄大名，只是未曾谋面，今日能见一面，也是小弟三生有幸！"高华廷话刚说完，伍莒赶紧伸出手来。

高华廷又给王宪章介绍："宪章兄，这就是我前天晚上跟你说的南京那边来的朋友，名叫陆元，是张勋手下的一个营长！"

"你好，陆营长！"王宪章和伍莒握手打招呼。

旋即，密探麻子也走了进来。

高华廷赶紧向他介绍："周老弟，这位是宪章兄，我的好朋友！"

"宪章兄，你好！"密探麻子伸出手来要和王宪章握手。

高华廷又向王宪章介绍："这位是我的好兄弟周华，是做棉布生意的老板，今晚特意请他来陪你！"

"你好！"王宪章和麻子握手。

见相互都打过招呼，高华廷说："好，大家都坐下吧！"

紧接着，几名侍应生将点的菜摆上桌子，又把擦手和脸的面巾，以及碗碟、勺子、餐叉等一些物具放上桌子。

王宪章见摆了满桌子的好菜，对高华廷说："华廷，才四个人你点这么一大桌菜干吗，就不嫌浪费？"

"难得和宪章兄聚在一起，兄弟也就多点了一些。"高华廷对王宪章说。

"斟酒！"高华廷对站在后面的女侍应生说。

待女侍应生把酒斟好，王宪章说："今日咱们兄弟四人相聚，干脆也不要什么侍应生了，酒咱们自己斟就行了！"

"也行！"高华廷巴不得王宪章这样说，赶紧附和，然后掉头对站在后面的三名女侍应生说，"那就下去吧，需要的时候我再叫你们！"

三名女侍应生转身出去。

今晚是高华廷做东，他端起酒杯站起来，说："好长时间没遇到宪章兄了，宪章兄刚从日本回来，今晚小弟略备薄酒，算是给他接风洗尘。另外，也顺便谈点工作上的事。"

"好！"伍茗应道。

"这样，我提议一下，这杯酒咱们四人先共饮，稍后我和陆元、周华老弟再敬宪章兄三杯，预祝宪章兄此次回国心想事成，万事如意！来，干杯！"

"谢谢华廷兄弟盛情款待，干！"

"干！"

"干！"

王宪章和伍茗、麻子起身附和，四人将酒杯一碰，把酒吞下肚去。

待四人放下酒杯坐下，高华廷将杯子续满酒，然后端起酒杯站起来说："来，宪章兄，我敬你！"

见他站起来，王宪章赶紧说："坐下喝坐下喝，都别站起来！"

"好！"高华廷边说边坐回座位。

高华廷端起酒说："来，这一杯我敬你，宪章兄！"

"谢谢华廷老弟！"王宪章将酒杯端起来，和高华廷举过来的酒杯碰了一下，然后把酒喝了下去。

随后高华廷又敬第二杯、第三杯。

"现在该我来敬宪章兄了！"三杯圆满，轮到伍茗来敬王宪章了。

王宪章说："等下咱们还要谈事呢！"

伍莕说："不碍事，不碍事，先喝两杯再谈！"

"好，干！"

"干！"

王宪章和伍莕把酒喝了。

随后麻子也来敬王宪章。

三人各敬了三杯，王宪章对伍莕说："陆营长，我们开始谈正事吧！"

高华廷从桌底下踩了一下伍莕的脚，示意他出去。

伍莕明白他的意思，笑着对王宪章说："对不起，宪章兄，我突然内急，先上个洗手间！"

"宪章兄，今日算是有缘，我再敬你三杯！"高华廷边说边往王宪章酒杯里斟酒。

"行！"王宪章是个豪爽之人，欣然接受。

伍莕去洗手间是假，他是去叫侍应生准备迷昏王宪章的东西。

伍莕出来后，悄悄让一个女侍应生等会儿把迷药倒在一张面巾上，然后另外再装上几张面巾一齐端进去，将客人用过的面巾换下来。伍莕还向这女侍应生交代，给王宪章的那张要单独放。这女侍应生说她不敢做这个事，伍莕威胁她，若不做就把她杀了，这女侍应生只好照他说的去做。

"真是不好意思！"不到五分钟，伍莕又回到了酒桌边。

随后一名女侍应生用盘子端着四份热面巾进来。

"先生，这面巾脏了，我给您重新换张干净的！"

接着，女侍应生又一一将高华廷、伍莕和麻子面前的面巾换了。

本来今天天气就有点热，加上刚才喝了好几杯酒，王宪章觉得脸有些发烫，新的面巾刚放上，他就拿起来捂了一下鼻孔再擦脸。

高华廷和伍莕、麻子见他拿起新面巾擦脸，相互对望了一下，然后微微点了下头，这一切都在不知不觉中进行，加上正在擦脸，王宪章根本看不见。

王宪章擦了几下脸，就慢慢昏迷过去了。

"哎，宪章兄，你怎么啦？你是不是喝多了呀？"

"才喝几杯啊，宪章兄，咋就醉了呢？"

"看来真是醉了，快，赶快将他背下楼抬车上送回家！"

"好的！"

高华廷和伍峇、麻子三人一唱一和。

"来来来，扶他上我背，我背他下去！"麻子边说边弯下腰来。

高华廷和伍峇将王宪章扶到麻子背上，麻子背着王宪章下楼，然后三人将王宪章抬到先前准备好的车上。伍峇坐到王宪章旁边，麻子坐到驾驶位发动车子准备开车。

高华廷急匆匆回到餐馆大堂把账结了，然后赶紧回到车上坐到副驾驶位置，低声命令麻子："开车！"

"是！"

麻子一脚踩下油门，车子朝城外开去。车子出城后，如箭一般连夜朝南京方向驶去。

"成了，终于成了！"

"这下咱们兄弟几个可要升官发财了！"

躺在后排的王宪章一直昏迷不醒，坐在他旁边的伍峇、副驾驶位置上的高华廷、驾车的麻子，欣喜若狂，各自做着升官发财的美梦……

第23章 宁死不降

01

"冯都督，抓到王宪章了！"

高华廷、伍岩、密探麻子将王宪章押送到南京宪兵司令部后，马上打电话到都督府向冯国璋报告。

"真抓到了？"冯国璋在电话里问高华廷。

见冯国璋有些不相信，高华廷将电话递给麻子，麻子说："都督，真抓到王宪章了！"

"人呢？"冯国璋在电话里问麻子密探。

"已按都督之前的吩咐，押送到宪兵司令部了！"麻子密探告诉冯国璋。

"好的，你们几个立了大功，我一定会给你们提职的！但千万要注意保密，绝不能将这事泄露出去，否则后果你们是知道的！"冯国璋说。

"卑职明白！"麻子赶紧在电话里回答。

冯国璋叫他们在那儿等着，他马上就过来。

挂了高华廷和麻子打来的电话，冯国璋马上打电话给在北京总统府的袁世凯。

"大总统，好消息！"电话通了，冯国璋兴奋地告诉袁世凯。

电话那头的袁世凯问："什么好消息？"

"抓到王宪章了！"

听说王宪章已经被抓到，袁世凯暗喜，问："人在哪儿？"

冯国璋告诉他："现关押在南京宪兵队。"

"那个詹大悲呢？"袁世凯问。

冯国璋说："詹大悲还没有抓到，没什么证据在手不好抓他。"

袁世凯叮嘱他："继续盯住詹大悲，寻找机会和证据，一旦有了证据就尽快抓住此人。"

"对王宪章要优待，老夫要招降此人，要让他为我所用！"袁世凯在电话里叮嘱冯国璋。

"好的，大总统，属下马上就去南京宪兵司令部见此人！"冯国璋赶紧应答。

"嗯！"袁世凯说完挂了电话。

冯国璋令侍卫备车，他马上要去宪兵司令部。

听说冯国璋来宪兵司令部了，司令陈调元赶紧屁颠屁颠地出来门口迎接。

"都督，您打个电话我来接您嘛！"见到冯国璋，陈调元一副谄媚相。

"不用！"冯国璋说。

见冯国璋对自己爱理不理，陈调元一脸尴尬。

"王宪章关在哪儿？"冯国璋边往宪兵司令部走边问陈调元。

陈调元说："在五号监室。"

"对他用刑了吗？"冯国璋又问。

陈调元说："他们刚把他送进来，还没有对他用刑。"

冯国璋告诫他："没用就好，大总统刚才在电话里交代，要优待，切不可对他乱用刑！"

"大总统想招降他？"陈调元问冯国璋。

冯国璋说："有这个意思！"

"卑职明白了！"陈调员唯唯诺诺像只哈巴狗。

来到关押王宪章的地方，陈调元命令看守的宪兵将牢门打开。

"宪章老弟，让你受苦了！"见王宪章戴着脚镣手铐坐在垫了些稻草的地上，冯国璋走进来假意笑着安慰他，然后又转身假意骂陈调元，"你这是咋搞的，咋能如此对待王师长！还不赶快给王师长开了脚镣手铐！"

"都是卑职的错，卑职以后注意就是！"陈调元也假意给冯国璋认错，然后对手下人说，"快，快，赶快给王师长打开！"

一个宪兵拿来钥匙将王宪章的脚镣手铐打开。

"大总统说了，要好好招待王师长，赶紧换个地方，我要和王师长谈一谈！"

"那就请王师长到二号监室，都督您看如何？"陈调元问冯国璋。

这二号监室也是关押重要人犯的地方，只不过条件相对要好一些。

"你自己看着办！"冯国璋对陈调元说。

"王师长，请！"陈调元对王宪章说。

见他俩在演戏给自己看，王宪章冷笑道："哼，你俩就别在这儿给我演戏了，要杀要剐，给个痛快！"

冯国璋说："宪章老弟，你想多了，刚才大总统在电话上给我说了，要对你优待，说什么杀啊剐的呢？"

王宪章哼了一声，鄙视道："哼，你是什么货色老子还不清楚？冯国璋，你就别再演了，赶快收起你那一套鬼把戏！"

进了二号监室，陈调元命令一个宪兵给冯国璋搬来一张椅子，又在冯国璋对面给王宪章放了张凳子让他坐下。

冯国璋对王宪章说："我也不瞒你，宪章老弟，大总统有意让你和他一起干番事业，你考虑考虑吧！"

王宪章说："你就别费心思了，我王宪章生是革命党的人，死是革命党的鬼，决不会做背叛革命党和孙先生的事！"

冯国璋耐着性子说："宪章老弟，现在是个什么形势，你我心里头都有数，有道是识时务者为俊杰，革命党人大势已去，就连他孙文都到处逃命，你又何必这么固执地要跟着他亡命天涯呢？"

"我刚才已经说过，我王宪章是不会背叛革命党和孙先生的，你就别再枉费口舌了！"王宪章没给冯国璋好脸色。

见一时说服不了王宪章，冯国璋只好暂时收场："这样，我先回去，你在这儿先考虑考虑，想通了就叫他们告诉我！"

随后又吩咐陈调元："好生招待王师长，不得对他无礼，更不能让手下对他用刑，如有违抗军令者，定斩不饶！"

"是，一切听从都督安排！"陈调元赶紧说。

"宪章老弟，那就暂时委屈你了！不过，只要你答应和大总统合作，马上就能离开这儿，而且还有高官厚禄等着你去享受，你自己掂量掂量，我还有事，就先走一步！"冯国璋说完走了出去。

"给我取一份笔墨和一张纸壳来！"待冯国璋出去后，王宪章朝守在门外的宪兵叫道。

一个宪兵给他取来笔墨和一小张厚纸壳，王宪章撸起袖子，将笔饱蘸浓墨，在那张纸壳上挥毫写下"要犯王宪章"几个大字。

"给我一截绳子！"王宪章又朝门外的宪兵叫道。

待宪兵找来绳子，王宪章把纸壳做的牌子戳了两个洞，将绳子穿好，然后放在一边，等冯国璋下次来约谈时，他要将这张纸壳挂在自己的脖子上。

02

次日一早，关押王宪章的牢房门"哐当"一声打开，冯国璋又来找他约谈了。见他来了，王宪章将自己做的牌子挂在胸前。

冯国璋装作没看见，坐下来皮笑肉不笑地问道："宪章老弟，考虑得怎么样？应该是想通了吧？"

王宪章将头扭向一边，连看都不看他一眼。

见他这个模样，冯国璋耐心地劝说道："宪章老弟，你得认清当下的形势，去年 10 月 6 日，参议院和众议院通过投票选举，袁世凯是以过半数票通过选举成为大总统的，这说明了什么？说明这是人心所向，说明袁世凯有德有能，众望所归，他完全能够领导这个国家，这样的精英人物你不跟着他，反而去跟着孙文瞎胡闹，这是不会有好结果的！"

听到冯国璋这些厚颜无耻的话，王宪章怒斥道："你简直就是颠倒黑白胡言乱语，他袁世凯那个总统是怎么选举出来的你不知道？不知道我告诉你，是你们所谓的'公民团'用枪逼着议员们选举出来的，并非公民所愿！袁世凯背叛革命，采用见不得人的手段窃取革命胜利果实，是人人得而诛之的窃国大盗，是国民的罪人！哼，亏你还说得出口，说他是有德有能，众望所归，我看你才是在瞎胡闹！"

挨了王宪章一顿大骂，冯国璋并没有生气，反而笑着说："宪章老弟，气大伤身，我劝你还是冷静一些，有话好好说，何必如此冲动呢？"

"冲动？我看冲动的是你们，彭楚藩、刘复基、杨洪胜、宋教仁等一大批革命党人都被你们残杀了！"王宪章越说越气，声音越来越大。

"好了好了，不和你说了，我的忍耐是有限度的，大总统的忍耐也同样是有限度的，我奉劝你一句，你还是再好好考虑一下，到时候后悔就来不及了！"冯国璋说完，走出关押王宪章的二号监室。

出了宪兵司令部，冯国璋气急败坏地骂道："妈的，这个不识抬举的东西！"

"都督，像他这等小人不必与他计较！"与他随行的副官趁机讨好冯国璋。

"你懂个屁！"冯国璋朝这副官骂道。

挨了冯国璋的骂，副官不敢再吱声。

冯国璋仍不死心，加上要给袁世凯一个交代，第三天他又来招降王宪章。

"宪章老弟，你先把脖子上的牌子摘下吧，这样不好！"一进门，见王宪章又把那块牌子挂在胸前，冯国璋笑着劝道。

"这妨碍你了吗？"王宪章乜着眼问他。

冯国璋仍笑着说："随便，随便，你要不取也无妨！"

王宪章没理他。

冯国璋说："宪章老弟，你就从了大总统吧，他已经给我说了，只要你跟了他，他是绝对不会亏待你的，至少你的职务比在孙文那边高得多。人一生图的是什么？不就是升官发财吗？过了这个村，就再也没有那个店了，当哥的劝你还是好好考虑考虑，切莫错失良机，后悔一生啊！"

王宪章说："你以为我王宪章会像你一样做他袁世凯的鹰犬？告诉你，冯国璋，我王宪章不是那样的人，你去告诉他袁世凯，要我归顺他，别做梦了！"

"宪章老弟，你说话能不能客气一些？我这样待你，你可不能骂人啊！"见王宪章骂自己，冯国璋有些生气。

"哼，骂你，骂你还算是客气的！"王宪章两眼盯着他。

冯国璋沉下脸逼问道："宪章，你真不愿意跟随人总统？"

"哼，你说呢？"王宪章反问他。

"王宪章，我已经仁至义尽了，既然你不识抬举，那就好自为之吧！"见王宪章一副不买账的样子，冯国璋气得摔门而去。

"大总统，王宪章很不识抬举，我看，不行就杀了吧！"气得发疯的冯国璋回到都督府，马上将招降王宪章的情况用电话给在北京城总统府的袁世凯做了报告。

袁世凯在电话那头听了，骂道："他奶奶的，没想到这个王宪章还真是个茅厕里的石头，又臭又硬！"

"是啊，我已经做了他三天的思想工作，他仍然不肯答应！"冯国璋在电话里向袁世凯叫苦。

袁世凯气愤地说："冥顽不化，真是冥顽不化啊！"

"那大总统，您看这事怎么办才妥当？是不是杀了他？"冯国璋问袁世凯。

袁世凯说："你再去找他谈谈，要是他能回心转意就好，若是不能为我所用，那就该杀则杀，免生后患！"

"是！"见袁世凯表了态，冯国璋赶紧应答。

第四天，冯国璋又厚着脸皮来宪兵司令部牢房里约谈王宪章。王宪章见他来了，仍旧拿出那块写有"要犯王宪章"的牌子挂在胸前。

见着这块牌子，冯国璋就觉得心烦，他语气强硬地说："把牌子取下来，别不尊重人！"

见他语气如此强硬，王宪章心想，有可能这些家伙忍不住了，他们要杀自己。

尽管这么想，但王宪章脸上仍毫无惧色。

冯国璋问他："我再问你一遍，宪章，你从不从大总统？"

"死也不从！"王宪章决绝地告诉他。

"王宪章，你别不识抬举，要不是大总统见你是个人才想招降你，你早就见阎王爷去了！"见劝说不了王宪章，冯国璋凶相毕露，暴跳如雷。

冯国璋铁青着脸问王宪章："我最后再问你一遍，你降不降？不降就只有死路一条！"

"头可断，血可流，死又何惧？"王宪章威武不屈。

"那你就等死吧！"冯国璋气急败坏地说，然后问陈调元，"电话呢？"

"都督，去我办公室打吧。"陈调元赶紧说。

无计可施的冯国璋只好将情况电告袁世凯，袁世凯叫他再想想办法。

"什么办法都想尽了，我还能想啥子办法？"冯国璋挂了电话，气恼地自言自语。

03

在宪兵司令部差点儿被王宪章气死的冯国璋，回到都督府里一屁股坐在沙发上自个儿生闷气。

"看你气成这个样子，今天又是谁得罪你了？"冯国璋的老婆从卧室出来，见他气得不成样子，走过来问道。

冯国璋没好气地说："还能有谁？还不是那个王宪章！"

"你气他什么？你既不靠他吃又不靠他穿！"

听老婆这么说，冯国璋简直是哭笑不得，朝她骂道："你懂个屁！去去去，真是女人家，头发长见识短！"

"丁零零，丁零零……"

冯国璋的老婆正要顶嘴，家里的电话响了起来。

"喂，你是谁？"冯国璋的老婆本就生着气，不耐烦地对着话筒问。

电话那头的人问："是冯夫人吧？"

"是我，你有什么事？"

"我是宪兵司令部的陈调元，麻烦夫人请冯都督接个电话，我有重要事情找他！"

"你等着！"冯国璋的老婆对电话那头的人说，然后转过身冲自家男人不耐烦地说，"找你的！"

"谁啊？"冯国璋问老婆。

"陈调元！"冯国璋老婆很不耐烦。

冯国璋走过去拿起放在桌上的话筒："陈司令，什么事啊？"

"都督，王宪章的事情我刚才想了一下！"陈调元在电话里说。

冯国璋说："你说！"

陈调元说："你手里不是有个高华廷吗？咋不叫他来劝降王宪章呢？我觉得可以让他来试试！"

冯国璋想，是啊，能让他高华廷去诱捕王宪章，咋不能让他来劝降王宪章呢？想到这儿，冯国璋对陈调元说："你说得对，我马上打电话给高华廷，让他过来试试，看能不能说服这个王宪章！"

"好！"陈调元在电话那头说。

冯国璋挂了电话，立即打给高华廷，高华廷接到电话赶紧问："都督，有什么吩咐？"

冯国璋说："你赶紧来我这儿，有事给你说！"

"好的，都督，我马上就过来！"

二十多分钟后，高华廷出现在都督府。

"都督，有什么事需要我去做吗？"见到冯国璋，高华廷低声下气地问。

冯国璋说："你坐下我给你说！"

"好！"高华廷在冯国璋对面的椅子上坐下。

冯国璋说："大总统觉得王宪章是个人才，想要他归顺大总统，所以特意要我去做他的思想工作，可我连续几天对他进行劝说，他还是不愿归顺大总统，而且态度十分坚决。我给大总统做了汇报，他叫我再想想办法，我觉得我已经想不出什么办法了。刚才宪兵司令部的陈司令打电话给我，问我为何不让你去劝劝他王宪章？我觉得陈司令这话有些道理，就打电话把你叫了过来。"

"都督，我可以去试试，但不一定能成功！"高华廷告诉冯国璋。

冯国璋说："好，只要有你这句话就行，至于成功不成功，那是另外一码子事，只要你尽力就行！"

"我现在就去！"高华廷说。

冯国璋伸出手制止他："不急，我刚才去劝说过他，他死活不肯答应，你现在去急了点，这样，先让他冷静一下，也许他会有新的想法，这样你去劝降才有可能成功！"

高华廷问："那我什么时候去？"

"晚上。"

"好。"

冯国璋对高华廷说："你和他有知遇之恩，如果你能把归顺与不归顺的利害给他说透，说不定他还真能回心转意归顺大总统，要真是这样的话，那你又是大功一件，你飞黄腾达的日子马上就要到来了！"

"这都是都督您对华廷的关爱和栽培，华廷一定尽心尽力地去劝说王宪章！"冯国璋高帽一戴，高华廷一副飘飘然的样子，像是自己马上就升官发大财了。

"哦，忘了告诉你，你和麻子，还有那伍箬去诱捕王宪章的事本都督已经叫人上报给大总统，有关部门马上就会对你们的嘉奖和任职下文！"

听冯国璋这么一吹，高华廷对他更是感恩戴德："谢谢都督，都督就是华廷的再生父母，华廷将永世不忘！"

高华廷说着双手抱拳感谢冯国璋。

"都是自家兄弟，咱们有福同享有难同当，不用这么多礼节！"冯国璋趁机收买人心。

待高华廷坐回椅子上，冯国璋说："你先回去休息，等到晚上八点你再去宪兵司令部。过一会儿我打电话给陈调元，叫他安排好相关事宜。"

"好的！都督，那华廷就先回去，您也很累，休息一会儿！"高华廷说完站起身来。

"嗯！"冯国璋用鼻子哼了一声，算是回答他。

高华廷退出都督府回到家里。

04

晚上八时，高华廷来到南京宪兵司令部关押王宪章的二号监室。

"你这个小人，你来干什么？"见高华廷来了，王宪章愤怒地质问他。

高华廷自知理亏，但仍假仁假义地说："宪章兄，我想来见你一面！"

"见我一面，你这个出卖朋友的无耻之徒，你还有脸来见我？给我滚出去，我一刻也不想看到你！"王宪章朝他怒骂道。

"你先听兄弟说嘛，宪章兄！"

"哼，听你说，老子才不想听你那些屁话！赶快给老子滚出去，一看到你老子就觉得恶心！"

"宪章兄，兄弟这次来，真是为你好啊！"

"什么为我好？你把我出卖给冯国璋，你这是在为我好？"王宪章盯着他质问。

高华廷死皮赖脸地说："宪章兄，我知道把你弄到这儿来，你很恨我，但兄弟我的确是有话要跟你说，你就先听我说一下好吗？"

王宪章也想听听这人渣要说些什么，于是朝他吼道："有屁就放，放了赶紧走！"

"宪章兄，我实话告诉你，由于生活所迫，我背叛了你，投奔了冯都督，因为他们给了我不少好处！"高华廷厚颜无耻地告诉王宪章。

王宪章气愤地问他："那你说给老子听听，他们都给了你什么好处？"

高华廷说："有金钱有地位。"

"哼，金钱，地位，他们给了你多少钱？让你做多大的官？"王宪章盯着他问。

高华廷说："钱，这不好说，反正总比和你们在一起干强得多，至于说地位嘛，他们马上就会提拔我，冯都督和袁大总统他们是不会失言的！"

"你这个卖友求荣的狗东西，就一点钱和一个官就把你的良心换了，我看你不得好死！"王宪章朝高华廷骂道。

"宪章兄，你何必说得这么难听呢？路有千万条，一个人要走什么样的路，那是他自己选择的，再说有的时候还由不得他自己选择，你觉得兄弟这话说错没有？"高华廷反问王宪章。

王宪章骂他："无耻！你真是太无耻！"

"宪章兄，不管你怎么骂，今天我都接受，但我还是要说你，你革了这么多年的命，得到了什么好处？那年你和宋锡全把守卫汉阳的兵拉走，他们差点儿把你给杀了，要不是蒋翊武，你还能活到今天？就算是活下来了，可他们又是怎样对你的呢？还不是将你晾在一边不委以重任。还有，保卫南京一战，你说你付出了多大代价？要不是有条护城河，你的命都丢了。这些，你心里都清楚，可你还要替他们卖命，说句实在话，连兄弟都替你觉得不值！你好好想想兄弟说的这些话，看兄弟到底说得对不对？"高华廷企图用挑拨离间的方法来说服王宪章，可他看错人了，王宪章根本不会听他这些胡话。

"哼，要我说啊，你这没良心的东西，说的都是狗屁不值的话！你以为人人都和你一样，像狗一样地活着！我告诉你，你错了！"王宪章骂高华廷。

高华廷数落王宪章："宪章兄，你不替自己着想，难道也不替嫂子和那个只有几岁的孩子着想吗？你觉得你配做一个丈夫和一个父亲吗？自己的路该怎么走，我劝你还是好生掂量掂量！"

"哈哈哈哈，你这种连猪狗都不如的东西，也配教训我王宪章？回头是岸，我奉劝你还是赶快离开袁世凯这个国贼，自己去找点该做的事做，省得到时人民饶不了你！"听了高华廷的话，王宪章哈哈大笑，笑过了又嘲讽他。

见说不动他，高华廷只好说："你这人怎么这样，我说了半天你一句也听不进去，摸着良心说，兄弟真的是为你好，要不然也不会受你这般辱骂还苦口婆心地劝说你。你一时想不通我也理解，要不这样，我也不逼你，你再想想，等你想好了再回答我，好不好？"

"滚！"王宪章朝他吼道。

"你还是好生想想吧，再不回头袁大总统肯定是不会放过你的！"高华廷甩下一句，灰溜溜地走了出去，他要去给冯国璋报告劝降的情况。

来到都督府，还没等高华廷开口，冯国璋就急不可待地问他："怎么样？他答应归顺大总统了吗？"

高华廷无可奈何地摇了摇头，沮丧地告诉冯国璋："我嘴皮子都说破了，可他就是死活不听劝！"

"这个死硬分子，我看他是不见棺材不掉泪！"冯国璋气恼地骂道。

高华廷说："掉泪？依我看他就是见了棺材也不会掉泪！"

"这样，你明天早上再去劝一下他，倘若他真的不想归顺大总统，那我就电话上报大总统，杀了他算了，绝对不能留他在这世上！"冯国璋指示高华廷。

高华廷点头："好，那我明天早上再去试试，不过，我估计不会有啥效果，因为这人的性格我最清楚，就像您说的是个死硬分子，还一根筋，遇事一条道走到黑不晓得回头！"

冯国璋说："你直接告诉他，这是给他的最后一次机会，再不答应，那就真是死路一条，大总统是绝对不会留他在这世上的！"

"好的，都督，要没其他事华廷就先走了！"

"嗯，你去吧！"

高华廷转身走出都督府。

第二天一早，高华廷又来到关押王宪章的二号监室。

"把门打开！"高华廷叫看守的宪兵把牢房门打开，然后走进去在王宪章面前的一条板凳上坐下。

"宪章兄，考虑得怎么样？"高华廷问王宪章。

王宪章将牌子挂在胸前，鄙夷地瞅了他一眼，然后说："高华廷，你别再费神了，告诉你，老子是不会归降袁世凯的，要杀要剐随他的便！"

"宪章兄，我跟你说，我可是最后一次来劝说你了，冯都督已经明确告诉我，若你再不回心转意归顺大总统，那他就上报大总统将你杀了，到时你后悔都来不及了！"高华廷威胁王宪章。

王宪章说："哼，我现在是你们砧板上的肉，你们想怎么样就怎么样，我告诉你，威胁我是没有用的，你就死了那条心吧！"

见王宪章软硬不吃，高华廷火了，朝他吼叫道："王宪章，我是看在你我是朋友的分上这才三番五次地来劝说你，可你真是不识好歹，把我的好意当成驴肝肺，你还是人吗你？"

王宪章冷笑道："哼，朋友？亏你还说得出口，你这出卖朋友的狗东西，还敢说你是我朋友？算我王宪章瞎了眼，当年救了你这狗东西一命，早知是这样，老子就让你死在牢中算了，省得让你出来残害党人！"

"那你就去死吧！"挨了王宪章一顿臭骂，高华廷暴跳如雷，朝王宪章嘶喊道。

高华廷摔门走出去，对看守的宪兵气恼地说："看好他！"

然后高华廷气冲冲地来到都督府，告诉冯国璋："没用，杀就杀吧！"

"看来他真是想死！"听了高华廷的话，知道他没劝说成功王宪章，冯国璋说，"走，陪我去看看，我就不信他王宪章真不怕死！"

05

冯国璋抱着最后一线希望，和高华廷再次来到宪兵司令部牢房劝降王宪章。

见冯国璋和高华廷又来了，王宪章捡起地上的牌子规规整整地挂在脖子上，一句话也不说。

"宪章老弟，还是想不通吗？"冯国璋假装仁慈。

王宪章瞟了他和高华廷一眼，说："我早跟你们说了，死了那条心，别再费神，你们怎么又来了？"

高华廷说："宪章兄，我和都督真是为你好啊！说穿了，要不是大总统觉得你是个将才，早就杀了你了，哪还等得到今天？"

"你给我闭嘴！"王宪章朝他吼道。

高华廷一脸尴尬，不敢再说话。

"宪章，我给你说，昨天晚上我已经跟大总统通了电话，他的意思很明朗，你若归顺他，他就给你高官厚禄；你若不顺，就……"冯国璋话不说完，他想看王宪章是何反应。

王宪章知道冯国璋话里的意思，于是接过他的话说："就将我杀了是不是？但我要告诉你的是，你们想杀我就动手吧！"

"宪章，你这又是何必呢？"冯国璋劝他。

王宪章大声地说："别说了，不就是个死吗？要杀便杀，讲那么多废话干吗？"

"王宪章，我看你真是不识抬举，既是如此，那你就等死吧！"王宪章的话触碰了冯国璋的心理底线，他丢下这句话，气恼地转身离去。

"哼，死脑筋！"高华廷朝王宪章骂道，转身跟在冯国璋后面离开。

冯国璋回到都督府，马上打电话给袁世凯。袁世凯听了，在电话里骂道："他奶奶的，既然他如此不识抬举，那就拉去毙了。"

"是！"冯国璋在电话里回答。

袁世凯在电话里叮嘱冯国璋，对王宪章只能秘密处决，而且要做得干净一些，绝对不能让革命党人发现。

冯国璋说："请大总统放心，国璋保证处理得干干净净！"

第24章 血洒南京

01

见劝降无望，冯国璋按照袁世凯的指示，决意在南京城秘密枪杀王宪章，而王宪章呢，也知道袁世凯和冯国璋不会饶过自己。

本来那天晚上冯国璋就要秘密处决王宪章的，可遇到了一件突发事情，也就拖到了第二天。

这天凌晨，二号监室外来了一队荷枪实弹的法警。

守门的宪兵将牢门打开，两个法警进来给王宪章套上黑头罩，然后将他从牢房里押出来推上一辆军用卡车。这车是宪兵司令部执法队专门用来拉犯人出去枪决的。

"开车！"等把王宪章押上车后，宪兵司令部执法队队长命令驾驶员。随后，车子拉着王宪章和执行枪决任务的法警朝都督府东辕门外的雨花台驶去。

到了雨花台，法警将王宪章从车上架下来带到刑场墙根处。

监督行刑的官员叫一名法警给王宪章揭掉头罩，然后上前对他说："王宪章我告诉你，你现在后悔还来得及，大总统和冯都督都说了，只要你愿意到他们身边做事，你不但可以保命，还有高官厚禄等着你！"

"还啰唆什么？要杀要剐痛快点，我王宪章生是革命党的人，死也是革命党的鬼，绝不会与尔等为伍！"王宪章朝他怒骂道。

见王宪章不吃这一套，监督行刑的官员气急败坏地朝他号叫道："好你个王宪章，敬酒不吃你偏要吃罚酒，那你就去死吧！"然后走回到法警这边，朝行刑的刽子手凶恶地叫道："预备！"

几个法警举着枪一齐对准墙脚下的王宪章。

"革命万岁，孙总理万岁，打倒袁世凯！"见刽子手们要对自己行刑，王宪章高呼。

监督行刑的官员朝几个法警叫道："行刑！"

"啪！啪！啪！"

几声刺耳的枪声划过静寂的夜空，年仅二十六岁的王宪章，就这样倒在了血泊之中，这一天，是 1914 年 12 月 19 日。

由于冯国璋这些人严密封锁消息，王宪章在南京被枪杀，在上海的詹大悲、潘康时、王守愚和韩恢、胡秉柯等人并不知道，他们只听说王宪章已经被冯国璋的密探程子安手下的人抓捕了。

王守愚气愤地骂道："无法无天，真是无法无天了！"

"唉，没想到，王宪章还是被他们抓了！"詹大悲叹息道。

胡秉柯说："咱们得想办法救宪章，他是个硬汉，时间长了我担心袁世凯这老贼会叫冯国璋杀害他！"

"咱们一定要想办法营救他！"潘康时说。

韩恢也说："对，一定想办法将宪章救出来！"

潘康时和胡秉柯等人知道，国际之间相互有约定，袁世凯政府的人没有经过同意，是不能越界到法租界去抓人的，于是他们去找法租界领事提出控诉，说袁世凯政府越界随意抓捕人是违法的，并向法国领事甘世东痛斥袁世凯和冯国璋的非法行径及残害革命党人的种种罪行。

鉴于潘康时、胡秉柯等人的强烈抗议，最后法租界同意将冯国璋的密探程子安判处监禁，并要求袁世凯政府将王宪章移交给法租界。可詹大悲、潘康时、王守愚、韩恢、胡秉柯哪里知道，王宪璋早被冯国璋秘密押到南京给枪杀了。

02

纸是包不住火的，王宪章在南京城被冯国璋秘密杀害的消息还是被传了出来。

这天傍晚，从湖北回来的潘康时急匆匆地来到詹大悲住处，伤心地告诉詹大悲："大悲，宪章他……"

"宪章他怎么啦？"见潘康时一副伤心的样子，詹大悲知道情况有些不对劲，赶紧问他。

"他……他早被冯国璋在南京杀害了！"潘康时上前抱住詹大悲伤心地哭泣。

詹大悲一惊，一把推开潘康时，两眼盯着他问："你说什么？宪章他被冯国璋押到南京杀害了？什么时候？"

"我也是刚刚听一位朋友说的，其实宪章自从被程子安的密探骗去一品香餐馆吃饭的当天晚上，就被他们偷偷押去南京了！冯国璋和高华廷几次去劝降，王宪章坚决不降，后来袁世凯就叫冯国璋把他押到雨花台给枪杀了！"

听了潘康时的话，詹大悲气得直跺脚："这个冯国璋，真是太嚣张了，胆敢杀害王宪章！"

潘康时说："还不是袁世凯下的令，没有袁世凯这个国贼，冯国璋也不敢这么嚣张！"

"你说得没错，肯定是袁世凯指使冯国璋这条狗干的！"詹大悲说，"袁世凯和冯国璋既然对宪章下手了，那下一个目标肯定就是咱们，咱们该怎么办？"

潘康时说："不行再去日本，先避一避风头！"

"那宪章的仇不报了？"詹大悲窝着一肚子火问。

潘康时说："宪章的仇肯定要报，但时下我们连命都无法保住，怎么替他报仇？宪章遇害对革命损失就够大的，如果你我几个再出什么问题，那党人的损失就更大了。时下袁世凯手下那些人像疯狗一样在到处找咱们，所以我建议还是先想办法去日本，找到孙中山先生后再作计议！"

"宪章的遗体呢？有人去处理了吗？总不能让他死了都没人收尸啊！"詹大悲着急地说。

潘康时说："这个情况我还不清楚，就连王宪章被杀的消息都是从一个在南京做生意的朋友那儿听来的。宪章的事你就别管了，现在袁世凯那贼子对你盯得特别紧，你就赶紧想办法先逃出去吧！晚了怕是想走也走不了！"

詹大悲问他："那你呢？"

潘康时说："你就别管我了，我自己会想办法！"

"行！"见潘康时一再劝说自己，詹大悲答应再次出走日本避难。

不久，詹大悲去了日本，潘康时等人也自行找地方躲避袁世凯和冯国璋的追杀。

其他革命党人听闻冯国璋奉袁世凯之命，在南京城里将王宪章秘密杀害之后，异常愤怒，但冯国璋想用王宪章的尸体来诱捕革命党人，革命党人无法去掩埋王宪章的尸体，只能将悲愤藏在心底，但他们发誓，一定要替王宪章报仇雪恨。

王宪章的死，受打击最大的是胡秉柯。胡秉柯因为追随孙中山搞革命，长期奔波得不到休息，精神常常处于紧绷状态，加上革命受挫，自己的政治主张得不到申达，忧愤过度，早已染上重病，这下听闻王宪章在南京被冯国璋秘密杀害了，一下子气血攻心，吐血不止，就在王宪章被杀害后不久，胡秉柯也跟着离开了人世。

对王宪章和胡秉柯的死，远在日本东京的孙中山痛心不已，伤心欲绝。是啊，共和的大业还没有完成，而这么多并肩战斗的革命同志却一个接一个地倒下，他怎么能不伤心？孙中山先生更加坚定了革命的信念，将在日本东京的革命党人组织起来做好充分准备，待时机一到，继续回国讨伐袁世凯这个窃国大盗，替死去的革命党人报仇雪恨。

03

陈兰卿听说丈夫被冯国璋杀害了，赶紧去南京城找王宪章的好友冯天华。

"天华哥，宪章他……"见到冯天华后，陈兰卿泣不成声地将丈夫被人杀害的事告诉了他。

冯天华流着泪说："兰卿，你别说了，事情我都知道了！"

"可宪章的尸体还暴晒在督署东辕门外的雨花台，这可如何是好啊？"陈兰卿抹着眼泪无助地看着冯天华。

冯天华安抚她："兰卿，你别着急，宪章他是为革命而死，作为朋友我绝不会让他就那样躺在那儿，现在冯国璋的人肯定还在那儿守着，待天黑那些人不在了，我再找人去把宪章的尸体偷出来找个地方掩埋！"

陈兰卿赶紧给冯天华跪下连连叩头，并声泪俱下地说："天华哥，那宪章的后事兰卿就拜托给你了，你的大恩大德日后我和儿子定会报答，宪章在九泉之下也会感激你的！"

"请起，请起！"冯天华赶紧将她扶起来，"这事交给我就行，你们母子俩赶快找个地方躲藏起来，躲得越远越好，我担心冯国璋的人会来找你们母子俩的麻烦！"

陈兰卿从身上掏出一些钱递给冯天华，说："天华哥，宪章他是个当兵的，又一直在搞革命，他这一辈子也没什么积蓄，这样，我这儿还有点钱，你拿去打点安葬宪章的兄弟们！"

冯天华见了赶紧推辞："不用，不用！宪章他不在了，你们母子二人还要生活，钱就留着你们自己用！"

"钱不多，只能是代表我的一点心意，天华哥，你就收下吧！"陈兰卿说。

冯天华真诚地说："真不用，安葬宪章用不了多少钱，我自己会处理，你尽管放心！"

见冯天华坚持不收，陈兰卿只好将钱收起，然后说："既是这样，那请天华哥再受我一拜！"

陈兰卿说完马上跪下给冯天华叩了三个响头，然后起身流着泪走了。

当晚，冯天华叫上两个好兄弟偷偷将王宪章的尸体拉出来，找个地方悄悄安葬了。